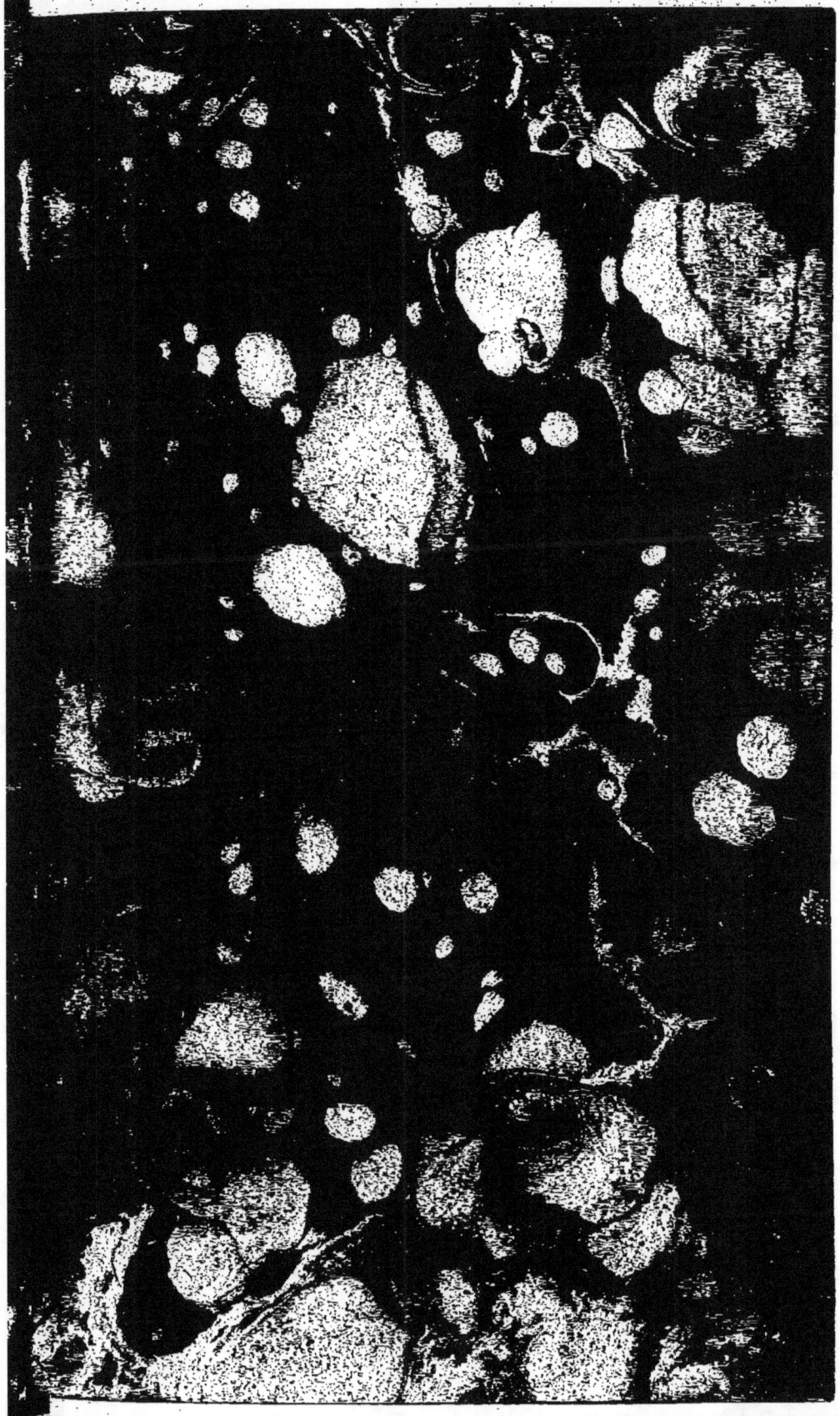

2641
H

LES
IMPERATRICES
ROMAINES,
TOME TROISIE'ME.

LES
IMPERATRICES
ROMAINES
O U

Histoire de la Vie & des Intrigues secretes des Femmes des douze Cesars, de celles des Empereurs Romains & des Princesses de leur Sang.

Dans laquelle l'on voit les Traits les plus interessans de l'Histoire Romaine.

Tirée des anciens Auteurs Grecs & Latins ; avec des Notes Historiques & Critiques.

Par M. DE SERVIEZ.

Dédiée à Monseigneur le DUC D'ORLEANS.

Nouvelle Edition, augmentée.

TOME TROISIE'ME.

A PARIS,

Chez SEBASTIEN RAVENEL, à l'entrée du Quay des Augustins, du côté du Pont Saint Michel, au Phœnix.

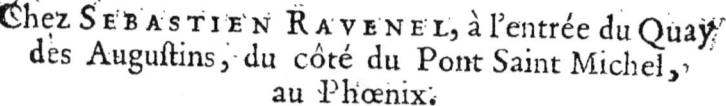

M. DCC. XXVIII.

Avec Approbation & Privilege du Roy.

A

SON ALTESSE SERENISSIME

MONSEIGNEUR

LE DUC D'ORLEANS

PREMIER PRINCE DU SANG.

ONSEIGNEUR,

Les Princes par leur haute
Naiſſance, s'attirent le reſpect &
a iij

EPITRE.

les hommages des Hommes, mais
ce n'est que par leur merite personnel qu'ils gagnent leur estime
& leur amour. Si Mecène s'ac-
quit une gloire qui ne finira
jamais, s'il merita ces éloges
qu'on lui a si souvent donné &
qui ont rendu son nom immortel,
ce ne fut point par l'ancienne Noblesse de son sang ni par l'avantage qu'il avoit de compter des
Rois parmi ses Ancêtres, mais
ce fut par son amour pour les
sçiences, par la protection & les
récompenses qu'il accorda aux
Sçavans. VOTRE ALTESSE
SERENISSIME, est sans doute
respectable par le Rang qu'Elle
tient dans le monde ; Dans Elle

EPITRE.

coule le sang de nos Rois, Elle ne sçauroit avoir une plus glorieuse origine. Mais je l'ose dire, MONSEIGNEUR, l'éclat de vos vertus, fait qu'on est moins frappé de celui de votre Naissance. Il ne m'appartient point de faire l'éloge de toutes ces rares qualités que j'admire en vous avec tout le monde, mais il est de ma connoissance de publier que le premier Prince du plus auguste sang de l'Univers, protege les Muses, qu'il les honore de sa bienveillance, qu'il répand sur elles ses bienfaits, que ses récompenses vont les chercher pour ainsi dire, jusques dans les ombres de leur solitude.

EPITRE.

Les plus grands Princes & les plus fameux Heros, n'ont pas dédaigné MONSEIGNEUR, d'être loüés par cet endroit, & d'être appellés les Protecteurs des Muses, les Mecènes de leur tems; sans les Muses leurs noms ensevelis dans l'oubli, n'auroient pas joüi de l'immortalité qu'ils avoient merité par leurs vertus & par leurs actions.

Je m'estimerois infiniment heureux, MONSEIGNEUR, si ma Plume étoit assez éloquente pour donner à vos vertus leur veritable éclat dans les Ouvrages que j'ai l'honneur de vous dédier; agréez que je vous les presente comme une marque de ma recon-

EPITRE.

noiſſance, & comme un temoi-
gnage de la paſſion, du zele &
du profond reſpect avec leſquels
je ſuis,

MONSEIGNEUR,

DE VOTRE ALTESSE SERENISSIME,

Le très-humble & très-
obéïſſant Serviteur,
DE SERVIEZ.

TABLE.

Nonia Celsa, *Femme de Macrin,* Page. 4

Annia Faustina,
Julia Cornelia Paula,
Aquilia Severa, } *Femmes d'Heliogabale.*

Julia Soemias, *Mere d'Heliogabale.*

Julia Mæsa, *Ayeule d'Heliogabale.* } 28

La fille de Marcien,
Memmia,
Barbia Orbiana, } *Femmes d'Alexandre Severe.*

Mame'e, *Mere d'Alexandre Severe.* } 73

Pauline, *Femme de Maximin.*
Orestille, *Femme de Gordien le vieux.*
Crispilla, *Femme de Pupien.*
Tranquilline, *Femme de Gordien III.* } 112

TABLE

MARCIA OTACILIA SEVERA, *Femme de Philippe.* 146

HERENNIA ETRUSCILLA, *Femme de Déce.* 163

HOSTILIA SEVERA, *Femme de Gallus.*
ETRUSCILLE, *Femme de Volufien.* } 170
ORBIANA, *Femme d'Hoſtilien.*

MARINIANA, *Femme de Valerien.*
SALONINE, *Femme de Gallien.*
PIPARA, *Femme Concubine de Gallien.* } 173
ZENOBIE, *Femme d'Odenat.*
DE VICTOIRE, *Femme de Victorin.*

SEVERINE, *Femme d'Aurelien.* 237.

DE LA FEMME DE TACITE.
JULIA PROCLA, *Femme de Probus.* } 247
MAGNIA URBICA, *Femme de Carus.*

PRISCA, *Femme de Diocletien.*
VALERIE, *Femme de Galere.*
EUTROPIE, *Femme d'Hercule.* } 260
DE LA FEMME DE MAXIMIN.

TABLE.

CONSTANTIA, *Femme de Licinius.*
325

Table Alphabetique des Matieres pour les trois Volumes. 357

Fin de la Table.

LES

LES
IMPERATRICES
ROMAINES.

'On n'a point encore trouvé d'homme qui ait eu le ſecret de multiplier la proſperité dans ſa famille. Le même ſiécle voit pour l'ordinaire tomber les fortunes qu'il avoit vû naître, & bien ſouvent le petit fils paſſe de l'abondance à la pauvreté, & des honneurs à l'obſcurité, auſ-ſi rapidement que l'ayeul avoit paſſé de la pauvreté à l'abondance, & de l'obſcurité aux plus grands honneurs. La fortune ſe rit des projets & des eſpérances des hommes, & ſe fait un plaiſir de rompre leurs meſures. Tous ces beaux Edifices de grandeur que l'on admire & que l'on envie, ſont bâtis ſur des fondemens ſi foibles, que l'on en doit toûjours craindre la chûte; les appuis qu'on leur donne pour les ſoutenir

Tome III. A

contribuent quelques fois à en avancer la déftruction.

Plautien s'étoit élevé fi haut, & étoit devenu fi grand, qu'il n'avoit plus befoin que de modération, fi cette vertu pouvoit fe trouver parmi ceux qu'une aveugle fortune tire du fein de la poufliere pour les combler de fes faveurs & leur prodiguer fes préfens. Cet infolent favori qui faifoit un étrange abus de fon crédit & de fes richeffes, n'avoit d'autre vûë que de fe mettre à l'abri des viciffitudes du fort, & ce fut le motif qui lui fit rechercher avec tant d'empreffement le mariage de fa fille avec Caracalla, afin qu'une fi glorieufe & fi grande alliance fût le foutien de fa fortune; cependant ce fut cette alliance même qui en hâta la ruine. Caracalla n'avoit jamais aimé Plautien, mais en devenant fon beaufils, il devint fon plus cruel ennemi. La gênante contrainte, ou plûtôt le chagrin amer & dévorant dans lequel il vivoit depuis que fon pere l'avoit obligé à époufer Plautille, lui infpiroit à tout moment des fentimens de vangeance, dont il étoit fi peu maître, qu'il ne pouvoit s'empêcher de dire fans ménagement à fa femme, que d'abord que Severe feroit mort il fe vangeroit fur elle & fur Plautien de la violence qu'on lui avoit fait.

Ces menaces jetterent dans l'ame de Plautien les terreurs d'une vive crainte. Inftruit des violens deffeins de Caracalla, il comprenoit ce qu'il avoit à attendre d'un jeune Prince fier & extrêmement irrité contre lui. L'image de fon danger faififfoit fon imagination, & le troubloit avec d'autant plus de raifon qu'il ne trouvoit d'autre moyen pour fe mettre à couvert de la vangeance de fon beau fils, qu'en le prévenant, en lui ôtant la vie, & en ufurpant l'Empire. D'abord cette entreprife lui paroiffoit hazardeufe & difficile, & il l'abandonnoit; enfuite elle lui paroiffoit neceffaire, & il en concertoit l'exécution; ce fut durant ces fanglantes agitations, que flottant entre l'efpérance & la crainte, pâle & tremblant, il devint la proye des plus vives allarmes, c'eft ainfi que dans la plus riante fortune, au milieu de l'abondance, & dans les places les plus élevées, l'homme eft fecretement la trifte victime des plus grandes perplexités, &c.

NONIA CELSA

Femme de l'Empereur Macrin.

LA beauté eſt le plus brillant Appanage des femmes, mais la vertu en eſt le
plus précieux ornement ; heureuſes celles
en qui la vertu honore la beauté & en devient la garde. Un Poëte à prétendu que
le nombre en étoit fort petit; 1) mais quoi
qu'en diſe ce Satyrique, la beauté & la pudeur ne ſont point incompatibles , & ſans
en chercher d'autres exemples que ceux que
nous trouvons dans l'Hiſtoire des Imperatrices, nous avons vû Calpurnie, Agrippine
femme de Germanicus, Octavie, Sabine
& beaucoup d'autres , allier la ſageſſe des
mœurs avec les charmes de la perſonne, &
n'être pas moins chaſtes que belles. Je ne
ſçaurois diſconvenir qu'il n'y ait eû un
grand nombre de femmes qui ont fait un
mauvais uſage de leur beauté ; j'en ai déja
rapporté beaucoup d'exemples, & l'Imperatrice Celſa va nous en fournir un nouveau.

Elle étoit fille d'un certain Diaduméne
dont on ne connoît point la famille. Elle

---

1. C'eſt Juvenal qui s'eſt mes dans une de ſes Saty-
fort déchaîné contre les fem- res.

Rara avis in terris , nigroque ſimillima cygno.

pouvoit être alliée à celle de deux grands
hommes, dont Celsa portoit le nom, c'é-
toient les Celses, si célebres parmi ceux
qui ont excellé dans la connoissance du
Droit ; mais l'Imperatrice dont nous par-
lons n'eut point leur sagesse ; sa complexion tendre & amoureuse la tourna du côté des plaisirs. Elle souffrit les empressemens assidus d'une infinité de soupirans
qui lui alloient compter leurs flateuses
douceurs, & elle les écoutoit avec cette
complaisance enjoüée, qui n'est qu'une
trop sûre marque du progrès que la passion
fait dans un cœur. Aussi ce qui n'étoit d'a-
bord qu'un agréable amusement, devint
bientôt un commerce de galanterie, qui
la livra aux soupçons du public : on l'accu-
sa de porter trop loin sa reconnoissance
pour les soins de ses Amans, & elle fortifia
ces bruits fâcheux par l'irrégularité de sa
conduite, qui dégénéra enfin en libertinage déclaré, 2) tant il est vrai que lors-

2. Les Vers satyriques
qu'on répandit sur Diadu-
ménien, quand on lui eut
donné le nom d'Antonin,
font assez bien le portrait de
Celsa, & donnent une assez
juste idée de ses prostitutions.

Vidimus in somnis cives (nisi fallor) & istud :
Antoninorum nomen puer ille gerebat ;
Qui patre venali genitus, sed matre pudica ;
Centum nam mœchos passa est, centumque rogavit ;
Ipse etiam calvus, mœchus fuit, inde maritus,
En pius, en Marcus, Verus nam non fuit ille.

A iij

qu'une femme a franchi les bornes de la pudeur, il n'est point de désordre auquel elle ne se livre.

De tous ceux qui soupiroient pour Celsa, Macrin étoit peut-être celui qui avoit le plus de raison de craindre de n'être point préferé. Il étoit Maure de Nation, d'une famille très obscure, 3) & n'avoit aucune de ces belles qualités qui remplacent la naissance & qui annoncent le mérite, il étoit au contraire d'une assez mauvaise figure. Il avoit la tête chauve, le nez retroussé, l'air brusque, des manieres grossieres, un esprit borné, un naturel âpre, cruel, & une phisionomie basse & désagréable; ce-

---

3. Macrin dans la Lettre qu'il écrivit au Senat après son élection, se dit de l'Ordre des Chevaliers. *Neque tamen est quod quisquam indignum imperio censeat aut fortunæ crimen putet esse quod ex equesiri ordine ad imperium pervenerim.* Dion semble dire aussi que Macrin n'étoit pas d'une naissance obscure : mais Capitolin, Lampride, Aurele Victor & beaucoup d'autres le font d'une famille abjecte, & nous apprennent les métiers qu'il fit durant sa jeunesse. Le témoignage de Dion est combattu par Dion même, qui dans un endroit assûre que Macrin avoit pour parens des gens de la lie du Peuple. La Lettre de Macrin n'est pas une preuve qu'il fût de l'Ordre des Chevaliers; cet Empereur, qui craignoit qu'on le méprisât à cause de la bassesse de son extraction, se donnoit une naissance illustre. Dans ce tems comme dans celui-ci, il y avoit des gens qui se faisoient des généalogies chimeriques. L'un se faisoit lui-même des Ayeux & dressoit une Descendance où tout étoit fabuleux. L'autre ajoûtoit une lettre à son nom & se entoit dans une famille où ses Ancêtres n'auroient pas été reçûs parmi les principaux Domestiques.

pendant avec tous ſes défauts il ſe fit écouter de Celſa, & reçut d'elle des témoignages certains qu'il étoit écouté favorablement. Celſa étoit du nombre de ſes femmes qui ont beſoin d'un mari, pour le faire ſervir d'abri à leur réputation décriée.
Elle n'oſoit eſpérer d'en trouver un parmi
ceux qui avoient eû part à ſa tendreſſe; les
Amans favoriſés ſont ſouvent ceux qui
cherchent le moins à devenir Epoux : il
étoit réſervé à Macrin d'avoir pour femme
la Maîtreſſe de tous ſes rivaux.

Le mariage ne fut pas le terme des diſſolutions de Celſa, il ne ſervit au contraire qu'à rendre ſa licence plus hardie; Macrin
n'étoit point un objet aſſez aimable pour
défendre le cœur de ſa femme contre les entrepriſes de quantité d'Amans polis & em-
preſſés qui lui faiſoient la cour, & l'ha-
bitude que Celſa avoit contractée avec le
crime, étoit trop forte pour céder aux loix
de la bienſéance. Elle ne ſe refuſa aucun
plaiſir de ceux que le mariage lui défen-
doit. Elle s'abandonna à ſon tempéramment, & ne gardant ni meſure, ni précaution dans ſes débauches, elle inſtruiſit le
public de ſes galanteries. Un libertinage ſi
déclaré l'expoſa à la cenſure des critiques.
On fit ſur ſes diſſolutions des Commentaires qui la deshonoroient autant que ſes diſ-

A iiij

folutions même. On vit courir des Vers, qui apprenoient à tout le monde l'infamie, les excès, & le nombre des proftitutions de la femme de Macrin ; mais Celfa qui étoit venuë à ne plus rougir de rien, foutint fes démarches licentieufes avec une effron-terie étonnante, & fut celle qui eut moins de honte de fes impudicités ; car s'étant fortifiée contre les bruits fâcheux qu'on avoit répandu à fon défavantage, & ne crai-gnant ni la langue, ni la plume des criti-ques, (*a* elle groffit le nombre de fes Amans, en faifant elle-même les premieres démarches.

Des faveurs fi prodiguées n'étoient pas affez précieufes pour attirer ce femble à Celfa, des Amans au-deffus du commun ; cependant elle fit une illuftre conquête ; ce fut de l'Empereur Severe, qui voulut avoir part à fes complaifances. La Fortune entra avec ce Prince dans la maifon de Macrin, & tous les autres foupirans dif-parurent. Sur le mari de Celfa fondirent toutes les graces de la Cour. Cet homme nouveau qu'on avoit vû dans les Profef-fions les plus méprifables, fut tout à coup élevé aux plus beaux Emplois, & dans l'efpace de quelques jours, il tira plus de profit des talens de fa femme, qu'il n'en

a Capitolin. in Macrin.

avoit tiré durant toute sa vie de son industrie. Le Public qui prend difficilement le change le pensa ainsi , (*b* & les faveurs que l'Empereur fit à Macrin , passerent pour le prix de celles qu'il recevoit de sa femme. Les fortunes les plus subites sont l'ouvrage des Maîtresses des Rois. Macrin qui avoit été Notaire , & qui avoit même paru parmi les Gladiateurs dans l'Amphiteatre , fut par le crédit de Celsa mis au rang des plus grands de l'Etat , & la défaite de l'Empereur dont les charmes de Celsa avoient soumis le cœur , fut plus avantageuse à Macrin que n'auroit été la défaite des Ennemis de la République ; c'est ainsi que les Princes qui sont esclaves de leurs passions , font servir de récompense à leurs foiblesses même , les Dignités destinées pour honorer le mérite.

Ce fut dans le tems que Macrin entroit ainsi en faveur à la Cour, que Celsa devint enceinte,&qu'elle accoucha d'un fils qu'on appella Diadumenien. Il nâquit ayant le front ceint d'un espece de nerf fort mince, mais extrêmement dur , & qui avoit à peu près la forme d'un Diadême. Ceux qui furent appellés pour tirer son Horoscope, firent sur cet évenement les plus flatteuses Prédictions. Ils promirent à Celsa que son

b Tristan. Comment. Histor. Capitolin.

Epoux parviendroit à l'autorité souveraine, & que ce jeune enfant devoit être regardé comme fils d'un Empereur, & ajoû-
terent qu'il deviendroit aussi lui-même
Empereur. Mais ceux qui sçavoient les
intrigues de la Cour, sans aller chercher
dans les Astres l'explication de ce Diadême, & sans renvoyer l'accomplissement
de la Prédiction des Astrologues à des
évenemens éloignés, dirent plaisamment
que (*c* ce n'étoit pas merveille que le fils
d'un Empereur nâquit avec un Diadême.
4)

La mort de Severe, n'apporta aucun

---

c *Lamprid. in Diadumen.*

---

4. *Mathematici accepta*
ejus genitura exclamaverunt
& ipsum filium Imperatoris
esse & ipsum Imperatorem,
quasi mater ejus adulterata
esset quod fama retinebat.
Diaduménien nâquit avec
une espece de Diadême d'où
il fut d'abord appellé *Diade-*
matus, on regarda cette
coëffe comme le présage d'un
grand bonheur. Le Peuple
s'imaginoit que ceux qui
naissoient avec la coëffe,
c'est-à-dire avec cette toile
ou membrane qu'on trouve
à certains enfans quand ils
naissent, étoient heureux.
Les Avocats achetoient fort
cherement ces coëffes des
Sages-femmes. Ils s'imaginoient qu'en les portant sur
eux, ils auroient le bonheur
de persuader aux Juges ce
qu'ils voudroient. Les fideles des premiers siecles n'é-
toient pas exempts de cette
superstition. Le 61. Canon
du Concile *in Trullo*, parle
d'un Clerc appellé Protus,
qu'on accusoit d'ajoûter foy
à ces sortes d'amusettes, &
qu'on trouva porter sur soi
la coëffe d'un enfant nouvel-
lement né, que lui avoit donné une Sage-femme. Le
Peuple a encore aujourd'hui
la même imagination, & de
là est venu le Proverbe, il
est né coëffé, pour exprimer
qu'un homme est heureux.

changement à la fortune de Macrin. L'Empereur Caracalla qui se conduisoit par ses caprices, ajoûta de nouvelles graces à celles que son pere avoit accordées au mari de Celsa, & l'éleva à la Dignité de Préfet du Prétoire, & nous avons vû qu'il porta la peine d'un choix si indigne, & que Macrin n'eut pas honte de devenir le meurtrier de son Bienfaicteur. (*d* Il commit ce crime avec tant de précaution, que personne ne l'en crut d'abord capable, aussi après qu'Audentius qui étoit comme Macrin Préfet des Gardes Prétoriennes, eut refusé l'Empire, sous prétexte de son âge, l'Armée, sur le bruit qui se répandit que les Parthes s'approchoient, élut avec précipitation Macrin, qu'on crut le plus capable d'arrêter les Barbares qui venoient fondre sur les Romains. En effet Artabane vivement offensé de l'insigne perfidie de Caracalla, se mit à la tête d'une puissante Armée pour en tirer vengeance, & vint à grandes journées pour attaquer les Romains. Ceux-ci se préparerent à la défense, & il se donna deux ou trois combats où il périt beaucoup de monde de part & d'autre. Les Parthes s'attribuerent l'honneur de la victoire, & firent de grandes réjoüissances. Ils perdirent cepen-

d Herodian. Spartian.

dant autant de gens que les Romains, qui
rioient de voir les Barbares tirer gloire
d'un triomphe imaginaire. Macrin toutesfois qui n'étoit ni Capitaine, ni Soldat, &
à qui il tardoit beaucoup de faire confirmer son Election par le Senat, ne laissa
pas de rechercher Artabane. Il lui envoya
des Ambassadeurs qui lui demanderent s'il
sçavoit bien contre qui il avoit armé tant
de monde ? Que s'il ne cherchoit qu'à se
venger de Caracalla, il devoit être satisfait, puisque cet indigne Empereur avoit
déja porté la peine de sa trahison, à laquelle
personne n'avoit eu part. Que Macrin qui
venoit d'être élevé à l'Empire, n'avoit
rien tant à cœur que de vivre de bonne intelligence avec les Parthes, & d'observer
religieusement les Traités de paix que
Caracalla avoit violés, qu'il offroit de lui
rendre tout le butin que les Romains
avoient pris sur les Parthes, & les prisonniers qu'on avoit faits; & que pour lui
donner une preuve du desir qu'il avoit de
réparer l'outrage que Caracalla lui avoit
fait, il lui vouloit faire present d'une
grosse somme d'argent. Artabane qui n'en
vouloit qu'à Caracalla personnellement,
fut content de ces propositions & se retira.

D'abord que Macrin eut été élû, les

Troupes affligées de ne voir plus sur le Trône le nom des Antonins, firent paroître leur tristesse par le morne silence qu'on vit regner dans l'Armée. Les Partisans de Macrin qui craignoient qu'on élevât sur le Trône quelque parent des Antonins, (car il y en avoit beaucoup de cette famille, & même de ce nom parmi les Officiers) conseillerent à Macrin de donner le nom d'Antonin à Diadumenien, afin de tromper la douleur des Legions; & Macrin qui sçavoit que ce nom étoit infiniment cher aux Troupes, le donna à son fils & l'associa à sa puissance.

Le bruit de la mort de Caracalla s'étant répandu dans Rome, on vit paroître sur le visage des Citoyens la joie qu'ils avoient d'être délivrés de l'oppression de ce Tyran. L'Election de Macrin n'étoit pas à la verité trop selon leur goût, ils ne voyoient dans ce nouvel Empereur ni naissance, ni vertu, ni mérite; mais après la Domination de Caracalla, ils ne pensoient pas qu'ils pussent tomber sous un plus mauvais Maître. C'est ce que le Senat répeta plusieurs fois dans les transports de sa joie, lorsque Macrin lui apprit le choix que les Legions avoient fait de lui, pour remplir la place de Caracalla. Le Senat qu'on avoit entierement dépoüillé de sa liberté approuva cette Election, il décerna à Macrin tous les honneurs & tous les titres qui étoient devenus inséparables de l'autorité Souveraine, & confirma à Diadumenien le surnom d'Antonin.

Si dans Macrin Rome eut un Empereur sans mérite, dans Celsa elle eut une Imperatrice sans pudeur; ses déreglemens n'étoient ignorés de personne. Cependant ce fut à elle que tous les Ordres de la Ville porterent les hommages les plus respectueux. Le Senat plus adulateur que le Peuple même, lui rendit les devoirs les plus rampans, il la déclara Auguste, & honora des Titres les plus pompeux, une femme que les débauches avoient couvert d'infamie.

Macrin fit part à son Epouse de son élevation à l'Empire, & de l'honneur que les Legions avoient fait à leur fils Diadumenien, en lui donnant le nom d'Antonin. Il paroît par la Lettre qu'il lui écrivit, que les Romains avoient en plus grande vénération ce nom, que celui de leurs Dieux, & que leur entêtement alloit jusqu'à l'impieté; aussi Macrin protestoit à Celsa qu'il se croyoit moins obligé à l'Armée d'en avoir reçû l'Empire, que d'en avoir obtenu pour leur fils le surnom d'Antonin. *L'on vient, Madame, de m'accorder une grace qui est sans prix , lui dit-il, vous penserez sans doute d'abord que c'est de la Souveraine puissance que je veux parler ; mais l'honneur que j'ai reçû est au-dessus de la Dignité d'Empereur , & en effet , on ne doit pas estimer une Dignité à laquelle la Fortune éleve quelques fois d'indignes Sujets. Vous êtes devenuë la mere d'un Antonin. L'on m'a donné un Antonin pour fils , quel bonheur pour vous & pour moi ! quelle gloire pour notre famille ! quel présage heureux pour notre Empire ! fassent les Dieux , & sur tout la celeste Junon, que vous reverez si religieusement , que l'on me trouve digne d'avoir pour fils un Antonin ; & que notre fils fasse revivre les vertus de celui dont il fait revivre l'auguste nom.*

Ce ne fut pas Diadumenien seulement qui prit un nom d'emprumpt, Macrin abandonna souvent le sien pour prendre celui de Severe , 5) heureux si en montant sur le Trône ,il eût quitté ses vices avec son nom; mais il n'est pas facile à l'homme de se dépoüiller de ses habitudes , il faut pour cela des efforts dont Macrin n'étoit pas capable. Il est vrai que pour s'attirer l'amour

5. On fit des railleries sur ces changemens de nom, & les satyriques disoient que Macrin étoit Severe ,comme Diadumenien étoit Antonin.

des Romains , il fit des Ordonnances fort
sages. Il regla la peine des crimes , & en
établit de très-sévéres contre les adulteres , ne faisant pas sans doute réfléxion
que sa femme mettoit en jeu bien des
gens. Il fit punir de mort les Délateurs ,
& par cette rigueur , il étouffa , pour ainsi
dire, la voix funeste de ceux qui par leurs
accusations faisoient perir tant de monde.
Il fit aussi beaucoup d'autres reglemens ,
mais il les faisoit éxecuter avec une rigueur qui en diminuoit l'utilité , & qui
aliena de lui tous les cœurs ; parce qu'on
regarda ces Loix plûtôt comme des saillies de son humeur sauvage, & de son temperamment dur & violent , que comme
de sages moyens d'une prudence pré-
voyante qui veut arrêter & prévenir le mal.

Diadumenien dans un âge qui devroit
avoir de la douceur pour partage , encherit
sur la cruauté de son pere. Car Macrin
après avoir fait mourir les principaux auteurs d'une conspiration qui s'étoit formée contre lui en Asie , ayant voulu accorder la grace du pardon aux moins coupables , son fils blâma cette clemence , &
s'en plaignit à sa mere. Elle étoit alors à
Rome , où elle donnoit dans des excès de
certain genre de complaisance , (e tandis

e *Lamprid. in Diadumen.*

que

que fon mari & fon fils faifoient craindre
en Orient leur naturel impetueux. Elle y
reçût la Lettre de fon fils , & y trouva les
difpofitions qu'il avoit à la violence. *Il
paroît bien , Madame , lui difoit-il , que
l'Empereur oublie vos intérêts & les fiens ,
lorfqu'il exerce , hors de faifon, une bonté
meurtriere. Vous devez vous fervir de l'af-
cendant que vous avez fur fon efprit , pour
l'obliger à punir Arabien, Jullus & Gellius à qui il a accordé grace , parce que par
cette puniton il les mettra hors d'état de
nous nuire.* Diadumenien n'en refta pas là,
il écrivit pour le même fujet à fon pere ,
& n'oublia aucun des motifs qui pouvoient l'animer à la vengeance. 6) Ces
Lettres furent renduës publiques , & elles firent tant haïr d'avance la Domination d'un Prince, qui donnoit des témoignages prématurés d'une inhumanité feroce. Macrin au refte n'avoit pas befoin

---

6. Diadumenien , pour engager fon pere à faire punir de mort tous ceux qui avoient eu part à la confpiration , par confideration pour fon fils dont les Confpirateurs feroient infaillible-ment ennemis, inféra dans fa lettre ces vers de Virgile.

Si te nulla movet tantarum gloria rerum ,
Afcanium furgentem, & fpes hæredis Juli
Refpice , cui regnum Italiæ romanaque tellus
Debetur.

L'on dit que le Rhéteur Célien lui dicta cette Lettre.

d'être pouſſé à la cruauté, il en donnoit
tous les jours des marques aux Soldats
qu'il traitoit avec une extrême rigueur,
& qu'il laiſſoit même manquer du néceſſai-
re, tandis qu'il paſſoit à Antioche les jours
entiers dans les plaiſirs & dans les divertiſſemens. Sa ſévérité le fit craindre, & ſa
moleſſe le fit haïr. On ne pouvoit ſouffrir
cette fierté brutale qu'il affectoit, & qui
bien loin de faire oublier la baſſeſſe de ſa
naiſſance, en rappelloit le ſouvenir. Mais
ce qui diſpoſa les Legions à la révolte, fut la
preuve qu'elles eurent qu'il étoit le meurtrier de Caracalla, dont elles aimoient encore le nom & la memoire. Ce fut alors
qu'elles ſe repentirent d'avoir élevé ſur le
Trône cet infâme parricide, & qu'elles
réſolurent de donner l'Empire à Antonin
Heliogabale, qui étoit proche parent &
peut-être fils de Caracalla.

Ce jeune Prince un des plus beaux
qu'on eût jamais vû, étoit pour lors à
Emeſſe auprès de ſon ayeule Meſa, qui
après la mort de ſa ſœur l'Imperatrice Julie,
avoit reçû ordre de ſortir d'Antioche, où
elle vivoit avec une magnificence qui donnoit de la jalouſie à Macrin. Elle ſe retira
à Emeſſe lieu de ſa naiſſance, avec ſes filles Soémie & Mammée, & elle y emporta des richeſſes immenſes qu'elle avoit

eu le tems d'amasser durant tout le Regne de Severe son beau-frere, & de Caracalla son neveu. Ses deux filles étoient veuves, & avoient chacune un fils. Celui de Soémie s'appelloit *Avite Bassien*, & fut ensuite connu sous le nom d'Heliogabale; on appelloit celui de Mammée *Alexien*, qui quelque tems après prit le nom d'Alexandre. Mesa prit un grand soin de leur éducation, elle les fit consacrer au Soleil, que les Habitans d'Emesse adoroient sous le nom d'Elagabal, & les fit même établir Pontifes de cette Divinité, à laquelle les Peuples voisins, les Satrapes & les Princes même, rendoient un culte superstitieux, & envoyoient de magnifiques presens.

Bassien qui étoit plus âgé que son cousin Alexien, exerçoit l'Office de Sacrificateur. On le voyoit revêtu d'un habit de pourpre broché d'or, portant une espece de Diadême ou une Tiare semée de Pierreries, dont l'éclat rehaussoit la douceur majestueuse de son visage, dont tout le monde admiroit la beauté, & sur tout les Soldats Romains qui campoient auprès d'Emesse, & qui alloient très-souvent dans le Temple pour assister aux Sacrifices d'Heliogabale, à qui ils voyoient faire les Fonctions de Pontife avec une pompe & une grace dont ils étoient enchantés. Mais ce qui rendit ce jeune Prince extrêmement cher aux Troupes, fut le bruit (*f* que Mesa fit courir qu'il étoit fils de Caracalla, ce qui peut-être n'étoit que trop vrai. Ses Emissaires donnoient cours à cette nouvelle; ils disoient que Caracalla épris des charmes de sa cousine Soémie lorsqu'elle étoit à la Cour, en avoit eu un fils, & que c'étoit Heliogabale à qui Macrin avoit volé l'Empire. Mesa de son côté disposoit adroitement les Soldats à croire tout ce qu'elle vouloit, en leur faisant de grandes largesses, & en leur promettant des donatifs très-considerables, s'ils vouloient défendre le fils de Caracalla contre les embûches de Macrin. Eutichien & Gannys Affranchis de Mesa, ménagerent avec beaucoup d'adresse la disposition des Legions, qui écoutoient ces discours avec quelque complaisance. Ils leur disoient qu'ils devoient préferer un fils de Caracalla qui les avoit si fort aimés, à Macrin cet homme de néant, qui étoit le meurtrier de leur Empereur, également incapable & indigne de gouverner l'Empire. Qu'après tout, leur propre interêt devoit les engager à élever Heliogabale sur le Trône, parce que cette

f. Capitolin. in Macrin. Lamprid. in Diadumen.

démarche leur attireroit la bienveillance de Mesa, qui leur distribueroit ses richesses.

Les Soldats qui n'aimoient que les changemens, & qui étoient déja indisposés contre Macrin, qui les traitoit avec beaucoup de dureté, écouterent ces propositions, & promirent de faire tout ce qu'on éxigeroit d'eux. Alors Mesa voyant la bonne volonté des Troupes, que lui assuroit l'esperance de l'argent qu'elle avoit promis de distribuer, saisit en habile femme le moment de cette conjoncture, pour faire monter son petit-fils sur le Trône. Elle sortit durant la nuit d'Emesse avec toute sa famille, & mena au Camp Heliogabale, revêtu d'un habit qui avoit servi à Caracalla, dont elle vouloit rappeller le souvenir aux Legions. Eutichien fit répandre le bruit que Mesa se disposoit à faire un grand Donatif; il gagna les principaux Officiers, & mit dans un état de neutralité ceux qu'il ne put faire entrer dans son parti, & que l'incertitude des évenemens empêchoit de se déclarer. Le jour étant venu, l'on présenta Heliogabale aux Soldats qui le proclamerent Empereur, & le revêtirent de la Pourpre, en lui donnant le nom de Marc-Aurele Antonin.

Cette cérémonie fut suivie du Donatif.

Mefa jetta l'or & l'argent à pleines mains,
& elle ne pouvoit le répandre plus à propos ; car le bruit ayant d'abord couru
qu'on avoit trouvé un fils de Caracalla ,
& que Mefa diftribuoit beaucoup d'argent; on vit arriver de toutes parts des
Soldats qui groffirent le parti du nouvel
Empereur , pour avoir part à fes largeffes.

Macrin apprit à Antioche ce qui s'étoit
paffé dans l'Armée de Phenicie ; mais il ne
crut point devoir fort craindre une faction
qui étoit conduite par une femme. Auffi
fans fortir d'Antioche , il fe contenta d'envoyer Julien, Préfet du Prétoire avec quelques Troupes pour diffiper ce Parti. Mais
ce détachement au lieu de combattre les
Rebelles , en augmenta le nombre. Car
ceux qui étoient dans le Camp , ayant fait
paroître fur les murailles Heliogabale ,
dirent à ces nouveaux venus que c'étoit le
fils de Caracalla, & leur reprocherent comme une ingratitude horrible la démarche
qu'ils faifoient contre le fils d'un Empereur , de qui ils avoient reçû tant de bienfaits , & en même tems ils leur montrerent
des facs pleins de l'argent que Mefa leur
avoit diftribué. Cet objet fut plus perfua-
fif que les difcours des affiegés , les Soldats de Macrin pour avoir une pareille ré-
compenfe, fe jetterent fur leurs Officiers ,

les tuerent, & étant ensuite entrés dans
le Camp, y reconnurent pour Empereur
Heliogabale, à qui il prêterent serment :
Mesa persuadée qu'il ne trahissoient point
Macrin gratuitement, récompensa leur
perfidie & envoya la tête de Julien à Antioche, d'où Macrin informé de l'état des
choses, étoit déja sorti, résolu de donner
bataille à son concurrent ; mais la nouvelle de la désertion de sa Troupe, lui fit
changer de dessein. Il retourna à Antioche, d'où il écrivit aux Gouverneurs des
Provinces & au Senat des lettres pleines
de mépris contre Heliogabale, qu'il traitoit d'enfant & d'étourdi, & qu'il déclara
ennemi de la République. Il fit ensuite de
grandes liberalités à ses Soldats, qu'il tâcha d'animer contre ceux qui avoient am-
brassé le parti des révoltés ; il donna à son
fils le titre d'Auguste, 7) & croyant avoir

7. Tristan dans ses Com-
mentaires Historiques, dit
que Diadumenien, n'a pas
été fait Auguste, mais seulement Cesar, & ensuite déclaré Empereur. M. de Tillemont au contraire dit que
Macrin ayant sçû la révolte
de l'Armée de Phenicie, déclara son fils Auguste, &
l'un & l'autre se fondent sur
ce passage de Dion : *Filium
Imperatorem licet annum de-
cimum agentem designavit*. Je
croi que dans le sens de
Dion, il n'y a aucune difference entre le titre de Cesar & l'autorité d'Empereur,
d'avec le titre & l'autorité
d'Auguste. Car il paroît ce
me semble que cet Historien
veut dire que Macrin déclara son fils son Collegue &
son associé à l'Empire : car
comme sous le titre d'Au-
guste on entend la puissance
souveraine, comme le dit
formellement Dion, rien

par là pris toutes les précautions necessaires, il resta tranquille à Antioche.

Cependant Mesa résolüe de poursuivre sa pointe, ayant fait sortir l'Armée du Camp, la conduisit vers Antioche, dans le dessein d'y assieger Macrin, ou l'obliger à en venir à une bataille décisive. Macrin ne douta plus alors que l'affaire ne fût sérieuse. Il sortit d'Antioche & alla au-devant de son ennemi. Les deux Armées se rencontrerent sur les Confins de la Phenicie & de la Syrie. Celle de Macrin avoit un grand avantage sur l'autre, car outre qu'elle lui étoit superieure, elle avoit de bons Généraux, au lieu que celle d'Heliogabale, n'avoit point de Chef capable de la commander, car Gannys qui faisoit les fonctions de Général, n'avoit jamais servi, & ne s'étoit occupé dans sa vie qu'à se divertir. Cependant dans cette journée, il se vérifia que la fortune vaut souvent plus que la science, car Gannys donna d'abord de l'éxercice à Macrin, parce que les

n'empêche de dire que Macrin déclara son fils Auguste, c'est-à-dire Empereur, & cela avec d'autant plus de raison, que Diaduménien avoit été déja fait Cesar, de maniere qu'il ne lui manquoit plus que l'autorité suprême, parce que la Qualité de Cesar étoit un degré pour parvenir à être fait Auguste. Casaubon dans ses Notes sur Spartien en la vie d'Ælius Verus, le pense ainsi, aussi bien qu'Henry Valois qui parlant de Licinius dit, *Licinius ex Cæsare Augustus postea factus est.*

Troupes

Troupes d'Heliogabale combattirent avec beaucoup de courage, que la crainte d'être punis de leur Rebellion augmentoit. Elles furent néanmoins obligées de céder aux efforts des Prétoriens & de prendre la fuite.

Mæfa & Soémie voyant alors changer la face du combat, defcendirent précipitamment de leur Chariot, & fe jettant au milieu des fuyards, elles leur reprocherent les larmes aux yeux, la honte de leur fuite, & de la trahifon qu'ils faifoient au Prince à qui ils venoient de jurer une fidelité inviolable. Ces reproches que ces Princeffes accompagnerent de tout ce qu'elles pouvoient dire de plus tendre, toucherent ces Soldats, & les firent revenir à la charge. Dans ce même moment Heliogabale s'approcha l'épée à la main & montra une réfolution qu'on ne devoit point attendre de fon âge. Le combat recommença avec plus de fureur, mais avec un fuccès bien different; cat les Soldats d'Heliogabale ayant renverfé ceux de Macrin qu'ils trouverent les premiers, jetterent l'épouvante dans toute l'Armée. L'Empereur crut tout perdu, & la terreur s'étant faifie de fon efprit, il prit la fuite avec quelquesuns de fes plus fideles Officiers. Les Prétoriens combattirent toûjours vaillam-

ment & foutinrent l'honneur de leur corps:
mais Heliogabale leur ayant, crié pour qui
étoit-ce qu'ils expofoient leur vie, puifque
Macrin les avoit abandonnés ? ils fe déclarerent pour lui fur la promeffe qu'ils
exigerent qu'on leur conferveroit leur
rang.

Macrin qui avoit quitté fes habits Imperiaux afin de n'être pas reconnu, fuyoit
en toute diligence, réfolu d'aller à Rome
pour y fortifier fon parti ; mais il fut pris
à Chalcedoine, où il s'étoit arrêté pour
prendre haleine, & on lui coupa la tête.
Quelques Soldats furent d'avis de conferver la vie à Diadumene, & ce ne fut
que la lettre qu'il avoit écrite à fa mere lors
de la conjuration de Gellius, qui fut caufe
qu'on lui donna la mort. Ainfi périt Macrin, après quatorze mois de regne, dont
le peu de durée fait voir que rien n'eft plus
fujet aux funeftes révolutions qu'une
Puiffance qui procure le crime. L'Hiftoire
ne parle plus de Celfa. 8)

8. Quoique j'aye mis l'Empereur Severe au nombre
des Amans de Celfa, fur
l'autorité d'un moderne, j'a-
voüe que je fuis plus porté
à croire que c'étoit Caracalla
qui aimoit la femme de Macrin, & plufieurs raifons me
déterminent à le croire, car
Diadumenien n'ayant vécu
que dix ans accomplis, naquit feulement deux ans
avant la mort de Severe. Or
dans ce tems-là Severe dévoré par des chagrins do-
meftiques, tourmenté par fa
goûte & déja vieux, n'étoit
gueres homme à s'amufer à

faire l'amour. D'ailleurs Aurele Victor rapporté par Capitolin, dit que Severe relegua Macrin en Affrique & qu'il lui ôta ses emplois, quelle apparence qu'il eût traité si mal le mari de Celsa qui avoit pour lui les dernieres complaisances, joint que ce fut Caracalla qui éleva Macrin aux plus grands emplois, puisqu'il le fit Prefet du Prétoire.

ANNIA FAUSTINA,

JULIA CORNELIA PAULA,

JULIA AQUILIA SEVERA,

Femmes de l'Empereur Heliogabale,

JULIA VARIA SOEMIAS, sa Mere,

JULIA VARIA MÆSA, son Ayeule.

APrès que Macrin eut pris la fuite, son Armée s'étant déclarée pour Heliogabale, 1) Mæsa conduisit son pe-

---

1. Heliogabale est appellé par plusieurs, Eliogabale, & par d'autres, Elagabale & Elagabal. C'est l'Empereur qui a eu le plus de noms & de sobriquets. Il s'appelloit Avite, Bassien, Aurele, Antonin, Vere, Heliogabale, & par dérision on le nomma dans la suite, Pseud'Antonin, Sardanapale, l'Assyrien, Tiberin & de beaucoup d'autres surnoms presquè tous honteux. Plusieurs ont cru qu'il étoit veritablement fils de Caracalla, ou de quelque autre que du mari de Soémias & que le nom de *Varius* lui fut donné à cause de l'incertitude où l'on étoit qui étoit son pere. *Aiunt quidam varii etiam nomen idcirco ei inditum à condiscipulis, quod vario semine de meretrice utpote, conceptus videretur.* Le libertinage dans lequel vêcut Soémias qui se livroit à tout venant, donna lieu à cette opinion. Cependant il est certain que le nom de *Varius* étoit commun dans la famille d'Heliogabale. Plusieurs de ses Ayeux l'avoient porté avant lui, & Mæsa sa grandmere lé portoit actuellement, car elle s'appelloit Julia Varia Mæsa.

tit-fils à Antioche, où il fut reçû comme
Empereur, & y reçût le ferment des Légions. Mæfa qui avoit un efprit rempli de
vûës, trouva à propos que le nouvel Empereur écrivît au Senat pour le prier de
confirmer fon Election, mais la lettre
d'Heliogabale ne le rendoit gueres digne
des fuffrages des Senateurs, car au lieu que
les précedens Empereurs n'avoient pris
aucun titre qu'après lui avoir été décerné
par un decret du Senat, il fe qualifia info-
lemment Empereur, Cefar, Augufte,
fils d'Antonin, Heureux, avec d'autres
furnoms magnifiques. Cependant le Senat
confirma ce qu'avoient fait les Soldats, &
pour plaire au nouvel Empereur, il donna
les plus grands éloges à la mémoire de
Caracalla, dont il vouloit qu'on crût qu'il
étoit fils. Par le même arrêt Mæfa & Soémias avec le titre d'Augufte, reçûrent tous
les honneurs qu'on avoit accoutumé de décerner aux meres des Empereurs.

Les Senateurs au refte regretterent extrêmement Macrin, & ce n'étoit pas fans
raifon; en lui donnant Heliogabale pour
fucceffeur, ils ne pouvoient fe choifir un
plus indigne maître, à la vérité c'étoit un
Prince bien fait, de belle taille, d'un vifage aimable; mais jamais un fi beau dehors
n'a caché une ame plus mal faite, un cœur

plus corrompu, un efprit plus extravagant. On vit en lui un funefte affemblage
de toutesfortes de crimes. Il eut la malice
& la cruauté des plus barbares Tyrans, il
fe plongea dans les plus abominables fale-
tés, il porta le luxe, la prodigalité, &
l'infolence jufqu'aux plus affreux excès.
Ayant appris que le Senat avoit confirmé
fon élection, qu'il n'avoit plus rien à craindre, il fignala les commencemens de fon
regne, par une inhumanité barbare & une
ingratitude horrible. Ce fut par l'exécution fanglante de Gannys, à qui il devoit
fon éducation & l'Empire. Cet Affranchi
avoit été avancé à la Cour par la faveur de
Mæfa qui l'avoit toûjours fort aimé, parce qu'elle l'avoit trouvé très fidele, & fort
attaché aux interêts de fa famille. En effet
Gannys avoit eû foin de l'enfance d'Heliogabale, & l'avoit, pour ainfi dire élevé fur
le Trône. Heliogabale lui-même avoit été
témoin de tout ce que cet Affranchi avoit
fait à la derniere bataille qui avoit été dé-
cifive en fa faveur, & il avoit fi bien connu l'importance de ce fervice, que dans
une de ces brufques faillies, à quoi il étoit
affez fujet, il avoit voulu le prendre pour
beau-pere, en lui faifant époufer Soémie
fa mere, & le déclarer Cefar. Ces graces
l'auroient acquitté envers Gannys, & en

faisant honneur à cet Affranchi elles en auroient fait à la reconnoissance du Prince.
A la vérité la réputation de Soémie étoit
étrangement décriée. cette Princesse vivoit dans une licence qui la deshonoroit ;
mais Gannys n'étoit pas assez délicat,
pour refuser de devenir beau-pere de l'Empereur. Cependant au lieu de ces honneurs
éclatans, Heliogabale lui donna la mort.
Ce Prince ingrat, ne pouvant souffrir que
Gannys observât sa conduite, & qu'il s'in-
gerât de lui donner des leçons de modération & de sagesse, le fit tuer, & n'eut pas
honte de souiller ses mains du sang de ce
fidele serviteur, en lui donnant brutalement le premier coup.

Cette exécution fut suivie d'une infinité d'autres également injustes. Nestor
que Macrin avoit fait Préfet du Prétoire,
& Agrippinus qui commandoit dans la
Syrie furent mis à mort, parce qu'ils
avoient combattu pour leur Empereur :
Picca & Récanus qui gouvernoient l'Arabie sous les ordres de Macrin perdirent la
vie, pour n'avoir pas voulu trahir leur
Maître ; & Heliogabale fit punir en eux,
une fidelité qu'il devoit récompenser.
Mais il ne se contenta point de persécuter
la vertu, il mit le vice en crédit & honora
le crime. Il ternit l'éclat de toutes les di-

gnités de l'Empire, en les rendant venales, ou en y élevant de misérables Eunuques & d'infâmes affranchis qui n'étoient connus que par les horreurs d'une vie honteuse, & par des choix si indignes, il aneantissoit le mérite. Il dédaigna de porter un habit à la Romaine, (a comme tous ses Prédecesseurs, & se fit faire des habits à la maniere des Pheniciens & des Medes, vêtemens magnifiques à la vérité, mais qui sentoient la mollesse de ces Nations ; enfin il oublia tous les égards & toutes les bienséances qu'il devoit à son rang, il se livra aux débauches les plus brutales, & ce fut dans ces odieuses occupations qu'il passa l'hiver à Nicomedie. Mæsa son ayeule qui avoit un grand usage du monde ne voyoit qu'avec chagrin que l'Empereur se fit connoître par des violences & par des déreglemens ; elle craignoit que les Romains refusassent de reconnoître pour Empereur, un Prince qui n'avoit rien de Romain, non pas même l'habit, & elle lui en fit de sages leçons. Mais les adulations des flatteurs en émoussoient toute la force. Heliogabale obsedé sans cesse de ses favoris & corrompu par leurs maximes, regardoit les avis de son ayeule comme des imaginations d'une femme entêtée de la vieille

a Herodian. lib. 5. Lamprid.

mode, qui vouloit qu'il portât des habits
à la Romaine, parce que les autres Empereurs avoient coutume de s'abiller ainsi.
D'ailleurs Soémie par ses pernicieux conseils détruisoit le peu d'impressions qu'auroient pû faire sur l'esprit de sonfils les discours sensés de Mæsa, & par des lâches
complaisances elle nourrissoit les vicieux
penchants de son fils. Ainsi ce Prince en-
traîné par le poids de sa pente au mal,
séduit par les flateries des jeunes Courtisans qu'il avoit auprès de lui, & autorisé
par l'exemple d'une mere libertine, qui de
ses propres mœurs composoit, pour ainsi
dire, les mœurs de son fils, se jetta dans
ces honteux désordres qui ont couverts
d'infamie la mémoire des Caligulas, des
Nerons, des Domitiens; il devint une très
fidele copie de ces infâmes originaux, &
se mit même au-dessus de ces modeles.

Il n'est pas nouveau que des flatteurs
encencent les foiblesses & les vices des
Princes, & qu'ils corrompent leur naturel, par les applaudissemens qu'ils donnent
à leurs actions les plus dignes de blâme;
mais il n'est pas ordinaire de voir une mere approuver les désordres de son fils. Telle étoit pourtant la conduite de Soémias,
2) & elle étoit d'autant plus blâmable

2. Soémias est nommée fort diversement par les Histo.

que les malheurs que Caracalla s'étoit attiré par ses violences & par ses débauches,
devoient lui faire craindre pour son fils une
semblable destinée. Il est vrai qu'il est rare
qu'un fils reçoive des leçons de sagesse
d'une mere qui ne les pratique point, &
Soémias étoit trop peu ménagere de sa
réputation, pour être jalouse de celle
d'Heliogabale. Mæsa qui connoissoit bien
mieux les conséquences des choses lui donnoit de meilleurs conseils. Un des plus judicieux, étoit d'aller à Rome, où elle lui
disoit que sa présence étoit necessaire ; &
en effet la plus grande faute que Macrin
avoit faite, c'étoit de n'y être pas allé d'a-
bord après son élection, & d'avoir été
dans Antioche ; Aussi l'Empereur comprit
si bien la conséquence importante de s'assurer du Senat & des autres ordres de la
ville, que d'abord que l'hyver fut passé, il
prit le chemin de Rome.

Son arrivée en cette capitale de l'Empire, ne servit qu'à faire regretter Macrin,
car il y renouvella tous les excès que celui-
ci avoit commis à Nicomedie. Il alla au
Senat, & obligea les Senateurs de prier
Soémias sa mere & son ayeule Mæsa de

tiens. Les uns l'appellent
Semiramis, les autres Semia-
mira. Quelques-uns lui donnent le nom de Simia, on la
trouve encore sous le nom
de Soémias & Soémis.

prendre féance parmi eux. C'étoit fans
doute une nouveauté qui dégradoit la dignité du Senat. Les Imperatrices les plus
fieres, & qui avoient porté le plus haut leur
puiffance & leur orgüeil, n'avoient jamais
ofé s'arroger un pareil honneur, & nous
avons vû dans la vie d'Agrippine qu'on
rompit l'affemblée du Senat, un jour que
cette Princeffe avoit voulu y prendre place. Mais les Senateurs n'avoient plus ni la
probité, ni la fermeté de leurs peres ; la
volonté de l'Empereur étoit devenuë la
regle de la leur. Heliogabale fit accorder
à Mæfa & à Soémias ceq u'Agrippine n'a-
voit pû obtenir, & que Livie n'avoit ofé
demander. Ainfi le Senat les pria d'affifter
à leurs affemblées, elle prirent place auprès des Confuls, elles opinerent, figne-
rent au Regiftre, & firent enfin toutes les
fonctions de Senateur, & continuerent
enfuite d'avoir féance dans le Senat.

Heliogabale n'en refta pas là. Peu content d'avoir fait fa mere membre du Senat, il voulut la mettre à la tête d'un autre Senat, où elle fit l'office de Préfidente,
& dans ce deffein il créa exprès un Senat
de Dames qui s'affemblerent au Mont-
Quirinal, dans un Palais qui fut deftiné à
cet ufage ; & ce fut dans ce grave Tribunal
qu'on agitoit les caufes des Dames &

qu'on y décidoit fur tout ce qui avoit du rapport à leur fexe. (*b* On y jugeoit fur tout fouverainement, des modes, des Préféances, des manieres de s'habiller, & des habits qui convenoient à chaque condition. On y déliberoit fur les étofes & fur les couleurs qu'il convenoit de mettre en vogue; on y déterminoit fans appel quelles Dames avoient droit d'aller en chaife, en Litiere, aufquelles ils ne convenoit que d'aller à cheval, ou fur un âne, aufquelles il appartenoit de porter de la dorure, des diamans, des pierreries; il s'y donnoit des Arrêts fur les parures, les affiquets, les chauffures, & fur d'autres femblables matieres fort importantes pour le bien d'un Etat, & il fe donna plus de Senatufconfultes, que s'il fe fût agi des plus grands interêts de l'Empire.

Si Soémias brilloit à la tête de ce rifible Senat, & fi elle eut part aux honneurs de la Magiftrature, Mæfa n'en reçut pas de moins éclatans dans la Milice. On la vit aller en Amazone dans le Camp des Prétoriens faire la revuë de cette troupe, & fe mêler de tout ce qui concernoit les Armées. C'étoit ainfi qu'Heliogabale conduit par fes fantaifies, renverfoit les ufages les plus anciens, & qu'il en introduifoit

b *Lamprid. in Heliogab.*

des nouveaux. Un des plus extravaguans fut le culte de son Dieu Elagabal 3) qu'il établit avec des cérémonies inusitées , il fit porter cette Divinité , d'Emese à Rome , lui bâtit un Temple qui fut un des plus magnifiques de la ville , (c dans lequel il fit transporter tout ce que la superstition Romaine, avoit de plus saint & de plus réveré dans les autres Temples , & sur tout la célebre Statuë de Pallas , qu'Enée avoit apportée de Troye ; 4) il donna

c *Herodian. lib.* 5.

3. C'étoit un surnom que l'on donnoit au Soleil qui étoit adoré à Emesse. Cette Divinité n'étoit autre chose qu'une grosse pierre qui étoit ronde par un bout & qui finissoit en forme de Cone. Elle étoit noire , & on y voyoit certaines figures bizarres. Les Pheniciens prétendoient qu'elle étoit tombée du Ciel, & avoient pour ce Dieu une grande vénération.

4. La Statuë de Pallas que l'on conservoit à Rome avec tant de superstition, étoit la même qui étoit dans la Citadelle de Troye & à laquelle le salut de cette Ville étoit attaché ; aussi les Grecs persuadés qu'ils ne pouvoient prendre Troye tant que la simulacre de Pallas ou le Palladium seroit dedans, résolurent de l'enle-ver. En effet , Ulysse & Diomede passerent par un Aqueduc , monterent dans la Citadelle , massacrerent les Gardes & emporterent la Déesse. L'on prétend qu'Enée la porta à Rome. On la gardoit dans le Temple de Vesta avec une très-grande vénération. Elle courut au reste un grand danger ; car le feu s'étant mis au Temple de Vesta, le Palladium alloit être réduit en cendres sans la courageuse pieté de Metellus Cecilius , qui entra dans le Temple au peril de sa vie, & alla à travers les flames retirer cette Divinité : son zele lui couta la vûë, aussi en récompense on lui accorda le privilege d'entrer dans le Senat en Litiere ou en Chariot, ce qui n'avoit été accordé à personne avant lui.

aux Romains la douleur de voir un Dieu étranger, inconnu & nouveau, préferé à Jupiter ; & par une affez plaifante bizarrerie d'imagination, il fe mit dans l'efprit de marier fon Dieu Elagabal avec Uranie cette fameufe Divinité, que l'Affrique revéroit avec tant de refpect & de vénération. 5) Il la fit tranfporter de Carthage, & fit célébrer ces nôces dans Rome & dans les Provinces, difant qu'il n'y avoit point de mariage mieux afforti que celui d'Elagabal avec Uranie, c'eft-à-dire du Soleil avec la Lune. Mais ce qu'il y avoit de trifte dans ces cultes nouveaux, eft que

5. Uranie étoit réverée en Affrique avec grande fuperftition ; fous ce nom, on entendoit la Lune. Didon en porta le fimulacre à Carthage. L'on fçait l'aventure de cette Reine. Elle étoit fille de Belus Roy de Tyr, & avoit été mariée à Sichée Prêtre d'Hercule. Pigmalion fon frere qui foupiroit après les Trefors de Sichée, l'affaffina dans le deffein de s'emparer de fes richeffes ; mais Didon les enleva de nuit, fortit de fon Païs avec grand nombre de mécontens & paffa en Affrique. Elle pria les habitans de la Province Zeugitane, de lui vendre autant de terre qu'un cuir de Vache pourroit couvrir. Ces habitans ne croyant pas lui vendre grand chofe, lui accorderent fa demande. Didon fit couper ce cuir en courroyes fi déliées, qu'elle fit une grande enceinte & y enferma un affez grand efpace de terre, & ce fut là qu'elle bâtit Carthage cette Ville fameufe, la Rivale de Rome. Didon y éleva un Temple à la Déeffe Uranie, que les Pheniciens appelloient *Aftroarche*, fous lefquels noms on adoroit la Lune. Ce Temple devint fort celebre dans toute l'Affrique, & les Carthaginois réveroient avec un culte fort zelé la Divinité que leur Fondatrice leur avoit apportée.

pour honorer son Dieu, l'Empereur sacrifioit brutalement des enfans qu'il choi-
sissoit dans les plus illustres familles, sous
de honteux prétextes; & dans le tems
qu'on faisoit ces abominables Sacrifices,
il chantoit des Hymnes à l'honneur de son
Dieu en langage Syrien, & en faisoit chan-
ter à Mæsa son ayeule & à Soémias sa mere.

Je n'entrerai point dans le détail de la vie
d'Heliogabale. Elle n'a été qu'un monstrueux tissu de toute sorte de crimes, &
ce seroit marquer peu d'estime pour la
pudeur du Lecteur, & peu d'amour pour
l'honnêteté, que de rapporter les horribles lubricités de ce Prince détestable.
On doit tirer le rideau sur de si honteuses
saletés. Après qu'il eut donné une femme
à son Dieu, il en chercha une pour lui; &
comme il avoit enlevé aux Cartaginois
leur Uranie pour la faire épouser à son Elagabal, il enleva à Pomponius, son Epouse
Faustine. Annia Faustina étoit une des
plus accomplies personnes de Rome, soit
pour sa naissance, soit pour sa beauté. Elle étoit arriere petite-fille de l'Empereur
Marc-Aurele, dont le nom & la memoire
étoient en singuliere vénération dans Rome. A la splendeur de cette illustre origine, elle joignoit le mérite de sa personne;

fes attraits n'avoient pas à redouter ceux des plus aimables Romaines ; ils étoient relevés par le vif éclat d'une tendre jeuneffe, & dans un âge qui pour l'ordinaire eft indifcret, (*d* elle faifoit paroître une grande fageffe, ce qu'on n'avoit pas accoûtumé de trouver dans le Sang des Fauftines.

Lorfque la nobleffe, la beauté & la vertu s'allient dans une jeune perfonne, elle ne fçauroit manquer de foupirans. La belle Fauftine en eut grand nombre, mais Pomponius Baffus fut celui qui par fon mérite, fut préferé à tous ceux qui prétendoient à la poffeffion de la Princeffe. Il étoit d'une Famille que les plus belles Charges avoient illuftrée. Son pere avoit été Préfet de Rome, & enfuite il avoit été honoré du Confulat. La probité étoit hereditaire dans fa famille, & l'on peut dire que dans Rome il n'y avoit point un plus honnête homme que le mari de Fauftine. Ils vivoient dans l'heureufe tranquillité, qui dans le mariage eft le doux fruit d'un amour réciproque, lorfqu'Heliogabale épris des charmes de Fauftine, la regarda comme une Dame qui méritoit fes empreffemens. Des foins affidus annoncerent d'abord fa paffion, mais il eut

_____

d Dio. lib. 79. Triftan. Comment. Hift.

beau

beau foupirer & vouloir fe faire entendre,
il ne put émouvoir le cœur de Fauftine,
défendu par fa propre vertu & par le mérite de Pomponius ; & l'Empereur envi-
ronné de tout l'éclat de fa Dignité, fit de
vains efforts pour être écouté de cette
Princeffe.

Les obftacles que trouve un amour
violent, n'en deviennent pas toûjours le
remede, ils ne font au contraire fort fouvent qu'en irriter les feux. Heliogabale
voyant que la vertu de Fauftine ne lui
permettoit point d'efperer des faveurs
qu'il obtenoit avec tant de facilité de plufieurs autres Dames qu'il trouvoit moins
févéres, réfolut de faire mourir fon mari,
fe flattant que Fauftine qui ne vouloit pas
l'écouter comme Amant, le recevroit
pour Epoux, & qu'un mari revêtu de la
puiffance Souveraine, la confoleroit aifé-
ment de la perte d'un Epoux. Ainfi Pomponius fut profcrit par la paffion de l'Empereur ; il ne s'agiffoit plus que de lui fuf-
citer un crime qui méritât la mort ; mais
comme la conduite de ce Senateur avoit
toûjours été fans reproche, il fallut avoir
recours à la calomnie, reffource ordinaire
des Tyrans. Heliogabale fe plaignit que
dans Pomponius, il avoit un témeraire
cenfeur de fes actions, qu'il ne fe paffoit

Tome III. D

rien dans le Palais du Prince qu'il ne fût
expofé à fa critique ; que ce Senateur &
fon ami Meffala avoient érigé dans leur
maifon un Tribunal, où la conduite des
Empereurs étoit toûjours condamnée, &
qu'ils fe donnoient la liberté d'examiner
les actions des Princes , que leur Dignité
devoit mettre à l'abri de la cenfure ; &
fur ces faux crimes Pomponius & Meffala,
furent déferés au Senat par l'Empereur
même.

Il n'y eut perfonne qui ne connut que la
beauté de Fauftine faifoit tout le crime de
Baffus , & follicitoit contre lui. Les affiduités d'Heliogabale auprés de cette aimable Romaine , & les ridicules prétextes
de fes plaintes, déceloient affez les motifs
fécrets de fon accufation : les fuites jufti-
fierent les foupçons du Public. Meffala
n'étoit pas plus coupable que Baffus Pomponius. On ne pouvoit lui faire qu'un honorable reproche , c'étoit d'être trop droit &
peu complaifant. Ce Senateur avoit éxercé
deux Confulats , & avec tant d'autorité
qu'il avoit fait déclarer l'Empereur Julien
ennemi de la République , & décerner la
puiffance Souveraine à Severe. C'étoit un
homme ferme , au-deffus de la politique.
Jamais en opinant dans le Senat , il n'avoit
faitentrer la complaifance dans fes fuf-

frages ; & comme il n'avoit en vûë que le
bien public , sa droiture le rendoit ou inutile , ou contraire aux projets des Empereurs. De-là vient que sa probité étant en
estime & en vénération , son avis qui
étoit d'un grand poids , gouvernoit ordi-
nairement les opinions , parce qu'on sçavoit que la franchise , la verité & la liberté se trouvoient dans sa bouche. Aussi
durant le séjour qu'Heliogabale fit à Nicomedie, ce Prince l'appella auprès de lui,
sous prétexte qu'il avoit besoin de ses
conseils ; mais en effet pour l'éloigner de
Rome, où il apprehendoit que Messala ne
fit prendre des résolutions opposées à
ses interêts : car les Partisans de cet Em-
reur craignoient cette liberté courageuse
de Messala , qui le rendoit ferme & iné-
branlable dans ses Jugemens.

Le rang que tenoient dans le Senat ces
illustres Accusés , la haute estime où ils
étoient dans Rome , leur vertu & leur réputation , méritoient qu'on examinât leur
crime , & que l'on ne précipitât point le
Jugement d'une cause si grave : mais Heliogabale étoit trop amoureux de Faustine , pour attendre les délais ennuyeux
d'une longue procedure , qui auroient fait
trop languir ses feux. Il oublia qu'il étoit
l'accusateur de Pomponius & de Messala,

& voulut être leur Juge. Ils lui étoient
trop odieux pour ne pas être trouvés coupables. Il leur fit ôter la vie, & par cette
criante injustice, il se délivra dans Pomponius, de l'obstacle qui traversoit les
projets de son amour; & dans Messala,
d'un Magistrat qui faisoit revivre l'ancienne liberté du Senat.

Les larmes que Faustine versa, honore-
rent le mérite de Pomponius; mais Heliogabale en arrêta le cours. Comme il
n'avoit pas dessein de la laisser long-tems
dans le deüil, il redoubla ses empressemens, & fit tant le passionné qu'il la détermina à de secondes nôces. Elle épousa
en effet Heliogabale & devint Auguste,
le Senat lui ayant d'abord décerné ce Titre. Il semble que Faustine dédommagée
de la perte de Bassus, avoit raison de se
promettre un sort heureux. En épousant
l'Empereur, elle étoit montée sur le Trône de ses Ancêtres, & l'amour violent que
ce Prince lui avoit témoigné par tant
d'empressemens si vifs & si marqués, étoit
comme un garant des complaisances qu'il
auroit pour elle; mais les plaisirs que produit le crime ont bien-tôt leur fin. L'Empereur trouva insipides ceux qu'il n'avoit
pas eu de honte de se procurer par un
meurtre. Le mariage fut le tombeau de

fon amour, il fe dégoûta de Fauftine d'a-
bord qu'il fût devenu fon Epoux, & fit
voir par fon changement, que la poffeffion
eft le terme fatal des plus ardentes paffions. Il eft vrai que celle d'Heliogabale ne
diminua point, elle ne fit que changer
d'objet : car il conçut pour Cornelie autant d'amour qu'il en avoit eu pour Fauftine.

Cornelia Paula fortoit d'une des plus
illuftres Familles de Rome. L'on croit
qu'elle étoit veuve & qu'elle avoit même
eu des enfans, car le prétexte pour lequel
Heliogabale l'époufa, autorife cette conjecture. Ce Prince qui ceffoit auffi aifé-
ment d'être amoureux, qu'il le devenoit,
eut à peine vû Cornelie, qu'il ne crut
point pouvoir jamais aimer d'autre perfonne. Il lui adreffa fes vœux, il fit l'em-
preffé, & comme il n'aimoit pas à con-
traindre long-tems fa paffion, il lui parla
de mariage. Le malheur de Fauftine qu'il
avoit abandonnée malgré fon mérite, étoit
un trifte préjugé : un cœur flottant &
toûjours prêt à changer, n'eft gueres capable de fixer celui d'une belle ; & je ne
fçai fi Cornelie n'oppofa point aux ar-
deurs du Prince, fa legereté qui lui faifoit
abandonner fans aucun fujet, une des plus
aimables perfonnes de Rome. Quoiqu'il

en foit, l'Empereur avoit préparé une
excufe plaufible pour fe mettre à couvert
de ce reproche, & la fterilité de Fauftine
lui en fourniffoit une fpecieufe. Il inftruifit
même le Public du motif de fon divorce,
ce qu'il voulut faire paffer pour un trait
d'une fage prudence qui lui faifoit chercher une Epoufe qui pût lui donner des
héritiers de fon Sang, & perpetuer l'Empire dans fa famille, ce qu'il ne pouvoit
point efperer de Fauftine qui étoit fterile,
au lieu que Cornelie étoit propre pour
remplir fes efperances, puifqu'elle avoit
été déja mere. Ces raifons fortifiées par
l'éclat du Trône, perfuaderent Cornelie. Elle prit la place de Fauftine, au
hazard d'avoir une pareille deftinée. Ces
nôces furent célébrées avec une magnifi-
ficence incroyable. Jamais on n'avoit vû
dans Rome une Fête plus fomptueufe.
L'Empereur s'en fit un fujet d'une dépen-
fe prodigue. Tous les Ordres de la Ville fe
reffentirent de la profufion de fes largeffes. Il combla de prefens les Senateurs, les
Chevaliers, & les Femmes même des Senateurs. Il traita plufieurs fois fort fplendi-
dement les Soldats & le Peuple. Aux plaifirs de la table, fuccedoient celui des
Spectacles; & ce fut dans cette occafion
que l'on vit à Rome pour la premiere fois,

un combat de Tigres & d'Elephans.

Le Senat porta ſes hommages à la nouvelle Imperatrice, il lui décerna le Titre
d'Auguſte, qui renfermoit l'honneur le
plus grand & le plus ſuperbe qu'il pût
donner aux Femmes des Empereurs, &
ne crût point pouvoir faire paroître aſſez
de zéle pour une Princeſſe à qui Heliogabale avoit voulu marquer la violence de
ſon amour, par des dépenſes extraordinaires qui avoient épuiſé ſes tréſors; Prince peu judicieux & incapable de refléxion,
qui ne ſçavoit point ſe précautionner contre le repentir qui ſuit de près les mariages précipités; car il ſembla qu'il n'avoit
fait ces dépenſes exceſſives, que pour ſi-
gnaler avec plus d'éclat ſon inconſtance,
& faire un outrage plus mortifiant à Cornelie, puiſque malgré tout ces témoignages de tendreſſe, il la répudia quelques
jours après qu'il l'eut épouſée, & la dépoüilla du Titre d'Auguſte.

Un changement ſi prompt, frappa d'é-
tonnement toute la Ville. On avoit été
témoin de toutes les démarches qu'avoit
fait l'Empereur, pour avoir les bonnes
graces de Cornelie, & l'on ne ſçavoit à
quoi attribuer un dégoût ſi ſubit, pour
une Princeſſe qui venoit de lui coûter tant
de ſoupirs. Cornelie étoit belle, ſa per-

fonne avoit beaucoup d'agrement ; (e fa
naiffance étoit digne de fa fortune , &
fes mœurs avoient toûjours été reglés ;
cependant à peine eut-elle refté quelques
jours avec l'Empereur , qu'elle lui étoit
devenuë à charge. Heliogabale qui connoiffoit l'injuftice de fa conduite , fut
affez embarraffé pour trouver une raifon
affez plaufible pour la juftifier ; Cornelie
depuis fon mariage n'avoit rien fait qui
méritât l'affront qu'elle recevoit de cette
répudiation injurieufe , & le Public qui
foumet fouvent la conduite des Princes
à fa critique , étoit curieux de fçavoir le
prétexte qu'auroit l'Empereur , pour co-
lorer fon inconftance ; mais Heliogabale
fçut alleguer une raifon qu'il mit hors
d'examen , il publia que fa délicateffe
n'avoit pû s'accoûtumer à (f habiter avec
Cornelie , parce qu'elle avoit des taches
en certains endroits de fon corps , où il
étoit perfuadé que la pudeur de Cornelie
ne permettroit point qu'ont fît de verifi-
cation.

   Ce mariage ne fut pas plûtôt diffous ,
que ce Prince volage courut après de nouvelles voluptés , & quoiqu'il fût l'homme
le moins propre pour faire les fonctions
de mari , il chercha une troifiéme femme.

e *Herodian. lib.* 5. f *Dio. lib.* 79.

Il

Il la trouva parmi les Religieufes Veftales, & après avoir été ravilfeur, il n'eut pas honte de devenir facrilége. Les Veftales étoient des filles qui confacroient leur virginité à la Mere des Dieux par des vœux folemnels, dont l'infraction étoit punie de mort. Celles qui compofoient cette efpece de Communauté religieufe, étoient dans Rome en grande vénération. Leur inftitut étoit faint, leur autorité refpectée, leurs perfonnes inviolables. Il y avoit alors une Veftale appellée Julia Aquilia Severa, fille du Senateur Aquilius Sabinus, que Caracalla avoit revêtu deux fois du Confulat. C'étoit une des plus jolie perfonnes que l'on vît dans Rome, & l'habit de Veftale, au lieu d'obfcurcir fa beauté, en relevoit les charmes. Ils ne furent que trop puiffans fur le cœur de l'Empereur. A peine il eut vû Severa, qu'il en fut paffionné, & n'étant pas homme à gêner long-tems fes paffions, il rendit de frequentes vifites à la belle reclufe. Ces affiduités allarmerent la timide pudeur des Veftales. Elles connoiffoient trop bien le caractere impie du Prince, pour ne pas craindre qu'il entreprît de faire quelque attentat à leurs vœux; elles eurent les yeux ouverts fur toutes fes démarches.

Tome III.   E

Severa ne fut point ſi farouche. Elle s'apprivoiſa ſans effort à voir l'Empereur lui faire un aveu de ſa paſſion ; rien ne flatte plus une belle, que les ſoumiſſions d'un homme qui commande au reſte des hommes : auſſi Severa reçut ſans remords les viſites d'Heliogabale, & écouta ſans heſiter, les propoſitions de mariage qu'il lui fit. Peut-être qu'elle n'étoit point fâchée qu'une autorité Souveraine la diſpenſât de l'obſervance d'un vœu qu'elle avoit fait apparemment ſans trop conſulter ſon penchant, & dans un âge où elle ne connoiſſoit point la difficulté qu'elle auroit à le garder ; car on recevoit les Veſtales ſi jeunes, qu'elles ne comprenoient point le poids du joug qu'elles s'impoſoient, 6) auſſi en avoit-on vû aſſez ſouvent deshonorer la ſainteté de leurs vœux par leurs galanteries, la Religion de leurs ſermens, n'ayant pas aſſez de force pour défendre leur cœur contre les irruptions de leurs temperamment, & les ſaillies de leur jeuneſſe. Quoiqu'il en ſoit, Heliogabale, au grand mépris de tout ce qu'il y avoit chez les Romains de plus reſpectable & de plus reveré, enleva la Veſtale, l'épouſa & la déclara Auguſte.

6. Voyez la Note 1. ſur Calpurnie dans le premier Tome.

Le Senat regarda ces nôces facrileges, comme un crime qui ne pouvoit qu'attirer à l'Empire quelque grand malheur. Les Loix n'avoient jamais rien relâché de leur févérité, lorfqu'il s'étoit agi de punir les Veftales qui avoient manqué contre leurs vœux, les complices de leur crime n'avoient non plus jamais échapé au fupplice; mais dans cette conjonture, l'autorité du Senat fut captive d'une puiffance plus redoutée, & l'on fe vit réduit à déplorer un malheur à quoi l'on ne pouvoit apporter de remede. Heliogabale n'eut pas de peine à remarquer la douleur que caufoit à tous les Ordres de la Ville, le mariage qu'il venoit de contracter, en renverfant toutes les Loix, & en heurtant l'ufage de Rome le plus ancien & le plus religieufement obfervé. On le regardoit comme un attentat inoüis, capable d'irriter tous les Dieux. Un morne filence regnoit dans Rome, une profonde trifteffe y étoit répanduë, elle paroiffoit peinte fur le vifage de fes Citoyens, toute la Ville fembloit être en deüil.

Heliogabale n'ignoroit point la caufe de cette défolation générale; quoique dans le fond il s'embarraffât peu de juftifier fes actions, voulut défendre fon mariage contre le blâme qu'on lui donnoit;

mais il le fit d'une maniere plus outra-
geuse que l'attentat même, & ce fut en
plaisantant sur un crime pour lequel,
dit un (g Historien, il méritoit la mort.
Il écrivit au Senat que de tous les man-
quemens qu'un homme étoit capable de
faire, il n'y en avoit point qui méritât plûtôt le pardon que ceux qui étoient l'effet
de sa fragilité; qu'il étoit difficile de resister à la violence de l'amour. Que la beauté de Severa ne lui avoit pas donné le tems
de réfléchir, que sa passion avoit surpris
sa raison; mais qu'enfin le mal étant fait,
il n'y avoit plus de remede. Qu'après tout
il ne voyoit point qu'on dût tant se ré-
crier sur son mariage avec Severa, & que
tout bien consideré, il n'y avoit rien qui
pût faire trouver mal assorti le mariage
d'un Prêtre du Soleil avec une Religieuse, qu'au contraire l'on devoit être bien-
aise de voir deux personnes sacrées unies
par le lien d'un mariage si saint, parce que
de la conjonction d'un Pontife avec une
Vestale, il ne pouvoit sortir qu'une race
toute divine.

La Vestale infidelle à son engagement,
n'eut pas sans doute beaucoup de peine à
s'accoûtumer à l'éclat des Ornemens Imperiaux, il faut convenir aussi qu'on ne

g. Herodian. lib. 5.

peut attribuer qu'à une folle ambition,
le confentement qu'elle donna à ce mariage, qui ne lui faifoit pas moins de tort
qu'une galanterie criminelle. Car outre la
tranfgreffion de fes vœux qu'elle violoit
avec tant de fcandale, la legereté d'Heliogabale qui fe marioit & fe démarioit,
pour ainfi dire tous les jours, devoient
lui faire fuir fes empreffemens. Il n'élevoit fes Maîtreffes fur le Trône que pour
les en faire defcendre le lendemain, fans
leur donner le tems de goûter le plaifir
de la Souveraineté. Fauftine & Cornelie
réduites à leur premiere fortune, pleu-
roient leur infenfée crédulité; il n'y avoit
nulle apparence que Severa pût fixer le
cœur volage d'un Prince qui n'étoit pas
capable d'un amour folide & conftant.
Auffi fa chute confola bien-tôt les Imperatrices difgraciées de leur malheur. Heliogabale dégoûté de la Veftale la répudia, & il y a apparence qu'il enveloppa
pour lors Sabinus dans la difgrace de fa
fille. Au refte, il ne fut pas long-tems fans
fe jetter dans de nouvelles amours; en
lui le terme d'une paffion étoit la naiffance d'une autre. Il fubftitua à Severa une
autre Imperatrice qu'il répudia auffi pour
en prendre une cinquiéme, à laquelle il
fit peu à peu fucceder une autre; & étant

E iij

sans cesse sollicité au changement par son inconstance, par son impudicité ou par ses dégoûts, faisant un jeu de ses mariages, il reprit Severa, & la rétablit dans la splendeur de la Dignité dont il l'avoit dépoüillée. Si Severa eut la satisfaction de remonter sur le Trône, elle eut aussi à essuyer une infinité de chagrins que lui donnerent les bizarres caprices, les changemens & les débauches d'Heliogabale; car enfin jamais Empereur ne porta si loin ses excès. Non content de se soüiller dans les débordemens les plus honteux, il alloit passer les nuits dans ces lieux infâmes destinés à la lubricité, où il se substituoit brutalement lui-même, à la place des Courtisannes les plus fameuses, contrefaisoit leurs voix & leurs gestes, prostituant son corps à la brutalité de ceux que la fureur de la débauche y conduisoit, & qui étoient pour l'ordinaire des Bâteleurs, des Affranchis & des Esclaves, & remplissant Rome de ses abominables débordemens, qui firent dire qu'il étoit le mari de toutes les femmes, & la femme de tous les maris.

Ses monstrueuses impudicités n'étoient interrompuës que par sa cruauté & par ses folies; il n'y avoit pas jusqu'à ses divertissemens qui ne fussent funestes

à quelqu'un ; car il faisoit quelques fois
jetter du haut d'une galerie une si grande
quantité de fleurs sur les Senateurs qui
lui alloient faire la cour , que plusieurs en
étoient étouffés. Il passoit les jours entiers à conduire des chariots , & c'étoit
en presence du Préfet du Prétoire, de la
Princesse Mæsa , de Soémias & de ses
Epouses , qu'il faisoit montre de son
adresse , dans ce vil exercice qui l'exposoit
à la risée du Public. Enfin après une infinité de folies, il en vint à cet excès d'ex-
travagance , que de se faire épouser par un
certain Hieroclés , qui n'étoit qu'un mi-
serable Esclave , & qui devint un des plus
puissans & plus riches hommes de l'Empire. Il voulut qu'on l'appellât la Maîtresse , la Femme , la Reine d'Hieroclés ; &
afin de se donner la ressemblance d'une
femme , il se fit raser , prit une quenoüil-
le & se mit à filer & à faire d'autres choses convenables à celles dont il deshonoroit le sexe par cette mascarade. C'est
ainsi que l'homme tombe dans les plus
étranges déréglemens d'esprit , & dans
les actions les plus méprisables , lorsqu'il
ne sçait pas faire usage de sa raison.

Mæsa rougissoit d'une conduite si honteuse , & ne pouvoit voir sans une vive
douleur des excès qui faisoient un tort

infini à la Dignité de celui qui les commettoit, & qui ne pouvoient aboutir
qu'à quelque funeste malheur. Elle employa tout ce qu'elle avoit d'adresse, pour
retirer son petit-fils de ses désordres, &
l'amener à quelque réfléxion; mais ses remontrances n'étoient point écoutées. Heliogabale ne prêtoit l'oreille qu'aux insen-
sés discours de sa mere, qui l'entretenoit
dans ses débauches, & qui lui en donnoit un abominable exemple par la licence de sa vie; car cette Princesse dissoluë,
oubliant la retenuë attachée à son sexe,
& les bienséances qu'elle devoit à son
rang, (b se livroit sans honte aux débauches les plus scandaleuses, & remplissoit
le Palais des plus infâmes prostitutions.
Ainsi bien loin de combattre les inclinations dépravées de son fils, & de réprimer par ses corrections les saillies de sa
pétulance & les vivacités de son âge in-
discret qui le sollicitoient au crime, elle
le fortifioit dans ses déréglemens par ses
lâches complaisances, & par les traces
qu'elle lui frayoit d'une dissolution effrenée.

Une Domination si odieuse devint cependant un joug extrêmement dur pour
les Romains. Heliogabale en aggravoit

b *Lamprid. in Heliog.*

chaque jour le poids par ſes violences &
par ſes folies, qui en le faiſant mépriſer,
le faiſoient haïr. Mais ce qui révolta ſur
tout les eſprits, ce fut le deſſein inſenſé
qu'il eut de déclarer Céſar & ſon Succeſſeur l'infâme Hieroclés, qui trois jours
auparavant n'étoit qu'un miſerable Char-
tier échapé depuis peu de l'eſclavage. (*i*
Mæſa s'oppoſa de toutes ſes forces à cette
réſolution, dont l'éxecution alloit faire
à l'Empire une éternelle flétriſſure ; elle
lui repreſenta le tort qu'il ſe feroit à lui-
même & à ſa famille, & pour l'intimider
par la crainte d'une ſédition, elle lui fit
ſentir que le choix injurieux d'un ſi indigne Succeſſeur, révolteroit contre lui le
Sénat & les Officiers des Armées, qui ſe
donneroient un Maître plus digne de les
commander ; mais Heliogabale regardant
ces judicieuſes remontrances comme des
leçons importunes, & perdant le reſpect
qu'il avoit eu juſqu'alors pour ſon ayeule,
lui répondit par des menaces inſolentes.
Il n'oſa toutesfois éxecuter ſon projet,
lorſqu'il eut refléchi ſur ce que Mæſa lui
avoit dit, tant il eſt vrai qu'un avis ſage
fait toûjours quelque effet ſur ceux même
qui l'écoutent, déterminés à ne pas le ſui-
vre.

i Dio. lib. 79.

Mæfa ne laiffa pas cependant de comprendre que rien n'étoit plus capable de rapprocher fon petit-fils de la raifon, & de lui faire changer de conduite, les chofes ne pouvoient tendre qu'à une révolution. En effet, Hieroclés avoit tellement obfedé l'Empereur, qu'il étoit le Dépofitaire de fes fecrets les plus intimes, & de fon autorité, & le canal par où découloient toutes les graces de la Cour. Une faveur fi puiffante & fi peu méritée, avoit allumé la jaloufie de tous les Grands de l'Empire, qui ne pouvoient fouffrir qu'un homme de néant gouvernât abfolument l'Etat, & difpofât de leurs biens & de leurs vies; & comme cette Princeffe voyoit les chofes de loin; elle ne douta point qu'il n'arrivât bient-tôt quelque changement, & craignit même d'être enveloppée dans les malheurs qui menaçoient Heliogabale. Dès lors elle fongea à mettre fa fortune en fûreté, elle abandonna fon petit-fils à fa mauvaife deftinée. La figure brillante qu'elle avoit fait à la Cour auprès de l'Imperatrice Julie fa fœur, & le pouvoir qu'elle avoit eu fous les Regnes de Severe & de Caracalla, lui avoient fait trouver tant d'agrément dans l'obfcurité de la vie privée, dans laquelle elle vêcut durant l'Empire de Ma-

erin qui l'avoit d'ailleurs tenuë dans de vi-
vives allarmes, qu'elle n'apprehendoit rien
tant que de retomber encore une fois dans
le même état, ce qu'elle avoit raison de
craindre si le Prince qui succederoit à Heliogabale n'étoit dans ses interèts ; de
sorte qu'elle ne travailla plus qu'à assurer
l'Empire à quelqu'un sur qui elle pût
compter, & qui lui conservât son rang,
son crédit & son autorité, c'étoit là tout
le systeme de sa politique.

Celui de qui elle crut pouvoir s'assurer,
fut le jeune Alexien son petit-fils, cousin
germain d'Heliogabale, & fils de Mamée, & il lui parut d'antant plus facile
de lui procurer l'Empire, qu'Heliogabale
n'ayant point d'enfans, il étoit son Successeur né ; de sorte qu'il n'y avoit qu'à
l'élever insensiblement pour l'approcher
du Trône. La voye de l'adoption étoit
sans difficulté la plus sûre & la plus aisée ;
mais Heliogabale étoit un esprit bizarre
& obstiné, il falloit beaucoup d'adresse
pour le manier & pour le résoudre à faire
cette adoption, sans qu'il en prît ombrage. Mæsa qui avoit étudié son humeur y
réüssit, car comme elle sçavoit par quel
biais il falloit le prendre, elle épia le moment favorable où elle pouvoit l'entretenir, & l'ayant un jour trouvé d'humeur à

l'écouter, elle lui fit entendre que perfonne n'étoit plus intereſſé qu'elle à lui
inſpirer ce qui lui étoit le plus avanta-
geux, & à prévenir ce qui pouvoit lui
nuire. *L'Empire mériteroit ſans doute toute votre attention, Seigneur, lui dit-elle,
mais votre Dignité de Pontife du Soleil,
éxige une partie de vos ſoins, & partage
vos occupations. Deux Emplois ſi importans ſont trop penibles pour une même perſonne. On ne peut aſſurément que loüer ce
zéle qui vous attache ſi religieuſement au
ſervice d'Elagabal, & au miniſtere de ſon
Temple; mais les beſoins de l'Empire ne
doivent pas être moins, l'objet de votre vigilance. Je tombe d'accord avec vous, que
ces ſoins ſont laborieux & fatiguans, mais
rien ne vous empêche d'en partager la peine
avec quelque perſonne qui, vous déchar-
geant d'une partie du poids du Gouvernement, vous laiſſe la liberté de vacquer
avec plus d'aſſiduité au ſervice de votre
Dieu. Vous ne devez pas faire toutes fois
au hazard, le choix de celui ſur qui vous
voudrez vous repoſer des affaires de l'Empire; gardez-vous ſur tout de jetter les
yeux ſur un Etranger, ce ſeroit tenter ſa
fidelité, vous le verriez un jour rappeller
à lui toute l'autorité & ſe ſervir contre
vous-même, de la puiſſance dont vous l'au-*

riez revêtu. *Cherchez dans votre famille une personne de la fidelité duquel vous puissiez être assuré. Vous avez le Prince Alexien votre cousin, en qui vous pouvez prendre une entiere confiance, & de qui vous n'avez rien à craindre. Outre qu'il est dans un âge à ne pouvoir vous donner aucun ombrage, il a l'honneur de vous appartenir, & par-là il est comme interessé à vous soulager dans vos soins.*

L'Empereur qui avoit encore assez de déférence pour les sentimens de son ayeule, lors sur tout qu'ils n'alloient point à gêner ses passions, approuva volontiers la proposition qu'elle lui fit, & la regarda même comme une prudente précaution d'une Princesse qui veilloit à ses interêts. Il mena Alexien au Senat, où il déclara qu'il adoptoit ce Prince pour son fils. Il lui donna le nom d'Alexandre, le désigna Cesar & Consul, & protesta que c'étoit son Dieu Elagabal qui lui avoit ordonné de faire cette adoption. Quoiqu'elle imitât si peu la nature, & qu'elle se trouvât opposée aux Loix, 7) le Senat l'autorisa,

7. L'adoption étoit une imitation de la nature : *Imitatur adoptio prolem*, dit Ausonne. Ainsi comme un pere est plus vieux que son fils, de même par les Loix il étoit ordonné que celui qui adoptoit eût au moins dix-huit ans plus que celui qui étoit adopté, parce qu'il seroit monstueux que celui qui adopte n'eût pas plus d'ans

& le Peuple la reçut avec joie, parce qu'il
la regarda comme l'accomplissement de la
prédiction de quelque Devin, qui avoit
assuré qu'un Alexandre natif d'Emesse,
succederoit à Heliogabale. Il arriva même dans ce tems une espece de prodige,
qui confirma les esprits dans cette croyan-
ce, (*k* il parut vers le Danube un Phan-
tome qui se disoit Alexandre de Macedoine, & en effet l'on dit qu'il en avoit
la ressemblance. Il avoit à sa suite quatre
cens personnes qui portoient des bran-
ches d'arbres, & étoient habillés comme
les Bacchantes. Ils traverserent la Mesie
& la Thrace, & allerent jusqu'à Bizance,
d'où ils passerent sur des Vaisseaux à Chalcedoine. On les voyoit en plein jour dan-
ser, sauter & faire mille folies, sans toutes fois causer aucun dommage à personne. Ils marquoient les endroits où ils vouloient aller, & on leur préparoit les loge-
mens & les choses qui leur étoient nécessaires, sans que ni les Intendans, ni les
Gouverneurs, ni les Troupes même,

---

k *Dio. lib.* 79.

nées que celui qu'il se choisit pour fils. De là vient
que Ciceron raille si inge-
nieusement Clodius qui s'é-
toit fait adopter par Fonte-
jus, lequel étoit plus jeune
que lui, & lui reproche d'a-
voir choisi pour pere celui
qui pouvoit être son fils :
*Factus es filius ejus contra
fas cujus per ætatem pater
esse potuisti.*

ofaffent s'oppofer à cette Bande phantaf-
tique, qui difparut enfin proche de Chalcedoine, après avoir fait la nuit certaines
cérémonies, & dreffé un cheval de bois à
l'endroit où elle s'évanoüit.

Après qu'Hliogabale eut adopté Alexandre, il fe crut en droit d'éxiger tout
de lui, & parce qu'il l'avoit affocié à fa
puiffance, il voulut le rendre imitateur de
fes folies. Mamée mere du jeune Prince,
au contraire travailloit en fecret à infpirer à fon fils des inclinations plus nobles,
& à l'éloigner de tous les plaifirs, ou plûtôt de tous les déréglemens de l'Empereur. C'étoit une femme d'une conduite
réguliere, qui faifoit de l'éducation de
fon fils, fa plus ferieufe occapation. Elle
n'eut aucune part au libertinage de fa
fœur, & fa réputation fut auffi illuftre
que celle de Soémias fut décriée. Elle ac-
quit beaucoup d'experience dans les affaires auprès de Mæfa fa mere, qui durant
l'Empire de Severe & de Caracalla, eut
beaucoup de part au Gouvernement. Ces
deux Empereurs eftimerent beaucoup la
fageffe de Mamée, & Caracalla lui conferva le rang & les honneurs qu'elle avoit
eu durant fon mariage avec Marcien,
quoique depuis elle eût époufé Claude Julien, qui étoit d'une condition inferieure.

Mais rien ne fait tant d'honneur à cette
Princesse, que le soin qu'elle prit d'inspi-
rer à son fils, des sentimens de moderation, & de lui faire haïr les divertissemens opposés à la pureté, en lui donnant
en particulier des leçons qui lui servoient
de contre-poison, contre les mauvaises
impressions que pouvoient faire sur son esprit & sur son cœur, les extravagances &
les discours infâmes d'Heliogabale, qui
vouloit l'associer à ses vices, comme à sa
Dignité. Elle avoit encore la précaution
de faire venir en secret chez elle des Maîtres, qui enseignoient au Prince, les Sciences & les Exercices convenables à sa qualité & à son rang, & qui formoient sa
jeunesse à la vertu, malgré les efforts que
faisoit l'Empereur, pour lui faire prendre
du goût pour ces exercices bas, méprisables & honteux, ausquels il passoit la
plus grande partie du jour, & pour lesquels Alexandre témoignoit une grande
aversion.

Comme rien ne soutient mieux l'amitié
que la conformité des sentimens & des inclinations, rien aussi ne divise plûtôt les
cœurs que la différence des humeurs &
l'opposition des penchans. Heliogabale &
Alexandre étoient nés avec des caracteres
qui n'avoient entre eux aucun rapport.

Leurs

Leurs fentimens n'étoient jamais conformes, il étoit difficile que deux Princes qui
avoient des temperammens fi differens &
des inclinations fi oppofées, puffent s'af-
fortir & compatir enfemble. Auffi l'Empereur ne trouvant dans fon coufin aucun
goût pour ces divertiffemens groffiers &
fouvent cruels, & pour ces plaifirs honteux
qui avoient pour lui de fi grands attraits,
quoiqu'ils le deshonoraffent, commença
de le haïr, & dans peu il fe repentit de l'a-
voir adopté. L'amour que le Peuple témoigna pour ce jeune Prince, augmenta de
plus en plus la jaloufie & la haine d'Heliogabale & elle lui fit prendre la réfolution
de s'en défaire. Il chargea ceux qui étoient
auprès d'Alexandre, de l'affaffiner ou de
l'empoifonner; mais il trouva dans tous les
Officiers & dans tous les Domeftiques du
Prince, une fidelité que fes menaces & fes
promeffes ne pûrent ni ébranler, ni corrompre. D'ailleurs Mamée, fans ceffe en
garde contre les trahifons d'Heliogabale,
ne permettoit point que fon fils mangeât
ni bût rien de ce qui lui venoit de fa part,
& faifoit apprêter fes repas fous fes yeux
& par des Domeftiques, de la fidelité defquels elle étoit fort affurée; & pour qu'A-
lexandre fe conciliât l'amour des Troupes, elle lui donnoit de l'argent qu'il leur

Tome III.   F

diftribuoit. Ces largeffes affectionnoient les Soldats au Prince, mais elles irriterent l'Empereur qui connoiffoit bien que par ces dons, fon coufin cherchoit à débaucher les Legions, réfolut de le faire mourir, auffi bien que Mamée, qu'il regardoit comme l'Auteur de ces pratiques; mais avant que d'en venir à cette extrêmité, il voulut ôter au Prince la qualité de Cefar & le nom d'Alexandre, & faire caffer fon adoption par le Sénat; & en effet il envoya des gens pour affacer le nom d'Alexandre de toutes les infcriptions où on l'avoit mis.

Cette entreprife eut un fuccès bien oppofé aux vûës d'Heliogabale; car dès que fes Emiffaires parurent pour exécuter fes ordres, les Soldats fe mutinerent & coururent au Palais pour y défendre Alexandre, à qui ils s'imaginerent que l'Empereur vouloit ôter la vie, & ayant appris que celui-ci s'étoit retiré en un autre Palais, il y allerent en hâte pour le maffacrer, ce qu'ils auroient fans doute exécuté, fi Antiochitius Préfet du Prétoire n'avoit arrêté leur fureur en leur rappellant le ferment de fidelité qu'ils avoient juré à Heliogabale, & qu'ils alloient violer par un parricide. Il fallut même qu'on menât Alexandre au Camp, afin que les Soldats viffent qu'il étoit en vie. C'est ainfi qu'He-

liogabale en voulant nuire à son cousin,
travailloit contre son intention pour ce
Prince.

Ce témoignage éclatant de l'amour des
Troupes pour Alexandre, piqua cependant fort vivement l'Empereur. Il regarda
cette espece de sédition, comme l'anéan-
tissement de son autorité, & son cousin,
comme un concurrent qu'il avoit extrêmement à craindre. Plus il voyoit que les Soldats l'aimoient, plus il le haïssoit ; & il fut
si peu maître de son aversion pour ce Prince, qu'il ne put s'empêcher de la faire paroître dans plusieurs occasions, & sur tout
au premier jour de l'année : car comme
Alexandre devoit en qualité de Consul accompagner l'Empereur au Senat dès le matin, pour aller faire les cérémonies accoutumées au Capitole, Heliogabale y alla
seul, & ne voulut point que son cousin l'y
suivît. Mæsa & Soémias lui représenterent
*qu'une haine si marquée & une division de
cet éclat, aliencroit entierement de lui les esprits ; que par une conduite si peu politique
il trahissoit ses véritables interêts, au lieu
de nuire au Prince. Qu'une mésintelligence
si scandaleuse, dont on lui donneroit certainement tout le tort, fourniroit aux Soldats un prétexte de révolte, ce qu'il devoit
prévenir, puisque les esprits étoient déja*

indispofés contre lui , & que dans une con-
jonĉture fi délicate , il ne pouvoit rien chan-
ger , ni rien ometre fans s'expofer à de fâ-
cheux évenement.

Ces remontrances furent pour l'Empereur un fujet de réflexion & l'intimide-
rent, de forte qu'après avoir long-tems
refifté aux prieres des deux Princeffes , il
fe détermina fur le midi à aller au Senat
avec Alexandre , & s'y fit accompagner
par Mæfa qui y prit fa place ordinaire; mais
il fut toûjours obftiné à ne pas aller au Capitole, pour priver Alexandre de l'honneur
de faire les Sacrifices accoutumés dans
cette cérémonie , où les Confuls paroiffoient avec tout l'éclat de leur dignité ,
& il les fit faire par le Préfet de la ville ,
comme fi les Confuls étoient abfens. Cependant comme en l'obligeant de mener
Alexandre au Senat : on lui avoit fait une
extrême violence, il réfolut de le faire périr par quelque voye que ce fût.

Sa jaloufie lui infpiroit ces violentes ré-
folutions & le fortifioit d'abord contre la
crainte des évenemens ; mais fa timidité
affoibliffoit bientôt fes premieres penfées,
& lui faifoit appréhender les fuites de fon
entreprife. Il ne pouvoit douter que le Senat & les Armées n'aimaffent tendrement
Alexandre , & il ne pouvoit point fe flatter

qu'on voulût laiffer fa mort fans vangeance; d'autre part il s'imaginoit que lorfque
ce Prince feroit mort, fes plus ardens par-
tifans même n'efperant plus rien de lui, ne
fongeroient point à venger fon fang. Dans
ces irréfolutions il s'avifa de fonder le
cœur des Romains & d'éprouver quels
feroient leurs fentimens, lorfqu'ils ap-
prendroient la mort d'Alexandre, & pour
cet effet il retint ce Prince au Palais & fit
courir le bruit qu'il étoit mourant. Cette
nouvelle fe répandit dans un moment dans
toute la ville & la remplit de trouble. On
n'entendit que murmures, que menaces,
que cris féditieux. Les Soldats s'attroup-
perent, refuferent d'envoyer à l'Empereur
la Garde ordinaire, & s'étant enfermés
dans leur Camp, ils menacerent d'aller in-
veftir le Palais, fi l'on ne leur repréfentoit
Alexandre.

Heliogabale effrayé par le tumulte de
cette fédition, & craignant qu'elle n'allât
trop loin, mena Alexandre au Camp ac-
compagé de Soémias & de Mamée. A peine ce jeune Prince parut, que les Soldats
jetterent de grand cris de joye, & té-
moignerent par les vœux qu'ils faifoient
pour fa profperité, l'interêt qu'ils prenoient à fa confervation, & ne dirent
pas un mot en faveur d'Heliogabale. Ce

fut pour celui-ci un nouveau sujet de dépit ; cette préference que les Soldats té-
moignerent du salut d'Alexandre au sien ,
lui parut si injurieuse , que le lendemain
ayant assemblé les Soldats, il condamna à
la mort ceux qui avoient témoigné le plus
de zèle pour le Prince.

Cette séverité si fort à contre-tems fut
sa ruine, tout le Camp se mutina , & quoiqu'Heliogabale n'eût proscrit que ceux
qui lui avoient paru les plus mutins, les
autres ne purent voir leurs camarades sacrifier à sa jalousie, sans craindre un pareil
traitement. Alors on les entendit tous
crier qu'il falloit exterminer le Tyran , &
élever sur le Trône le Prince Alexandre. Il
n'y a rien de plus dangereux que les premiers feux d'une troupe mutinée, c'est un
torrent qu'aucune digue n'arrête. L'Empereur voyant sa vie en danger, voulut
chercher son salut dans la fuite, mais se
voyant enveloppé dans le Camp, d'où
il ne lui étoit pas facile de sortir ; il im-
plora le secours de ses affidés. Ceux qui l'a-
voient accompagné au Camp, le Préfet de
ses Gardes, Hierocles, & quelques Soldats, firent mine de le défendre contre les
partisans d'Alexandre, & ce désordre se
changea en un combat. Soémias & Mamée qui avoient passé la nuit dans le Camp

avec l'Empereur & avec le Prince, voyant
alors qu'il s'agiſſoit de la fortune, de l'un
& de l'autre ſe ſéparerent, ſe mirent à la
tête des deux partis & firent les fonctions
de Général. Chacune animoit les Soldats
de ſon parti par les plus belles promeſſes,
& tâchoit de débaucher ceux de ſon ad-
verſaire, & l'on voyoit ces deux ſœurs
travailler de tout leur cœur à la ruine l'une
de l'autre.

Durant que l'on ſe battoit, Heliogabale s'étoit caché dans l'endroit du Camp le
plus ſale, 8) & Soémias ſa mere l'y ſuivit
quand elle eut vû que ſon parti avoit du
deſſous; mais les Soldats d'Alexandre qui
cherchoient par toùt Heliogabale, l'ayant
enfin découvert, le poignarderent entre les
bras de Soémias qui le tenoit embraſſé, &
à laquelle ils firent auſſi le même traitement. Le Senat apprit leur mort avec joye
& le premier Arrêt qu'il rendit, porta
qu'à l'avenir aucune femme n'auroit ſéance
dans le Senat. Telle fut la fin de l'infâme
Heliogabale, & une vie ſi débordée ne
pouvoit pas le conduire à une mort moins
funeſte. On lui avoit prédit qu'il périroit
malheureuſement & d'une mort violente,

---

8. Heliogabale ne ſçachant   le maſſacra : *Atque in Latri-*
où ſe retirer, ſe cacha dans   *na ad quam confugerat occi-*
un Privé, & ce fut là qu'on   *ſus.*

& c'étoit pour prévenir ceux qui l'atta-
queroient qu'il portoit des cordons de foye
pour s'étrangler, des poignards d'argent
pour fe tuer, & du poifon pour fe donner
la mort. Il avoit encore fait bâtir une haute Tour, pour s'y réfugier, & l'avoit fait
paver de carreaux d'argent enrichis de diamans & de pierres précieufes, afin que
lorfqu'il fe feroit précipité en bas, fi l'on l'y
venoit attaquer, on pût dire que fa mort
étoit précieufe.

L'Hiftoire ne nous apprend plus rien
des Imperatrices Fauftine, Cornelie. &
Severa.

LA

LA FILLE DE MARCIEN,
MEMMIA,
SALUSTIA BARBIA ORBIANA,
Femmes d'Alexandre Severe.

MAME'E, Mere de cet Empereur.

LA félicité d'un Peuple dépend pour l'ordinaire de l'éducation qu'à reçû le Prince qui le gouverne ; elle eſt le fruit des ſentimens qu'on lui a inſpiré, & des inclinations qu'on lui a fait prendre. Dans cette vérité que les évenemens ont ſi ſouvent juſtifiée; nous avons un préſage ſûr du bonheur dont nous joüiront ſous le regne de notre Auguſte Monarque, qui né avec leplus heureux naturel, a eu ſes jeunes ans confiés à de ſi grands & de ſi habiles Maîtres. Tel fut à peu près le ſoin que l'on prit de la jeuneſſe de l'Empereur Alexandre Severe, qui fit tant d'honneur au Trône des Ceſars.

Après qu'Heliogabale eut été tué dans le Camp des Prétoriens, les Soldats proclamerent Auguſte le jeune Alexandre, 1)

---

1. Alexandre fut ainſi appellé à cauſe des préſages qu'il avoit eu de ſon élévation à l'Empire, & des rapports qu'on trouvoit entre lui & le celebre Roy de Macedoine qui portoit ce nom : car Mamée mit au monde Alexien à pareil jour qu'Olimpias accoucha d'Alexandre. L'Empereur naquit dans un Temple dédié à

Tome III,   G

& l'accompagnerent au Palais. Jamais on
ne vit dans Rome une joye plus univerſel-
le ; il ſembloit que chaque particulier s'aſ-
ſuroit un avenir heureux dans l'élection de
ce Prince. Le Senat en le déclarant Empereur, lui donna en même tems les titres
d'Auguſte & de pere de la Patrie, avec la
puiſſance, (*a* Tribunienne. Il voulut encore lui décerner le nom d'Antonin & le ſurnom de Grand, qu'avoit porté Alexandre
de Macedoine, mais le jeune Prince les
refuſa avec une modeſtie qui l'en rendoit
encore plus digne. 2) Et certes s'il étoit
glorieux pour Alexandre de voir tous les
ordres de la ville unir en ſa faveur leurs
ſuffrages avec tant d'empreſſement, il faut
avoüer auſſi que jamais Prince de cet âge
n'apporta ſur le Trône de ſi belles eſpérances. 3) Il étoit grand, bien fait, d'une

a *Lamprid.*

Alexandre, il eut pour nour-
rice une femme appellée
Olimpias, & dont le mari
portoit le nom de Philippe.

2. *Multo clario viſus eſt*
alienis nominibus non receptis
quam ſi recepiſſet.

3. L'on dit que l'Empe-
reur Alexandre pour con-
ſerver la beauté de ſon viſage, ſe faiſoit ſervir tous les
jours un Lievre. Ce Prin-
ce ſçavoit apparemment ce
vieux Proverbe. *Que qui a*
mangé du Lievre eſt beau ſept
jours de ſuite. Martial fait
une cruelle raillerie à Gellia
ſur ce ſujet.

Si quando leporem mittis mihi, Gellia, dicis
Formoſus ſeptem, Marce, diebus eris.
Si non derides, ſi verum lux mea narras ;
Ediſti numquam, Gellia, tu leporem.

phisionomie prévenante, alliant à un air
mâle & guerrier une certaine douceur qui
lui attiroit l'amour & le respect de ceux
qui le voyoient. De ses yeux partoient des
regards pleins d'un feu vif qui faisoient
baisser la vûë aux plus résolus. Les qualités
de son esprit n'avoient pas moins de mérite que les avantages de son corps; en lui
les vertus les plus rares étoient éminem-
ment réünies. Il étoit doux, affable, mo-
deste, sans orgüeil, ennemi du vice & des
vicieux, autant exact à faire rendre la justice qu'à la rendre lui-même. Avec de si
nobles inclinations, la Nature l'avoit favorisé d'un naturel docile & soumis aux avis
de ceux qui furent chargés de son éducation, lesquels ne trouvant dans ce jeune
Prince aucun mauvais penchant à redres-
ser, n'eurent d'autre soin à prendre, que de
faire porter aux semences de vertu qu'on
avoit jetté dans son cœur, les fruits qui
leur étoient propres.

Alexandre n'avoit que treize ans lorsqu'il fut élevé à l'Empire. Le même Ar-

---

On n'épargna point Ale-
xandre sur cette affectation
de manger tous les jours du
Lievre, & l'on vit courir
ces Vers qui furent montrés
à ce Prince.

Pulchrum quod vides esse nostrum regem
Quem syrum sua detulit propago
Venatus facit, & lepus comesus,
Ex quo continuum capit leporem.

G ij

rêt décerna à Mamée fa mere le Titre
d'Augufte, de mere de la Patrie, & les
autres que le Senat fort prodigue de ces titres, magnifiques, mais vains, avoit accoutumé d'accorder aux femmes & aux
meres des Empereurs. Mais il faut convenir que ces honneurs que la flaterie accorda fi fouvent à des Princeffes qui en
étoient indignes, eurent le mérite pour
objet, lorfqu'ils furent donnés à Mamée.
C'étoit une femme d'une conduite fage &
à l'abri du moindre foupçon. (b Elle ne fit
de fa vie aucune démarche qui pût mettre
fon honneur en doute. Elle eut le glorieux
avantage de connoître la Religion chrétienne, & ce fut à Origene qu'elle dut ce
bonheur.

Ce grand homme enfeignoit les faintes
Lettres à Alexandrie, durant le féjour que
Mamée fit à Antioche auprès de l'Imperatrice Julie fa tante. La réputation de ce
Docteur & la nouveauté de fa doctrine piquerent la curiofité de Mamée ; elle l'envoya querir, le reçut à Antioche avec de
grandes marques d'eftime, & eut avec
lui de fréquentes conférences fur la Religion qu'il enfeignoit. Origene ne négligea
point de gagner à la foi une Princeffe qui
pouvoit beaucoup contribuer à mettre l'E-

b Eufeb. Hift. 6. 15. Nicephor. Call. Hift. 5. c. 17.

vangile en crédit ; il lui développa les myſteres de la Religion ; il lui fit connoî-tre Jeſus-Chriſt , & lui inſpira du reſpect pour ſa divine perſonne, ſentimens qu'elle tranſmit à ſon fils Alexandre, qui eut toû-jours beaucoup d'égards pour les Chré-tiens.

Je ſçai que les Leçons d'Origene ne déroberent point Mamée à toutes ſes paſ-ſions , & n'éteignirent point en elle l'am-bition ni la cupidité. Poſſedée du déſir de commander, elle ne ſe contenta point de ſoumettre à ſon autorité celle de l'Empe-reur , elle ne put même ſouffrir cette om-bre de puiſſance qu'avoit l'Imperatrice ſa belle-fille,qu'elle perſécuta avec tant d'in-juſtice.

Ces vices ſemblent à la vérité combat-tre le ſentiment de ceux qui aſſurent qu'elle étoit chrétienne ; mais ne voit - on pas des Chrétiens ſujets à de criminelles paſſions ?

Quoi qu'il en ſoit Mamée méritoit les honneurs que lui accorda le Senat , par la ſage éducation qu'elle fit donner à ſon fils , & par le ſoin qu'elle prit de l'éloigner de tous les divertiſſemens oppoſés à la pure-té , précaution qui eſt une preuve de ſon chriſtianiſme. En effet , cette Princeſſe ne mit auprès du jeune Alexandre que des perſonnes d'une ſageſſe reconnuë. L'entrée

du Palais fut interdite à tous ceux dont les
mœurs étoient corrompuës ou suspectes,
& sur tout à ces Courtisans déreglés qui
avoient été les Ministres des voluptés &
des violences d'Heliogabale. Elle n'y souffrit point les flateurs, qui sont la peste des
Cours, & dont les conseils séducteurs &
empoisonnés sont capables de gâter le naturel le plus heureux & le plus porté au
bien. Elle n'en resta pas là, persuadée
qu'un loisir voluptueux & une molle oisiveté sont des maîtres pernicieux qui n'ins-
pirent que le vice, sur tout aux Princes, à
qui les plaisirs s'offrent pour ainsi dire
d'eux mêmes, & qui dans les vivacités de
la jeunesse ne sont point en état de faire de
sérieuses réflexions, elle lui donna des occupations sérieuses, lesquelles en ne lui
laissant pas le tems de songer aux divertis-
femens, l'attachoient à des choses utiles,
& c'étoit en sa présence même qu'elle l'en-
gageoit à rendre la justice & à regler les
affaires de l'Empire.

Mamée ne pouvoit sans doute prendre
de plus sages précautions; mais il faut
avoüer aussi qu'elle travailloit sur un riche
fonds. Quels progrès ne fait point l'éducation sur un naturel aussi heureux que celui d'Alexandre !Docile,(c il écoutoit avec

c *Lamprid.*

attention les avis de sa mere & de ceux qu'elle lui avoit donné pour conseil, & les suivoit avec exactitude. Zelé pour le bien public, il fit les réglemens les plus salutaires. Un de ses premiers soins fut d'abolir le culte bizarre du Dieu Elagabal, & de renvoyer à Emesse la pierre qu'Heliogabale adoroit avec une si ridicule superstition. Il donna à la ville une nouvele face en réformant les abus que son prédecesseur avoit ou introduits, ou tolerés. Il rendit aux dignités leur ancienne splendeur, en y élevant des personnes qui les méritoient par leur naissance, ou par leurs services, & en dépoüilla ces hommes infâmes qui en avoient été revêtus par Heliogabale. Sous son regne, on n'avoit pour monter aux Charges, d'autres degrés qu'une probité reconnuë. Alexandre dans la distribution des Emplois, également sourd aux sollicitations de l'amitié, aux conseils d'une timide politique, & aux plaintes même de la nature, n'avoit égard qu'à la vertu.

Mæsa eut la joye de voir ces loüables commencemens du regne de son petit fils, & on ne sçauroit lui refuser la gloire d'avoir beaucoup contribué à lui faire prendre de si nobles inclinations & de si beaux sentimens. Elle mourut au milieu des hon-

G iiij

neurs (*d* & dans une vieilleſſe fort avancée. Alexandre la fit déclarer Déeſſe, &
lui fit rendre tous ces ſacrileges honneurs
qu'on avoit accoutumé de rendre aux meres des Empereurs & aux Impératrices
même. Il n'ignoroit point les obligations
qu'il avoit à cette Princeſſe qui l'avoit fait
adopter par Heliogabale, & qui par ſon
adreſſe avoit enlevé à Macrin le Trône
que Macrin avoit enlevé à Caracalla.

Cette mort engagea Mamée dans de
plus grands ſoins. Car comme dans Mæſa
le jeune Empereur avoit une garde dont il
n'étoit pas trop facile de ſurprendre la vigilance, il fallut qu'elle ſuppleât à cette
perte. Ce n'étoit pas pour cette Princeſſe
une occupation peu pénible, que d'avoir la
jeuneſſe de ſon fils à cultiver, & à pourvoir à tous les beſoins de l'Etat, cependant elle y réüſſit ſi heureuſement que je
puis dire contre les frondeurs du Gouvernement des femmes, que Rome n'a jamais été gouvernée avec plus de ſageſſe.
Perſuadée qu'il n'y a rien de plus ſéduiſant
& en même tems de plus dangereux pour
un jeune Prince, que les premieres expe-
riences d'une autorité indépendante, &
d'une puiſſance à laquelle rien ne réſiſte,
elle choiſit de concert avec le Senat ſeize

d. *Herodian. lib.* 6.

personnes, parmi ce qu'il y avoit entre les Senateurs, (e de plus grave & de plus respectable par l'âge, l'expérience & la gravité des mœurs, afin que leurs remontrances serviffent de frein au jeune Empereur contre la séduction de la flaterie. Ulpien 4) ce célebre Jurifconfulte, qui étoit fans conteftation le plus remarquable de ces hommes choifis, s'attacha fur tout avec un zele particulier à former la jeuneffe d'Alexandre, & il fçut fi bien s'en faire écouter, que Mamée en devint jaloufe ; car elle ne pouvoit fouffrir que d'autre qu'elle s'emparât de l'efprit de fon fils ; mais voyant bien qu'Ulpien n'offroit à la conduite du Prince que des avis prudens & mefurés, elle travailla elle même à l'avancement de ce grand homme, qu'elle protegea contre quelques Soldats mutins qui, ne pouvant fouffrir l'autorité qu'il prenoit fur eux, vouloient le tuer, & elle le fit enfin Préfet du Pretoire fans Collegue, l'honorant d'une dignité, qui dans la fuite fut caufe de fa mort. Au refte l'autorité de ces Confeillers étoit dépendante de cel-

---

e *Lamprid. in Alex. Herodian. lib.* 6.

4. Ulpien étoit de Tyr & paffoit pour un des plus fçavans Jurifconfultes de fon tems. Il perfécuta cruellement les Chrétiens dans toutes fortes d'occafions. Les Prétoriens dont il fut Préfet le maffacrerent.

le de Mamée, & Alexandre ne se rendoit
à leurs avis, qu'autant qu'ils étoient conformes à ceux de sa mere, pour les sentimens de laquelle il eut toûjours une si
aveugle déference, qu'il les suivoit lors
même qu'il ne les approuvoit point, en
quoi il a été blâmé ; car on lui reproche (*f*
d'avoir été esclave des sentimens de Mamée, dans des occasions même où son interêt & sa gloire le dispensoient de les suivre.

La vigilance de ces graves Senateurs, qui
étoient comme autant d'Argus qui obser-
voient tous les pas du Prince, ne parut pas
à Mamée un moyen assez sûr pour arrêter
la vivacité de sa jeunesse ; elle trouva encore à propos de procurer à son fils de légitimes plaisirs, afin qu'il n'en cherchât
point de criminels. Elle résolut de le marier, quoi qu'il n'eût qu'environ quinze ans.
Elle crut que son propre interêt éxigeoit
ce mariage ; car comme elle exerçoit une
autorité qui n'étoit exposée à aucune con-
tradiction, ce qui flattoit son ambition ,
elle voulut donner à son fils une Epouse de
son choix, se flattant qu'une belle fille qui
lui seroit redevable de sa fortune, respec-
teroit toûjours la main qui l'auroit élevée,
& ce fut sur une parente de son premier
mari qu'elle jetta les yeux.

f Herodian. Julian. August. Cæs.

Varius Marcianus 5) proche parent du pere d'Alexandre, avoit une fille en qui les agrémens de l'esprit ne brilloient pas moins que les charmes de la beauté. Quoiqu'elle ne pût point se parer d'une origine éclatante, elle pouvoit cependant aller de pair avec les plus illustres personnes qu'il y eût dans l'Empire, parce que les victoires que son pere avoit remporté en Illyrie, & l'honneur qu'elle avoit d'être alliée à la famille Imperiale, avoit fort illustré sa maison. Mamée se flattant qu'elle la régenteroit, comme elle régentoit son fils, la proposa à Alexandre; & l'inclination de ce Prince se trouvant d'accord avec le choix de sa mere, il l'épousa. Le Senat décerna avec beaucoup de joye à la nouvelle Imperatrice, les honneurs qui lui étoient dûs, & surtout le Titre d'Auguste qu'on donnoit aux femmes des Empereurs. Ces hommages du Senat honoroient sans doute le choix de Mamée, cependant nous verrons que ce Titre d'Auguste, dont la nouvelle Imperatrice se para, (g fut la source de la division de ces Princesses, laquelle eut des suites fâcheuses.

g *Herodian.*

5 Il y en a qui croyent que Varius Marcianus, étoit Cousin germain de Genesius Marcianus pere d'Alexandre, & en effet le nom Varius étoit commun dans cette famille.

Après que Mamée eut donné une Epoufe à fon fils, elle voulut donner un mari à
la Princeffe Theoclie fa fille. Elle jetta les
yeux fur le fils de Maximin, qui de Berger, s'étant fait Soldat, étoit devenu Chef
d'une Legion, dont Alexandre lui avoit
donné le commandement après l'avoir fait
Senateur, ne fçachant point que dans cet
Officier il élevoit fon meurtrier. Maximin
le pere étoit fans conteftation bon Soldat
& brave Officier ; mais il avoit un naturel âpre & des manieres ruftiques, qui fen-
toient la rudeffe de fa Nation & la baffeffe de fa naiffance. L'on dit que fon fils
Maximus étoit plus poli ; mais auffi l'on
ajoûte qu'il étoit plus fier & plus infolent.
Ce fut à lui que Mamée réfolut de donner
la Princeffe Theoclie pour Epoufe ; mais
comme l'Empereur fon fils n'étoit point à
Rome, elle lui écrivit & lui propofa fon
deffein. Il ne fut point du goût d'Alexandre. Ce Prince qui aimoit tendrement fa
fœur, ne crut point que cette Princeffe
qui avoit été élevée à la Cour, & qui joignoit des manieres nobles à un naturel facile , pût s'accommoder de l'humeur
agrefte & farouche des Maximins ; mais
comme il avoit une extrême déference
pour toutes les volontés de fa mere , il fe
contenta de lui repréfenter, qu'à la vérité

Maximin le pere étoit un Officier de service, & duquel il estimoit le mérite; mais
qu'il avoit dans sa personne quelque chose
de barbare que l'air de la Cour & celui de
l'Armée, n'avoient pû lui faire perdre. Que
la Princesse sa sœur, élevée dans les mœurs
des Grecs, dans la politesse de la Cour &
dans les manieres aisées du grand monde,
auroit de la peine à s'accoutumer aux manieres grossieres d'un beau-pere, qui n'a-
voit rien que de rude & de rebutant; que
quoique le jeune Maximin eût des façons
de faire moins barbares, il ne voyoit point
qu'on dût unir une Princesse, née avec un
heureux naturel & qui avoit toute la douceur de sa nation, à un Officier en qui se
manifestoit toûjours la férocité de la sienne. Que si elle vouloit marier Theoclie, il
lui paroissoit plus convenable de lui donner pour Epoux Messala 6) Romain, d'ill-
lustre naissance, orné de toutes les belles
qualités qu'on pouvoit desirer, & qui donnoit des marques qu'il seroit un jour un
grand homme de guerre. Il ajoûta toutes
fois qu'il ne prétendoit point s'opposer à
son choix, & que ce qu'il lui écrivoit n'é-
toit qu'une remontrance qu'il lui étoit per-

6. Messala étoit de cette nat. Le Consulat avoit été
ancienne famille qui portoit plusieurs fois dans cette Mai-
ce nom & qui avoit donné son.
de si habiles Orateurs au Se-

mis de ne pas écouter. Mamée trouva sans
doute que les réflexions de son fils étoient
judicieuses, & ne parla plus de ce mariage.

Quoiqu'Alexandre aimât tendrement
l'Imperatrice sa femme, il ne s'oublia
pourtant point dans les plaisirs du mariage. Il fit toûjours du bien de l'Etat, l'objet de ses plus serieuses occupations. Il
diminua les Impôts les plus nécessaires,
il supprima les autres, & ne mit jamais
ses propres interêts en balance contre l'u-
tilité publique. Il vengea les Sciences &
les beaux Arts, du mépris qu'en avoit fait
son Prédecesseur, en honorant de sa protection & de ses liberalités les Sçavans,
dont il admiroit le genie & dont il redou-
toit la plume. (*b* Il fonda des Ecoles, &
y établit des Professeurs de toute sorte
de Sciences, & assigna même des revenus pour certain nombre d'Ecoliers de
qualité qui étoient pauvres. Il fit des bâ-
timens nouveaux, répara les anciens, &
orna la Ville d'un grand nombre de Statuës. Mais ce qui le rendit extrêmement
cher au Peuple, fut l'amour qu'il eut
pour les gens de bien, & la sévérité qu'il
exerça contre les méchans, & contre
ceux sur tout qui malversoient dans l'ad-
ministration de la Justice. Là-dessus il ne

b Lamprid.

fit grace à personne, non pas même à ses meilleurs amis. Son Palais fut l'azile de la vertu. Il ne pouvoit souffrir les vicieux, & sa délicatesse alla si loin, que l'Histoire remarque qu'il ne vouloit pas permettre que certaines personnes dont la réputation étoit décriée, allassent saluër l'Imperatrice son Epouse, ni la Princesse sa mere, comme si leur présence eût été contagieuse. Il étoit amateur de la Justice, mais sa douceur & sa bonté temperoient sa sévérité; car durant tout le cours de son Regne, il ne fit mourir personne par son ordre : & si certains crimes demandoient la mort de leurs auteurs, il en renvoyoit la connoissance au Senat. De son Palais furent éloignés les flateurs, qu'il regardoit comme des ennemis dangereux. Il avoit un discernement fort judicieux, & s'il étoit difficile de le surprendre, il étoit dangereux de l'avoir surpris. Vrai & sincere dans ses paroles & dans ses actions, il n'aimoit ni l'artifice, ni la duplicité, ni une trop cachée politique ; mais sur tout il haïssoit extrêmement ceux qui ayant quelque Employ ou quelque crédit, faisoient commerce de leur faveur.

Dans ce tems-là comme dans celui-ci, il y avoit à la Cour des gens qui recevoient

de l'argent & des préfens, pour des fervices qu'ils promettoient de rendre, &
qu'ils ne rendoient jamais. Grands don-
neurs de paroles, ils s'engageoient de demander au Prince ou au Miniftre une
grace, ou un Employ, une Charge, pour
tel dont ils ne fe fouvenoient plus d'a-
bord qu'ils l'avoient perdu de vûë. C'eft
ce qu'on appelloit alors vendre de la fumée. Vetronius Turinus, excelloit dans
ce métier.(*i* Il s'étoit fi bien infinué dans
les bonnes graces de l'Empereur, qu'il
étoit devenu fon principal favori, & avec
un mérite très-mediocre, il s'étoit mis
en poffeffion de fa confiance. Alexandre
en effet s'ouvroit à lui avec fi peu de re-
ferve, qu'il commettoit fon difcernement,
en honorant d'une affection fi marquée,
un homme qui d'ailleurs n'avoit aucune
bonne qualité ; & le public qui ne remarquoit pas dans Turinus, le mérite que fa
faveur auprès du Prince fembloit annon-
cer, trouvoit qu'Alexandre étoit ou peu
judicieux, ou trop complaifant. Turinus
cependant mettoit à profit fa faveur, &
recevoit de l'argent de ceux qui ayant
quelque grace à demander, s'adreffoient
à lui dans l'efperance de l'obtenir plus facilement, parce qu'on croyoit qu'il avoit

i Lamprid. in Alex.

tout pouvoir auprès du Prince : & il en‑
tretenoit le Peuple dans cette crédulité,
en se vantant qu'il obtenoit de l'Empereur
tout ce qu'il vouloit, & en promettant sa
sollicitation avec tant de confiance, que
ceux qui la reclamoient se tenoient com‑
me sûrs du succès. Il étoit néanmoins très‑
rare, qu'il s'interessât pour ceux dont il
avoit reçû l'argent ou les presens, & toutes
fois si les choses réüssissoient par d'autres
voyes, c'étoit Turinus qui les avoit fait
réüssir. Mais ce qu'il y avoit de honteux
dans cette espece de trafic, est que sou‑
vent après avoir pris de l'argent de quel‑
qu'un qui, pour obtenir une grace s'adres‑
soit à plusieurs Courtisans, dont il ache‑
toit la recommandation, ce Courtisan
interessé recevoit une seconde fois de l'ar‑
gent de la même personne ; lorsqu'ayant
obtenu ce qu'elle souhaitoit, & ne dou‑
tant point que ce ne fût par la sollicita‑
tion de Turinus, elle l'alloit récompenser
d'un service qu'il ne lui avoit pas rendu,
& dont Turinus se payoit, comme s'il il y
eût employé tout son crédit, quoiqu'il
n'y eût seulement pas pensé.

Alexandre eut quelque soupçon de
ce commerce, & il en fut irrité contre
Turinus ; mais comme il vouloit être assû‑
ré de la verité du fait avant de le faire

Tome III. H.

éclater, il ordonna à une personne qui lui demandoit une grace, de s'adreffer à Turinus, & de venir enfuite lui rendre compte de ce qui fe pafferoit. Turinus felon fa coûtume, ne manqua pas de lui promettre de parler pour lui à l'Empereur, & de fe charger du fuccès ; quelques jours après ayant rencontré ce Poftulant, il l'affura que fon affaire étoit en très-bonne difpofition ; qu'il avoit demandé ce qu'il fouhaitoit, & qu'il étoit affuré de l'obtenir en parlant une feconde fois au Prince ; mais en même tems il lui fit fentir qu'il n'employoit point fon crédit gratis. On ne manqua pas de lui promettre une reconnoiffance en argent, & il y eut des gens qui furent prefens au marché.

L'Empereur étoit pleinement informé de tout, & n'ayant pas befoin d'une plus grande preuve contre Turinus, il accorda la grace qu'on demandoit, & dont Turinus vouloit tirer le prix, quoiqu'il n'eût pas fait un feul pas pour celui à qui il avoit fait de fi belles promeffes. Ce rufé Courtifan ne laiffa pas de s'en attribuer le mérite ; car celui qui avoit acheté fa follicition ayant obtenu tout ce qu'il fouhaitoit, Turinus lui protefta qu'il l'avoit bien fervi, qu'il avoit été obligé d'employer tout ce qu'il avoit de crédit, & qu'il étoit le

feul de la Cour qui eût pû réüffir, cela
aboutiffoit à faire compter la fomme pro-
mife, & elle fut en effet réellement comp-
tée. Alors Alexandre ayant fait dénoncer
Turinus, ce vendeur de fumée, fut con-
vaincu d'avoir éxigé de groffes fommes
& des prefens confiderables, de ceux qui
avoient obtenu des Charges, des graces
& des Emplois, & d'avoir reçû de l'argent de plufieurs, pour une grace qu'un
feul avoit obtenu, fans le fecours de Turinus, qui n'avoit pas dit un feul mot
pour lui. L'Empereur éxamina le Procès,
conjointement avec le Senat, & Turinus
ayant été trouvé coupable, il fut condamné à un fupplice qui avoit du rapport
à fon crime. On le fit attacher à un po-
teau, autour duquel on alluma du foin &
du bois verd qui firent une épaiffe fumée,
dont Turinus fut étouffé, tandis qu'un
Heraut crioit : *que le Vendeur de fumée*
étoit puni par la fumée.

Cependant Alexandre tira fon profit
de l'infidélité de Turinus, car depuis ce
tems-là il n'admit qu'Ulpien dans fes
converfations particulieres, & ne vit fes
amis qu'en public. Ce fut par cette conduite qui a été tant loüée, qu'il s'attira
l'eftime & l'amour de tout le monde ;
mais fon affabilité & fa modeftie ne fu-

rent pas en lui des vertus moins admirées
& moins cheries. Il ne voulut jamais permettre qu'on l'appellât Seigneur, on le
voyoit aller familierement & s'inviter
chez ses amis, s'asseoir au milieu d'eux
sans distinction & sans cérémonie, &
agir moins en Empereur, qu'en particulier. Sa table fut toûjours fort sobre,
on n'y servoit que des mets communs &
ordinaires, & il y admettoit ceux de sa
Cour qu'il connoissoit être gens de probité, avec lesquels il se comportoit comme s'ils eussent été ses égaux.

Si l'on ne pouvoit reprocher à ce Prince ni l'affectation de la préséance, ni la
splendeur des festins, on ne pouvoit point
non plus lui reprocher le faste des habits.
7) Il n'en portoit que d'unis sans diamans & sans broderie ; rarement il s'ha-
billoit d'étofes de soye, se parant moins
des ornemens de sa Dignité, que de l'é-
clat de ses vertus ; moderation qui servit
d'exemple à tous les Romains de condition, qui n'oserent plus étaler sur leurs
habits, un luxe que la modestie de l'Em-

7. L'on remarque qu'A-
lexandre aimoit fort de s'habiller de blanc. Il ne portoit
point d'étofes toutes de soye,
& fort rarement de celles où
il y en avoit. Il ne pouvoit
souffrir de voir des hommes
porter des Perles. Aussi
avoit-il pour maxime que le
mérite d'un Empereur ne
consistoit point dans l'éclat
des habits, mais dans son
courage : *Imperium in virtute*
esse non in decore.

pereur condamnoit. Les Dames eurent
un pareil exemple à suivre dans l'Imperatrice, & ce fut la prudence d'Alexandre
qui le leur inspira. En effet, un Ambassadeur d'Orient ayant fait présent à cette
Princesse de deux Perles d'une grosseur
& d'un poids extraordinaire, (*l* l'Empereur ne trouva pas à propos qu'elle s'en
parât, ne voulant pas, disoit-il, que sa
femme introduisît la pernicieuse mode de
porter de si riches bijoux, & afin de faire
perdre à l'Imperatrice l'envie de les étaler
sur sa personne, il les fit mettre en vente.

Il est aisé de croire que dans cette occasion, l'Imperatrice auroit souhaité
dans son Epoux un peu plus de complaisance, & que ce n'étoit point sans quelque peine qu'elle voyoit passer en d'autres
mains, des perles destinées pour parer
sa personne ; mais elle n'eut point ce chagrin, il ne se presenta aucun (*m* acheteur
pour ces précieux Bijoux, soit qu'on les
trouvât hors de prix, soit qu'on n'osât
donner l'exemple d'un luxe que le Prince
vouloit corriger, & on les rapporta à
l'Imperatrice. Elle n'eut point toutes fois
la satisfaction de s'en orner. Alexandre
ne voulant pas fournir aux Dames un prétexte pour justifier leur faste, en alleguant

l Lamprid. vit. Alex. m Lamprid.

celui de l'Imperatrice, la pria de facrifier ces riches parures, qu'il fit mettre à la
Statuë de Venus.

Ce loüable foin que prit l'Empereur
de réprimer le luxe, étoit d'autant plus
digne d'éloge, qu'il ne provenoit point
d'une fordide œconomie, qui le portât à
l'épargne, vice indigne d'un Prince, mais
d'une prudence éclairée, qui en retran-
chant les dépenfes fuperfluës, le mettoit
en état de fournir aux néceffaires lorfque
l'occafion l'éxigeoit, & c'étoit alors qu'il
faifoit paroître fa magnificence. En effet,
il ne blâmoit pas l'avarice avec moins de
févérité que la prodigalité, & nous lifons
qu'il n'épargna pas ce défaut dans fa mere
même ; car voyant qu'elle fe fervoit de
moyens bas, & fouvent peu légitimes
pour amaffer de l'argent, (*n* il lui dit un
jour avec une refpectueufe liberté, qu'u-
ne fi grande œconomie ne convenoit nullement à une Princeffe de fon rang, qui
devoit au contraire laiffer par tout des
marques de fa liberalité ; qu'il ne pouvoit
comprendre à quel ufage elle deftinoit ces
tréfors qu'elle amaffoit avec tant d'ardeur,
& qu'elle gardoit avec tant d'attache ;
qu'en accumulant ces richeffes, elle fe
faifoit du tort, parce que l'acquifition

n Herodian lib. 6.

qu'elle en faifoit , ne paroiffoit pas trop innocente à tout le monde.

Mamée qui avoit beaucoup d'efprit , fçut donner à fa cupidité un prétexte fpecieux & plaufible. Elle reprèfenta à fon fils que l'argent étant le nerf d'un Etat & l'ame de toute forte d'affaires, il ne falloit point laiffer l'épargne dépourvuë ; que ce n'étoit nullement pour fon ufage particulier qu'elle confervoit l'argent qu'elle enfermoit dans fes coffres , mais pour s'en fervir utilement dans les occafions; que lorfque les Soldats portés fans ceffe au changement fe foulevoient contre le Prince , on ne pouvoit les ramener à leur devoir par un moyen plus prompt & plus éfficace , que par un donatif & une diftribution d'argent; qu'une largeffe faite à propos , maintenoit les Legions dans la fidelité. Que les Troupes s'attachoient au Prince qu'elles fçavoient avoir le plus d'argent à répandre, & que c'étoit pour prévenir ou pour éteindre les rebellions , qu'elle faifoit ces amas d'argent qu'il lui reprochoit.

Ces raifons fembloient fans doute intereffantes , mais elles ne contenterent point Alexandre. Il ne fe foucioit point de gagner le cœur des Soldats par des voyes fi peu généreufes. Il regardoit com-

me une précaution indigne de la gloire de
son Regne, la prévoyance de sa mere,
qui vouloit soûtenir par ses largesses la
fidelité des Legions, laquelle devenoit
plus suspecte, à mesure qu'elle devenoit
interessée.

Si l'avarice de Mamée affligea quelques
fois Alexandre, l'ambition de cette Princesse fut pour lui le sujet d'un chagrin plus
vif & plus amer. Elle avoit reçû du Senat tous les honneurs que la flaterie avoit
accoûtumé de décerner aux femmes & aux
meres des Empereurs ; on lui avoit accordé le Titre non seulement d'Auguste, mais
encore de (o mere des Armées, du Senat & de la Patrie, ce que peu d'Imperatrices avoient ambitionné, & il semble
que ces honneurs excessifs & ces pompeu-
ses déferences, devoient satisfaire sa vanité : cependant ni tous ces hommages du Senat, ni tous ces égards & ces respects qu'a-
voit pour elle l'Empereur, ne furent point
capables de la guérir de la ridicule jalousie
que lui donnoit le Titre d'Auguste, que
prenoit sa belle-fille, & duquel elle vouloit se parer elle seule, sans vouloir faire
réfléxion, que cette Imperatrice n'avoit
ni crédit ni autorité dans l'Empire, où
tout se faisoit selon les ordres & la volon-

o Spon. Miscel.

té

té de Mamée. Cette fauſſe délicateſſe de Mamée la porta à des excès fort blâmables; car ſans avoir égard ni au rang qu'occupoit ſa brû, ni à l'amour qu'Alexandre ſon Epoux avoit pour elle, oubliant les devoirs de la bienſéance & de l'honnêteté, après lui avoir fait eſſuyer ſes bruſqueries & ſes mauvaiſes manieres, elle ſe laiſſa aller à cette baſſe extrêmité, que de maltraiter cette Imperatrice qui étoit devenuë l'objet de ſon averſion. (*p*

Alexandre ne ſe trouva jamais dans une ſi triſte ſituation; il ne pouvoit ſans une vive douleur, voir ſa mere & ſon Epouſe animées l'une contre l'autre. Il falloit en ſe rangeant du côté de Mamée, ſacrifier une Epouſe aimable, qu'il cheriſſoit tendrement & de laquelle il étoit tendrement aimé, & n'oſoit d'autre part contredire ſa mere, à laquelle il devoit ſa fortune. L'alternative étoit déſolente. L'Imperatrice connoiſſoit ſans doute l'état violent où ces fàcheuſes altercations mettoient Alexandre; elle ne voulut point exiger que ſon Epoux ſe déclarât pour elle; mais pour ſe mettre à l'abri de la mauvaiſe humeur de Mamée, elle quitta le Palais & ſe retira chez ſon pere, s'imaginant qu'en s'éxilant, pour ainſi dire, dans la maiſon de

p Herodian. lib. 6.

Tome III.   I

Marcien, elle ne feroit plus d'ombrage à
sa belle mere. Cette précaution étoit sage,
mais elle ne satisfit point Mamée. En quelque lieu que l'Imperatrice fût, elle étoit
Augufte, ce Titre la suivoit par tout,
pour ainsi parler, & la mere de l'Empereur ne vouloit point qu'il y eût d'autre
Augufte qu'elle : ainsi sa persécution alla
chercher l'Imperatrice jusques dans sa retraite, & cette Princesse fit passer sa colere sur Marcien, qui apparemment ne manquoit pas de se plaindre de l'injustice &
de la cruauté de Mamée.

Marcien n'avoit ni assez de soumission,
ni assez de politique pour souffrir de sang
froid qu'on maltraitât injustement sa fille,
& soit qu'il crût qu'Alexandre sacrifioit
son Epouse à sa mere, soit qu'il crût inutile de se plaindre de Mamée à Alexandre
qu'il sçavoit être dans l'impuissance de
s'opposer aux volontés de sa mere, qui le tenoit comme en tutele, poussé par son dépit & peut-être par son ambition, il se
porta à conspirer contre son gendre (q
quoi qu'il fît semblant de n'en vouloir qu'à
Mamée, quelque difficile qu'il fût de séparer les interêts du fils de ceux de la mere.

Le rang que Marcien tenoit dans l'Empire put contribuer à lui faire prendre cet-

q *Lamprid. Herodian.*

te hardie résolution. Outre l'honneur que lui faisoient ses victoires qui lui avoient procuré les ornemens Consulaires, il avoit été élevé aux honneurs par l'Empereur son beau-fils qui l'admettoit à sa confidence, & qui par l'alliance qu'il avoit contractée avec lui, l'avoit rendu très-considerable. Fier de sa faveur, qui lui donnoit autorité dans les Armées, il alla se réfugier dans le Camp des Prétoriens, comme pour y chercher un azile contre les persécutions de Mamée; il y exagera l'ambition déme-surée de cette femme, qui sous le nom de son fils, exerçoit une puissance tirannique, & dont la jalouse vanité ne pouvoit souf-frir que l'Imperatrice prît le titre d'Au-guste que le Senat lui avoit décerné, que tous les ordres de l'Empire lui donnoient, & qui étoit dû à l'Epouse de l'Empereur. Après avoir fait son possible pour irriter les Soldats contre Mamée, il leur demanda leur protection; mais c'étoit tenter une ressource inutile. Les Prétoriens étoient alors trop affectionnés à Mamée, pour vou-loir rien entreprendre contre ses interêts. Marcien par cette démarche découvrit ses desseins, & s'attira de plus fort le ressenti-ment de Mamée, duquel il fut la victime. Au lieu de faire révolter contre cette Prin-cesse, les Soldats ausquels il s'étoit flatté de

faire époufer fa défenfe, il expia fa temeri-
té par fa mort, & fuccomba dans les efforts qu'il faifoit pour fe roidir contre elle.
L'Imperatrice eut part aux malheurs de
fon pere, defquels elle étoit la caufe innocente. Elle fut releguée en Affrique, &
porta dans le lieu de fon banniffement l'ombre d'un grand nom & la vaine pompe
d'un titre qui étoit la caufe de fes difgra-
ces. Alexandre tout paffionné qui étoit
pour elle, n'eut pas la force d'accorder fon
autorité aux tendres follicitations de fon
amour pour cette infortunée Imperatrice.
Il la vit condamner à un exil injufte & ri-
goureux, fans ofer oppofer à cet arrêt, que
des regrets inutiles.

Nous ne fçavons point fi cette Imperatrice mourut dans le lieu de fon banniffement, l'Hiftoire n'en dit rien; mais elle
nous apprend qu'Alexandre époufa une feconde femme. Il y a apparence que Mamée
fut confultée, & qu'elle en chercha une
qui ne fe piquât point de porter le Titre
d'Augufte. Celle dont on fit choix fut
Memmia fille du Conful Sulpicius, & petite fille de Catulus. (r Le Senat ne manqua point de lui décerner le Titre d'Augufte, comme il paroît par les Médailles
que l'on a de cette Imperatrice; mais il y

r Lamprid.

a lieu de croire que pour ne pas s'exposer aux malheurs de celle dont elle occupoit la place, Memmia n'osa point s'en faire honneur. Elle ne manquoit pourtant point d'orgüeil, ni de fierté. Elle ne pouvoit souffrir de voir l'Empereur son Epoux se confondre avec les Particuliers, dans les bains publics, & éloigner de lui tout ce qui sentoit la Grandeur, comme si cette modération si loüable dans un Prince eût fait tort à sa dignité ; mais Alexandre se mettoit au-dessus de ces sentimens, & un jour que l'Imperatrice son Epouse & Mamée sa mere lui voulurent dire qu'il s'abaissoit trop & qu'il rendoit son autorité méprisable, il leur répondit qu'en rabaissant son autorité il la rendoit plus durable & plus assurée. En effet, c'étoit sa douceur & son affabilité qui lui gagnoient l'affection des Troupes qui le servoient avec zele. Il l'éprouva sur tout dans la guerre qu'il eut contre Artaxerxes, Roi de Perse, 8)

---

8. Dion appelle ce Prince Artaxerxes, d'autres Artanare, Xerxes, Azdashir. Un Auteur dit que la femme d'un Cordonnier appellée Babec, l'avoit eu sous le bon plaisir de son Mari, d'un Soldat nommé Sasan, & que ce Sasan avoit consenti qu'il passât pour fils de Babec. Artaxerxes avoit du cœur & étoit très-habile Magicien. Il eut l'adresse de ramasser assez de gens pour faire une petite armée, avec laquelle il battit les Parthes, & il devint ensuite si puissant qu'après avoir tué Artabane il prit la Thiare & rétablit l'Empire de Perses.

dont les victoires allarmerent Rome. Ce
nouveau Conquerant étoit un homme
de néant, Perfan de Nation, & d'une
naiffance honteufe à ce qu'on prétend ;
mais il avoit tous les talens neceffaires
pour faire un homme extraordinaire.
Après s'être fait Général d'Armées fans
qu'on fçache bien comment, il attaqua les Parthes, les battit, & ayant tué
leur Roi Artabane, il ruina leur Monar-
chie & rétablit celle des Perfes, qu'Alexandre de Macedoine avoit abbatuë. Ces
heureux fuccès enflerent fi fort fon cœur &
fes efperances, qu'il ne promit pas moins
à fon ambition, que de recouvrer tout ce
qui avoit appartenu aux Rois de Perfe,
& de reconquerir tout ce que les Romains
poffedoient dans l'Afie. Comme la har-
dieffe fuit prefque toûjours la bonne fortune ; ce Monarque, qui fier de ces Victoires prenoit la qualité de Roy des Perfes, & qui regardoit les autres Souverains
comme fes Sujets, écrivit à tous les Princes voifins, qu'ils euffent à le reconnoître
pour Superieur, & à lui fournir le fecours
qu'ils avoient accoutumé d'envoyer, ou à
fe préparer à la mort. Ces menaces épouvanterent les plus foibles & les plus timi-
des ; mais il fe trouva des Princes qui n'o-
béïrent qu'après avoir long-tems refifté,

& Alfawad , (ſ un de ces Princes Orientaux auroit peut-être fait avorter lui ſeul
les deſſeins de ce brutal conquerant, s'il
n'eût été trahi par la perſonne même de laquelle il avoit le moins à craindre les tra-
hiſons. Ce fut ſa fille qui eut cette horrible
perfidie. Cette Princeſſe éblouïe par l'éclat
des Triomphes d'Artaxerxes , & par la
grandeur de ſa puiſſance , n'eut pas honte
de livrer ſon pere & ſa Patrie à leur plus
redoutable ennemi.

Artaxerxes avoit aſſiegé Alfawad dans
une Fortereſſe, au-devant de laquelle il
avoit eu le chagrin de conſumer tout ſon
tems & une partie de ſes forces , ſans rien
avancer , & tous ſes efforts n'avoient ſervi
qu'à décrier ſes Armes, parce qu'ils avoient
été inutiles. Il n'étoit pourtant point rebu-
té , & la réſiſtance du Prince, au lieu de lui
faire lever le Siege, le faiſoit de plus en plus
opiniâtrer à ſe rendre maître de la place.
Mais comme il n'étoit pas moins ruſé que
brave, il fit agir la ruſe après avoir employé en vain toute ſa valeur. Il ſçavoit
que le Prince avoit une fille en âge d'être
mariée, & ne doutant point qu'une pro-
poſition de mariage ne la lui rendît favorable, il trouva le moyen de lui faire dire,
que ſi elle vouloit lui enſeigner l'endroit

ſ Lutych. ann.

Liiij

par où il pouvoit prendre la Forteresse, il
l'épouseroit & la feroit asseoir avec lui sur
le Trône des Perses ; & afin de la mieux
convaincre de la sincerité de ses promesses,
il lui fit la même offre dans un billet qu'il
attacha à une flèche qu'il tira dans la place, ainsi qu'il le lui avoit fait sçavoir : ces
brillantes propositions firent l'effet que
souhaittoit le Persan.

Rien ne tente plus délicatement une
fille nubile que la vûë d'un grand mariage.
La Couronne de Perse parut à la Princesse
une fortune qu'elle ne devoit pas négliger.
Elle répondit gracieusement aux offres
obligeantes & magnifiques d'Artaxerxes,
par des billets envoyés de la même maniere, & après que toutes les conditions eurent été reglées par ces Ambassadeurs vo-
lans, la Princesse qui languissoit peut-être
autant de prendre le Persan, que le Persan
de prendre la Forteresse, lui découvrit un
endroit de la Place, par où il pouvoit entrer dedans sans danger & sans peine.

Artaxerxes ne resta pas long tems à profiter de l'avis, il surprit la Place & s'en
rendit maître. La Princesse reçut d'abord
la récompense de sa trahison, mais elle ne
fut pas long-tems à en recevoir la peine ;
car le Barbare après qu'il l'eut épousée,
lui ayant demandé un jour fort adroite-

ment quelle avoit été à son égard la conduite de son pere, la Princesse qui n'y entendoit point finesse, lui répondit fort naturellement, que son pere l'avoit toûjours tendrement aimée, & qu'il ne lui avoit jamais donné aucun sujet de tristesse. *Tu es donc indigne de vivre*, lui répliqua brusquement le Persan irrité, *Car si tu as été assez denaturée pour trahir un pere qui t'aimoit, & de qui tu m'as avoüé n'avoir reçu de ta vie aucun déplaisir, quelle fidelité pourrois-tu me garder? Non*, continua-t'il, en la regardant d'un œil méprisant & plein de courroux, *je ne m'exposerai point à tes perfidies, & celle que tu viens de commettre, mérite le plus affreux supplice.* A l'instant il fit attacher cette Princesse par les cheveux, à la queüe d'un cheval indompté, qui la traîna par tout & la mit en pieces. Ainsi ce Roy vangea l'infortuné Alsawad de la trahison de sa fille. Tant il est vrai qu'on n'a garde de compter sur une fidelité qu'on a pû corrompre.

Artaxerxes s'étant donc rendu maître de la Forteresse d'Alsawad, de la maniere que nous l'avons dit, conquit tout le Païs voisin de la Mésopotamie, & fit des courses jusques dans la Cappadoce. Ces actes d'hostilité porterent l'effroi dans Rome. Alexandre de l'avis de son Conseil, écrivit

au Barbare, que les Romains n'étoient pas
un peuple facile à vaincre, & que les
Orientaux en avoient fait de fâcheuses ex-
périences sous Auguste, sous Trajan &
sous plusieurs autres Empereurs;& qu'ainsi
il avoit tort de s'exposer aux mêmes malheurs ; mais cette lettre fit un effet contraire à celui qu'on en attendoit, car le
Persan au lieu d'être intimidé par ces menaces, poursuivit ses conquêtes, afin de
faire voir aux Romains qu'il ne les craignoit point. L'Empereur sur ces nouvelles
se prépara à la guerre, & toutes choses
étant prêtes, il partit de Rome accompagné du Senat & d'un monde infini qui sortit de la Ville en témoignant par ses regrets & par ses larmes, la douleur qu'il
avoit de voir partir un Prince, qui par sa
douceur, sa bonté & ses rares vertus avoit
si bien merité son amour.

D'abord que l'Armée fut arrivée à Antioche, l'Empereur envoya à Artaxerxes
une seconde Ambassade. Mais elle fut aussi
inutile que la premiere, & alors Alexandre voyant qu'il n'y avoit pas moyen de
faire entendre raison au Persan, il assembla toutes ses Troupes, les mena coura-
geusement contre cet orgüeilleux ennemi,
& remporta sur lui une glorieuse victoire. Cette nouvelle ne fut pas plûtôt arri-

vée à Rome que toute la ville fut dans
l'allegreſſe; mais il feroit difficile d'exprimer la joye qu'on y fit éclater à l'arrivée
de l'Empereur. On le reçut en triomphe,
& tous les ordres de la ville allerent au-
devant de lui avec un ſi grand empreſſement, qu'on eût dit que chaque Particulier
alloit recevoir ſon pere. On entendoit tout
le monde crier dans les tranſports d'une
ſincere ſatisfaction, que Rome étoit en
ſûreté, puiſqu'elle poſſedoit Alexandre.

Ce Prince ne pouvoit pas ſouhaitter de
témoignage moins équivoque de l'amour
des Romains, & il y fut ſi ſenſible qu'il
fit des largeſſes conſiderables au Peuple &
aux Troupes; & à ces dons, il ajoûta le
plaiſir des courſes, des jeux, des ſpecta-
cles; mais la révolte des Gaules troubla
bientôt ces divertiſſements. Alexandre fut
vivement piqué de voir que ces Barbares,
qui ſous les Empereurs les plus foibles &
les moins belliqueux n'avoient pas oſé
faire le moindre ſoulevement, euſſent la
hardieſſe de vouloir entreprendre de ſecoüer le joug de l'obéiſſance, ſous un Empereur qui venoit de ſoumettre les Perſes,
qu'il regardoit comme des ennemis bien
plus dangereux. Il réſolut de châtier cette nation & de la faire repentir de ſa révolte. Il aſſembla toutes les forces de l'Em-

pire & partit de Rome avec Mamée, laiffant les Romains très-affligés de fon abfence. L'on dit qu'un Druide l'ayant rencontré en chemin, lui annonça qu'il ne
vaincroit point, & l'avertit de ne point
fe fier à fes Soldats : & un Aftrologue lui
prédit précifément qu'il feroit tué par un
barbare. Ces funeftes prédictions n'em-
pêcherent point l'Empereur de marcher en
diligence & de fe rendre à Mayence, n'a-
yant avec lui que peu de monde. Parmi fes
Legions, il y en avoit une qui étoit compofée de Soldats Pannoniens, & commandée par Maximin, dont nous avons déja
parlé. Cet Officier avoit des obligations
infinies à l'Empereur, qui l'avoit élevé &
lui avoit fouvent donné des marques de
fon eftime ; ces faveurs n'avoient cependant pû toucher le cœur ingrat & perfide
de ce barbare, qui nourriffoit un defir fecret de la mort d'Alexandre : plein au contraire d'une ambition feroce, il faififfoit
toutes les occafions qui lui paroiffoient favorables pour le rendre odieux aux Soldats,
à qui il difoit fouvent, qu'il étoit honteux
à des Troupes accoutumées à vaincre &
deftinées pour de grandes chofes, d'obéir
à un Prince qui fe laiffoit gouverner par
une femme, & qui n'avoit pas affez de
cœur pour combattre les ennemis de l'Em-

pire : qu'au lieu d'aller droit aux Barbares, Mamée étoit d'avis de s'en retourner
en Orient avec son fils, n'ayant pas honte
de laisser l'Armée sans Chef, & de la faire
fuir pour ainsi dire devant l'Ennemi.

Ces discours séditieux ne furent que
trop puissans sur l'esprit des Soldats, qui
aimoient le changement & qui n'étoient
pas trop contents de Mamée, de laquelle
ils ne recevoient jamais aucune liberalité,
quoi qu'elle possedât des trésors immenses.
Ils s'imaginoient qu'un nouvel Empereur
leur répandroit de l'argent, & qu'en mas-
sacrant Alexandre, ils se rendroient dignes
des récompenses de celui qu'ils lui donneroient pour successeur. Ainsi animés par les
persuasions perfides de Maximin, & par
l'esperance d'un gros donatif, ils forment
le dessein de se défaire de Mamée & de
son fils. Le traître Maximin profita de
leur disposition, & les voyant résolus à
ce crime, il détacha une bande de ces Pannoniens qu'il envoya vers Mayence, à
l'endroit où étoit Alexandre. L'arrivée
inopinée & tumultueuse de cette Troupe
qui étoit venuë sans avoir été appellée, causa d'abord du désordre. A ce bruit les Gardes de l'Empereur, ou intimidés, ou
corrompus, prirent la fuite & laisserent
leur Prince exposé à la fureur de cette co-

horte mutinée. Les Préfets du Pretoire &
Mamée se présenterent pour faire entendre raison à ces rebelles ; mais à peine cette Princesse se fut montrée, qu'ils la massacrerent brutalement , & firent en même
tems mains basse sur tous ceux qui voulurent la défendre.

Alexandre qui étoit dans sa tente ne fut
pas plûtôt averti de ce qui se passoit , qu'il
se crut perdu. Quoi qu'il eût fait garder
une discipline austere aux Troupes, il ne
les avoit pourtant traitées jamais avec
cruauté ; mais il ne laissoit point de craindre que l'avarice de sa mere ne leur sit tôt
ou tard entreprendre quelque chose de funeste : & en effet dès qu'il vit entrer dans
sa tente ces assassins l'épée encore fumante
du sang de Mamée, il s'écria que l'avarice
de sa mere étoit cause de sa mort. A la vûë
de ces parricides , le Prince offrit de distribuer & à eux & à l'Armée tout l'argent
qu'il avoit , mais ses promesses ne pûrent
point prévaloir à celles que Maximin leur
avoit faites , ils percerent brutalement de
plusieurs coups Alexandre , Prince digne
d'une plus heureuse destinée.

On ne sçait point quel fut ensuite le sort
de l'Imperatrice Memmia. Un moderne
prétend (t qu'elle eut de son mariage avec

t Occo. Num.

Alexandre, un fils qui mourut fort jeune ; mais ce fait ne me paroît pas aſſez établi. L'Hiſtoire ne parle point non plus d'une autre femme d'Alexandre, à laquelle les Medailles donnent le nom de Saluſtia, Barbia Orbiana. Cependant on ne révoque point en doute que cet Empereur n'ait eu trois femmes. Triſtan confond Memmia avec la fille de Marcien, & prétend que ce n'eſt qu'une même perſonne, mais Lampride les diſtingue trop clairement à mon avis, pour qu'on puiſſe admettre les conjectures de Triſtan.

PAULINE,

Femme de Maximin.

ORESTILLE,

Femme de Gordien le vieux.

CRISPILLA,

Femme de Pupien.

TRANQUILLINE,

Femme de Gordien III.

NOus ne suivons point le sentiment de Camerarius, qui dans ses Notes sur la Chronologie de Nicephore, donne pour femme à Maximin, Calpurnie de la celebre famille des Pisons, & qui étoit doüée d'une excellente beauté & d'une rare vertu. Il se fonde sur un passage de Trebellius, (*a* qu'il n'a pas compris, ce me semble, car il est visible que cet Historien fait Calpurnie femme de Titus

a Trebel. Trig. Tiran.

Quatrinus,

Quatrinus, qui se révolta contre Maximin, comme nous le verrons.

L'on a long-tems ignoré le nom de la femme de Maximin, mais le sentiment commun des Sçavans, est aujourd'huy que cette Imperatrice s'appelloit Pauline. C'étoit une Princesse qui ne manquoit point de beauté, & qui avoit beaucoup de sagesse. Elle avoit un cœur bien-faisant, porté à la moderation & à la clemence. Elle haïssoit extrêmement l'injustice & la violence, & on l'a loüée de ce qu'elle avoit souvent arrêté les fougues impetueux des emportemens de son mari. (b Celui-ci étoit natif d'un petit Village de la Thrace. Son pere étoit Goth, & sa mere Alaine, 1) de sorte qu'il réünissoit en sa personne les deux plus farouches nations de la terre. Maximin avoit été Berger dans sa jeunesse. Il étoit d'une stature gigantesque, & avoit une force si extraordinaire, que l'Histoire en rapporte des choses surprenantes. Ce fut la cause de sa fortune, car durant les réjoüissances qui

b *Ammian. Marcel.*

1. Son pere s'appelloit Micca & sa mere Ababa. Maximin lorsqu'il n'étoit que particulier parloit souvent de ses parens & les nommoit par leurs noms; mais depuis qu'il fut Empéreur, il tâcha d'effacer le souvenir de ces noms barbares qui sembloient lui réprocher la bassesse de son extraction.

Tome III. K

se firent à la Cour pour la naissance du Prince Geta, il donna des preuves d'une force si peu commune en présence de l'Empereur Severe, que ce Prince s'imaginant qu'un tel homme pourroit être d'un grand service dans les Armées, le mit dans une Compagnie de ses Gardes, d'où peu à peu il s'éleva aux plus grands Emplois; du reste en lui tout étoit barbare, son extraction, son humeur, ses manieres. (c Il étoit brutal, cruel, avare, ingrat, perfide, & à l'oisiveté & la galanterie près, il avoit tous les vices des Tyrans.

Il servit sous Severe avec beaucoup de fidelité, & eut le même zéle pour Caracalla; il quitta ensuite le service, lorsque Macrin se fut saisi de l'Empire, mais Heliogabale ayant renversé Macrin du Trône, Maximin reprit les armes, & se présenta au nouvel Empereur, duquel il ne reçut point les témoignages d'affection qu'avoient eu pour lui Severe & Caracalla. Il remarqua au contraire dans Heliogabale une étrange dépravation de mœurs, ce qu'il connut à la premiere conversation qu'il eut avec cet Empereur, qui au sujet de cette vigueur & de cette force de Maximin dont on parloit tant, lui fit des de-

c. Herodian.

mandes très-impertinentes, aussi Maximin ayant conçu une mauvaise idée de ce
Prince, ne se présenta à la Cour que rarement, jusqu'à ce qu'Alexandre ayant été
proclamé Empereur, il alla lui offrir ses
services.

Alexandre reçut avec témoignages de
bonté cet Officier dont il connoissoit le
mérite, il le présenta au Senat, l'aggrega
dans ce Corps, lui confia le Commandement d'une Legion, & ensuite d'une Armée, élevant ainsi celui qui devoit être
l'auteur de sa ruine. Ces honneurs multi-
pliés, enflerent le cœur de Maximin, &
allumerent de plus en plus son ambition.
On vit croître son insolence avec sa fortune, car dans la confiance qu'il avoit en
sa force, s'étant imaginé qu'il étoit in-
vulnerable, il crut qu'il n'avoit personne à
craindre, & qu'il pouvoit tout entreprendre ; mais ce qui contribuoit encore beaucoup à sa fierté, c'étoit l'affection & l'estime que lui témoignoient l'Empereur &
Mamée sa mere, & dont cette Princesse lui
donna des marques si convaincantes & si
glorieuses, qu'elle eut la pensée de marier
Theoclie sa fille avec le jeune Maximin
son fils, mariage qui auroit réüssi, si comme je l'ai dit, Alexandre n'eût fait faire
à sa mere, des réfléxions qui la détour-

K ij

nerent de fon deffein ; ce qui fut peut-
être la premiere caufe du reffentimenr enveloppé, que Maximin conferva contre lui.

Maximin étoit fans conteftation un
des plus beaux hommes qu'il y eût fur la
terre. (*d* En lui tout étoit aimable , auffi
tout ce qu'il y avoit dans Rome de Dames peu fcrupuleufes , fouhaitoient de
l'avoir pour Amant. Il étoit très-propre
dans fes habits , & n'oublioit rien de ce
qui pouvoit augmenter les agrémens de
fa perfonne. Il aimoit le divertiffement
& la joie ; il n'étoit pas ennemi de la galanterie ; il avoit en un mot tout ce qu'il
faut pour fe faire aimer des Dames , & il
en fit foupirer beaucoup. Leur empreffe-
ment augmenta encore lorfque Maximin
fur parvenu à la puiffance Souveraine. S'é-
tant fait proclamer Empereur après la
mort d'Alexandre , il affocia fon fils à fa
Dignité , & le revêtit de la Pourpre Imperiale, afin de faire avoüer , difoit-il ,
au Senat & au Peuple Romain , qu'ils n'a-
voient jamais vû fur le Trône un fi beau
Prince. Cette pompeufe décoration ne fit
que donner un plus grand éclat au mérite
de fa perfonne , & plus de paffion aux
Dames qui en étoient éprifes ; Julia Fa-
d'lla fit de ce nombre , & comme elle

d *Capitolin. in Maxim.*

étoit la plus illuftre de ces foupirantes, ce fut auffi celle qui eut de plus juftes efperances de fixer le cœur du jeune Empereur.

Elle étoit petite-niéce (*e* ou fille d'une petite-niéce de l'Empereur Antonin. Avec cette illuftre naiffance, elle avoit reçû cette rare beauté qu'avoient eu en partage toutes les Princeffes de fa famille. Maximin qui vouloit effacer l'obfcurité de fon origine par l'éclat d'une grande alliance, regarda Fadilla comme une perfonne capable de faire honneur à fon fils; & foit que le cœur du jeune Prince fût d'accord avec celui de cette belle Romaine, foit qu'il fût bien aife de s'allier au Sang du célébre Antonin, dont le nom & la mémoire étoient dans Rome en vénération, Fadilla fut choifie pour s'aller affeoir avec le Prince Maxime fur le Trône. La cérémonie des Fiançailles fe fit dans Rome, le Prince offrit à fa Fiancée les préfens, qui felon l'ancienne coûtume des Romains, étoient comme les arrhes de l'alliance qu'on alloit contracter. Il y a apparence qu'ils furent magnifiques, & l'Hiftoire remarque qu'il y avoit des coliers, des braffelets & des robes d'un grand prix. Maxime ne fit pas long-tems la cour

e Capitolin.

à la Princesse Fadilla, les troubles qui sur-
vinrent l'obligerent à quitter sa Maîtresse,
& à remettre la célébration de ses nôces à
son retour; mais la Fortune ne voulut pas
lui donner cette satisfaction, elle l'enveloppa dans les malheurs de son pere. Celui-ci
se les procura par sa cruauté & par son avarice. Il remplit l'Empire de sang , d'éxe-
cutions , de funerailles. Il fit mourir tous
ceux qui avoient été les Domestiques, les
Amis, & les Conseillers d'Alexandre. Il
ôta la vie à ceux qu'il sçavoit être instruits
de la bassesse de sa naissance & de l'obscurité de sa famille , comme s'il eût pû en
effacer le souvenir dans leur sang; & par une
horrible ingratitude, il fit perir miserable-
ment ceux qui lui avoient rendu service
dans les premiers commencemens de sa
fortune. (ƒ Il ne pouvoit souffrir ceux qui
brilloient par l'éclat d'une illustre naissance , parce que la splendeur de leur noblesse sembloit lui reprocher la honte de
son premier métier; les gens de bien lui
étoient odieux , parce que leur vertu étoit
la censure de ses vices , & les gens riches
étoient l'objet de ses plus cruelles perse-
cutions , parce que leur mort l'enrichis-
soit de leurs dépoüilles ; de maniere que
sous le Regne de ce Tyran, rien ne fut

ƒ. Aurel. Victor. Epit. Capitolin. in Maxim.

plus dangereux que la réputation d'une grande vertu, ou d'une grande opulence.

Pauline gemiſſoit en ſecret (*g* de toutes ces violences. Née avec un naturel éloigné de la cruauté & de l'injuſtice, elle pleuroit des maux auſquels elle ne pouvoit donner d'autre remede que ſa compaſſion ; elle ne doutoit point que la conduite de ſon Epoux n'aigrît contre lui les eſprits, & que les Peuples & les Grands de l'Empire, pouſſés au deſeſpoir par tant de vexations, ne ſe portaſſent à ſecoüer un joug ſi dur & ſi peſant. Pleine de ces ſages réflexions, elle mit en uſage tout ce qu'elle avoit de pouvoir ſur l'eſprit de Maximin, pour l'obliger à changer de conduite, & pour lui inſpirer des ſentimens plus humains ; ſes prieres & ſes remontrances arrêterent quelques fois ſa fureur, mais bien-tôt le Tyran revenoit à ſon naturel, ſa cruauté prenoit le deſſus & ſoüilloit toutes les Provinces du ſang des illuſtres victimes qu'elle ſe ſacrifioit. Après avoir volé les Particuliers, il pilla les Villes, s'en appropria les revenus & les tréſors ; & portant enfin ſon avidité juſqu'au ſacrilege, il dépoüilla les Temples de leurs richeſſes, & même de leurs ornemens.

g Ammian. Marcel. lib. 14.

Ces excès porterent plufieurs Grands Perfonnages à la révolte, & irriterent les Ofrhoéniens qui étoient les Soldats les plus fideles qu'eût Alexandre, dont ils avoient extrêmement regreté la mort. Ils compofoient une troupe, dont Titus Quatrinus avoit eu le Commandement que Maximin lui ôta, parce que cet Officier avoit été fort aimé d'Alexandre. La difgrace de leur Général les indifpofant de plus en plus contre Maximin, ils proclamerent Empereur Quatrinus, le revêtirent de la Pourpre, & lui rendirent les honneurs fuprêmes. (*h* Celui-ci étoit très-capable de foûtenir cette dignité. Il étoit d'une naiffance illuftre, & s'étoit acquis une éclatante réputation; mais foit qu'il fût jaloux de fon devoir, foit qu'il ne crût pas pouvoir foûtenir fa révolte, il refufa d'accepter l'Empire, jufqu'à ceque s'y voyant forcé par les Troupes qui étoient fous fon Commandement dans la Syrie, il réfolut de tenter fortune. Il s'y hazarda fur tout, animé par les perfidesperfuafions de Macedon fon ancien ami, qui étoit le principal auteur de la conjuration, & qui méditoit la plus noire trahifon dont un homme puiffe être capable; car un jour que l'infortuné Quatrinus dormoit tran-

h Herodian. lib. 7. Trebel. Pollio. 30. Tir.

quillement

quillement dans sa Tente, l'infâme Macedon l'y assassina, & eut la brutalité de
lui couper la tête pour la porter à Maximin, dans l'esperance d'être récompensé
d'une perfidie qui méritoit les plus rigou-
reux supplices. Et certes il ne tira pas de
sa lâcheté, le fruit qu'il s'en étoit promis.
L'Empereur reçut à la verité ce meurtrier
avec quelques marques de bienveillance,
parce qu'il n'étoit pas fâché qu'il l'eût dé-
livré d'un ennemi qui pouvoit devenir redoutable; mais comme quelque utilité
qu'on retire des trahisons, on ne sçauroit
estimer ni aimer les traîtres, Macedon fut
puni de mort par ordre de l'Empereur,
qui fut informé qu'il avoit été lui-même
l'auteur de la conjuration, & de l'infidelité de Quatrinus. Il y a apparence que
Calpurnie Epouse de ce Général, donna
cet avis à la Cour, & que c'étoit contre
son sentiment que son mari s'étoit fait
Chef de Parti. L'Histoire donne à cette
illustre Romaine, de plus nobles sentimens, que ceux qu'inspire la révolte. Elle
étoit de la célébre famille des Pisons,
qui étoit si recommandable dans Rome
par son antiquité, & par le mérite des
Grands Hommes qu'elle avoit donné à la
République. La splendeur de sa naissance
brilloit en elle bien moins que l'éclat de

Tome III.   L

ſes vertus , (1 on admira ſur tout la tendreſſe qu'elle conſerva pour la mémoire
de ſon Epoux , à laquelle elle conſacra le
reſte de ſes jours qu'elle paſſa dans la viduité avec tant de retenuë , qu'on regarda
la régularité de ſa conduite , comme un
rare exemple de ſageſſe , qui méritoit
qu'on lui dreſſât des Statuës. 2)

Le mauvais ſuccès des entrepriſes qu'on
fit contre Maximin , ne ſervirent qu'à le
rendre plus fier & plus cruel. Il mit en liberté toute ſa ferocité , & l'on vit des
ruiſſeaux de ſang inonder les Provinces.
Il prêta l'oreille aux Délateurs , & ouvrit
le chemin à la calomnie. Dès-lors l'on
n'entendit parler que de plaintes , que
d'accuſations. Les chemins étoient couverts des gens qu'on traînoit en Allemagne où étoit l'Empereur , à qui ils étoient
déférés pour des crimes ſuppoſés , & pour
peu qu'ils fuſſent riches , ils étoient trouvés coupables. A leur mort on ajoûtoit
la confiſcation de leurs biens , & c'étoit
au profit de l'Empereur qu'elle étoit toûjours ordonnée ; on n'écoutoit ni excuſe,
ni juſtification ; on condamnoit ſans preu-

---

1 *Trebel. Pollio.* 30. *Tiran.*

2. On dit que Calpurnie   quel l'hiſtoire de ſes Ayeux
avoit un Baſſin d'argent du   étoit repreſentée.
poids de cent livres , ſur le-

ve, on puniſſoit ſans raiſon, rien n'étoit
capable d'arrêter un ſi cruel fleau ; Maximin également incapable de compaſſion
& de remords, ne ſongeoit qu'à ſatisfaire
ſon avidité en employant la violence, ſans
craindre les funeſtes ſuites d'une conduite
ſi tyrannique, parce qu'il s'étoit mis dans
l'eſprit qu'il n'y auroit perſonne qui oſât
& qui pût reſiſter à la puiſſance de ſon
bras, tant il avoit de confiance en ſa force, ſans faire réfléxion que les Lions, les
Tigres & les Elephans, malgré leur ferocité & leur force, trouvent des meurtriers, comme le lui dit un boufon un
jour qu'il aſſiſtoit à quelque Piéce de
Theatre. 3) Remontrance qui auroit été
périlleuſe pour celui qui la faiſoit, ſi Maximin qui n'entendoit pas trop le Latin,
eût compris que c'étoit à lui qu'elle s'a-
dreſſoit, car il n'étoit pas homme à ſe laiſſer donner des avis.

L'Imperatrice Pauline en fit une triſte
experience, car comme elle mettoit à profit toutes les occaſions qui lui paroiſſoient
favorables, pour porter l'eſprit fougueux

---

3. *Et qui ab uno non poteſt occidi*
   A multis occiditur.
   Elephas grandis eſt, & occiditur :
   Leo fortis eſt, & occiditur :
   Tigris fortis eſt, & occiditur :
   Cave multos, ſi ſingulos non times.

L ij

de Maximin à l'humanité , lui ayant reprefenté le danger auquel l'expofoient fes
violences ; ce Prince qui ce jour-là n'é-
toit pas fans doute d'humeur à l'écouter,
fut piqué de ces importunes leçons , &
réfolut de fe défaire de ce facheux cenfeur
de fa conduite , & l'on croit qu'il s'en délivra par le poifon , ou par quelque autre
voye funefte. (*l* On regreta cette Princeffe , dont le caractere étoit fi bienfai-
fant , on rendit à fa mémoire les honneurs
de l'Apotheofe , & le Senat ne crut pas
devoir refufer l'immortalité à une Imperatrice , dont la bonté & les confeils mo-
derés avoient épargné beaucoup de fang.

Cette mort dut , fans doute , faire plus
ardemment foupirer Fadilla après le retour du jeune Prince , avec qui elle étoit
fiancée. Deftinée pour remplir le vuide
qu'avoit laiffé Pauline , elle ne pouvoit
voir fans quelque chagrin , fes efperances
retardées par l'abfence de celui qui devoit
l'élever à l'Empire ; mais fes peines auroient été plus piquantes & plus inquié-
tes , fi elle avoit fçû que l'abfence de Maxime étoit volontaire , & fi elle avoit
cru que fon Amant eût été fi indifferent.
Car quelques inftances que l'Empereur
fit à fon fils d'aller à Rome où fa préfence

l Zonar. Trift. Corn. Hift.

contiendroit, difoit-il, les efprits, il ne voulut point fe féparer de fon pere, (m fa paffion pour la Princeffe, ne put balancer dans fon cœur fa tendreffe pour celui qui lui avoit donné la vie ; & Rome où la belle Fadilla foupiroit pour lui, ne le fit peut-être pas foupirer un moment. Mais quand les affaires de fon cœur n'auroient pas dû l'arracher de l'Allemagne, fon interêt auroit dû la lui faire quitter, & il eut bien-tôt fujet de connoître que ce n'étoit pas fans raifon que fon pere vouloit qu'il allât à Rome, où il auroit empêché les changemens qui s'y firent, & qui lui coûterent l'Empire & la vie. Le trouble commença en Affrique, cette Province fatiguée par les vexations du Commis du Fifc que Maximin y avoit envoyé, & qui exerçoit fon Employ avec la dureté ordinaire à ceux de cette profeffion, réfolut de s'affranchir de cette tyrannie, en fecoüant la domination de Maximin qu'on trouvoit fort odieufe ; & de fe choifir un autre Maître. Gordien qui gouvernoit l'Affrique avec le titre de Proconful, leur parut digne de l'être. C'étoit un vieillard vénérable, qui avoit blanchi avec honneur dans les plus beaux Emplois. Il étoit fils de Metius Marcel-

m *Capitolin. in Maxim.*

Ius , de la fameuse famille des Gracques ,
& d'Ulpia Gordiana , laquelle defcendoit
de la race de Trajan ; (*n* mais s'il étoit illuftre par fa naiffance, il n'avoit pas été
moins utile par fes fervices. Il avoit exercé
deux fois le Confulat , Dignité qui avoit
été comme hereditaire dans fa famille , 4)
on lui donna enfuite l'Affrique à gouverner , & il s'y fit tant aimer par la fageffe
de fa conduite , par fa magnificence , par
le noble ufage qu'il faifoit de fes richeffes,
qu'on lui donna le glorieux furnom de
Caton & de nouveau Scipion. Il avoit
époufé Fabia Oreftilla , fille d'Annius
Verus. Nous ne fçavons point quelles
étoient les qualités ou les imperfections
de cette Princeffe ; il y apparence qu'elle
étoit morte avant l'élevation de Gordien
à l'Empire. Elle étoit petite-niéce d'Antonin, & par conféquent parente de Fadilla. Ils eurent de leur mariage Metia Fauftina , qui époufa Junius Balbus Perfonna-
ge Confulaire, & Marc-Antoine Gordien,

n Capitolin. in Gordianos. tres.

4. Gordien l'Affriquain, fut le premier qui eut en fon particulier une Robbe Con-fulaire ; car les Confuls & les Empereurs même fe fer-voient de celle qu'on gar-doit dans le Capitole ou dans le Palais, & qui étoit deftinée pour l'ufage de ceux qui avoient droit de la porter durant l'exercice de leur Charge.

qui fut déclaré Auguste avec son pere, 5)
à qui le Senat l'avoit donné pour Lieute-
nant général, lorſqu'on l'avoit revêtu du
Gouvernement de l'Affrique. Gordien le
pere étoit alors fort vieux, car il n'avoit
gueres moins de quatre-vingt ans ; cependant on ne le regardoit point comme un
homme qui fût hors d'œuvre, & qui ne
fût capable de diſputer l'Empire à Maximin. Ceux donc qui conduiſoient cette
trame furent le trouver de nuit à Thyſ-
dre, (o ils entrerent comme de force dans
ſa maiſon, entourerent ſon lit tenant leur
épée à la main, & lui dirent qu'ils venoient lui donner l'Empire.

Gordien fut épouvanté de cette propo-
ſition, qu'il regardoit comme un piége
qu'on tendoit à ſa fidelité. Il allegua ſon
âge, la fidelité qu'ils devoient les uns &
les autres à l'Empereur, le danger auquel
les expoſoit cette démarche, & tout ce
qui pouvoit leur faire abandonner leur deſſein ; mais ſa réſiſtance ne fit qu'augmenter
l'opiniâtre ardeur des revoltés, ils l'aſſu-
rerent qu'ils vouloient partager avec lui le
péril de l'entrepriſe, & voyant qu'il refu-

o *Herodian. lib. 7. Capitolin.*

5. *Clara fuit gemino gens gordia principe, natus*
Occidit hoſtili vulnere, ſune pater. Occo-

L iiij

foit toûjours d'accepter l'Empire, un
d'eux lui dit, qu'il falloit ou mourir par
leurs mains, ou prendre la Pourpre. Cette
alternative fit déterminer Gordien; il ai-
ma mieux rifquer les évenemens d'un danger éloigné, que fe livrer au peril éminent
de la mort, dont il étoit menacé. Il fe
laiffa revêtir de la Pourpre, & après avoir
affocié fon fils à la Puiffance Souveraine,
il alla à Carthage avec l'appareil & toute
la pompe qui accompagne la marche d'un
Empereur. Le Senat confirma ce qui c'é-
toit fait en Affrique; car comme tous ceux
qui le compofoient étoient amis ou parens des Gordiens, & qu'ils haïffoient
d'ailleurs Maximin, qui répandoit fes
cruautés dans Rome avec autant de fureur, que dans les Provinces, ils déclarerent ceux-là Auguftes, & profcrivirent
l'autre comme l'ennemi de l'Empire.

Maximin apprit en Allemagne ce qui
venoit de fe paffer en Affrique & à Rome,
& cette nouvelle le déconcerta fi fort qu'il
déchira fes habits, fe jetta par terre, &
tira fon épée, comme s'il eût pû tuer les
Senateurs. On dit même qu'il auroit tué
fon fils, s'il ne fe fût retiré, parce qu'il
s'imaginoit que fi ce Prince fût refté à
Rome, fa prefence auroit contenu les Senateurs. Après que fes emportemens eu-

rent laissé revenir sa raison, il assembla
ses Troupes & prit le chemin de Rome,
résolu d'exterminer le Senat qui avoit
mis sa tête à prix, dans un Arrêt qu'il avoit
donné contre lui, & dont Maximin avoit
eu le moyen d'avoir une copie, quoiqu'il
eût été donné secretement. 6) Il espera
un heureux succès, lors sur tout qu'il eut
appris la mort des Gordiens ; car Capellien qui commandoit quelques Troupes
dans la Mauritanie, & qui étoit attaché
aux interêts de Maximin, ayant appris
l'Election de Gordien qu'il n'aimoit
point, l'alla attaquer & lui présenta le
combat. C'étoit Gordien le fils qui étoit

6. Les Arrêts du Senat
étoient rendus & prononcés
publiquement dans le Tem-
ple ou dans le lieu où le Senat s'assembloit, & étoient
couchés par le Greffier sur
les Registres, pour n'expli-
quer selon l'usage d'aujourd'-
hui. Dans le commence-
ment, on les gravoit sur des
lames de cuivre & on les
gardoit dans le Tresor public ; mais depuis, lorsque
ces Arrêts étoient rendus
en faveur de l'Empereur,
on les écrivoit sur des mem-
branes d'Elephant ou sur des
tables d'ivoire pour faire
honneur au Prince. Mais
lorsqu'on vouloit traiter de
quelque affaire dont il im-
portoit qu'on gardât le secret, le Senat s'assembloit
dans le Temple de Jupiter
qui étoit dans le Capitole,
& on n'y laissoit entrer ni
Greffier, ni Appariteur, ni
Affranchi, ni aucune per-
sonne que ce fût ; on n'avoit
dit un Historien, d'autre témoin que Jupiter. On tenoit
la déliberation fort secrete,
& elle n'étoit souvent ren-
due publique que lorsqu'elle
s'executoit. Ces Arrêts s'appelloient, *Senatus consulta
tacita*. Tel fut celui qu'on
prit contre Maximin & du-
quel cet Empereur fut instruit, parce que quelque
Senateur apparemment en
trahit le secret.

forti de Carthage fur la nouvelle de l'approche de Capellien. Cet Empereur qui n'avoit point une trop grande experience, fut entierement défait, & perdit lui-même la vie. Ce malheur affligea extrêmement fon pere, & la douleur d'avoir perdu fon fils & fon collegue, jointe à la crainte qu'il eut de tomber entre les mains de Capellien l'ayant faifi, il s'étrangla avec fa ceinture

La mort de ces deux Empereurs jetta Rome dans la confternation. Le Senat après la démarche qu'il avoit faite, crut qu'il n'avoit aucun ménagement à garder, il délibera d'oppofer à Maximin d'autres Empereurs, & pour remplacer les deux Gordiens, il élut Balbin & Pupien, Senateurs recommandables par leur mérite & par l'experience qu'ils avoient dans les affaires de la Guerre & de la Police.

Pupien avoit époufé Quintia Crifpilla, (*p* Dame d'une grande réfolution. Les Hiftoriens ne parlent ni de fa Patrie, ni de fa famille, & le Regne de fon Epoux fut de fi peu de durée, qu'elle n'eut pas le tems de fe faire connoître; mais une de fes actions que l'on trouve célébrées dans une Medaille, nous donne une grande idée de fon courage. L'on ne trouve point

p Meneftrier.

qu'elle ait reçu le Titre d'Augufte, non plus que fon mari, & il y a apparence que la précipitation avec laquelle le Senat fit l'Election des nouveaux Empereurs, fit qu'on renvoya à un autre tems, les honneurs qu'il avoit accoûtumé de déferer à ceux à qui il remettoit l'autorité fouveraine.

Les grandes qualités de Balbin & de Pupien, juftifioient le choix du Senat, cependant il ne fut pas du goût du Peuple. Il demanda hautement qu'on élût un Empereur de la famille des Gordiens, & menaça de maffacrer ceux que le Senat venoit de proclamer, fi l'on ne lui donnoit cette fatisfaction. Les Senateurs quoiqu'ils viffent leur autorité attaquée par cette émeute féditieufe, ne voulurent point remplir la Ville de trouble; ils firent amener au Capitole le jeune Gordien, âgé d'environ douze ans, le déclarerent Cefar, le revêtirent de la Pourpre, & en ajoûtant ce troifiéme Augufte aux deux autres, ils contenterent le Peuple. Ce Prince, felon quelques uns, étoit fils de Gordien fecond; mais le fentiment de ceux qui le font fils de Metia Fauftina, fille de Gordien le vieux, & de Junius Balbus eft plus reçu.

Après cette Election, les nouveaux

Empereurs fe préparerent à la guerre; Balbin refta à Rome pour pourvoir à toutes
chofes, & Pupien alla à Ravenne pour
arrêter Maximin qui étoit entré déja en
Italie. Celui-ci qui avoit appris ce qu'on
venoit de faire à Rome, n'avoit pas moins
promis à fon reffentiment, que de lui facrifier tout le Senat; mais il hâta lui-même fa perte par fa cruauté, car étant arrivé devant Aquilée qui lui avoit fermé les
portes, & n'ayant pû gagner les Habitans de cette Ville, ni par fes promeffes, ni
par fes menaces, ni par fes artifices, il réfolut d'emporter la Ville d'affaut, & de
faire paffer par le fil de l'épée, tout ce
qu'il y trouveroit de Soldats & d'habitans.

Ce deffein violent infpira à la Garnifon
d'Aquilée une plus grande haine pour Maximin, elle réfolut de fe défendre jufqu'à
la derniere extrêmité. Les Habitans imi-
terent leur zéle, & montrerent un courage qui ne cedoit en rien à celui des Soldats; il n'y eut perfonne jufqu'aux femmes, qui ne fuffent prêtes à expofer leur
vie pour fauver la Ville. Auffi Maximin
trouva une fi grande refiftance, qu'il entra
comme en fureur. Il revint plufieurs fois
à l'attaque, & il fut toûjours vigoureufe-
ment repouffé. Ce fut dans cette occafion

que les femmes d'Aquilée donnerent un témoignage de leur zéle qui a été tant loüé ; car les cordes des machines & des arcs étant entierement ufées , elles donnerent leurs cheveux pour les faire fervir à cet ufage. On a quelque fondement de croire que l'Imperatrice Crifpilla, qui felon les apparences avoit fuivi fon mari , donna l'exemple aux autres Dames , & qu'elle fut la premiere à faire le facrifice de fa chevelure. Le Senat voulut rendre immortelle cette générofité ; il fit bâtir un Temple fous le Titre de Venus la chauve, & frapper une Medaille à l'honneur de Quintia Crifpilla , qui y étoit reprefentée avec la figure d'une femme chauve. 7)

Maximin n'ayant pû réüffir à prendre Aquilée , déchargea fa fureur fur les Soldats & fur les Officiers de fon Armée ; aufquels il reprocha leur lâcheté avec auffi peu de raifon que de politique. Ces injuftes reproches ulcererent profondément le cœur d'une infinité de braves gens ,

7. Ce n'eft pas la feule fois qu'on a vû les femmes facrifier volontiers leurs cheveux pour l'amour de leur Patrie. Les Dames de Salone donnerent les leurs pour faire des cordages aux machines lorfque Octavius affiegea leur Ville qui n'avoit pas voulu renoncer à l'alliance de Cefar, & celles de Pyzance ne refuferent pas non plus les leurs pour faire des cables aux Vaiffeaux durant le Siege que l'Empereur Severe fit de leur Ville.

qui fe voyant fi mal récompenfés de tant
de fatigues , réfolurent de fe délivrer des
incommodités d'un Siége fi long & fi pénible , & de fe mettre à couvert des mauvais traitemens qu'ils recevoient de Maximin , contre lequel ils voyoient que
tout le monde s'étoit déclaré. Irrités par
le reproche qu'il leur avoit fait ; ils l'at-
taquerent dans fa Tente , où il dormoit
un après midi , & le maffacrerent après
avoir tué fon fils, qu'il leur prefentoit pour
arrêter leur fureur.

Pupien eut tant de joie de fe voir dé-
livré de ce redoutable ennemi, qu'il dépêcha d'abord un exprès à Balbin , avec une
Lettre qu'il lui envoya avec les cérémonies accoûtumées. 8) Jamais nouvelle ne

8. Les Députés, les Cour-
riers , les Envoyés , les Mef-
fagers & les autres Exprès
que les Armées où les Gouverneurs des Provinces dé-
pêchoient vers le Senat ou
vers les Empereurs , por-
toient certaines marques à
quoi l'on connoiffoit fi le fujet de leur voyage étoit ou
agréable ou fâcheux. Lorfque l'Envoyé portoit la nouvelle d'une Victoire , de la
prife d'un Ville , d'une paix
avantageufe &c. Le paquet
où étoient les Lettres étoit
orné de Laurier & le bout
du Javelot ou de la Pique

que portoit le Heraut, étoit
de même garni de Lauriers.
Lorfque la nouvelle étoit
trifte, comme d'une Bataille
perdue , de la révolte d'une
Province , de la perte d'une
Ville, de la mort des Généraux, &c. le Paquet & le
bout du Javelot étoient gar-
nis de plumes noires. Lampride dit que de toutes les
Provinces il arriva des Courriers qui portoient à l'Empereur Alexandre Severe,
des Lettres ornées de Laurier qui furent lûes en préfence du Senat & du Peuple:
Ex omnibus locis ei Tabella

fut reçuë avec tant de plaisir, on le marqua par les réjoüissances qui se firent, &
par le fameux Sacrifice que l'Empereur

Laureata sunt delatæ. Elles lui
apprenoient les avantages
que ses Généraux avoient
remporté en Mauritanie, en
Illyrie & en Armenie. On
connoissoit aux Lauriers &
aux Plumes que portoient les
Courriers ou les Envoyés,
le sujet de leur voyage ou
plûtôt de leur course. Aussi
lorsqu'après la mort de Maximin, Pupien eut envoyé
à Rome un Exprès avec un
paquet couvert de Laurier:
à peine l'Exprès eut paru
dans le Theatre avec son Javelot couronné de Laurier,
que Gordien & Balbin qui
y assistoient à quelque jeux
connurent qu'il portoit une

nouvelle agréable, & tout le
Peuple se prit à crier que
Maximin avoit été tué avant
qu'on eût lû les Lettres &
que l'Envoyé eût parlé du
sujet de sa course. On envoya aussi d'abord des Courriers dans toutes les Provinces chargés de ces agréables
nouvelles, · & des marques
qui l'annonçoient : *Nuntii
legatique per omnes Provin-
cias Laureati dimittebantur,*
dit Herodien. Stace dit que
Domitien reçut d'heureuses
nouvelles de toute sorte
d'endroits, & qu'on ne vit
point entrer dans Rome de
Javelot orné de plumes noires.

Omnia nam Lætas pila attollentia frondes
Nullaque fumosa signatur lancea pinna.

On n'a pas de peine à comprendre pourquoi les Courriers qui portoient d'heureuses nouvelles mettoient du
Laurier à leurs Piques & sur
leurs Paquets ; l'on sçait
que le Laurier est le Simbole
de la victoire & de la joye ;
mais je ne trouve point la
raison pour laquelle les Mes-
sagers chargés des nouvelles
fâcheuses portoient des Plumes noires. La conjecture
d'un sçavant & fameux Critique me paroît fort judi-

cieuse. Il dit que les Plumes
marquoient aux Courriers
la diligence qu'ils devoient
faire, afin que le Senat ou
l'Empereur bientôt instruit
du malheur dont il portoit
la nouvelle, pût prompte-
ment remedier aux maux ar-
rivés & en prévenir les suites, & que la couleur noire
est la marque de la tristesse
qui est la suite des fâcheux
accidens. Aussi lorsque dans
les Villes l'on voyoit arriver
quelque Député portant des

Balbin offrit en actions degraces. 9)
Pupien se rendit bien-tôt à Rome, où il
fut reçu au bruit des acclamations du Senat & du Peuple, qui lui donnoient les
plus pompeux éloges. Le Senat sur tout,
qui en honorant l'Empereur Pupien,
croyoit honorer le choix qu'il avoit fait,
en élevant ce Senateur sur le Trône, dans
les transports de sa joie, dit certaines pa-
rolles 10) qui piquerent les Soldats, &

Plumes noires, les Inten-
dans, les Directeurs des
Messageries & tous ceux
avec qui les Députés pou-
voient avoir à faire sur la
route, quittoient tout pour
dépêcher promptement ces
Exprès. Juvenal marque
élégamment la diligence que

faisoient ces Porteurs de
mauvaises nouvelles par ces
mots *precipiti penna*, en parlant de Domitien qui quelques fois faisoit le serieux &
le triste, comme si quelque
Courrier lui eût apporté des
Lettres affligeantes.

Tam quam diversis partibus orbis
Anxia præcipiti venisset Epistola penna.

9. Balbin offrit aux Dieux
un Hecatombe. C'étoit un
genre de sacrifice où on
égorgeoit cent bêtes de la
même espece sur cent Autels
faits de gazon, & il y en a
qui prétendent que ces bêtes
devoient être égorgées par
cent Sacrificateurs. L'Hecatombe ordinaire étoit de
cent Bœufs, ou de cent Bre-
bis, ou de cent Cochons; mais
si c'étoit un Empereur qui
offroit ce Sacrifice, on im-
moloit cent Lions cent

Aigles ou un pareil nom-
bre d'autres semblables ani-
maux. Il falloit au reste que
les cent Autels fussent dres-
sés l'un proche de l'autre.

10. Quelques Senateurs dirent inconsidérement que
tels étoient les succès qu'on
devoit attendre des Empe-
reurs que le Senat élisoit; &
que le sort de Maximin étoit
la fin funeste des Empereurs
qui étoient choisis par des
ignorans, & ce fut ce qui
irrita les Soldats,

qui

qui furent funeftes aux Princes à qui il donnoit tant de loüanges ; car les Prétoriens ne pouvant fouffrir deux Empereurs qui avoient été élus fans leur participation, les maffacrerent brutalement dans le Palais.

Leur mort remplit Rome de deüil, il n'y eut peut-être que Fadille, qui apparemment n'en fut pas trop affligée, puifqu'elle devoit fans doute regarder ces deux Empereurs comme les ennemis des Maximins & la caufe de leur ruine. Mais un nouveau foupirant vint bientôt effacer de fon cœur l'image du jeune Maximin. (*q* Toxotius Senateur Romain, d'illuftre naiffance, brilloit dans Rome par fa nobleffe & par la facilité d'un efprit aifé & poli, & dont la vivacité paroiffoit dans des ouvrages en Vers qu'il avoit donné au public & qui en avoient été favorablement reçûs. Fadilla trouva en lui affez de mérite pour lui faire oublier celui de Maxime, Toxotius comme elle, defcendoit de la race d'Antonin, & quoiqu'il n'eût pas l'Empire à lui offrir, il tenoit dans Rome un rang affez diftingué pour pouvoir afpirer à époufer un Cefar, devenu tel par une voye fort honteufe. Ce Mariage fe fit, & Fadilla eut la fatisfaction de fe

q Capitolin. in Maxim. junior.

Tome III.   M

parer de ces superbes ornemens & de ces riches habits, dont Maximin lui avoit fait présent lorsqu'il la fiança.

Le massacre des deux Empereurs auroit eu des suites fâcheuses, si les Prétoriens qui s'étoient souillés de leur sang, (r n'avoient publié pour appaiser le Peuple, qu'ils n'avoient eu d'autre dessein que d'assurer l'Empire au jeune Gordien qu'ils lui montrerent, parce qu'ils l'avoient mené dans leur Camp. A la vûë de ce jeune Prince, on oublia le malheur de ses Collegues, on le déclara seul Empereur, & le Senat forcé de faire plier son autorité sous celle des Troupes, lui décerna le Consulat. Gordien prit possession de ces deux dignités sous de sinistres présages, car le jour même qu'on le lui décerna, il y eut une éclypse de Soleil, si grande qu'il sembloit qu'il fût nuit, & on fut obligé en effet d'allumer des flambeaux en plein jour pour pouvoir agir & se connoître. On regarda cet événement comme un malheureux pronostic du peu de durée du regne de Gordien ; & l'événement verifia ces conjectures, au grand regret de tous les ordres de la ville qui aimoient si fort ce Prince, que les uns l'appelloient leur fils, les autres le regardoient comme leur pa-

---

r. *Herodian. lib.* 8. *Capitolin.*

rent, & tous comme la joye & les délices de Rome, & certes ce jeune Empereur
méritoit l'amour qu'on avoit pour lui. Il
étoit beau, d'un visage doux & aimable,
bien fait, d'une humeur agréable, il ne lui
manquoit en un mot qu'un peu plus d'âge.
Il fut élevé par sa mere, laquelle au commencement, je ne sçai par quelle fausse
politique, ou par quelle aveugle complaisance, souffrit que des Eunuques & des
affranchis s'emparassent de l'esprit de ce
jeune Prince, à qui ils inspiroient leurs sentimens corrompus, & sous le nom de qui
ils faisoient de grands maux ; mais Gordien trouva bientôt des exemples plus utiles à imiter, & des avis plus sages à suivre
dans Misithée, dont il épousa la fille. Il
étoit le plus estimé dans Rome pour la gravité de ses mœurs & pour la sagesse de sa
conduite, & il n'y en avoit point qui eût
avec un plus juste titre la réputation d'un
très-habile homme. Il avoit une fille appellée Turia Sabina Tranquillina, à laquelle il avoit transmis ses inclinations.
On voyoit en elle la rare alliance d'une
grande beauté, avec une grande sagesse (ſ
& il y a apparence que ce fut sa vertu &
son merite qui lui gagnerent le cœur de
l'Empereur. Il l'épousa dans Rome (t il

ſ. Triſtan. Comment. Hiſtoriq. t Eutrop.

M ij

n'y a point de doute que le Peuple qui aimoit ſi tendrement Gordien, ne célébra
ces nôces avec de grandes réjoüiſſances.
Gordien pouvoit choiſir une alliance plus
brillante & plus glorieuſe, mais non pas
plus ûtile. Miſithée qui avoit un talent ſu-
perieur pour la conduite des affaires, leur
donna bientôt une nouvélle face ; il corri-
gea pluſieurs déſordres qui s'étoient gliſ-
ſés depuis la mort d'Alexandre Severe, &
ſe ſervant de l'autorité que lui donnoit la
Charge de Préfet du Prétoire & de la ville, dont ſon beau-fils l'avoit revêtu, il fit
de ſi utiles reglemens, que le Senat lui
donna le titre glorieux de Tuteur de la
République.

Tranquilline de ſon côté, par la régularité de ſa conduite & par ſa moderation,
fit voir qu'elle n'étoit pas indigne du haut
rang où Gordien l'avoit élevée ; ſes mœurs
furent toûjours innocentes, ſes démarches meſurées, ſa vie à l'abri de tout ſoup-
çon. Peu fiere de ſon autorité, elle ne ſe
plaiſoit qu'à répandre des graces, & ne
ſollicitoit l'Empereur ſon Epoux que
pour ceux qui s'adreſſoient à elle. Auſſi
l'on croit avec aſſez de fondement que ce
fut en reconnoiſſance de quelque privilege
qu'elle avoit obtenu pour ſon ſexe, que
les Dames Romaines firent dreſſer à ſon

honneur une Statuë qu'elles lui confacre-
rent par une glorieufe infcription qui marque la haute eftime que l'on avoit pour fa
vertu. 11) Le Senat lui décerna le titre
d'Augufte, & il n'y eut pas jufqu'aux Provinces les plus éloignées qui ne dreffaffent
de fuperbes monumens de leur refpects &
de leur amour pour cetteilluftre Imperatrice.

Elle ne faifoit que goûter les premieres
douceurs de fon mariage, lorfque la nouvelle de la révolte des Perfes vint troubler
fon bonheur, en lui enlevant l'Empereur
fon Epoux. Son cœur devint la proye des
plus vives allarmes. Sapor faifoit des dé-
gats horribles fur les terres de l'Empire,
& l'on fçavoit que ce Roi n'étoit pas un
ennemi à méprifer. Artaxerxes fon pere en
lui laiffant fon Royaume, lui avoit auffi
laiffé fa cruauté & fon naturel fanguinaire.
C'étoit un Prince d'une ftature gigantef-
que, d'une humeur colere & qui portoit
fes haines aux derniers excès. Sa févérité
tenoit de la barbarie, & un des moindres
tourmens qu'il faifoit fouffrir à ceux qu'il
vouloit punir, c'étoit de les faire écor-

11. C'eft des anciennes Infcriptions & des Medailles que l'on tire tout ce qu'on fçait de Tranquilline. Les plus habiles l'appellent au- jourd'hui *Turia Sabina Tran- quillina*. Il y a des Infcrip- tions où elle eft appellée Flavia Valeria Tranquillina.

cher. Gordien ayant appris les actes d'hostilité qu'avoit fait Sapor, ouvrit le Temple de Janus & déclara la guerre aux Perses avec les cérémonies accoutumées, & après avoir fait un grand Armement il marcha contre les barbares, sous la conduite de son beau-pere. Le succès de cette guerre fut heureux. Il reprit Carrhes, Nisibes & les autres Villes que Sapor avoit pris, & après avoir obligé le barbare à se retirer, il l'alla attaquer jusques dans ses Etats. Mais la mort de Misithée fut le terme de ses prosperités, soit que les fatigues de la guerre eussent alteré la santé de cet homme incomparable, soit que la mesure de ses jours fût remplie, il se trouva indisposé d'un flux de ventre. Cette maladie allarma l'Empereur. Il fit appeller les plus habiles Medécins, qui ordonnerent les remedes qu'ils jugerent convenables, & qui auroient peut-être redonné la santé à Misithée, si une main perfide ne les eût corrompus. Parmi les Officiers de l'Armée, il y avoit un Arabe appellé Philippe, qui outre qu'il n'aimoit point Misithée, soupiroit en secret après sa Charge de Préfet. C'étoit un homme qui pour être né d'une famille très obscure, avoit une ambition démesurée, & capable des plus grands crimes pour venir à ses fins. La maladie de

Miſithéé lui parut une occaſion favorable
pour s'élever ſur la ruine de ce ſage Préfet ;
& comme on ne ſe défioit nullement de
lui, on n'étoit pas en garde contre ſes tra-
hiſons. Mais Miſithée en fut la victime ;
car Philippe ayant eu moyen de ſubſtituer
du poiſon à la place du remede ordonné par
les Medecins, le malade mourut, & par
ſa mort il mit Gordien dans une triſte &
cruelle ſituation ; car comme ce Prince ne
ſçavoit point que Philippe fût la cauſe de
la mort de ſon beau-pere, & qu'il n'avoit
point d'Officier qui pût réparer cette perte, il donna la Charge de Préfet au perfide
Arabe, qui abuſant de la confiance que
le Prince avoit en lui, fit ſervir ſes bontés
à ſa propre ruine. En effet comme l'ambition ſe preſcrit rarement des bornes, Philippe fut à peine Préfet qu'il ſouhaitta de
devenir Empereur, & travailla à perdre
celui qui l'avoit élevé, tantôt en répandant
ſourdement des diſcours ſéditieux contre
Gordien, qu'il traitoit d'enfant, & qu'il diſoit être incapable de gouverner l'Empire
& de conduire une Armée, tantôt en faiſant naître ſous-main des ſujets & des occaſions de révolte, car il faiſoit malicieu-
ſement manquer de vivres aux Soldats qui
en rejettoient la faute ſur l'Empereur ; enfin il fit tant qu'il ſe fit aſſocier à l'Empire.

Son orgüeil ne fut pas encore satisfait ;
peu content d'avoir obligé Gordien à le
prendre pour son associé , il refusa ensuite
d'avoir Gordien pour Collegue & même
pour Préfet du Prétoire, & par une horrible ingratitude il le fit massacrer aux extrêmités de la Perse. Ainsi perit malheu-
reusement ce jeune Prince que ses vertus
avoient rendu si cher à Rome. Les Soldats
que Philippe n'avoit pû corrompre regretterent fort leur Empereur , & dresserent à
son honneur un tombeau , sur lequel ils
firent graver une inscription qui marquoit
& le merite de Gordien & le perfide carac-
tère de son successeur. 12.) De tous ceux
qui eurent part à la mort de ce Prince , aucun ne mourut de mort naturelle. L'on dit
même qu'ils se tuerent tous , ou furent tués
avec la même épée qu'ils avoient tirée contre Gordien. 13)

12. DIVO GORDIANO VICTORI PERSARUM ;
VICTORI GOTHORUM, VICTORI SARMATARUM,
DEPULSORI ROMANARUM SEDITIONUM
VICTORI GERMANORUM, SED NON VICTORI
PHILIPPORUM.

L'Empereur Licinius qui cette Inscription qui cou-
prétendoit descendre de la vroit d'infamie la mémoire
famille de Philippe, fit ôter du meurtrier de Gordien.

Devicit persas , sed non superave Philippos
Hic potuit , quorum fraude peremptus obit. Occo.

13. Dexippe & un autre sième fils de Gordien second
Historien font Gordien troi- fils de l'Affricain ou le vieux;

de

de forte qu'il feroit petit fils de Gordien premier ; cependant on prétend qu'il étoit fils d'une fille de Gordien premier , mariée à Junius Balbus, & par confequent il ne feroit que neveu de Gordien fecond qui l'adopta , & en effet les Hiftoriens ne difent point que Gordien le fils que nous appellons Gordien fecond du nom , ait eu jamais d'Epoufe légitime. Il eut jufqu'à vingt-deux Concubines , dont chacune lui donna **trois** ou quatre enfans.

MARCIA OTACILIA 1)
SEVERA,

Femme de Philippe.

JUſqu'ici nous n'avons vû ſur le Trône que des Imperatriçes Payennes ; mais dans Otacilie nous trouvons une Princeſſe qui a honoré l'Egliſe par ſa foi, & par ſa ſoumiſſion aux ordres des Saints Pontifes, qui ont mis à l'épreuve ſa docilité.

Marcia Otacilia Severa, eſt une de ces Imperatrices, dont les Auteurs de l'Hiſtoire ont le moins parlé. On ne ſçait point ſi elle étoit Arabe comme ſon mari, ou Romaine comme ſon nom peut le faire conjecturer. Ses Medailles lui donnent une phiſionomie ſerieuſe, un air modeſte & aſſez de beauté. Elle eut le bonheur de connoître la Religion Chrétienne, (*a* & d'être inſtruite de ſes maximes. Mais il faut auſſi avoüer que ſon Chriſtianiſme

a Chron. Alex. Euſeb. Hiſt. lib. 6.

1. Il y en a qui donnent à cette Imperatrice le nom d'Otacilla au lieu d'Otacilia. Gruter rapporte une Medaille où on lit *Martia Otacilla Aug.* Cependant les plus habiles rejettent ce dernier ſentiment, & dans les Medailles les moins ſuſpectes, l'on trouve qu'elle eſt appellée *Otacilia*.

fut furmonté par fon ambition, & que fans avoir aucun égard à fa Religion, elle entra dans les injuftes projets de fon Epoux, des crimes duquel elle fe rendit complice.

Otacilie époufa M. Julius Philippus Arabe de nation, & d'une naiffance obfcure. Il étoit fils d'un homme qui exerçoit une profeffion honteufe, car il étoit Chef d'une Troupe de voleurs, (b & trouvant que le métier de fon pere étoit affez dangereux, il prit le parti des Armes. Il étoit bien fait de fa perfonne, il avoit l'air mâle & guerrier (c mais rude & groffier, & fes manieres conformes à fa naiffance, étoient fort impolies. Quoiqu'il n'eût pas voulu fuivre la profeffion de fon pere, il en avoit pourtant les inclinations & les vices. Il étoit audacieux, infolent, perfide, ingrat, incapable d'ètre fenfible aux bienfaits, & d'avoir de la reconnoiffance envers les Bienfaicteurs. Il nourriffoit dans le fecret de fon cœur, une ambition démefurée; & fermant les yeux fur la baffeffe de fa naiffance, plus on l'élevoit, plus il defiroit de s'élever. Les Dignités qui devoient affouvir fon orgüeil, devenoient pour lui une

b *Aurel. Victor.* c *Triftan. Comment. Hiftor.*

N ij

nouvelle amorce, Il étoit encore leger &
incapable de réfléxion, quoique d'un rai-
fonnement profond. On le voyoit rire
avec éclat, lors même qu'il fut Empereur, & dans des occafions où il devoit
montrer la gravité & la moderation qu'é-
xigeoit fon rang, ce qui marquoit la legereté de fon efprit. Il fervit fi bien, lorfqu'il n'étoit que fimple Soldat, qu'il mérita les plus beaux Emplois de la Milice.
Cependant il eft certain qu'il avoit plus
de réputation que de mérite ; car il manqua de réfolution dans des occafions effen-
tielles, & ne perdit l'Empire que parce
qu'il ne fçut point s'y foûtenir. On ne
fçauroit révoquer en doute qu'il ne fut
Chrétien, (d après le témoignage des
anciens Hiftoriens, & les preuves que
nous en donnent les plus fçavans Modernes, 2) & nous verrons qu'il illuftra les

d Eufeb. Hift. lib. 6. Oros. lib. 7. Nicephor. lib. 5. Tillemont. Not. fur Philip.

2. M. de Tillemont dans
fes Notes fur Philippe, ra-
mene toutes les preuves &
toutes les raifons que l'on
peut apporter pour & contre
le Chriftianifme de Philippe, & de fa femme.
Je n'aurois pas de peine
à croire qu'il ne déclara pas
ouvertement fa Religion à
Rome & qu'il s'y permit
beaucoup de chofes contraires à fa foy, pour ne pas
expofer fa fortune ; mais je
ne vois point qu'on puiffe
foûtenir qu'il n'étoit pas
Chrétien. L'action de Saint
Babylas, laquelle Saint Chri-
foftome releve avec toute la
pompe de fon éloquence, ne

prémices de fon Regne , par un grand
exemple d'humilité chrétienne.

L'on ne fçait aucune particularité de
la vie que mena Otacilie , avant que fon
mari parvînt à l'Empire. L'on a beaucoup
de fondement à croire que fa conduite fut
fage & hors de reproche. Elle eut une
fille dont on ignore le nom , & qu'on ma-

peut s'entendre que de Philippe ; Metellus dans fes
Quirinales parle du Chriftianifme de l'Imperatrice
Otacilie.

Verticem regina Deo fuperbum
Fronte matura reverenda flexit.
Principis cedente domo Philippi
Subjugua Chrifti.

Auffi tout ce qu'il y a
d'habiles Modernes font de
ce fentiment, & il y en a
qui ont crû pouvoir avancer
que Saint Pons, qui fut depuis
Evêque de Cemele , avoit
batifé les deux Philippes ,
ce qui fuppoferoit que l'Empereur de ce nom n'auroit
été Chrétien qu'après fon
élection , ce qui eft difficile
à croire. Scaliger dans fes
Notes fur la Chronique
d'Eufebe, dit que c'eft faire
tort à la Religion Chrétienne , que d'avancer que Philippe ait été le premier Empereur qui l'a embraffée, &
il fe déchaîne contre ce Prince qu'il traite de brigand ,
de parricide & d'idolâtre ,
mais j'aimerois mieux que
ce Critique nous donnât à la
place de ces invectives , de
bonnes raifons qui prouvaf-
fent que Philippe n'a pas été
Chrétien & je ne vois pas
que quoique ce Prince ait
fait perir Gordien, qu'il foit
fils d'un voleur & qu'il foit
né Payen, il n'ait pû em-
braffer la Religion Chré-
tienne. L'Auteur anonyme
qui a écrit fur Conftance
Chlore & fur quelques au-
tres Empereurs, fait Philippe Chrétien. *Conftantinus*
Imperator primus Chriftianus
dit-il , *Excepto Philippo qui*
Chriftianus admodum ad hoc
tantum Conftitutus fuiffe mihi
vifus eft, ut millefimus Romæ
annus Chrifto potius quam
idolis dicaretur.

N iij

ria depuis avec Severien Officier, qui n'é-
toit pas pour lors fort connu, & qui fut
enfuite Général de l'Armée de Macedoine, Emploi qui paſſoit ſa capacité.

Philippe étoit déja parvenu aux plus
importantes Charges de la Milice, lorſque Maximin & les Gordiens diſputoient
l'Empire, & ce fut durant ces troubles
que ſon Epouſe accoucha d'un fils, auquel
on donna le nom de ſon pere. 3) Otacilie
eut un ſoin particulier de ſon éducation.
Elle l'inſtruiſit dans la foi dont elle faiſoit
profeſſion, & lui inſpira des ſentimens
conformes (e à ſa Religion ; auſſi l'on
croit que c'eſt aux leçons de ſageſſe que le
jeune Philippe recevoit de ſa mere, qu'on
doit attribuer cette ſevere modeſtie, &
cette grande retenuë qu'il fit toûjours paroître, malgré les irruptions de tempera-
ment qui ſont ordinaire à ceux de ſon âge;
ſi l'on n'aime mieux croire que cet air ſom-
bre & mélancolique, étoit un effet de ſon
naturel. Quoiqu'il en ſoit, il fut toute ſa

e *Oros. lib.* 7. *Baron. ad an.* 249.

3. Victor appelle le fils de
Philippe, Saturnius, mais il
eſt le ſeul qui lui donne ce
nom. D'autres lui donnent
le nom de Severe, & l'on
voit en effet une Médaille
qui marque ſon premier
Conſulat, & où l'on trouve
cette Légende M. JULIUS
SEVER. PHILIPPUS CÆS.
Le nom de Severe pourroit
lui avoir été donné de celui
de Severa ſa mere.

vie si sérieux & si triste, qu'on ne le vit jamais rire, non pas même dans les occasions les plus capables de l'y exciter. 4)

Si Otacilie inspiroit à son fils les maximes de la Religion Chrétienne, elle ne les mettoit pas toûjours en pratique; car il est bien difficile de croire qu'elle ne secondât les vûës ambitieuses de son mari, & qu'elle n'eût quelque part aux crimes sur lesquels il bâtit sa fortune. On juge même qu'elle fut accusée d'avoir trempé au parricide que commit Philippe, pour s'élever à l'Empire, puisqu'on éxigea d'elle la penitence qui pouvoit les expier, & qui est l'action qui a le plus honoré sa mémoire.

Phililipe ne se vit pas plûtôt revêtu des Charges qu'on lui donna, qu'il osa aspirer à de plus grandes. La bassesse de son origine n'étant pas capable de servir de contrepoids à son ambition. (f C'étoit sans doute porter bien haut ses Prétentions ; mais rien ne lui interdisoit ses esperances, quelque peu sages qu'elles fussent ; l'Em-

---

f *Capitolin. in Gord.* 3.

4. L'on dit que le jeune Philippe fut serieux dès l'âge de cinq ans, & que quelques contes qu'on lui fist pour le faire rire, on ne put jamais y réussir. *Adeo tristis & severi animi, ut jam tum à quinquennii ætate nullo prorsus cujus quam commento, ad ridendum solvi potuit.*

pire avoit été occupé par des hommes fortis comme lui de l'obfcurité, & il étoit
actuellement gouverné par un jeune Prince, qui n'avoit d'autre appuy que la fageffe de fon beau-pere, & l'amour dont
le Senat lui donnoit des marques ; foible
foûtien d'un Trône, dont l'infolence des
Prétoriens difpofoit, & par où l'on s'élevoit par le crime.

Cette derniere voye devoit être interdite à Philippe, qui profeffoit, finon publiquement, du moins dans le fecret de
fon cœur, une Religion qui défend l'infidelité & l'injuftice. Mais dans lui, le
défir de la Puiffance Souveraine fit taire
la voix de la confcience. Il s'affermit contre les fcrupules & les remords, il ne prit
confeil que de fon ambition, & s'ouvrit
une voye à l'Empire par des trahifons &
des parricides.

Ce fut aux extrêmités de la Perfe qu'il
fit mourir Gordien. Il n'eft point d'artifice dont il ne fe fervit pour jetter des
voiles fur fon crime. Il écrivit au Senat
que l'Empereur étant mort de maladie,
les Legions l'avoient élu ; il ne parla de
Gordien qu'avec refpect, il le mit au rang
des Dieux, & lui donna une place dans le
Ciel, comme s'il eût voulu le dédomma-
ger de celle qu'il lui avoit ufurpée fur la

Terre. Le Senat qui n'avoit ni affez d'autorité, ni affez de courage pour s'oppofer aux entreprifes des Legions, confirma fon Election, le déclara Augufte, & décerna le même Titre à Otacilie, qui eut part à tous les honneurs qu'on fit au nouvel Empereur. Le premier foin de celui-ci fut de faire la paix avec les Perfes. Il s'impofa même des conditions peu honorables, & après qu'il eut par un honteux Traité, mis fin à la Guerre, il prit le chemin de Rome avec l'Imperatrice.

Quelques précautions qu'ils euffent pris, pour dérober à la connoiffance des Peuples, la part qu'ils avoient au meurtre de Gordien, ils n'en purent éviter les foupçons, & ils apprirent bien-tôt que leur crime n'étoit point ignoré à Antioche. Ils arriverent dans cette Ville fur la fin du Carême, & comme il y avoit beaucoup de Chrétiens, ils voulurent leur donner un témoignage de leur foi en allant à l'Eglife, pour y participer aux prieres qui s'y faifoient la nuit qui précedoit la Fête de Pâques. Babylas, Prélat célébre par fon zéle, par fon courage, & par fon éminente fainteté, gouvernoit alors l'Eglife d'Antioche, & étoit parfaitement inftruit de tout ce qui s'étoit paffé en Perfe; & comme il n'étoit pas homme à

rien faire relâcher aux Loix de l'Eglife de
leur févérité, dans quelque occafion que
ce pût être ; d'abord qu'il fut informé
que l'Empereur & l'Imperatrice alloient
entrer dans l'Eglife, il courut au-devant
d'eux , & les ayant trouvés près de la
porte, bien loin de mollir à la vûë des
Maîtres du monde , & d'écouter les confeils d'une timide politique, il arrêta Philippe & l'Imperatrice , & portant fa main
fur l'eftomac de l'Empereur pour l'empêcher d'avancer, (g il lui reprefenta avec
une modefte , mais généreufe liberté , que
ce n'étoit point dans le Temple du Dieu
de la fainteté, qu'il devoit venir lever des
mains dégoutantes encore du fang de fon
Empereur & de fon Bienfaicteur ; qu'a-
près s'être fouillé d'un fi grand crime, il ne
pouvoit affifter aux Sacrés Myfteres , que
lorfqu'il l'auroit expié , en fe mettant
au rang des Penitens. Il ne difpenfa point
l'Imperatrice de cette peine, fon fexe , fa
Dignité, l'éclat qui environne l'autorité
fuprême , ne parurent point au faint Evêque , des raifons affez fortes pour éluder
en fa faveur, la rigueur de l'Eglife. 5)

g *Chryfoft. Adv. Gent. Nicephor. Cal. lib. 5. c. 25.*

5. Baronius prétend que qui mit Philippe à la peni-
cela fe paffa à Rome, & que tence; fi cela eft, on doit re-
ce fut le Pape Saint Fabien garder comme une fable ce

Otacilie eut assez de vertu pour faire en cette occasion un saint usage de sa Grandeur. Elle soumit la Majesté de l'Empire au joug de la Religion, & montra l'éxemple édifiant d'une Princesse confonduë parmi les femmes pénitentes, en donnant une preuve si touchante de la docilité de sa foy. Elle se soumit à tout ce que voulut éxiger d'elle l'Evêque d'Antioche, & l'Empereur ayant aussi accepté la pénitence qui lui fut imposée, fut mis au rang de ceux qui satisfaisoient pour leurs pechés.

Cette action fit un grand éclat. Elle édifia & réjoüit tous ceux qui prenoient part aux progrès de la Religion. Origene qui vivoit encore dans ce tems-là, écrivit à l'Imperatrice une Lettre remplie de pieuses instructions, (h & lui parla avec l'autorité d'un Docteur des Chrétiens ; & Saint Hyppolite qui étoit un des plus grands Evêques qui fussent alors dans l'Eglise, lui adressa une Exhortation digne de son zéle.

Après que l'Imperatrice eut donné à

h *Euseb. lib. 6. Vincen. Lerin. lib 1.*

que dit Saint Chrisostome de Babylas à cete occasion, ce qui est une grande extremité, ou il faudra appliquer à un autre Empereur ce qui est rapporté dans ce Pere, ce qui a de grandes difficultés.

Antioche ce témoignage de son Christianisme, elle suivit son mari à Rome, où
quelque tems après leur arrivée l'on
célébra l'an milliéme de sa fondation,
avec de grandes réjoüiffances. Philippe
donna au Peuple le plaifir de plufieurs
combats de Bêtes de differentes efpeces,
& il fit fervir à cet ufage, toutes celles
que Gordien avoit deftinées pour fon
Triomphe. L'Empereur ne monta pas au
Capitole, pour y faire des Sacrifices, &
l'on tire de-là, une preuve de fa Religion;
mais il donna d'ailleurs des marques d'un
Chriftianifme imparfait. Il fe trouva à
tous les Spectacles avec une belle humeur fi marquée, quelle contrifta un jour
fon fils ; (i car Philippe ayant fait de
grands éclats de rire fur le Theatre, le
jeune Prince n'approuvant point cette in-
décence dans un Empereur, détourna fa
tête & rida fon front, pour marquer fa
peine.

Otacilie fe fit fans doute grace fur
beaucoup de chofes qu'une Imperatrice,
qui auroit eu plus de zéle pour fa foi, ne
fe feroit permifes ; & fi nous ne fçavons
point quelle fut fa conduite durant les réjoüiffances de cette Fête extraordinaire,
nous apprenons du moins qu'on frappa à

i *Aurel. Vict.*

son honneur des Medailles qui sembloient interesser sa foi, si pour sa justification l'on ne disoit que les Payens ignorans que cette Princesse fût Chrétienne, voulurent faire honneur à sa sagesse, en lui donnant le nom de Cibele. 6)

Au reste, ces réjouissances se terminerent par un malheur, comme il arrive pour l'ordinaire, selon l'oracle du Saint Esprit. Le feu prit au Theatre de Pompée, & réduisit en cendres ce superbe Edifice. Ce funeste accident affligea l'Empereur; mais la nouvelle qu'il eut de la révolte deplusieurs Provinces, fut pour lui un chagrin & plus sensible, & plus interessant.

L'Empereur dès la premiere année de son Empire, avoit donné à son fils le Titre d'Auguste, avec la Puissance du Tribunal; & pour mieux affermir encore son autorité, il avoit donné à Prisque son frere, le Commandement des Troupes de la Syrie, & fait Severien son beau-fils, Général de l'Armée de la Mœsie & de la Macedoine. Ces Emplois étoient au-dessus

6. MARC. OTACIL. SEV. AUG.
MILLIARIUM SÆCULUM.

Et Gruter dit qu'on trouve à Rome cette Inscription.

MATRI DEUM
MARTIA OTACILLA AUG.

du mérite & des talens de ces deux Officiers. Auffi Prifque par l'abus qu'il fit de
fon pouvoir, porta à la révolte les Peuples de Syrie, lefquels déclarerent Empereur Jotapien, qui fe difoit parent de
l'Empereur Alexandre ; & Severien ne
fçut pas tenir dans le devoir les Troupes
de la Mœfie, qui revêtirent de là Pourpre Marinus Centenier, d'une naiffance
obfcure & d'un mérite très-médiocre.
Ces deux révoltés allarmerent Philippe,
mais il apprit bien-tôt que Jotapien avoit
été maffacré, & de ce Général de réputation & très-entendu, qui connoiffoit
Marin pour un homme incapable de foûtenir une fi hardie entreprife, raffura
l'Empereur, & lui protefta que cette faction fe diffiperoit d'elle-même. Cela arriva en effet ; Marin fut maffacré par les
mêmes mains qui l'avoient élevé, & reçut la peine dûë aux Ufurpateurs. Mais
comme Philippe connoiffoit que Severien
n'étoit pas capable de contenir dans l'o-
béiffance les Troupes & la Province qu'il
lui avoit confiée, il réfolut d'y envoyer
Déce, pour faire punir les auteurs de la
révolte, afin que cet exemple de févérité
intimidât les efprits féditieux.

Déce refufa d'abord cet Employ, mais
il fut enfin obligé de ceder aux preffantes

follicitations de Philippe , qui ne penfoit point que dans Déce, le Ciel nourriffoit le vengeur de la mort de Gordien. Déce partit comme malgré lui ,
chargé des ordres du Prince , & avant
qu'il arrivât à l'Armée, on y fçut le motif
de fon voyage , & les révolutions de Rome. Ceux qui avoient pris les armes regardant ce Général comme un Juge iné-
xorable qu'on envoyoit contre eux , réfolurent de fe donner à lui , & de racheter
leur crime en donnant l'Empire à celui
qui venoit leur apporter la mort. Déce,
foit par devoir, ou par grimace, refufa
d'abord la Pourpre ; mais voyant qu'on
le menaçoit de le tuer, s'il refiftoit, il fe
laiffa proclamer Empereur.

Philippe fut déconcerté lorfqu'il apprit
cette élection. Il connoiffoit la valeur &
l'expérience de ce nouvel ufurpateur, &
étoit très-perfuadé que la révolte qu'il
conduifoit étoit bien plus dangereufe que
celle qu'il lui avoit donné ordre de diffiper. À la verité Déce crut exécuter fon
crime en alleguant la répugnance avec laquelle il avoit accepté la Pourpre,qu'il pro-
mettoit de quitter d'abord qu'il feroit arrivé à Rome, mais Philippe s'imagina que
ce n'étoit qu'un piége que fon Ennemi lui
tendoit pour l'endormir & le furprendre ,

& nonobſtant ſes incommodités, il parſit pour l'aller combattre. Leur querelle fut bientôt finie, Philippe fut tué à Veronne par les mêmes Soldats qu'il avoit fait ſoulever contre Gordien, & celui qui avoit tiré l'épée, perit lui-même par l'épée.

L'Imperatrice Otacilie attendoit à Rome le ſuccès de cette guerre dans de grandes perplexités. La réputation de Déce le lui rendoit redoutable, & elle ſçut bientôt que ce n'étoit pas ſans fondement qu'elle craignoit pour Philippe. Elle fut pénétrée d'une vive douleur, lorſqu'elle apprit ſa mort, qu'elle regardoit comme un funeſte préſage de celle qui menaçoit ſon fils; & elle ne fut pas moins affligée des malheurs qu'elle prévoyoit, que de ceux qu'elle avoit à pleurer. En effet elle avoit un juſte ſujet de craindre que Déce ne fit à la fortune de ſes enfans un ſacrifice du jeune Philippe, qui ne pouvoit être qu'une éternelle occaſion de révolte, & qu'il ne voulût aſſurer l'Empire à ſa famille par cette précaution inhumaine. Occupée de ces refléxions, & allarmée par l'approche de Déce, elle alla ſe réfugier dans le Camp des Prétoriens, & mit ſon fils ſous leur ſauvegarde. 7) Mais ce Camp ne fut pas

7. Pluſieurs ont cru que les deux Philippes avoient été tués en bataille rangée, & la Chronique d'Alexan-

pour

pour lui un lieu de sûreté, car les Soldats ayant appris que Déce avoit été proclamé Empereur & qu'il avoit défait Philippe, massacrerent ce jeune Prince entre les bras de sa mere, afin d'acheter la faveur de leur nouveau Maître par cette barbarie. (*k* On épargna Otacilie parce que sa vie ne tiroit pas à conséquence & qu'elle n'étoit point en état de cabaler.

Si cette Imperatrice étoit Chrétienne, le renversement de sa fortune lui fournit une belle occasion de mettre en pratique les maximes de sa Religion. L'Histoire ne nous apprend point qu'elle fut sa destinée, mais pour peu qu'elle ait vécu, elle aura vûë Déce laisser bientôt à un nouvel usurpateur le Trône d'où il avoit précipité Philippe, & que Philippe avoit enlevé à

k Vaillan.

dre rapporte que le Pere mourut d'une blessure qu'il se fit, par la chute de son cheval. Il est constant que le jeune Philippe fut massacré à Rome, & que l'Empereur son pere fut tué à Verone, où Victor & Eu-

trope assurent qu'il reçut un coup qui lui emporta la moitié de la tète : *Medio capite supra ordinem dentium præcisa,* & l'on a découvert à Verone une Inscription qui sert de preuve à cette opinion.

ANNO CHRISTI CCLIII.
IMP. DIVUS PHILLIPPUS SENIOR
VERONÆ ET ROMÆ
JUNIOR A SATELLITIBUS
INTERFICIUNTUR.

Gordien , & la chûte de tous ces Princes
lui aura appris que les biens & les Dignités ne vieilliſſent point dans les familles où
on les fait entrer par des voyes injuſtes.

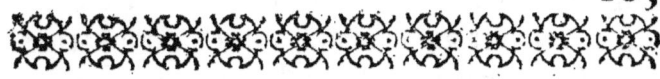

HERENNIA ETRUSCILLA

Femme de l'Empereur Déce de Sainte Tryphonie.

L'On a long-tems ignoré qu'Etruscile eût été femme de Déce, on lui donnoit Gnœa, Seia, Herennia Salustia, Barbia, Orbiana, mais les plus habiles modernes croyent qu'Orbiana fut la femme d'Hostilien fils de Déce, & donnent à Déce, Etruscile. L'on ne sçait rien touchant sa famille & sa Patrie. Ses Médailles lui donnent peu de beauté, des yeux petits (*a* une phisionomie qui n'étoit point prévenante, & l'air d'une femme de basse condition. Elle eut plusieurs enfans qui étoient nés avant qu'elle montât sur le Trône, & avec le Titre d'Auguste, elle reçut tous les honneurs qu'on avoit accoutumé de décerner aux Imperatrices ; mais elle n'en joüit pas long-tems, parce qu'elle ne les devoit qu'à la révolte de son mari, & que la gloire des impies n'est pas de durée.

Déce né dans un Village de la Panno-

a Birag. Vaillan.

O ij

nie 1) servit avec beaucoup de réputation sous Maximin & sous les autres Empereurs. Il étoit homme de service & dans la guerre & dans la paix, & avoit de fort bonnes qualités. Mais il en diminua le mérite par cette fureur barbare avec laquelle il persécuta les Chrétiens, & par laquelle il signala les commencemens de son regne ; car jamais Tyran ne répandit le sang des Chrétiens avec tant de brutalité.

A peine il eut pris possession de l'Empire, qu'il eut à le défendre contre une soudaine irruption de Scythes, qui porterent la terreur dans les Provinces voisines. L'Empereur envoya son fils Déce dans la Thrace pour arrêter les succès des Barbares ; mais ce Prince quoiqu'il ne manquât ni de résolution, ni de conduite, vit prendre à ses yeux Philippopolis, où il y eut tant de monde de tué. (*b* Ce malheur obligea l'Empereur à aller commander l'Armée en personne, & sa présence en effet, changea la face des affaires. Il battit les Scythes & les autres Barbares qui s'é-

b *Ammian. Marcel. lib.* 31.

1. Zozime donne à Déce une naissance illustre, mais je ne sçai si le lieu d'où il est né ne donne pas un juste fondement de douter de cette prétenduë Noblesse que cet Historien prête à un Empereur qu'il releve beaucoup, parce qu'il a fort persecuté les Chrétiens.

toient joints à eux, leur enleva leur Conquêtes, & les obligea à abandonner le Païs dont ils s'étoient emparés. Ces avantages lui enflerent le courage, & le firent aspirer à de plus considerables ; car voulant profiter de la consternation des Ennemis, il résolut de les exterminer sans ressource.

Trebonius Gallus, Gouverneur de la Mœsie lui inspira ce dessein, dans le tems qu'il méditoit celui de monter lui-même sur le Trône. Comme il l'avoit vû occupé par des Princes qui n'y avoient pas plus de droit que lui, il crut qu'il pouvoit tenter la même fortune, & dans l'espérance d'avoir pareille bonheur, il se permit cette témerité. Déce sans le sçavoir travailla dans les vûës de cet ambitieux, car trompé par ces fausses marques de zele que lui donnoit Gallus, il concertoit avec lui les moyens de défaire entierement les Scythes, ne sçachant point que ce perfide prenoit des mesures en secret avec les Barbares pour faire périr l'Armée Romaine. Aussi fut-il la victime de cette trahison, les Ennemis s'étant présentés devant lui, il les chargea brusquement & en défit un grand nombre. 2) Gallus qui avoit inspi-

___

2. Le jeune Déce perdit la vie dans le premier choc après avoir combattu vaillamment, mais sa mort ne

ré aux Barbares de faire avancer leurs Troupes vers un Marais qui étoit proche, & qui en déroboit la vûë aux Romains, vint dire à Déce que c'étoit le moment décisif de la ruine entiere des Scythes, qu'il falloit les poursuivre sans relâche vers le Marais, où ils seroient obligés de se livrer d'eux mêmes à l'épée des Legions ; & l'Empereur oubliant dans cette occasion sa prudence ordinaire, ayant voulu pousser les Ennemis vers le Marais, s'y engagea si fort, qu'il tomba dans une fondriere (*c* où il perit, soit qu'il y fût étouffé dans la boüé, ou que n'en pouvant sortir il fût exposé aux traits des Ennemis qui étoient cachés dans des défilés derriere ce Marais & qui le tuerent. Ainsi perit cet Empereur, que sa cruauté envers les Chrétiens, fit traiter d'animal exécrable (*d* & avec sa vie tomba la fortune d'Etruscille.

La qualité de femme de Déce que nous lui donnons, ne nous permet point de suivre l'opinion de ceux qui mettent Sainte

c *Victor. Epit. Zozim. Lactan. de Mortib. Persec.*
d *Lactan. ibid.*

troubla point l'Empereur, & l'on rapporte un mot qui marque en lui un cœur ferme ; car comme on lui eut dit que son fils avoit été tué, il répondit que la perte d'un Soldat n'étoit pas considerable, & que l'Empire ne periroit pas pour cela.

Tryphonie fur le Trône avec Déce. (e Les Actes de Saint Laurent, fur quoi ils fe fondent, ne me paroiffent point d'une affez grande autorité, pour établir un fait, dont la preuve demande un témoignage moins combattu. C'eft cependant fur la foi de ces Actes que plufieurs donnent pour femme à Déce cette Sainte, & qu'ils rapportent les circonftances de fa converfion. Voici comme ils la racontent.

Après que Déce eut fait fouffrir à Saint Laurent cet affreux fupplice qui a rendu le nom de ce Martyr célebre dans les Faftes de l'Eglife, il fe retira dans fon Palais plein de fureur contre les Chrétiens ; mais il y trouva un vengeur du fang des Fidelles dont il avoit inondé Rome, car il fut fubitement obfedé du Demon, qui le tourmenta d'une maniere horrible, fans lui donner un moment de relâche, jufqu'à ce qu'il eût vomi fon ame dans les fymptômes de cette affreufe poffeffion.

La caufe de ce malheur étoit trop vifiblement marquée, pour qu'on pût la diffimuler. Ceux qui avoient contribué à la perfécution craignirent une femblable punition, & furent dans de grandes allarmes. L'Imperatrice Tryphonie qui avoit fouvent animé la fureur de Déce, fut des plus

e *Ado.* 18. Oct. *Ufuard.*

épouvantées. Elle détesta l'injustice de l'Empereur, elle donna la liberté à tous les Chrétiens qui étoient dans les prisons, & résolut d'embrasser la foi qu'elle avoit persécutée.

Le Saint Prêtre Justin fut celui à qui elle s'adressa, en lui présentant aussi la Princesse Cyrille qu'elle avoit eu de Déce. Justin reçut avec joye ces illustres Cathécumenes, les instruisit, leur ordonna un jeûne de sept jours & les baptisa. L'Imperatrice n'eut pas le tems de souiller la sainteté de son Batême; car le lendemain qu'elle l'eut reçu elle rendit l'ame dans la ferveur de sa priere; & Cyrille mourant encore d'une maniere plus glorieuse au milieu des tourmens qu'on lui fit souffrir sous l'Empire de Claude, honora par un généreux martyre, la Foi que son pere avoit voulu abolir.

Le Culte que l'Eglise rend à Tryphonie & à Cyrille doit sans doute nous les faire regarder comme deux Saintes; mais il ne nous engage point à les regarder comme des Imperatrices, & les Actes de Saint Laurent approchent si fort de la Fable, qu'on ne peut les suivre sans être obligé d'abandonner l'Histoire, dont ils détruisent des faits qui passent pour constans. Aussi le Cardinal Baronius n'a osé soutenir

que

que Tryphonie fut femme de Déce, & il s'eſt retranché à dire qu'elle étoit ſa concubine, ou peut-être femme du jeune Déce. Monſieur Sponde eſt dans la même erreur, parce qu'il croit que Déce le pere eut Orbiane pour femme. Le Cardinal Noris qui a trouvé de grandes difficultés dans toutes les conjectures de ces grands Annaliſtes, a mieux aimé rejetter les Actes de Saint Laurent avec tous les ſçavans, que de les préferer aux autres monumens de l'Hiſtoire qui les rendent ſuſpects.

HOSTILIA SEVERA,

Femme de Gallus.

ETRUSCILLE,

Femme de Volusien.

ORBIANE,

Femme d'Hostilien.

L'On trouve tant d'obscurité dans l'Histoire des Princes qui ont regné depuis Philippe jusqu'à Valerien, qu'on ne peut rien avancer de certain. Ce que dit un Auteur est rapporté autrement ailleurs ; & il n'est presque point de fait sur lequel les Historiens se trouvent d'accord. Nous avons vû par quelle perfidie Gallus parvint à l'Empire. On lui donne pour femme Hostilia Severa dont l'Histoire ne nous apprend rien. Si c'est d'elle que parle la Chronique d'Alexandre lorsqu'elle rapporte la fureur d'une Imperatrice qui coupa la gorge à son mari, l'on ne peut pas avoir une idée trop avantageuse de cette Princesse, cependant ce fait ne s'accorde point avec l'histoire qui rapporte la mort de Gallus d'une maniere bien differente ; car on trouve que cet Empereur fut massacré avec Volusien son fils, qu'il avoit déclaré Auguste à Terni ; où il étoit allé pour combattre Æmilien.

Volusien, selon l'opinion de plusieurs, avoit épousé Herennia Etruscilla fille de l'imperatrice du même nom, & de Déce. Gallus avoit fait ce mariage, & avoit dit-on, adopté en même tems Hostilien, frere de sa belle-fille, afin qu'on ne le crût point coupable de la trahison qui avoit fait périr Déce avec l'Armée qu'il commandoit; mais cette alliance artificieuse ne put le mettre à l'abri du soupçon de ce crime, ni de la peine qu'il méritoit. Æmilien vangea Déce en prenant les armes contre Gallus, par une révolte qui trouva aussi sa punition dans le soulevement des Soldats qui le massacrerent.

Hostilien avoit pour femme Barbia-Orbiana, comme nous l'avons déja dit. On trouve des Médailles, où ce Prince est représenté d'un côté, & de l'autre on voit Orbiana avec des traits qui lui donnent assez de beauté : cela seule semble appuyer le sentiment de ceux qui nient qu'elle ait

été femme de Déce comme on l'avoit cru.
Il eſt vrai qu'on a prétendu qu'il y avoit
eu deux Imperatrices de ce nom, dont
l'une a été femme de Déce, & l'autre
d'Hoſtilien, qu'on a cru n'avoir été que gendre de Déce; mais cela ſouffre de ſi grandes difficultés, & a ſi peu de vrai ſemblan-
ce, que je ne vois point qu'on doive embraſſer ce ſentiment qui jette dans de plus
grands embarras que l'autre. Hoſtilien au
reſte, mourut à Rome durant les ravages
que la peſte y fit après la mort de Déce.

MARINIANA,

Femme de Valerien.

SALONINE,

Femme de Gallien.

PIPARA,

Femme Concubine de Gallien.

ZENOBIE,

Femme d'Odenat.

DE·VICTOIRE,

Femme du Tiran Victorin.

LE beau Sexe n'eſt pas incapable de l'heroïſme : l'on a vû des femmes qui ont ſçu joindre à la modeſtie & à la douceur , un courage mâle , une valeur intrepide , & toutes les autres qualités guerrieres , & qui ont fait voir que les grands talens ſont de tout ſexe. Il y a une infinité de Plumes qui ont élevé

la gloire de ces célébres Heroïnes , qui
se sont acquises un honneur immortel par
des actions d'éclat ; mais on peut dire que
Zenobie & Victoire , tiennent un rang
distingué parmi celles qui ont fait le plus
de bruit. Nous les allons voir illustrer
leur Siécle par des qualités peu communes , soumettre l'Empire Romain , le
gouverner , le défendre , & en disposer
même à la honte des Empereurs , qui deshonoroient leur Dignité par une oisiveté
mole & voluptueuse , tandis que ces Princesses , par les Exploits militaires les plus
glorieux , & par une politique des mieux
suivie , s'assuroient cette haute & éclatante réputation , qui honorera toûjours
leur nom.

Emilien ayant été massacré , les Soldats proclamerent Empereur Valerien ,
qui commandoit l'Armée de Gallus. Ce
Général avoit exercé avec beaucoup de
gloire les plus importantes Charges de la
Milice , & elles avoient semblé le conduire à la puissance Souveraine , dont tout
le monde le trouvoit digne. A la splendeur
d'une noble origine , il ajoûtoit l'éclat
des plus rares qualités. Il avoit beaucoup
de politesse & d'honnêteté dans ses manieres , une grande droiture d'esprit & de
cœur , & une experience consommée dans

le métier de la guerre. Il étoit moderé, judicieux, grave, ennemi du vice ; au reste, bien fait, grand, d'un maintien majestueux, d'une complexion saine & robuste. Aussi son Election fut si généralement approuvée, qu'on auroit dit, lorsqu'on le proclama Empereur, qu'on avoit recüeilli les suffrages de tous les Ordres de la Ville & des Armées.

Valerien eut deux femmes. On ne sçait point le nom de la premiere qui fut mere de Gallien ; la seconde s'appelloit Mariniana, de laquelle nacquit le jeune Valerien. Plusieurs ont crû qu'elle étoit fille de Carvilius Marinus, qui sous l'Empire de Philippe, commandoit l'Armée de la Panonie. Ses Medailles lui donnent un air sage, une phisionomie serieuse, & l'on peut conjecturer que Valerien chercha en elle une Epouse dont les mœurs eussent de la ressemblance avec les siennes.

Valerien prit grand soin de la jeunesse de ses enfans, mais ils n'y répondirent pas également, tant il est vrai que la nature & le temperamment ont souvent plus de force que l'éducation. Gallien étoit né avec toutes les qualités qui peuvent faire un grand Prince. Il étoit bien fait, d'une taille avantageuse, affable, généreux, liberal, caressant, aimant à accorder des

P iiij

graces, ne faifant les refus même néceſſaires, qu'avec une peine qui ſe faiſoit remarquer ſur ſon viſage, & qui conſoloit
ceux qu'il ne pouvoit contenter. Il avoit
un eſprit aiſé, poli, juſte, vif & fort cultivé; & ſoit qu'il parlât ou écrivît en Proſe
ou en Vers, il répandoit ſur toute ſorte
de ſujets, une noble érudition, qui donnoit beaucoup de grace à ſes diſcours. Il
avoit encore les talens néceſſaires pour un
homme de guerre, & dans les occaſions,
il faiſoit parfaitement bien le métier de
Capitaine & celui de Soldat; mais de
grands vices obſcurcirent ces avantages.
Il étoit vindicatif, & portoit ſes reſſen-
timens juſques aux plus grands excès de
cruauté. Jaloux du mérite des autres, il ne
pouvoit ſouffrir ceux qui avoient, ou plus
de réputation, ou plus de valeur que lui.
Indolent & inappliqué, il s'abandonnoit
entierement à ſes plaiſirs, & négligeoit les
affaires les plus intereſſantes. Il ſouffrit avec
une brutale ſtupidité, la flétriſſure la plus
éclatante que l'Empire Romain eût jamais
reçû, en abandonnant lâchement ſon pere
aux inſultes des Barbares, & ne ſe donnant
aucun mouvement pour le tirer de la dure
captivité dans laquelle il le faiſoit gemir.
Dans Gallien ſe reveilla le luxe des Empereurs les plus effeminés. Il ne ſe ſervoit

que de vases d'or enrichis de diamans. Ses habits & ses souliers étoient couverts de pierres précieuses, & son affectation s'étendoit jusqu'à ses cheveux, qu'il poudroit avec de la limaille d'or. Voluptueux & extravagant dans ses voluptés, il méprisoit les plaisirs ordinaires, & ne trouvoit du goût que dans ceux dont la jouïssance étoit difficile. Il affectoit de manger des fruits hors des saisons qui les produisent ; mais il ne bornoit pas ses voluptés à ces bizarres fantaisies, il se livroit sans honte à toute sorte de débauches qui affoiblirent son corps, & qui lui firent oublier la triste situation des affaires de l'Empire, qui demandoient toute sa vigilance.

Le jeune Valerien son frere avoit presque toutes ces belles qualités, sans qu'on pût lui reprocher aucun de ses défauts. Il étoit parfaitement bien fait, d'un visage agréable & prévenant, d'un commerce libre & facile. Ses mœurs furent toûjours reglées. Il étoit sçavant au-delà même de ce que son âge sembloit permettre, & il sçavoit allier le bon sens à la vivacité de l'esprit. Tels étoient les fils de Valerien. Ce grand homme qui vouloit éloigner de leur jeunesse toute occasion de débauche, les maria, & il y en a qui croyent que les deux Princes (*a* épouferent deux fœurs natives de Clazomene Ville d'Ionie , 1) que la femme de Valerien s'appelloit Cornelia Supera , & celle de Gallien , Salonina ; mais l'on ne peut rien dire de pofitif fur leur Patrie ni fur leur famille , & les Hiftoriens ne nous apprennent rien touchant Cornelie.

Salonine que les Medailles Grecques appellent Chrifogone , (*b* étoit doüée d'une excellente beauté , & ce qui en relevoit les charmes , c'étoit une grande fageffe qui ne fe démentit jamais. Elle avoit auffi du fçavoir & beaucoup d'eftime pour les Sçavans. Elle favorifa de fa protection les hommes de Lettres , & le Philofophe Plotin 2) en reçut fouvent de généreux témoignages. Le Senat après

---

a *Triftan. Comment. Hiftoriq.* b *Vaillan.*

---

1. Clazomene étoit une Ville d'Ionie dans l'Afie Mineure , entre Smirne & Chio. C'étoit la Patrie du celebre Philofophe Anaxagoras , à qui on donna le furnom de Phificien.

2. Plotin étoit de Nicopolis Ville d'Egypte. Il fut difciple d'Ammonius Philofophe Chrétien , ce fut lui qui infpira à l'Empereur Gallien de faire bâtir une Ville qu'on appelleroit Platon , & d'y faire vivre les habitans felon l'idée de la République imaginée par ce Philofophe. L'on affûre que Gallien qui fe plaifoit affez dans les entreprifes bizarres & chimeriques auroit donné dans ce projet , fi ceux de fon Confeil qui avoient le plus de pouvoir fur fon efprit ne lui euffent reprefenté que ce deffein étoit vifionaire & fon execution impoffible.

l'Election de Valerien , ayant déclaré
Gallien Cefar , Salonine reçut tous les
Titres & toutes les marques d'honneur
qu'on avoit accoûtumé de décerner aux
Imperatrices , & l'on peut dire qu'en elle
l'on honora la vertu & le mérite. Elle
donna plufieurs enfans à Gallien. (c Cornelius Salonnius , Gallien , Julie & Gal-
lia , font les plus connus.

Les grandes qualités de Valerien , fa
probité , fa droiture, la candeur de fes
mœurs, furent le fujet de la joie extraordinaire avec laquelle la nouvelle de fon
Election fut reçuë à Rome. Le Senat la
confirma par fes fuffrages qu'il accompagna des plus grands éloges , & déclara
Augufte l'Imperatrice Mariniana , dont
l'élevation ne fervit qu'à faire éclater avec
plus de fplendeur fa modeftie. Ce devoit
être fans doute pour l'Empereur , une joie
fenfible de voir dans fon Epoufe & dans
fa belle-fille, les vertus dont il donnoit
lui-même un fi illuftre exemple ; mais fon
fils Gallien , par la licence de fa vie, lui
donna des mécontentemens, aufquels Salonine devoit prendre , fans doute , beaucoup de part ; car ce Prince n'ayant plus
pour elle que les reftes languiffans de l'affection maritale , couroit avec un empref-

c *Triftan.*

sement déréglé après des plaisirs (*d* étrangers , & ne répondit que par une scandaleuse infidelité à la tendresse de son Epouse. Valerien dont les mœurs austeres ne
pouvoient souffrir des divertissemens si
honteux , témoigna souvent à son fils le
chagrin que lui donnoient ses débauches ;
mais ces sages remontrances ne faisoient
que gêner le penchant de Gallien , & lui
préparer des motifs de consolation de la
captivité de son pere. Elle arriva dans la
sixiéme année de son Empire , laquelle
fut si funeste aux Romains. Jamais ils n'a-
voient vû tant d'Ennemis se soulever
contre eux, il n'y eut presque point de
Provinces dans l'Empire , où les Barbares
n'allassent faire des incursions. On vit jusqu'à trente Tyrans, s'emparer de l'autorité Souveraine , & abuser insolemment
de leur pouvoir usurpé. 3)

Valerien fut assez heureux dans le commencement de ces Guerres , mais celle
des Perses lui fut fatale. Sapor leur Roy ,
qui avoit déja donné beaucoup d'exercice
à Gordien, s'étant rendu maître de l'Ar-

d *Trebel. Pol.*

3. Saint Augustin dans sa quatre-vingtiéme Epitre parle de ces incursions que firent les Barbares sur les terres de l'Empire , & il dit qu'elles furent si frequentes & si violentes qu'elles sembloient vouloir avancer la fin du monde.

menie, entra ensuite dans la Syrie, prit Antioche Capitale de l'Orient, & alla faire un horrible dégât jusques dans la Capadoce, d'où il remporta des richesses immenses. Valérien affligé de ces pertes, alla en Orient pour tâcher de les réparer, mais il y en fit encore une plus grande, qui fut celle de sa liberté ; car s'étant imprudemment & sans précaution, exposé à une entrevûë qu'il avoit demandée à Sapor, lequel avoit eu sur les Romains quelques avantages, les Ennemis se saisirent de lui, & l'emmenerent prisonnier en Perse. D'autres prétendent qu'il fut pris après la perte d'une Bataille. Quoiqu'il en soit, Sapor usa insolemment de sa victoire, ou de sa perfidie. Il mena en triomphe Valerien revêtu de sa Pourpre, & le fit servir de spectacle, de dérision aux Nations Barbares ; & poussant ensuite sa brutalité au dernier excès, il se fit rendre par cet Empereur les services les plus honteux, qu'on pourroit éxiger du plus vil Esclave, n'ayant pas honte de se servir de lui comme d'un marche-pied, lorsqu'il vouloit monter à cheval ou sur son char. Etrange renversement de fortune, qui nous apprend qu'il n'y a pas de prosperité stable, & qui ne soit sujette à une révolution.

Mariniana eut le même fort que fon
mari, & tomba dans la puiffance des Perfes. (e Sapor n'eût aucun égard, ni pour
fon fexe, ni pour fa dignité. Il la traita
avec brutalité, & une Imperatrice Romaine eut à effuyer les plus humiliantes
confufions qu'on pourroit faire fouffrir
à une femme de la plus abjecte populace.
Il eft fans doute difficile de refifter à des
coups fi accablans. Mariniana outre fon
infortune, avoit fans ceffe préfente à fon
efprit celle de Valerien. Les Perfes rendoient tous les jours les chaînes de leur
captivité plus pefantes, en ajoûtant à la
dureté de leur efclavage, les outrages les
plus mortifians. L'infortunée Imperatrice
n'eut pas la force de les fupporter, elle
mourut avec le chagrin de laiffer fon
Epoux entre les mains d'un Prince qui
faifoit fervir de joüet à fa Cour, la plus
augufte perfonne de l'Univers.

La nouvelle du malheur arrivé à Valerien & à Mariniana, jetta tout l'Empire
dans le deüil, & fi quelqu'un parut infen-
fible à un fi trifte évenement, ce fut Gallien. Ce fils dénaturé apprit la nouvelle
de la captivité de fon pere, avec une indifference infenfée; & lorfqu'on voulut
lui faire des complimens de condoleance,

e Vaillant.

Il répondit qu'il sçavoit que son pere étoit mortel, & qu'il avoit du moins cette consolation, que si son pere avoit été malheureux, il avoit combattu en vaillant homme. Il ne donna aucune marque de douleur, & étant allé à Rome, au lieu de prendre des mesures pour délivrer son pere, il se livra aux plus honteux divertissemens, en passant les nuits dans les cabarets, & les jours dans les bains.

Salonine devoit être d'autant plus sensible à ces outrages, que sa beauté méritoit les empressemens de Gallien, & que la sagesse de sa conduite l'en rendoit digne. Mais ces volages amours ne furent pas la seule inquiétude que son Epoux lui donna : une rivale redoutable allarma sa jalousie. Ce fut Pipa ou Pipara, fille d'Attale Roy des Marcomans, Princesse dont la beauté faisoit un grand bruit. Les rapports qu'on en faisoit, allumerent dans le cœur de Gallien une si vive passion, qu'il regarda comme une félicité, la possession d'une si aimable personne. Rien ne devoit toutesfois flater ses vœux. Il ne pouvoit pas appeller son autorité au secours de sa passion, parce que la Princesse n'étant pas sa Sujette, il n'avoit nul droit de l'obliger à venir à la Cour ; la voye légitime du mariage lui étoit interdite, à

cause qu'il étoit défendu aux Romains
d'époufer des Etrangeres. Cette Loi étoit
des plus religieufement obfervée. Elle
avoit coûté beaucoup de foupirs à Tite &
à Berenice ; & le fils de Vefpafien qui
aimoit fi tendrement cette belle Juive ,
n'avoit ofé faire triompher fon amour de
la févérité de cette Loi.

Gallien n'ignoroit point ces chofes ;
mais auffi amoureux, & moins fcrupu-
leux que Tite , il chercha des expediens
qui pûffent fatisfaire fa paffion fans violer trop ouvertement les Loix , & la trifte
fituation où étoient les affaires de l'Empire , fut pour fon amour une heureufe con-
jôncture. L'irruption qu'avoient fait les
Barbares dans prefque toutes les Provinces , tenoit tout le monde en allarme, &
l'Empire Romain n'avoit jamais paru plus
proche de fa ruine. Gallien profitant de
cette terreur dont les efprits étoient fai-
fis , moins fenfible pourtant aux interêts
de l'Etat , qu'à ceux de fon cœur , affembla le Senat , & lui repréfenta ce nombre
prodigieux d'Ennemis qui fembloient
avoir de concert projetté d'exterminer les
Romains & de fe rendre maîtres de leur
Provinces ; qu'il étoit impoffible qu'un
Empereur pût lui feul réfifter à tant d'u-
furpateurs ; qu'il avoit trouvé à propos de
rechercher

rechercher l'alliance de quelque Prince
étranger, afin qu'il en pût tirer les secours
necessaires pour soutenir toutes ces guerres. Qu'Attale Roi des Marcomans, lui
avoit paru le plus capable de défendre les
Romains, & qu'afin de le mettre dans
leurs interêts, par son interêt propre, il
vouloit contracter avec lui l'alliance la plus
étroite, en lui demandant en mariage la
Princesse sa fille.

Gallien ne faisoit cette démarche que
par une espece de bienséance pour le Senat,
il étoit bien persuadé que personne ne con-
trediroit sa proposition. Dans le Senat, il
ne regnoit plus ni liberté, ni droiture ;
le Prince en gouvernoit les opinions & en
fondoit les décrets, lorsqu'ils n'étoient
pas conformes à sa volonté. Ce pas ayant
donc été franchi, Gallien fit proposer à
Attale une alliance, & lui fit demander sa
fille. Il n'y auroit pas eu autrefois de Prince, qui n'eût regardé la démarche de cet
Empereur comme un honneur infini, &
qui ne l'eût cherement acheté ; mais les
choses n'étoient plus sur le même pied,
on n'avoit plus pour le nom Romain ce
respect, cette déférence & cette crainte
dont les Rois mêmes les plus Puissans
lui faisoient un hommage forcé. Les Nations barbares avoient éprouvé que les

Tome III. Q

Romains n'étoient pas invincibles, & elles avoient vû fur le Trône de l'Empire, des Princes plus dignes de leur mépris, que de leur crainte : & de là vient que les Peuples étrangers ne redoutoient plus les Armes de Rome, ni les Arrêts de fon Senat.

Attale prêta l'oreille aux propofitions de Gallien, & parut fenfible à l'honneur qu'il lui offroit ; mais comme ce Prince étoit beaucoup plus rufé que le Romain, & qu'il fçavoit que celui-ci étoit amoureux de fa fille, il voulut lui faire acheter fon alliance, & fit naître fur le mariage qu'on lui propofoit des difficultés que l'Empereur ne put furmonter, qu'en lui cédant une partie de la Pannonie, & ce fut à ce prix que Gallien obtint la Princeffe Pipara, qui fut conduite à Rome. Les charmes de cette belle étrangere augmenterent la paffion de l'Empereur ; il eut pour elle & les empreffemens d'un Amant & les complaifances d'un Epoux. Il donna à la familiarité avec laquelle il vécut avec elle, toute la reffemblance d'un légitime mariage ; (f & il porta fi loin les foibleffes qu'il eut toûjours pour elle, qu'on le voyoit mêler à fes cheveux ceux de cette Princeffe, & en faire le plus belle ornement de fa tête. (g

f *Excerpt. Aurel. Victor.* g *Trebel. Pol. de Salonino.*

Ce ne dut pas être sans doute une petite reſſource pour Salonine, que d'être un peu Philoſophe, & de ſçavoir ſe mettre au-deſſus des paſſions. L'amour de Gallien pour la fille d'Attale, auroit donné un terrible exercice à ſa jalouſie, mais l'Imperatrice n'en ſentit point les tourmens, & il eſt vrai que Gallien eut toûjours pour elle des déférences & des égards qu'il devoit à ſa vertu, & Salonine contente d'avoir l'eſtime de ſon Epoux, ferma les yeux ſur ſes galanteries. L'amour qu'elle avoit pour les Sciences faiſoit diverſion aux réflexions qui pouvoient l'affliger; & la réputation qu'elle s'étoit faite parmi les Sçavans, le reſpect, l'eſtime qu'avoient pour elle tous les ordres de la Ville, la dédommageoient de la tendreſſe de Gallien, que Pipara lui enlevoit. Sa ſageſſe, ſa vertu, ſa douceur, lui gagnerent le cœur des Romains; on ne voyoit en elle ni faſte, ni orgüeil, elle temperoit l'éclat de ſa Dignité en ſe communiquant facilement, en commerçant familierement & ſans faire ſentir le poids de ſon élévation. Sa bonté lui faiſoit ſouvent ſacrifier ſes interêts, & ſon indulgence alla juſqu'à ménager les gens qui lui avoient manqué de reſpect. Cela parut ſur tout dans une occaſion où il ſembloit que cette Imperatrice faiſoit mal à

Q ij

propos ufage de fa clémence.

Il arriva à Rome un Joüaillier qui, parmi quelques Diamans rares & de prix en
portoit de faux. Il y en avoit de verre;
mais fi artificieufement travaillés, fi bien
contrefaits, que les plus habiles connoif-
feurs s'y étoient trompés. Ce Marchand
fut à la Cour & préfenta fes joyaux à
l'Imperatrice; leur éclat la frappa, elle
choifit ceux qui lui parurent les plus beaux,
& en paya le prix. C'étoit précifément
ceux de verre dont elle avoit fait choix,
parce qu'elle les avoit trouvé les plus brillans & les mieux travaillés. Elle fit voir
fon emplete aux Dames & aux Seigneurs
de la Cour, qui d'abord trouverent ces diamans & les autres joyaux d'une grande
beauté, mais à force de les éxaminer on
découvrit la friponnerie. L'Imperatrice
eut de la confufion de fe voir la dupe de ce
témeraire Marchand, elle donna ordre
qu'on l'arrêtat; mais ne voulant pourtant
point qu'on portât fort loin fa vangeance,
elle défendit qu'on lui fit aucun mal & fe
contenta qu'on lui fit beaucoup de peur.

Le Joüaillier fe félicitoit de fa friponnerie, (*h* lorfque par ordre de l'Empereur
il fut arrêté & conduit en prifon. On lui
reprocha fon crime, & on lui déclara qu'il

4* *h Trebel. Pollio. Gallien.*

étoit condamné à être jetté dans l'Amphi-
theatre pour être dévoré des Lions. La
tromperie du Joüaillier se répandit dans
Rome, & l'on sçut le genre de mort auquel il étoit condamné. Le jour marqué
pour le supplice étant arrivé, le Peuple
courut en foule à l'Amphiteatre pour re-
paître ses yeux de ce spectacle ; on y mena
le criminel, qui dans de vives terreurs
s'attendoit à tout moment de voir sortir
quelque Lion affamé dont il alloit devenir
la proye. Le Peuple en qui la curiosité
étouffe quelquefois la compassion, tenoit
les yeux ouverts sur la caverne, où l'on disoit qu'étoit enfermée la bète qui devoit
dévorer le Marchand de faux joyaux, &
après que l'on eut donné le signal pour le
faire sortir, voici que tout à coup un Coq
qui prit son vol dans la caverne, se jette sur
le Joüaillier qui étoit proche l'entrée de cet
antre, & lui fit un effroi qui le fit trembler.
Les spectateurs qui s'attendoient à une scè-
ne plus sanglante, se prirent à rire de la
frayeur qu'avoit eu le Joüaillier, & l'on
entendit un Heraut crier à haute voix qu'on
avoit vangé une fourberie par une fourberie, & ce fut toute la punition qu'on tira
de ce crime.

Il auroit été à souhaiter pour les habitans de la Mœsie que Gallien eût eu pour

eux une semblable modération, mais il punit fort cruellement cette Province, pour
avoir soutenu la révolte d'Ingenuus, dont
la mort funeste n'empêcha point qu'il n'y
eût beaucoup d'autres révoltes : la molesse
de Gallien & le peu de soin qu'il prenoit
du Gouvernement, mettoient en proye
la Puissance souveraine, & faisoit paroître
chaque jour quelque nouveau Tyran. Un
des plus redoutables fut Cassius Posthu-
mius Gouverneur des Gaules. C'étoit un
homme d'une naissance obscure ; mais d'u-
ne réputation brillante, aussi grand Capitaine que politique consommé, il avoit
des talens superieurs pour gouverner sa-
gement un Etat & pour le défendre vaillamment, & on le trouvoit d'un service
également utile dans la guerre & dans la
paix. Gallien avoit trouvé en lui un mérite
si accompli, qu'il lui avoit confié la conduite de son fils Salonin, & le commandement de l'Armée qu'il avoit dans les
Gaules ; il croyoit même avoir remarqué
dans cet Officier une fidelité inviolable.
Mais l'ambition la corrompit, il se soule-
va contre l'autorité de Gallien, (*i* prit la
Pourpre imperiale à Cologne, où il se souil-
la du sang de Salonin ; 5) & se soutint

i Trebel. Pol. Trig. Tir.

4. Beaucoup excusent Posthume de ce crime, &c

durant fept ans dans fa révolte.

Cependant Valerien étoit le trifte joüet d'une Cour barbare qui fe faifoit un plai-fir brutal d'infulter à fes malheurs ; mais ce qui faifoit la douleur la plus amere de cet Empereur, c'étoit le peu d'empreffe-ment de Gallien & l'infenfibilité avec la-quelle il fouffroit que fon pere gémît dans une affreufe captivité. En effet Gallien enfeveli dans fes voluptés, uniquement attentif à plaire à Pipara & à s'en faire ai-mer, (*l* noyé dans fes plaifirs, plongé nuit & jour dans la débauche du vin & des femmes, ne fe fouvenoit plus que fon pere & les Provinces de l'Empire étoient entre les mains des Ennemis, & cette indolen-ce ftupide enhardiffoit en même tems & les Barbares & les Tyrans à tout entre-prendre.

Sapor fur tout avoit porté fes conquê-tes bien avant dans l'Empire ; mais Ode-nat Roi des Palmyreniens oppofa une bar-riere à fes Conquêtes. C'étoit un Prince né avec un courage élevé & qui s'étoit ac-

---

l *Trebel. de Pofthum.*

prétendent que ce furent des Soldats qui tuerent Sa-lonin. Ils difent que les Gau-lois ne pouvant fouffrir de fe voir obligés d'obéir à Gal-lien, & regardant Salonin comme un enfant incapable du commandement, procla-merent Pofthume Empereur, & firent maffacrer le jeune Prince par quelques Soldats.

coutumé à la fatigue par l'exercice presque continuel de la Chasse, où il s'étoit
adonné depuis l'enfance, dans les Monta-
gnes de Palmyre, 6) souffrant le froid, la
pluye, le chaud & toutes les injures du
tems avec une constance admirable. Ses
Ayeux avoient été attachés au parti des
Romains, & Odenat entretenoit cette
alliance, mais il gardoit beaucoup de ménagement pour ne pas irriter Sapor, dont
la puissance & l'ambition étoient deve-
nuës redoutables à tout l'Orient ; & lorsque Valerien eut été pris, Odenat envoya
au Persan des Ambassadeurs chargés de
présens, lui écrivit une lettre soumise,
le félicita sur ses victoires ; mais il le pria
de ne pas pousser plus loin ses Conquêtes,
afin de ne pas allarmer ses voisins, ou leur
donner de l'ombrage. Sapor que ses heureux succès avoient rendu insolent, re-

5. Palmyre étoit la Ca-
pitale d'un Etat qui portoit
son nom. Elle étoit dans les
déserts de la Syrie vers les
Confins de l'Arabie. Salo-
mon la fit bâtir comme nous
lisons au liv. 3. des Rois,
ch. 9. & au liv. 2. des Pa-
ralip. ch. 8. L'Empereur
Adrien l'augmenta beau-
coup & y fit faire de magnifiques ouvrages, ou plûtôt
il la fit rebâtir, s'il est vrai
qu'elle ait été ruïnée. Les
habitans de cette Ville voulurent témoigner leur reconnoissance à cet Empereur,
& donnerent son nom à
leur Ville qu'ils appellerent
Adrianopolis. Cependant
elle retint toûjours son ancien nom, car les Auteurs
de l'Histoire l'appellent Palmyre. On la nomme à pré-
sent Fayd.

gardant

gardant Odenat moins comme un Roy, que comme un simple Particulier, méprisa son Ambassade & blâma la liberté que ce Prince avoit pris de lui écrire. Il déchira sa lettre en présence des Ambassadeurs : il fit jetter dans la Riviere les présens qu'il lui avoit envoyés, & lui manda qu'il lui apprendroit bientôt que ce n'étoit pas à un Vassal à traiter par Ambassadeur avec son Maître, & qu'il le feroit repentir de sa témerité s'il ne réparoit sa faute en venant se présenter devant lui les mains liées derriere le dos.

Odenat sentit jusqu'au fond de l'ame cette insulte, & résolut d'humilier l'orgüeil de Sapor. Zenobie sa femme le confirma dans cette résolution, & anima son ressentiment. Elle étoit une Princesse des plus illustres, originaire de Syrie, & Juive de Religion, si l'on en croit des Auteurs Ecclesiastiques : (*m* elle descendoit de la race de Cléopatre, 6) Reine d'Egypte, si fameuse par sa beauté & par les malheurs de Marc-Antoine son Amant. Ze-

---

m *Athanas. Epist. ad Solitar.*

6. Zenobie poussoit plus loin son origine, car elle mettoit Didon au nombre de ses Ayeuls. Lorsqu'on veut sortir de sa race & se donner une origine d'em-prompt, on ne risque pas davantage à se donner cinq cens ans d'ancienneté de Noblesse qu'à ne s'en donner que deux cens.

nobie avoit herité de fes charmes, mais
non de fes foibleffes ; elle paffoit pour la
plus belle femme de l'Orient , & fa beauté avoit quelque chofe de mâle qui fembloit marquer fon courage : elle étoit bru-
ne & avoit de grands yeux noirs, d'où partoient des regards pleins de feu ; dans toute fa perfonne étoient répandus des agrémens qui la rendoient infiniment aimable,
les qualités de fon efprit & de fon cœur
n'avoient pas moins de mérite que les avantages de fon corps ; elle avoit une intelligence vafte, une politique adroite, un
courage incapable de plier, & de mollir
par les obftacles ; il n'y avoit pas de deffein
fi grand, qui fût au-deffus de fa portée, elle avoit cultivé fon efprit par l'étude, elle
fçavoit parfaitement bien le Grec & l'E-
gyptien, & poffedoit à fond l'Hiftoire de
l'Orient, dont elle avoit fait un abregé.
Le Philofophe Longin fut fon Précepteur
& l'inftruifit dans toutes fortes de Difci-
plines ; elle voulut auffi connoître la Religion chrétienne ; mais elle eut un mauvais
Maître dans Paul de Samofates qui lui infpira fes erreurs. Son cœur naturellement
grand, généreux, & magnanime, aimoit
l'éclat & la gloire ; fage & précautionnée,
elle ne faifoit jamais de dépenfes prodi-
gues ni inutiles ; grave dans fon maintien

& dans ses discours, aimant l'ordre & la discipline, elle se faisoit craindre par une grande severité, & se faisoit aimer par sa clémence, temperant l'une par l'autre, mais ne sacrifiant point la necessité de punir, au plaisir de pardonner. Jamais Heroïne ne fut si infatiguable dans ses travaux militaire : on la vit souvent, malgré la délicatesse de son sexe, faire plus de deux lieües à pied avec les Troupes, elle étoit extrêmement sobre ; mais quelques fois elle se permettoit à table quelques licences, & ne dédaignoit pas de faire assaut avec des Officiers de l'Armée à qui boiroit plus. Mais la plus aimable de ses qualités, c'étoit sa continence : non seulement Zenobie ne se permit jamais aucune liberté qui pût mettre sa réputation en doute ; mais nous lisons qu'elle se privoit des plaisirs légitimes que lui offroit le mariage, 7) lorsqu'elle se croyoit enceinte. Cette Princesse ayant donc sçû l'outrageux accüeil que Sapor avoit fait aux Ambassadeurs de son mari, & voyant les me-

---

7. L'on raconte que d'abord que Zenobie étoit enceinte, elle ne vouloit pas souffrir l'approche de son mari. *Cujus ea Castitas fuisse dicitur, ut ne virum suum quidem sciret, nisi tentatis conceptionibus. Nam cum semel concubuisset, expectatis menstruis continebat se, si pragnans esset ; sin minus, iterum potestatem querendis liberis dabat.*

R ij

naces infolentes dont fes lettres étoient
remplies, le détermina non feulement à
ne garder aucun ménagement, mais même
à s'unir étroitement avec les Romains,
afin de fe venger du Perfan. Balifte commandoit alors les Legions Romaines en
Orient. C'étoit un Officier très-habile,
plein de reffources pour la conduite &
pour la fubfiftance des Troupes. Odenat
lui fit fçavoir fes intentions & en inftruifit la Cour : on reçut fes offres avec beaucoup de joye, on lui donna le Commandement de l'Armée, & ce fut alors qu'il fit
toutes ces belles actions que l'Hiftoire
rapporte. Il battit les Troupes de Sapor,
& l'obligea à repaffer l'Euphrate avec une
honteufe précipitation ; il entra enfuite
dans la Mefopotamie, il s'en rendit maître & foumit tout l'Orient. Sapor étonné
de ce revers de fortune, fe retira fur fes
terres & fuit devant Odenat ; mais celui-ci
l'ayant vivement pourfuivi dans la Perfe,
l'enferma dans Cteziphon, Capitale de
fon Royaume, où il le tint dans de grandes allarmes. Zenobie accompagna fon
Epoux dans toutes ces expéditions, & en
partagea avec lui les fatigues & la gloire.

Ces heureux Exploits rétablirent les
affaires de l'Empire. Rome les célébra avec
de grandes réjouiffances, & regarda Ode-

aat comme le foûtien de l'Empire. On vit
arriver les plus grands Seigneurs de Perfe
chargés de chaînes, & fervir d'ornement
aux Triomphes de ce Prince, dont on parloit avec tant d'éloge & de joye ; & Gallien, pour honorer le mérite de ce Vainqueur, le fit Général de tout l'Orient. Il
n'y avoit point de Dignité, qui fût au-
deffus de fes fervices. Odenat vengeoit
l'Empire des injures que lui avoit fait Sapor, & l'Empereur trouvoit en lui un
Général qui foûtenoit fa fortune. Il avoit
d'autant plus de raifon de l'élever, que ce
Prince, quoique Souverain Maître des
Troupes Romaines, couvert de Lauriers,
craint & redouté des Ennemis, ajoûtoit à l'utilité de fes fervices, la gloire
d'une fidelité conftante, dans le tems que
prefque tous les Généraux Romains fecoüant le joug de l'obéïffance, s'érigeoient
en Souverains, & changeoient en autant
d'Empires les Provinces qui leur étoient
confiées. En effet, on vit Macrien prendre la Pourpre en Egypte, Valens en
Grece, Pifon dans la Theffalie, Aureole
dans l'Illyrie, & devenir les Ennemis de
leur Bienfaicteur. Balifte même eut la lâcheté d'abandonner le Service de l'Empereur, & de fe joindre au Tyran Macrien,
dont il auroit rendu la révolte dangereufe,

ſi Odenat ne lui eût fait porter la peine
de ſa ſédition. Les Provinces qui n'étoient
pas en proye aux uſurpations des Tyrans,
étoient expoſées aux incurſions des Barbares ; les Scythes parcouroient & pil-
loient l'Aſie ; & les Goths faiſoient de
continuelles irruptions dans la Macedoine & dans l'Achaïe. Tant d'Ennemis ſou-
levés à la fois éveillerent Gallien , mais
quelle réſolution pouvoit prendre un
cœur amolli par la volupté , & énervé par
les débauches les plus outrées ? Le jeune
Valerien lui fit comprendre le danger que
couroit l'Empire , & lui inſpira le deſſein
d'aſſocier Odenat à ſa Dignité , afin de
l'engager par ſon propre interêt à la défenſe des Provinces Romaines , qui deviendroient ſon propre bien. Gallien n'hé-
ſita pas à s'attacher Odenat , en le faiſant
ſon Collegue. Il le déclara Ceſar , lui donna le titre d'Empereur , avec toutes les
marques de la Puiſſance Souveraine , & fit
battre de la Monnoye ſous le nom du nouvel Auguſte.

Zenobie monta avec ſon mari ſur le
Trône de l'Empire. Elle fut déclarée Au-
guſte , & ſes enfans reçurent le titre de
Ceſar. Il faut convenir qu'aucune Impera-
trice ne mérita mieux qu'elle ce haut rang.
De toutes celles qui y furent élevées , ou

par leur naiſſance, ou par la fortune, peu furent exempts des vices d'éclat, & on tint
compte aux autres de ce qu'elles n'avoient
point de grands défauts ; mais on n'en vit
point, qui comme Zenobie, euſſent les
vertus & les talens capables de faire honneur à l'un & à l'autre ſexe. Odenat par
de nouveaux ſervices qu'il rendit à l'Empire, fit voir qu'il n'étoit pas indigne de
l'honneur qu'on lui avoit fait. Il vainquit
encore les Perſes, & rétablit la tranquillité dans tout l'Orient.

Les victoires d'Odenat piquerent l'é-
mulation de Gallien. Ceux qui étoient
jaloux de ſa réputation lui firent enfin
comprendre qu'il ſe faiſoit un tort infini,
en languiſſant dans un loiſir voluptueux,
dans le tems que ſon Collegue ſe couvroit
de gloire ; que ſon devoir devoit l'arracher enfin à ſes plaiſirs, & lui faire prendre les Armes pour défendre l'Empire ;
que c'étoit ſon indolence qui donnoit occaſion aux révoltes des Tyrans, qui n'auroient oſé faire de pareilles entrepriſes,
s'ils avoient vû l'Empereur déterminé à
les combattre. Gallien étoit ſujet à des
ſaillies de réſolution, qui le tiroient hors
de ſon aſſiete ordinaire ; il n'y avoit qu'à
ménager ſes premiers mouvemens, pour
lui faire entreprendre quelque deſſein vi-

goureux. Les remontrances qu'on lui fit
le tirerent de son assoupissement , & l'ar-
racherent aux appas de Pipara. Il se mit
à la tête d'une Armée, & la mena contre
Posthume, qui s'étoit affermi dans son
usurpation. Il montra dans cette expedition plus de courage qu'on ne devoit attendre d'un Prince fondu dans les plaisirs,
& ennemi de la fatigue. Il réduisit le Tyran à de si grandes extrêmités , que ne se
sentant pas assez fort pour resister â l'Empereur , (*n* il associa à sa Dignité , ou
plûtôt à sa révolte Victorin; & l'on dit
que ce fut par les ambitieuses intrigues de
Victoire. Victorin étoit un homme très-
entendu dans le métier de la guerre. La
nature ne lui avoit rien refusé de ce qui
est nécessaire pour faire un grand homme,
& l'Histoire dit à sa gloire, qu'il possedoit lui seul les vertus des plus illustres
Empereurs. Mais il étoit adonné à un vice
qui dégradoit toutes ses belles qualités ,
c'étoit à une incontinence effrenée, qui
aliena de son service, les principaux Officiers de l'Armée, dont il tâchoit de séduire les femmes. •

Il étoit fils de la fameuse Victoria ou
Victorina, Princesse d'un grand courage,
& d'une haute ambition. Il y en a qui

o. Trebel. de Victorino.

croyent qu'elle étoit sœur de Posthume, mais ce qu'il y a de certain, est qu'elle n'avoit gueres moins de mérite que Zenobie. Elle sçavoit sur tout manier l'esprit des Soldats avec tant d'adresse, qu'elle en étoit absolument la Maîtresse. Ce fut elle qui persuada à Posthume de se donner un Collegue, & de choisir Victorin son fils. Gallien n'eut pas de Tyran plus à craindre que cette Princesse. Ses desseins pleins de hardiesse & de grandeur, ses entreprises exécutées avec beaucoup de résolution, & fort souvent avec succès, ses conseils dictés par le bon sens, son courage toûjours superieur aux évenemens, son genie fecond en ressources, la firent regarder comme un des plus dangereux ennemis de l'Empire. Elle se fit donner le Titre d'Auguste & de Mere des Armées, & soûtint avec beaucoup de gloire, sa dignité jusqu'à sa mort. Ainsi l'on voyoit Victoire faire l'honneur de son sexe en Occident, en même tems que Zenobie se rendoit si célébre en Orient, & l'Empire gouverné par deux femmes.

Après qu'Odenat eut renfermé les Perses dans leurs limites, & qu'il eut repris tout ce qu'ils avoient conquis sur les Romains, il fit de fort bons Reglemens pour entretenir la paix & la tranquillité en

Orient. Zenobie y recevoit tous les honneurs qui étoient dûs à sa Dignité, & on les lui déferoit avec joie, parce qu'on sçavoit qu'elle en étoit digne. Il semble que cette Imperatrice n'avoit plus rien à desirer dans son élevation, que de pouvoir joüir tranquillement des faveurs de la Fortune. Mais quel est l'état si heureux qu'il n'y ait quelque chagrin secret, qui en altere la félicité. Zenobie sur le Trône est dévorée d'une jalousie inquiéte qui trouble son bonheur, & cette Princesse après avoir si glorieusement contribué à élever la famille d'Odenat, en devient le fleau.

Odenat avoit eu de son premier mariage un fils appellé Herode qu'il aimoit tendrement, quoiqu'il n'eût pas son mérite. C'étoit un jeune Prince d'un naturel doux & humain, né avec les inclinations des Orientaux, amateur des plaisirs & des divertissemens, plus propre à la galanterie, qu'à faire la guerre. Il portoit jusqu'à l'excès la somptuosité de son luxe, & son pere l'entretenoit dans ce faste par les complaisances qu'il avoit pour lui, & en contribuant lui-même à ses dépenses; car il lui avoit donné tous ces précieux meubles, (o ces rares bijoux, & ces grandes richesses qu'il avoit enlevé à Sapor, & lui

o *Trebel. Pol. de Herode.*

avoit même fait préfent des Concubines de ce Roy barbare.

Zenobie avoit trois fils, c'étoit Timo-laus, Herennianus, & Wavallath, fur lefquels elle avoit de grandes vûës. Elle les fit élever à la maniere & dans les ma-ximes des Romains, leur fit apprendre la langue Latine, & leur donna pour Pré-cepteur le Philofophe Longin, 8) qui leur enfeigna les belles Lettres. Elle n'ou-blia rien pour leur donner une noble édu-cation, & leur infpirer l'urbanité Ro-maine, parce qu'elle avoit formé le deffein de les élever fur le Trône de l'Empire, & de les faire affocier à Odenat. Mais He-rode étoit un grand obftacle à fon projet. Ce Prince avoit été déclaré Roy de Pal-myre, conjointement avec fon pere ; & lorfque Gallien & le Senat avoient décer-né l'Empire à Odenat, ils lui avoient donné fon fils aîné pour Collegue. D'ail-leurs Odenat aimoit tendrement Herode, & il avoit pour lui des complaifances, que Zenobie prenoit pour des marques de prédilection. De-là prit naiffance cet-

---

8. Longin fit beaucoup d'honneur à fon fiecle. Il eut pour difciple le celebre Malchus connu fous le nom de Porphire que Longin lui donna. Eunapius l'appelle une Bibliotheque vivante Il eft l'Auteur du Traité du fublime dont Monfieur Def-preaux nous a donné une fi belle verfion.

te averſion invincible qu'elle eut toûjours
pour Herode, auquel elle ne ceſſa de rendre tous les mauvais offices que la malice
d'une marâtreſçait imaginer. Odenat connoiſſoit qu'Herode étoit haï de Zenobie,
& l'en aimoit davantage.

La jalouſie que l'ambition produit, eſt
la plus dangereuſe. Zenobie ne pouvant
ſe réſoudre à voir ſon beau-fils ſur le Trône de l'Empire, qu'elle prétendoit n'être
pas moins le fruit de ſon courage, de ſes
fatigues & de ſes conſeils, que la récompenſe des victoires d'Odenat, auſquelles
elle avoit eu beaucoup de part ; réſolut de
prendre des meſures pour aſſurer à ſes enfans cette fortune, & de ſe ſervir des plus
grands crimes pour y parvenir. Un beau-
fils eſt fort expoſé lorſque c'eſt une marâtre
jalouſe qui tend des embûches à ſa vie, &
le mari paye ſouvent cherement, les témoignages de prédilection, que reçoi-
vent de lui les enfans d'un premier mariage.

Il y avoit à la Cour d'Odenat, un Prince qu'on appelloit Méone, & qui étoit
parent de cet Empereur. Une querelle de
chaſſe les avoit broüillés. Méone dans
pluſieurs parties avoit affecté de tirer le
premier les bêtes qui ſe préſentoient
à Odenat, & de lui ravir le plaiſir de leur

donner le coup mortel, & Odenat piqué de ce manque de respect, l'avoit un jour maltraité de parole. Méone transporté par son ressentiment osa menacer Odenat, & celui-ci ne pouvant plus supporter cette audace, alloit punir Méone, lorsqu'Herode se jettant aux pieds de son pere, lui demanda grace pour son parent, avec un empressement auquel Odenat ne put resister. Cette brouïllerie étant ainsi raccommodée, Méone rentra dans la faveur comme auparavant; mais son cœur ne fut pas guéri, & il y nourrit un dessein caché de se venger tôt ou tard d'Odenat. L'on dit que Zenobie ménagea fort adroitement le mécontentement de Méone, (p & qu'elle ne cessa de l'aigrir contre Odenat, jusquà ce qu'elle l'eût résolu à tirer vengeance des outrages qu'il prétendoit en avoir reçu. Méone fit épouser son ressentiment à un neveu d'Odenat, & le repaissant des plus flateuses esperances, il lui fit entendre qu'en se défaisant d'Odenat, ils succederoient à sa fortune & à ses dignités. Le jeune Odenat ébloüi par ces brillantes promesses, entra dans la conspiration, & attendit avec impatience que l'occasion de frapper leur coup se présentât.

p *Trebel. Pol. de Menato. de Maon. Zonar. Aum.*

Dans le tems que l'on tramoit ce noir complot, Odenat se couvroit de gloire. Il étoit allé contre les Perses pour achever de ruiner leur Empire. Il attaqua Cteziphon, & si l'on en croit un Auteur, il s'en rendit le Maître, malgré l'opiniâtre resistance qu'il y trouva. Les Goths éprouverent ensuite sa valeur : ces Barbares qui avoient inondé l'Asie, n'apprirent pas plûtôt son arrivée, que remplis de frayeur, il se retirerent avec précipitation ; mais Odenat arriva assez à tems pour leur tuer beaucoup de monde, & sa présence contint & les Barbares, & les Tyrans. Ces avantages faisoient connoître aux Romains, combien Odenat leur étoit nécessaire, & ils ne désesperoient point qu'un si grand homme ne rétablît les affaires de l'Empite ; mais les Dieux, dit un Historien, qui étoient irrités contre la République, (*q* voulurent lui enlever cet appui, & lui donner cette marque de leur colère.

Odenat ayant si glorieusement fini cette Campagne, s'arrêta à Ephese, ou à Heraclée, selon quelques uns, afin de tenir les Ennemis dans la crainte. Il avoit auprès de lui son fils Herode, & étoit un soir à table avec lui, lorsqu'il fut tout à

q *Trebel. Pol. de Oden.*

coup attaqué par une troupe de conjurés,
qui le maſſacrerent brutalement avec Herode. Méone & le jeune Odenat furent
les auteurs de cette trahiſon, & par ce
crime ils ſervirent l'ambition de Zenobie. La mort de cet Empereur fut regardée comme le plus grand malheur qui pût
arriver aux Romains. Gallien en fut profondément affligé, il connoiſſoit combien il étoit difficile de remplacer un ſi
habile Général.

Cet aſſaſſinat changea la face des affaires de l'Empire, & de la famille d'Odenat. Zenobie fit revêtir ſes enfans Herennien & Timolaus de la Pourpre & des autres ornemens Imperiaux, & les preſenta
avec cette pompe aux Armées. Elle ſe ſai-
ſit ſous leur nom du Gouvernement, prit
le Titre de Reine de l'Orient, qu'elle pré-
fera à celui d'Imperatrice, & ſe mit en
état, non-ſeulement de ſe maintenir dans
ſon autorité, mais même d'augmenter
les bornes de ſon Empire. Elle apprenoit
avec joie tout ce qu'on diſoit à la gloire
de Victoire, qui en Occident faiſoit &
défaiſoit les Empereurs, & qui ſe donnoit la qualité de Mere des Armées &
celle d'Auguſte, ſans l'avoir reçuë de perſonne ; elle s'intereſſoit de tout ſon cœur
dans tout ce qui lui arrivoit d'heureux,

& ne souhaitoit rien tant que de pouvoir joindre ses forces avec celles de cette Amazone, afin de se rendre Maîtresse de tout l'Empire; (*r* projet digne d'un grand courage & de l'ambition de Zenobie.

L'Empereur Gallien apprit les entreprises de Zenobie, & la regarda désormais non comme une Alliée zélée qui combattoit pour l'Empire, mais comme une Ennemie ambitieuse, qui vouloit se faire un Empire particulier sur la ruine de l'Empire Romain. Zenobie par sa conduite, marquoit avoir ce dessein, elle ne gardoit plus avec Gallien tous ces ménagemens que gardoit Odenat, qui avoit de grandes déférences pour cet Empereur, à qui il communiquoit ses desseins. Elle ne demandoit aux Romains ni secours ni conseil, & gouvernoit l'Orient avec une autorité aussi imperieuse, que si elle eût été absoluë & indépendante. Gallien prit des mesures pour arrêter ses desseins & dompter son orgüeil; il envoya Heraclien en Orient, & le chargea du Commandement des Troupes & de sa vengeance. Comme on sçavoit que Zenobie n'étoit pas femme à mettre bas les armes, & à se dépoüiller de l'autorité Sou-

r Trebel. Pol.

veraine

véraine dont elle avoit goûté les douceurs, l'Empereur prit pour prétexte la nécessité de soumettre entierement les Perses , & il crut que le motif de l'arrivée d'Heraclien ainsi enveloppé , n'allarmeroit point la Reine de Palmyre ; mais il n'étoit pas si aisé de donner le change à Zenobie , elle regarda Heraclien comme un homme qui devoit lui être extrêmement suspect, & qui sous prétexte de vouloir faire la guerre aux Perses , venoit pour soumettre l'Orient à Gallien. Elle n'eut garde d'attendre que ce Général Romain eût fait un parti en Orient. Elle alla lui en défendre l'entrée , le battit, défit ses Troupes , & par cette Victoire , elle fit voir qu'entre ses mains , les Armes n'étoient pas moins heureuses que dans les mains d'Odenat; & qu'il y a des Heroïnes capables de la conduite des affaires & du Commandement des Troupes. Elle le faisoit voir en Orient , & Victoire n'en étoit pas une preuve moins illustre dans les Gaules. Celle-ci gouvernoit sous le nom de son fils Victorin, qui s'étoit fait déclarer Empereur. Nous avons dit qu'il étoit comparable aux plus grands Princes par ses rares qualités. (ſ Il avoit le courage de Trajan, la clemence & la douceur d'Antonin,

ſ Trebel. Pol. de Victorino.

Tome III.   S

la gravité de Nerva, l'œconomie de Vefpafien, l'autorité de Severe; mais c'é-
toient des vertus dont perfonne n'ofoit
faire l'éloge, par ce qu'elles étoient obf-
curcies par fon incontinence. Il eft vrai
qu'après fon élevation à l'Empire, il fe
fit violence, & donna quelque frein à fa
lubricité; mais fon naturel revint bien-
tôt fur la fcene, il fe livra plus que jamais
à l'amour des femmes, il ne garda ni bienféance, ni retenuë, & croyant que fon
autorité lui devoit fervir d'abri contre
toute crainte, il porta fes attentats fur
l'honneur des femmes de fes Officiers.

Un Commiffaire des Vivres qui avoit
reçu cet affront, fut plus délicat que d'autres que l'Empereur avoit deshonorés,
& qui fouffroient leur malheur en patience. Victorin avoit fait violence à fa femme, & Atticien (c'étoit le nom du Commiffaire) avoit fenti cet outrage jufques
au fond de l'ame. Il n'étoit ni affez in-
fenfible, ni affez politique pour fupporter
une difgrace de cette nature. Son deshonneur fe préfentoit fans ceffe à fon efprit,
& lui infpiroit des fentimens de vengeance. Victorin s'étoit fait tant d'ennemis
de cette efpece, fans qu'aucun eût ofé fe
plaïndre, qu'il ne penfa point qu'il eût
rien à craindre d'un homme beaucoup au-

deſſous de tant d'autres d'un rang plus élevé, qui avoient fermé les yeux ſur des galanteries de ce Prince, dans leſquelles leurs femmes avoient été de la partie ; mais il n'eſt point de ſi vil ennemi qu'on ne doive apprehender. Dans le tems que Victorin ne ſongeoit à Cologne qu'à ſes plaiſirs, & qu'abandonnant à Victoire ſa mere, la conduite des affaires, il ne méditoit que d'infâmes attentats ſur l'honneur de quelques Dames. Atticien tramoit ſourdement contre lui une conſpiration. Il la conduiſit avec tant de ſecret & d'adreſſe, que Victorin reçut un coup mortel, qui lui donna à peine le tems de nommer le jeune Victorin ſon fils pour ſon Succeſſeur, & de le déclarer Auguſte. Victoire qui lui avoit inſpiré de faire ce choix, le confirma, & proclama elle-même Empereur ſon petit-fils. L'extrême jeuneſſe de ce Prince le rendoit incapale d'exercer les pénibles fonctions de ſa Dignité ; mais Victoire ne cherchoit que l'ombre d'un Empereur, ſous le nom duquel elle pût gouverner, & elle avoit ſoin de ne pas propoſer des ſujets qui euſſent ou aſſez d'ambition, ou aſſez de talens pour prendre la conduite des affaires.

Cependant l'honneur qu'elle procura à ſon petit-fils, fut fatal à ce Prince. Ceux

S ij

qui avoient maſſacré Victorin, ne croyant
point que leur vie fût en ſûreté ſous un
Empereur ſi intereſſé à venger ce parricide, réſolurent de ſe racheter de la punition qu'ils méritoient par un autre crime,
& plongerent brutalement dans le ſein du
jeune Empereur, leurs poignards encore
dégoutans du ſang de ſon pere. Autres
ſoins pour Victoire; Accoûtumée à commander & à éxercer dans les Gaules une
puiſſance arbitraire, elle employa toutes
les forces de ſon eſprit pour ſe maintenir
dans ſon autorité, & mit de nouveau ſa
politique en œuvre. Toute ſon attention
étoit à faire élire quelque Général, qui
ne fût pas en état de gouverner par lui-
même, elle ne craignoit rien tant que de
ſe donner un Maître. Marius lui parut
propre pour ſes deſſeins, elle le propoſa
aux Legions, & ſçut ſe ſervir ſi adroitement du talent qu'elle avoit pour per-
ſuader, qu'elle le fit proclamer Empereur.

Marius avoit été Armurier, il avoit
une force extraordinaire, & en avoit fait
des eſſais étonnans. 9) Il s'étoit élevé

---

9. Entre les eſſais de
force que faiſoit Marius, on
met comme un des plus ſur-
prenans, qu'avec un ſeul
doigt, il arrêtoit un Char-
riot dans ſa plus rapide
courſe. Il ne fut Empereur
que trois jours, & à ce ſujet
un Hiſtorien dit à peu près
ce que Ciceron avoit dit

jufqu'à la Charge de Général, en paffant par tous les degrés d'honneur ; & Victoire en le faifant revêtir de la Pourpre, s'étoit comme refervée le droit de gouverner, en lui cedant l'éclat de la Dignité. Marius fut à peine élû, qu'il affembla les Soldats & leur parla ainfi. *Je fçai, Camarades, que l'on peut me reprocher la vileté de mon premier métier, j'aurois beau vouloir cacher que j'ai manié le fer, vous l'avez tous vû ; mais qu'on dife ce qu'on voudra, je fouhaite de pouvoir encore le manier pour l'utilité de l'Empire, & il eft plus honorable pour moi de le faire valoir aux dépens de nos Ennemis, que de me plonger dans les plaifirs, à l'exemple de Gallien, qui a terni la fplendeur de fa naiffance par l'excès de fes débauches. Qu'on dife que j'ai été Armurier, pourvû que les Barbares éprouvent que je fçai encore manier les Armes, & que le fer entre mes mains leur devienne redoutable.*

Ce modefte difcours faifoit autant d'honneur à Marius que fa Dignité, & fembloit être un fincere témoignage de fa moderation. On trouve peu de ces Ele-

d'un Conful Romain qui avoit été fubrogé à la place du Conful ordinaire qui étoit mort fur la fin du dernier jour de fon Confulat, que ce Conful fubrogé avoit été fi auftere & fi vigilant, que durant fon Confulat il n'avoit laiffé manger ni dormir perfonne.

ves de la Fortune , qui ayent le courage
d'inſtruire le Public de l'obſcurité de leur
origine ; ils cherchent à en effacer juſqu'aux moindres traces , & à impoſer par
l'éclat des Dignités qu'ils rempliſſent , &
des Poſtes qu'ils occupent. Cependant le
nouvel Empereur ne ſoûtint pas long-tems
l'idée qu'il avoit donnée de ſa modeſtie ;
car un Soldat qui avoit appris ſous lui &
dans ſa Boutique le métier d'Armurier ,
l'étant allé feliciter ſur ſon élevation à
l'Empire , en fut reçû avec un mépris qui
le piqua ſi vivement , que ne pouvant être
maître de ſon dépit , il le tua , en lui di-
ſant , voilà l'épée que vous avez faite vous-
même.

Cette mort fit naître à la Cour de nouvelles intrigues. Victoire qui craignoit
qu'on élût un Empereur dont elle ne pût
diſpoſer , répandit beaucoup d'argent dans
l'Armée , & fit aux Soldats de grandes
largeſſes. Par ces liberalités politiques ,
elle ſe faiſoit aimer des Legions & s'aſſu-
roit de leurs ſuffrages : elle les leur demanda pour Jetricus Senateur Romain (*t* qui
commandoit dans une partie des Gaules ,
& qui étoit ſon parent : lorſque cette
élection eut été faite , Victoire écrivit à
ſon parent & l'exhorta à ne pas refuſer la

------

t Trebel. de Tetrico. Senior.

Dignité que l'Armée venoit de lui déferer.
Il n'eſt pas ordinaire qu'on rejette des offres ſi brillantes , & un Empire n'eſt pas
un Préſent qu'on dédaigne. Tetricus prit
la Pourpre à Bordeaux, & fit voir qu'il
étoit en état de remplir tous les devoirs de
la dignité dont on l'avoit revêtu. (*u* Il fit
déclarer Ceſar le jeune Tetricus ſon fils,&
eut d'heureux ſuccès dans les entrepriſes
qu'il fit pour étendre ſa domination en Eſ-
pagne.

Durant qu'il étoit occupé à cette guerre , Victoire eut le Gouvernement des
Gaules & l'entiere conduite des affaires ,
Tetricus auſſi ruſé qu'elle , ayant voulu
garder d'abord avec elle de grands ménagemens; mais lorſqu'il eut crû avoir affermi ſon autorité , il ne voulut plus ſe laiſſer
régenter par une femme qui prétendoit ſe
ſervir de lui comme d'un phantôme d'Empereur, pour exercer ſous ſon nom une puiſſance abſoluë , & contenter ſon ambition.
Victoire dupe de ſa propre politique, ſentit vivement l'ingratitude de Tetricus , &
elle l'en auroit infailliblement fait repentir , ſi la mort n'eût arrêté ſes projets :
beaucoup diſent que ce fut Tetricus même,
qui craignant ſes intrigues la fit mourir.
Ainſi perit la célebre Victoire qui avoit

u *Eutrop.*

rempli les Gaules & tout l'Empire de sa réputation.

Dans le tems que cette Princesse & Zenobie se faisoient admirer par leurs vertus guerrieres, Salonine se faisoit estimer à Rome par des vertus moins tumultueuses, par une douceur prévenante, par une conduite judicieuse, par une modestie que rien n'étoit capable de déconcerter. Les outrages qu'elle recevoit de Gallien, n'affoiblirent, ni la tendresse qu'elle avoit pour sa personne, ni l'attachement qu'elle avoit pour ses interêts, & elle lui en donna un témoignage qui pensa lui être funeste. La nouvelle ayant été portée à Rome que les Scytes faisoient des ravages horribles dans l'Illyrie, Gallien s'arracha à ses plaisirs & se mit à la tête de son Armée pour aller repousser ses ennemis. Salonine qui craignoit pour son Epoux, dont elle sçavoit que la conduite molle & indolente faisoit murmurer les Troupes, voulut l'accompagner dans cette expédition & le suivit en Illyrie. Quelques jours après que l'Armée y fut arrivée & que l'Empereur eut assis son Camp, il n'y laissa que peu de monde pour le garder, & alla attaquer les Ennemis avec toutes ses forces. Les Barbares avertis du dessein de Gallien, & sçachant qu'il laissoit son Camp sans défenses, où il ne

restoit

restoit que quelques Troupes, moins pour
le garder, que pour ne pas y laisser seule
Salonine, résolurent d'aller enlever cette
Imperatrice, dont ils préféroient la capture au gain d'une bataille, & détache-
rent une Troupe de gens résolus, propres
pour un coup de main, qui firent un grand
détour, afin de n'être pas découverts.
Leur marche se fit avec tant d'ordre & si
peu de bruit, qu'ils furent à la vûë du
Camp, sans qu'ils eussent été apperçus de
personne, & certes peu s'en fallut que Salonine ne fût leur prisonniere, & qu'elle
n'eût le sort de Mariniana ; car les Ennemis n'étoient qu'à une petite distance du
Camp, lorsqu'un Soldat qui en étoit sorti
pour racommoder ses souliers, les ayant
vûs, donna l'allarme ; & s'étant saisi de son
Poignard & de son Bouclier, il alla au-
devant des Barbares, en tua plusieurs, &
par cette résolution qui étonna les Ennemis, il donna le tems à ses camarades de
venir au secours.

Il n'est pas difficile de comprendre que
l'Imperatrice eut grande peur, elle étoit
très-persuadée que c'étoit pour elle que se
faisoit cette expédition, & que les Barbares ne croyoient point pouvoir remporter
sur Gallien un plus grand avantage, qu'en
lui enlevant son Epouse. Pipara sans doute

leur auroit fçû bon gré de cette capture,
& l'on ne peut pas décider fi Gallien en auroit été beaucoup affligé : quoi qu'il en
foit Salonine en fut quitte pour la peür,
& s'en retourna à Rome avec Gallien,
après qu'il eut fait un grand carnage des
Scythes, Victoire qu'il dut à fon bonheur plûtôt qu'à fon courage.

L'empereur ne fut pas plûtôt à Rome,
qu'Aureole, tant de fois infidele, fe révolta encore de nouveau, & à l'approche de
Gallien il fe retira à Milan, où il fut affie-
gé. Les Officiers Généraux de l'Armée ac-
cufoient Gallien d'être la caufe de toutes
les révoltes par fa vie effeminée. Marcien
& Ceronius fur tout regardoient comme
une efpece de deshonneur, l'obéiffance
qu'ils rendoient à un Prince fi peu digne
de commander ; leur ambition les portoit
à décrier Gallien, afin de faire foulever
contre lui l'Armée, & de fe faire élire à fa
place ; mais comme ils étoient fecretement
jaloux l'un de l'autre, ils réfolurent de
faire proclamer Empereur, Claude, Général de mérite, eftimé des Legions & du
Senat. Pour réüffir dans leur complot, ils
donnerent à Gallien une fauffe allarme, &
lui firent dire qu'Aureole forti de Milan
avec un gros détachement, étoit à la vûë du
Camp, Gallien fur cette nouvelle, monta

à cheval pour mettre ses Troupes en bataille ; mais les conjurés prenant le moment que ce Prince ne les voyoit point, se jetterent sur lui & le tuerent, aussi bien que le jeune Salonin & Salonine, qui méritoient une plus heureuse destinée. Telle fut la mort de cette Imperatrice, qui avoit fait beaucoup d'honneur à sa dignité par son zele pour le bien public, (*x* par sa sagesse & par le soin qu'elle avoit eu de procurer 10) l'abondance à Rome.

On reconnut bientôt que le nouvel Empereur étoit digne du haut rang où on l'avoit élevé : sa valeur devint redoutable aux Barbares & aux Tyrans, & sa sagesse fut très-utile à la République. Il donna des preuves de son courage dans les combats qu'il livra aux Ennemis ; il laissa des té-

x *Bandur.*

10. Toutes les Medailles qu'on a de Salonine, loüent sa sagesse, sa pieté, son zele. L'Inscription qu'on a trouvée proche de Nice en Provence, marque la régularité de sa vie.

CORNELIÆ SALONINÆ
SANCTISSIMÆ AUG.
CONJUGI GALLIENI
JUNIORIS AUG. ORDO
CEMENEL. CURANT.
AURELIO JANUARIO
V. F.

Cette Imperatrice étoit fort dévote à la Déesse se-getia, elle lui fit bâtir un Temple. *Bandur.*

T ij

moignages de sa prudence dans les Réglemens & les Loix qu'il établit pour réformer la Police, & fit voir enfin qu'il étoit
également grand dans la paix & dans la
guerre. 11)

Tandis qu'il étoit occupé à dompter
les Goths, Zenobie qui dans le corps
d'une femme montroit un courage d'homme, travailloit à se fortifier dans l'Orient
& à étendre sa domination. Elle battit les
Egyptiens & leur tua beaucoup de monde. Claude averti de toutes ces entreprises,
envoya Probe qui étoit un des plus habiles
de ses Généraux en Egypte. Les Palmyré-
niens en furent d'abord chassés ; mais des
nouvelles que Zenobie y envoya, surprirent celles de Probe, les défirent, & firent rentrer l'Egypte sous la puissance de
Zenobie. Claude qui avoit les Goths sur les
bras, dissimula les outrages qu'il recevoit
de la Reine de l'Orient, & ne pouvant
l'aller combattre, il chercha à l'amuser
sous la foi d'un traité de paix qu'il fit avec
elle, en attendant de pouvoir mieux prendre son tems pour se venger de cette Princesse. Ce fut alors que cet Empereur
n'ayant plus rien à craindre du côté d'E-

---

11. J'ai parlé de cet Em-
pereur dans la vie de Carus
qui est un des hommes illustres du Languedoc, dont j'ai
fait le portrait.

gypte tourna toutes ses forces contre les
Goths, sur lesquels Il remporta cette célebre victoire, qui coûta la vie à plus de
trois cens vingt mille de ces Barbares. Il
leur fit encore périr deux mille de leurs
Vaisseaux; & ceux des Ennemis qui purent échapper à l'épée des Romains, furent
emportés par la peste & par la famine.
Mais ce fleau ne fut pas funeste aux seuls
Barbares, l'Empereur lui-même en fut
frappé à Sirmich. Quintille son frere fut
élû à sa place; mais comme l'on ne trouve
pas toûjours les mêmes talens dans ceux
du même sang, on le tua, & l'on mit à sa
place Aurelien. Nous ferons le portrait
de ce Prince dans le Chapitre suivant, &
nous ne rapporterons ici de lui, que ce qui
a du rapport avec l'Histoire de Zenobie.

Cette Princesse s'étoit renduë Maîtresse
de toute l'Egypte, de la Syrie, & de la plus
grande partie de l'Asie Mineure. L'alliance
qu'elle avoit contractée avec Claude, &
que cet Empereur avoit recherchée, avoit
flatté son orgüeil; elle s'étoit imaginé
que les Romains la redoutoient, & qu'ils
n'oseroient entreprendre de l'attaquer; &
dans cette présomptueuse confiance, elle
ne s'étoit pas piquée de renoüer l'alliance
qu'elle avoit fait avec son prédecesseur. Le
nouvel Empereur Aurelien piqué qu'une

femme gardât si peu de mesures avec le Peuple Romain, résolut de l'aller combattre, & comme il sçavoit que Zenobie n'étoit pas une Ennemie peu à craindre, il assembla la plus grande partie de ses Troupes pour les mener en Syrie.

Zenobie avertie de tous ces grands préparatifs, se disposa à une vigoureuse résistance, & lorsqu'elle fut avertie qu'Aurelien approchoit, elle sortit d'Antioche & se mit à la tête de son Armée, ayant sous elle Saba 12) Général entendu dans le métier de la guerre. Elle trouva les Romains proche la Riviere d'Oronte, en un lieu appellé Immés, & ce fut là qu'on donna la bataille. Aurelien quoique plein de valeur & de courage, eut recours à un stratagême qui lui réüssit. L'Armée de Zenobie étoit composée de Palmyreniens & d'autres Orientaux, armés de toutes pieces, & la pesanteur de leurs armes leur ôtoit la liberté d'agir. L'Empereur l'ayant remarqué fit semblant de fuïr, afin d'engager ces Asiatiques à le poursuivre. Ils donnerent

---

12. Vopiscus prétend que Zaba étoit une femme associée à Zenobie, ou sa Compagne, mais il se trompe visiblement, car ce Zaba est le même que Trebellius Pollio appelle Saba. C'étoit un des Généraux de l'Armée des Palmyreniens, qui avec Timogene autre Général, avoit porté la guerre en Egypte. Zozime l'appelle Zabda.

en effet dans le piége, car s'étant mis dans
l'esprit que les Romains n'osoient en venir
aux mains, & qu'ils prenoient la fuite, ils se
mirent à les poursuivre avec tant de chaleur, que dans peu ils furent hors d'haleine à cause de la pesanteur de leurs Armes,
& Aurelien profitant en habile Général
de leur lassitude, fit tourner visage aux
siens, qui fondirent sur les Ennemis & en
firent un terrible carnage.

On vit faire à Zenobie tout ce qu'on
auroit pû attendre du plus habile Général;
elle animoit les siens par ses discours, par
ses gestes, par son exemple; mais ses paroles n'eurent pas dans cette occasion leur
persuasion ordinaire. Ses Soldats prirent
la fuite, & elle fut obligée d'abandonner le
Champ de bataille au Vainqueur, & de se
retirer à Emesse. A peine cependant y eut-
elle recüeilli le débris de son Armée, qu'il
fallut en venir à un second combat; car
Aurelien voulant profiter de l'ardeur de ses
gens & de la consternation des Ennemis,
les suivit, & les atteignit auprès de
Daphné. La fortune n'y fut pas favorable
à Zenobie, son Armée fut battuë & mise
en déroute, & lorsqu'elle vit que quelques
efforts qu'elle fît, elle ne pouvoit pas rétablir ses affaires, elle s'enferma dans Palmyre, où elle se croyoit en sûreté. La Vil-

T iiij

le étoit défenduë par une nombreuse Garnison, & la Reine l'avoit pourvûë de
toute sorte de munitions de guerre & de
bouche, (*y* de maniere qu'on ne pensoit pas
qu'Aurelien pût la prendre. L'Empereur
étoit très-persuadé que le Siege de cette
Ville seroit long, difficile, & sanglant,
mais d'un autre côté, il voyoit que la prise de Palmyre seroit la fin de la guerre, &
que ce seroit pour lui une grande gloire
d'avoir entierement vaincu Zenobie, dont
la réputation remplissoit tout l'Empire,
au lieu que les avantages qu'il avoit remporté deviendroient infructueux, s'il donnoit à cette Princesse le tems de réparer
ses pertes. Cette réflexion le détermina à
faire le Siége. Il y trouva toute la résistance & tout le danger qu'il avoit prévû ; &
si les Romains firent des efforts de valeur
pour se rendre maîtres de la Place, les assiegés montrerent une résolution intrepide
pour la défendre. Aurelien mit en œuvre
toute son habileté & toute sa bravoure ; il
s'exposa même avec si peu de ménagement,
qu'il fut blessé d'une fleche, & Zenobie
qui craignoit de servir au triomphe du
Vainqueur, faisoit voir par sa valeur le courage, ou plûtôt la fureur d'une ennemie
réduite au désespoir.

y Vopisc. in Aurel.

La longueur du Siege, l'incertitude des évenemens, & l'opiniâtre résistance des assiegés, fit repentir plus d'une fois Aurelien de son entreprise ; il voyoit avec dépit & chagrin ses lauriers se flétrir devant Palmyre, & ses Conquêtes arrêtées par une femme qui lui donnoit plus d'éxercice qu'aucun autre ennemi ; il sçavoit qu'on railloit à Rome sur la longueur du Siege, & qu'on disoit que l'Empereur étoit aux prises avec une femme ; mais il n'eut pas honte de faire l'éloge de son ennemie, & de publier que ce n'étoit pas une femme ordinaire, mais qu'elle étoit plus redoutable que le plus dangereux ennemi qu'eût l'Empire. Il écrivit pour sa justification à Mucapor, qui étoit un de ses plus intimes confidens. *Je sçais*, lui dit-il, *qu'on dit à Rome que je fais la guerre contre une femme, comme si cette Reine n'étoit pas aussi redoutable que l'ennemi le plus belliqueux. Je voudrois que ceux qui font ces railleries, fussent dans Palmyre, & qu'ils vissent les provisions étonnantes que Zenobie a eu la précaution d'y faire, de tout ce qui peut servir à la défense d'une Place : combien de fleches, d'armes, de pierres & de machines, pour jetter sur les assiegeans des feux, combien de Ballistes pour les empêcher d'approcher des murail-*

les. Pour vous donner une juste idée de
Zenobie, je vous dirai qu'elle ne combat
pas comme une femme, mais comme un
homme, qui craignant de ne pas échapper
à la rigueur des loix de la guerre, met tout
en usage pour ne pas être vaincu, & je ne
fais pas façon de vous assurer que pour ve-
nir à bout de Zenobie, nous avons besoin
que les Dieux qui ont été toûjours propi-
ces aux Armes Romaines, nous soient fa-
vorables, & ne nous manquent point dans
cette occasion.

Rien à mon avis ne fait tant d'honneur à Zenobie, que cet éloge forcé que
lui donne Aurelien, qui étoit sans contestation un très-grand homme de guerre, & très-capable de juger du vrai mérite. On voit que Zenobie étoit aussi
redoutable à cet Empereur, qu'il se l'étoit
rendu aux Ennemis. Il ne tint pas à lui
qu'on ne finît cette guerre par la voye de
la composition. Il l'offrit à Zenobie, &
de la part du Senat, il lui promit toute
sûreté pour elle & pour les siens, & de
laisser aux Palmyreniens tous les Privileges dont ils joüissoient. Mais Zenobie
n'étoit pas femme à se remettre volontiers
à la discretion du Vainqueur ; bien loin
d'entrer en composition avec Aurelien,
elle lui fit une réponse fiere, & capable

d'intimider un Empereur moins brave, que lui. *Je suis surprise*, lui dit-elle, *que vous me proposiez de me rendre. Un aussi grand homme de guerre que vous, doit sçavoir que c'est par des Exploits de valeur & non par des Lettres, que l'on oblige des Ennemis à se rendre, & personne peut-être avant vous, ne s'étoit avisé d'écrire un pareil compliment. Vous deviez mieux connoître Zenobie ; sçachez que je suis du sang de Cleopatre, & que je n'ai pas moins d'honneur & de délicatesse qu'elle. La mort me paroît comme à elle un moindre mal que l'esclavage, & la plus grande Dignité du monde me paroît honteuse, lorsqu'on l'achete par la perte de sa liberté. Ne pensez point être encore de long-tems Maître de Palmyre. Les puissans secours que les Perses nous envoyent, sont à la veille d'arriver ; les Sarrasins & les Arméniens viennent à notre défense. Comment, Aurelien, pourrez-vous venir à bout de tant d'Ennemis ? vous qui avez vû une troupe de voleurs de Syrie battre votre Armée, & la mettre en déroute ? Bien-tôt nos Alliés viendront se joindre à nous, & alors nous vous ferons rabattre un peu de cette orgüeilleuse hauteur avec laquelle vous nous commandez de nous rendre.*

Cette Lettre piqua Aurelien jusqu'au

vif, & le fit opiniâtrer plus que jamais à prendre la Place. Il la fit inveſtir de tou-tes parts, afin qu'il ne put y entrer aucun ſecours, & une troupe de Perſes s'étant préſentée pour s'y jetter, fut entierement défaite. Cet accident répandit la conſter-nation dans Palmyre, où le manquement de vivre jetta bien-tôt après le Peuple dans l'abattement. Ce fut alors que Ze-nobie déſeſperant de recevoir du ſecours, & ne voyant point arriver ni Sarraſins, ni Arméniens, qu'Aurelien avoit gagnés par ſes préſens, perdit entierement eſpe-rance de ſauver la Place. Elle prévoyoit d'un côté tous les malheurs qui ſuivroient la priſe de la Ville, ſi l'on ſouffroit un aſ-faut; mais d'autre part elle ne pouvoit ſe réſoudre à ſe rendre & à ſe remettre en-tre les mains d'Aurelien, après la Lettre fanfaronne qu'elle lui avoit écrite; ſa vani-té lui repreſentoit à tout moment l'hor-reur de ſon eſclavage, & ſe formant une triſte image de la honte de ſe voir atta-chée au Char d'Aurelien, & de ſervir d'ornement à ſon Triomphe, elle aimoit mieux tout hazarder, que d'implorer la clemence d'un Empereur qu'elle avoit ir-rité par l'opiniâtreté de ſa reſiſtance, & par la fierté de ſes Lettres. Elle comptoit toûjours ſur la réſolution qu'elle avoit

fait prendre aux Palmyreniens , de se défendre jusqu'à la derniere extremité , &
ne deséſperant pas de sauver la Ville , ſi
elle pouvoit avoir quelque secours , elle
résolut d'en sortir secretement pour aller
solliciter le Roy de Perse à lui donner des
Troupes , & pour les mener elle-même
contre les Aſſiegeans. Cette résolution
ainſi priſe , & ayant donné dans la Ville
tous les ordres néceſſaires , pour que pendant son abſence tout s'y fit selon ses vûës,
elle sortit de Palmyre avec beaucoup de
précaution & peu de suite , de peur d'être
découverte. Aurelien fut néanmoins averti de sa fuite , & comme il vit que c'étoit
un coup de partie de se rendre maître de
cette Reine , il fit promptement courir
après elle , des gens qui firent tant de diligence , qu'ils l'atteignirent sur les bords
de l'Euphrate , & dans le tems qu'elle
étoit prête à traverser ce Fleuve. On la
traita avec beaucoup de reſpect , & on la
mena à Aurelien.

Cet Empereur ne put se refuser aux
tranſports de la plus vive joie , lorſqu'il
se vit maître de Zenobie. Il connoiſſoit
mieux que personne le prix de cette capture, qui le rendoit Maître de tout l'O-
rient , & qui mettoit fin à une guerre de
laquelle il craignoit fort les évenemens,

Mais autant qu'Aurelien montroit de satisfaction , autant Zenobie sentoit dans son cœur, de douleur & de tristesse. Il n'est pas facile d'exprimer l'état accablant d'une Princesse, qui après avoir donné la loy à l'Empire , & s'être faite apprehender des Empereurs, se voit captive & réduite à l'humiliante extremité de servir de Trophée à des Ennemis qu'elle avoit plusieurs fois vaincus. Sa disgrace n'abattit pas entierement son grand courage, & sur son front regna toûjours cet air de grandeur & de noble fierté , que les personnes nées pour commander , ont naturellement. La présence & les reproches d'Aurelien n'ébranlerent point sa fermeté, & lorsque cet Empereur lui eut demandé, comment elle avoit osé prétendre agir en ennemie contre des Empereurs Romains , à qui elle devoit sa Fortune , elle lui répondit avec une liberté généreuse : Qu'à la verité elle avoit eu toûjours une haute idée & une grande estime pour lui , qu'elle sçavoit être très-digne de l'Empire ; mais qu'elle n'avoit pas regardé comme Empereurs , Gallien & tous ces Tyrans qui en avoient pris le titre , qu'ils deshonoroient plûtôt qu'ils ne le méritoient.

La prise de Zenobie fut suivie de celle de Palmyre. La plûpart des Habitans avoient d'abord résolu de tenir jusqu'à l'extremité ; mais les autres s'opposerent à un dessein qui ne pouvoit produire qu'une resistance inutile, & qui n'auroit d'autre fruit que la destruction de leur Ville ; de sorte qu'on demanda quartier à Aurelien, à qui l'on ouvrit les portes de la Ville. L'Empereur en enleva toutes les richesses, & après y avoir établi une bonne Garnison, il alla à Emesse. Ce fut-là qu'il fut décidé du sort des Prisonniers. Ceux qui s'étoient montrés les plus ardens pour les interêts de Zenobie, & qui avoient pris son parti avec trop de chaleur, furent punis de mort, & un des plus illustres fut Longin, qu'on accusoit d'être l'auteur de la Lettre que Zenobie avoit écrit à Aurelien. Les Soldats demanderent avec beaucoup de feu, qu'on ôtât la vie à cette Princesse ; mais l'Empereur quoique peu galant, n'osa traiter avec tant d'inhumanité, une Reine qui avoit défendu avec beaucoup de valeur, les Provinces Romaines contre les Barbares. Il pardonna aussi au plus jeune de ses enfans appellé Vaballath, qu'on croit avoir vêcu longtems après le malheur de sa mere ; mais on ne peut sçavoir s'il fit mourir Herennien & Timolaüs, qui avoient été déclarés Cesars après la mort d'Odenat, ou si cès Princes étoient déja morts.

Par la défaite de Zenobie, & par la ré-
duction de Palmyre, Aurelien illustra sa
réputation d'une nouvelle gloire. Son nom
devint la terreur des Rois & des Peuples de l'Orient. Ils lui envoyerent prefque tous · des Députés avec des préfens,
pour mériter fes bonnes graces ; & l'on
remarqua qu'Hormifdas Roy de Perfe,
fils de ce Sapor, qui avoit fi brutalement
traité Valerien, fut des premiers à faire
honneur à Aurelien, en lui envoyant
un chariot couvert d'or & d'argent & de
pierreries, avec un manteau de pourpre
d'une couleur fi vive & fi éclatante, que
les Romains n'en avoient jamais vû de fi
belle.

Après que l'Empereur eut pacifié l'O-
rient, il prit le chemin de l'Italie ; mais il
fut bien-tôt obligé de revenir fur fes pas.
Quelques Palmyreniens factieux ayant
porté tous les Habitans à la révolte, maffacrerent la Garnifon & le Gouverneur,
& proclamerent Roy un parent de Zenobie, à qui ils firent même prendre la Pourpre. Cette nouvelle mit Aurelien en fureur. Il retourna en Syrie, & fit tant de
diligence, qu'il arriva à Antioche avant
qu'on fçût à Palmyre qu'il fût inftruit de
leur révolte. Mais d'abord qu'il fut proche

che de la Ville, l'épouvante faisit ces rebelles, & ils se rendirent sans combat.
Aurelien les traita avec la derniere sévérité : il y fit passer par le fil de l'épée tous
les Habitans, sans exception d'âge ni de
sexe, & fit raser la Ville. Cet acte de rigueur n'empêcha pas cependant qu'il ne
s'élevât un nouveau Tyran. Tirmus
natif de Seleucie, mais qui habitoit en
Egypte où il avoit de grandes liaisons,
& qui étoit parent de Zenobie, entreprit de soûtenir les restes de son parti,
& se fit proclamer Empereur. Sa révolte
eut d'abord des succès heureux, car il se
rendit maître d'Alexandrie & de toute
l'Egypte; mais il eut le sort qu'ont ordinai-
rement les Rébelles, il fut pris, & il expia dans des supplices affreux, l'audace de
son attentat.

La mort de ce Tyran fit rentrer l'Egypte dans l'obéissance, & servit d'avertisse-
ment à Tetricus, de ce qu'il devoit attendre. Il y avoit déja quelque tems que ce
Senateur, à qui la puissance qu'il avoit usur-
pée étoit à charge, méditoit de faire sa
paix avec Aurelien. Il ne pouvoit réussir
à contenir dans le devoir ses Soldats
toûjours portés à la sédition, & qui se
croyoient en droit de tout éxiger d'un
Prince qu'ils disoient leur être redevable

de son élevation. Il vivoit dans les allar‑
mes qui sont inséparables d'une Domina‑
tion tyrannique, & il préferoit une for‑
tune médiocre, mais paisible, aux agita‑
tions d'un Commandement illégitime &
chancellant. Il alla trouver Aurelien, &
se remit volontairement à sa discretion.
L'Empereur profita de cette conjoncture
pour attaquer l'Armée de Tetricus; il la
rencontra auprès de Châlons sur Marne,
& la tailla en piéces parce qu'elle com‑
battoit sans Chef, & par conséquent sans
aucun ordre. Par cette victoire Aurelien
devint Maître des Gaules, de l'Espagne
& de l'Angleterre, qui obéissoient à Te‑
tricus; & après avoir reglé toutes choses,
il alla à Rome recüeillir le prix de ses tra‑
vaux militaires, & y fut reçu avec les plus
pompeux applaudissemens.

　Il y avoit long‑tems qu'on n'y avoit
vû un si surperbe Triomphe : Des Captifs
de plusieurs Nations, suivoient le Char
triomphal, les mains liées derriere le dos.
Des Goths, des Alains, des Boxolans,
des Sarmates, des Gaulois, des Suéves,
des Vandales, des Allemans, & des Prison‑
niers de plusieurs autres Peuples, étoient
les Trophées animés qui publioient la
gloire du Vainqueur; mais l'ornement de
ce Triomphe qui attiroit le plus les re‑

gards des Spectateurs, c'étoit la Reine Zenobie chargée de chaînes d'or, de perles, & de pierres précieuses en si grande quantité, que ne pouvant les porter, elle étoit obligée de s'arrêter de tems en tems pour prendre haleine. Tetricus & son fils, quelques Egyptiens de qualité pris dans la défaite de Tirmus, & les principaux Seigneurs de Palmyre, firent aussi beaucoup d'honneur à cette cérémonie. Il est vrai qu'on trouva mauvais qu'Aurelien fit paroître dans son Triomphe, une femme & un Senateur Romain qui avoit été Consul, mais il se justifia à l'égard de Zenobie auprès du Senat & du Peuple.

Telle fut la destinée de la célébre Zenobie. Aurelien n'oublia rien de ce qui pouvoit la consoler dans ses malheurs, & lui rendre sa condition présente supportable. Il la traita avec de grands égards, & lui assigna une belle Terre près de Tivoli, proche du Palais d'Adrien. Plusieurs croyent que son fils Vaballath se retira en Arménie, & qu'Aurelien lui donna une Principauté; cependant il est assuré que Zenobie laissa à Rome de sa posterité qui porta son nom, & qui subsistoit encore dans le quatriéme siécle. Baronius croit qu'elle se fit Chrétienne,

& que Zenobius Evêque de Florence, qui vivoit d'une grande amitié avec Saint Ambroise, étoit descendu de cette famille. Cependant beaucoup doutent que cette Princesse ait laissé à Rome d'autre posterité, que celle tout au plus de ses filles.

Zonare prétend qu'elle en eut plusieurs, qu'Aurelien en épousa une, & qu'il maria les autres avec des Senateurs. Le Syncelle avance même que Zenobie épousa un Senateur ; mais ce sont des faits que ces Historiens n'appuyent d'aucun témoignage que du leur.

L'Empereur voulut réparer en quelque sorte l'affront qu'il avoit fait à Tetricus, en le traitant depuis avec beaucoup d'honneur. Il eut pour lui tant de consideration & d'estime, qu'il l'appelloit quelques fois son Collegue, & fort souvent il lui donnoit le titre d'Empereur.

SEVERINE,

Femme de l'Empereur Aurelien.

AUrelien, dont nous avons déja parlé, étoit d'une naissance obscure ; mais il en effaça la bassesse, par des talens superieurs, par un mérite généralement estimé, & par des services si utiles à l'Empire, qu'on ne crut point trop l'en récompenser en l'élevant sur le Trône. Il avoit l'esprit vif, le corps robuste & vigoureux, le courage élevé, la mine haute. Il étoit vigilant, sage, retenu, rigide observateur de la discipline militaire; mais on craignoit en lui une cruauté excessive qui faisoit punir des plus grands supplices les fautes les plus legeres. Il ôta la vie à un grand nombre de Senateurs, sur des soupçons mal fondés, ou des accusations sans preuve ; & sous prétexte de corriger les abus, il en faisoit lui-même un étrange de l'autorité souveraine dont il étoit revêtu : aussi l'on disoit de lui qu'il auroit dû être toûjours Général, & jamais Empereur. 1)

1. Il est certain qu'on avoit besoin à Rome d'un Empe- reur du caractere d'Aurelien, pour réformer les abus

Il époufa Ulpia.Severina, que des modernes croyent avec quelque fondement avoir
été fille d'Ulpius Crinitus qui prétendoit
defcendre de Trajan, dont il avoit en effet
les vertus. Cette alliance fut avantageufe à
Aurelien : né fans biens, il trouva une
grande reffource dans la générofité de fon
beaupere, qui l'adopta, & qui lui fit part
de fes richeffes.

Severine n'étoit pas belle, mais elle
avoit un air grave, un cœur grand, & des
inclinations nobles; elle fuivit fon Epoux
dans fes expéditions, lors même qu'elle
fut Imperatrice, & ne contribua pas peu à
lui affurer l'amour des Troupes par des liberalités répanduës à propos, & par des
carreffes engageantes, qu'elle faifoit aux
moindres Soldats. C'eft des Infcriptions
& des Médailles qu'eft tîrée la plus grande partie de ce que nous rapportons d'elle,
car les Hiftoriens ne nous apprennent pas
même fon nom.

Après qu'Aurelien eut été proclamé
Empereur, il fongea à rétablir les affaires
qui étoient fort en défordre. Il porta fes
Armes en Orient avec tant de bonheur,

qui s'étoient gliffés dans tous les Ordres de l'Etat, mais les moyens qu'il prit étoient trop violens. Auffi l'on di-foit qu'Aurelien étoit bon Medecin, mais qu'il tiroit trop de fang.

que la plus part des Villes , & même des Provinces se soumirent volontairement à lui pour ne pas éprouver sa colere. Il n'y eut que la Ville de Thyane qui osa lui faire une résistance si vigoureuse , qu'elle auroit arrêté les Conquêtes de cet Empereur, si la trahison d'un Citoyen ne lui en eût ouvert les portes. 2)

Ce devoit être pour les Legions un spectacle nouveau , que de voir l'Imperatrice au milieu des Camps & des Armées , partager avec Aurelien les fatigues de la guerre , préferer le tumulte des armes aux

---

2. Aurelien fut si piqué de la résistance que lui fit Thyane , qu'il jura qu'il n'y laisseroit pas un chien. Ce serment fit croire aux Soldats que l'Empereur leur donneroit le pillage de cette Ville. Leur cupidité anima leur courage , & leur fit faire de nouveaux efforts ; mais ils auroient été inutiles , sans la perfidie d'un Habitant appellé Heraclammon qui enseigna aux Romains un endroit par où ils pouvoient entrer dans la Ville. D'abord qu'elle fut prise , les Soldats se mirent en devoir de la piller & de la ruiner entierement , & parce qu'Aurelien s'y opposa , ils lui rappellerent son serment : Eh bien dit alors l'Empereur , j'ai dit que je ne laisserois pas un chien dans Thyane , je consens que vous massacriez tous les chiens. *Canem negavi in hac urbe me relicturum , canes omnes occidite.* Au reste le perfide Heraclammon reçut la mort pour récompense de sa trahison. Aurelien permit que les Soldats le tuassent & dit cette belle parole , *que celui qui avoit trahi sa Patrie ne sçauroit être fidele à son Prince.*

On attribua aussi le salut de Thyane au respect qu'eut Aurelien pour le celebre Magicien Appollone , qui étoit de cette même Ville, & qui apparut à cet Empereur un soir qu'il s'étoit retiré dans sa Tente , pour lui recommander de faire grace à sa Patrie.

délices de Rome , & honorer fon fexe par
le mérite des vertus militaires. Elles lui attirerent l'eftime des Troupes , & fes largeffes lui gagnerent leur cœur. On aimoit
une Princeffe qui diftribuoit aux Soldats
fes richeffes , & qui employoit en donatif,
les fommes que les autres Imperatrices faifoient fervir à l'entretien de leur luxe. Ces
gratifications furent utiles au Prince , &
n'aiderent pas peu l'heureux talent qu'a-
voit Severine de pacifier l'efprit inquiet
& féditieux des Legions , qu'il étoit fi difficile de difcipliner & de contenir dans
l'obéïffance. Le Senat voulut auffi en tenir
compte à l'Imperatrice , & lui en faire un
mérite ; il fit frapper à fon honneur une
Médaille dont l'infcription lui attribuë la
gloire d'avoir fçû fe rendre maîtreffe du
cœur des Soldats,& maintenir dans les Armées la bonne intelligence.

Il y a apparence que ce ne fut point le
feul honneur qu'on lui décerna , & qu'elle
eut part à ceux qui furent accordés à Aurelien , lorfqu'il alla à Rome recüeillir le
fruit de fes glorieufes expéditions.L'on dit
que cetteVille ne fervit (a jamais de Theatre à un plus fuperbe triomphe ; fes ruës
retentirent du bruit des acclamations du
Peuple , qui aimoit l'Empereur bien plus

a *Vopifc. in Aurel.*

fincerement

fincerement que le Senat, dont on difoit qu'il étoit le Pedagogue, & tous les ordres contribuerent à rendre cette fête fomptueufe & brillante. A la Pompe de ce triomphe fucceda le plaifir des Spectacles, les jeux du Cirque, les Pieces du Theatre, la repréfentation d'un combat naval firent une partie de ces divertiffemens, & Aurelien en égayant ainfi les Romains par ces frivoles amufemens, leur faifoit oublier les calamités paffées.

Apres qu'il eut donné à Rome ces marques de fa magnificence, il voulut y laiffer un monument de fa pieté dans un fuperbe Temple qu'il fit bâtir & qu'il dédia au Soleil, Divinité qu'il reveroit avec beaucoup de fuperftition, & à laquelle il rapportoit le fuccès de fes Armes. Severine qui entroit dans tous les fentimens de fon Epoux, voulut paroître dans cette cérémonie, & joindre fon zele à celui de l'Empereur; de concert avec lui elle rendit à ce Dieu dans ce nouveau Temple le premier hommage qu'il y reçut, & ce fut par les mains d'Aurelien & de l'Imperatrice fon Epoufe, que fut offert au Soleil ce Sacrifice folemnel dont il nous refte un Monument dans la Médaille qui fut frappée à cette occafion. La pieté de Severine donna du prix à fes autres vertus, & en relev2

le mérite, & elle lui affura l'eftime des
Romains, comme fes qualités guerriere lui
attiroient l'amour des Troupes.

Une femme de ce caractere méritoit
fans doute, toute la tendreffe de fon
Epoux, & il femble qu'Aurelien ne pouvoit avoir affez d'égards pour une Princeffe qui fuivoit fa fortune avec tant de courage, qui partageoit avec lui fes peines &
fes dangers, & qui contribuoit à fa gloire
& même à fa fûreté, en lui attachant le
cœur des Soldats, par des liberalités qu'elle répandoit avec une certaine grace qui
faifoit fur leur efprit autant d'impreffion
que le donatif même : cependant Severine
avec tout fon mérite ne pût jamais le rendre capable d'une complaifance, & lui faire
relâcher en fa faveur, de cette fevérité outrée, qui en certaines occafions pouvoit
paffer pour une impoliteffe ruftique & farouche, & elle eut le chagrin de ne pouvoir
obtenir de lui une grace que tout autre
Empereur n'auroit cru pouvoir refufer.

Quoique la Pourpre fût une des couleurs, qui du tems de la République
étoient le plus à la mode dans Rome, parmi les Dames de qualité, elle fut dans la
fuite réfervée pour les Empereurs, & devint une marque exterieure de la Puiffance
fouveraine ; on donna même des Edits ex-

près pour défendre aux Particuliers d'en porter. On n'interdit point les étofes de soye, qui dans ce tems-là n'étoient pas communes, leur cherté en rendoit l'usage très-rare, & il y avoit peu de gens qui osassent & qui pussent porter jusques là leur propreté ou leur luxe. 3)

Severine, qui dans les Armées où elle suivoit Aurelien avoit pris un certain air guerrier, dont elle se faisoit honneur, crut qu'un habit de pure soye de couleur de pourpre releveroit sa mine Martiale, &

---

3. L'Empereur Alexandre Severe avoit déja donné l'exemple de cette moderation, en interdisant le luxe immoderé dans les hommes & dans les femmes. C'en étoit un fort grand dans ce tems là, de porter un habit tout de soye, parce que le prix de la soye égaloit celui de l'or, à cause qu'elle étoit très-rare à Rome, où l'on n'avoit pas encore vû des vers à soye. Ce fut sous le Regne de l'Empereur Justinien, que certains Moines apporterent des œufs de ces vers en Grece, de Serinde Ville des Indes, comme nous l'apprenons de Procope & de Godefroy dans ses Notes sur la Loy Comparandi 2. Cod. *Quæ res ven. pon. pos.* Les vers à soye n'ont été connus en France que fort tard. Henry II. fut le premier qui porta des bas de soye, aux Noces de sa fille. Depuis on a trouvé le secret de faire une autre espece de soye aussi belle, aussi forte & aussi lustrée que celle qui nous est venuë des Indes par les soins des Moines dont je viens de parler, c'est la soye des araignées. On doit cette curieuse & utile découverte à M. Bon premier Président de la Cour des Comptes, Aydes & Finances de Montpellier, Magistrat qui fait tant d'honneur aux belles Lettres, qui joint à une grande sagacité d'esprit, une érudition vaste & polie, & une connoissance de la Nature, fort étenduë, & de qui l'on peut dire que son loisir même & ses delassemens sont sçavans.

la diftingueroit du refte des Dames Romaines & par le prix & par la couleur de
l'étofe , & elle eut une envie extrême de
s'en donner un. Cet ornement ne pouvoit
pas paffer pour un luxe immoderé , dans
une perfonne qui rempliffoit la premiere
Dignité du monde, & que fon rang affran-
chiffoit des regles générales. Aurelien ,
tout áuftere qu'il étoit, ne pouvoit fans une
efpece de dureté féroce, refufer cette fatisfaction à un Epoufe à qui il la devoit pour
plus d'une raifon ; & fi ce Prince devoit
une fois en fa vie n'être pas inflexible, c'é-
toit fans doute dans cette occafion où fa
complaifance tomboit fur une perfonne
qui en étoit fi digne & qui lui étoit fi che-
re ; mais Aurelien étoit trop rigide pour
fe rendre à des motifs de bienféance , &
pour accorder une grace au préjudice des
réglemens qu'il faifoit obferver avec tant
de rigueur. L'Imperatrice eut beau réite-
rer fes empreffemens & fes follicitations ,
fon Epoux lui repréfenta qu'en portant
un habit de foye , elle aviliroit l'or , en lui
préferant une étofe qui , quoique rare &
curieufe, ne devoit pas entrer en comparai-
fon avec le plus précieux de tous les mé-
taux ; qu'elle devoit conferver à l'or fon
mérite plûtôt que de lui préferer l'étofe
dont elle vouloit introduire l'ufage.

Severine qui connoiſſoit l'Empereur
pour un homme qui n'abandonnoit pas facilement ſes réſolutions, chercha à ſe con-
ſoler de ſon refus ; elle ne dut pas être ſurpriſe qu'Aurelien ne voulût pas permettre
qu'elle portât un habit de ſoye, qui dans
ce tems-là étoit d'un grand prix, ce n'é-
toit pas la premiere fois que la modération
de ce Prince avoit ſervi de contrepoids
aux deſirs qu'elle avoit eu de ſe (b diſtinguer par la pompe des ornemens & par la
richeſſe des meubles ; car lors même qu'il
fut parvenu à la Puiſſance ſouveraine, il
ne donna à ſa femme & à ſa fille d'autres
meubles que ceux qu'il leur donnoit lorſqu'il n'étoit que ſimple Officier.

On ne ſçauroit attribuer cette modeſtie d'Aurelien à une œconomie ſordide,
qui n'accorde rien au plaiſir & qui ſe révolte contre la moindre dépenſe ; cet Empereur n'aimoit à la vérité ni le luxe, ni
le faſte, mais on ne ſçauroit le taxer d'a-
varice, & l'uſage qu'il a fait des tréſors
qu'il amaſſa, le ſauve de ce reproche. Celui
qu'on peut lui faire avec beaucoup de fondement, c'eſt de n'avoir jamais ſçû donner
de frein à cette ſéverité outrée, qui le rendit le tyran du Senat & le perſécuteur de ſa
famille, qu'il plongea dans le deüil, par le

b *Vopiſc. in Aurel.*

X iij

meurtre du fils de fa fœur, & ceux qui ont le plus (*c* loüé Aurelien qu'ils ont comparé à Cefar & à Alexandre, dont il poffedoit les talens militaires, n'ont pû excufer fon inhumanité. Par cette rigueur exceffive, il aliena de lui le cœur des Romains, il fit haïr fa domination, & il donna lieu à cette confpiration qui lui ôta la vie, près de Byzance, lorfqu'il alloit combattre les Perfes.

Severine furvêquit à fon malheur, dont peut-être elle fut le témoin. Elle avoit eu d'Aurelien au moins une fille qui fut mere de cet Aurelien, qui fous le grand Conftantin fut un des plus illuftres ornemens du Senat, & c'eft tout ce que l'on fçait de cette Imperatrice.

s *Aurel. Vict.*

DE LA FEMME DE TACITE,

DE JULIA PROCLA,

Femme de Probus.

MAGNIA URBICA,

Femme de Carus.

Rien ne marqua mieux l'amour des Legions pour Aurelien, que le refus qu'elles firent de lui donner un Successeur, de peur que leur choix ne tombât sur un des meurtriers de ce Prince. L'Armée écrivit au Senat une Lettre remplie d'éloges à la gloire d'Aurelien, & d'imprécations contre ceux qui avoient causé sa mort, & le pria d'élire quelqu'un de leur Corps pour remplir le Trône de l'Empire. Le Senat connoissoit trop bien l'humeur légere & changeante des Troupes, pour exposer un Senateur au caprice des Legions, toûjours rebelles aux Empereurs créés par le Senat. On n'avoit pas oublié la mort funeste de Balbin & de Pupien, qui n'avoient été si brutalement massacrés, que parce qu'ils avoient reçu du Senat l'auto-rité Souveraine ; & le malheur de ces Princes les inftruifoit affez de ce qu'avoit à craindre un Empereur, que l'Armée n'auroit pas élû. Ces fages réflexions dé-terminerent le Senat à prier l'Armée de faire choix elle-même pour Empereur, de quelqu'un qui fût capable de foûtenir le poids de cette Dignité.

Durant ces mutuelles déferences que le Senat & l'Armée avoient l'un pour l'au-tre, fix mois s'écoulerent, & néanmoins pendant cette efpece d'interregne, toutes les Provinces de l'Empire demeurerent tranquilles & foumifes à l'autorité du Se-nat, & l'on ne vit aucun Tyran fe faifir de la puiffance Souveraine, qui fembloit n'attendre qu'un Ufurpateur. Mais d'a-bord qu'on eut appris que les Allemans avoient paffé le Rhin, & que les Syriens n'étant plus retenus par la crainte d'Au-relien, commençoient de remuer, le Con-ful Gordien affembla le Senat, & fit voir que l'Election d'un Empereur étoit ab-folument néceffaire. Tacite, à qui fon âge & fon rang donnoient droit d'opiner le premier, s'étoit levé pour dire fon avis, lorfque tous les Senateurs d'une commu-ne voix, lui défererent l'Empire, en lui difant que celui qui étoit à la tête du Senat, méritoit d'être mis à la tête des Armées.

Tacite, Senateur sage & d'un sens profond, leur representa qu'un Magistrat qui avoit passé sa vie à l'ombre du Palais & sur les siéges du Senat, & qui étoit sur le penchant de son âge, n'étoit pas propre pour souffrir les fatigues de la guerre, & que les Legions ne pourroient se résoudre d'obéir à un Membre du Senat, devenu tout à coup Empereur, sans avoir passé par les Emplois militaires; mais la modestie de Tacite le fit paroître encore plus digne de la Dignité qu'il vouloit refuser, & à l'excuse qu'il cherchoit dans son grand âge, on opposa l'exemple de Trajan, d'Adrien & d'Antonin, qui étoient parvenus à l'Empire sur la fin presque de leur vie; ils lui dirent qu'on ne l'avoit pas élû pour combattre, mais pour commander; que la vigueur du corps étoit moins nécessaire dans un Empereur, que les lumieres de l'esprit; on ramena la maxime de Severe qui avoit coûtume de dire, que c'est la tête qui commande & non les pieds; qu'il étoit ridicule de donner pour Peres à la Patrie, des jeunes Princes qui avoient besoin des leçons de leurs Pedagogues; que la maturité de l'âge n'inspiroit que des desseins sages & mésurés, &

que les défordres du Regne de Neron, de Commode & d'Heliogabale, étoient moins les crimes de ces Princes, que les funeftes effets de l'indifcretion de leur jeuneffe.

Le zéle du Senat & la folidité des raifons qu'il avoit alleguées, vainquirent la refiftance de Tacite; il accepta enfin l'Empire, en proteftant qu'il ne feroit rien de lui-même. Le Senat ne pouvoit fans doute faire un plus digne choix ; dans Tacite l'on voyoit revivre la probité, la moderaration, l'integrité de ces graves Senateurs de l'ancienne Rome. S'il étoit de la race de l'Hiftorien Tacite duquel il prétendoit defcendre, 1) il fortoit d'une famille confiderable ; mais quoiqu'il en foit, fon mérite l'avoit rendu affez illuftre. Il avoit époufé une femme dont on ne fçait ni le nom, ni la famille, ni la Patrie. Elle trouva dans Tacite le même éloignement pour le luxe , que Severine avoit trouvé dans Aurelien. Son rang d'Imperatrice fut la feule chofe qui la diftingua des autres Dames Romaines ; car (*a* on ne vit en

a *Vopifc. in Tacit.*

1. L'Empereur Tacite avoüa pour fon parent l'Hiftorien de ce nom. Il fit faire un grand nombre de copies de fon Hiftoire, & ordonna qu'elle fût foigneufement gardée dans les Bibliotheques.

elle aucune marque faſtueuſe de ſa Dignité. L'Empereur ſon Epoux ne voulut pas
permettre qu'elle ſe parât d'autres habits,
que de ceux qu'elle portoit avant que le
Senat l'eût élevé ſur le Trône ; auſſi le
regardoit-on comme l'auteur des défen-
ſes qu'avoit fait ſon Prédeceſſeur, de porter de l'or ſur les habits. On ne doit pas
douter que le Senat ne décernât à la nouvelle Imperatrice, tous les honneurs dont
il étoit le prodigue diſtributeur, & qu'il
n'accordât les Titres les plus pompeux à
la femme d'un Empereur, dont l'E-
lection étoit ſon ouvrage, & du choix
duquel il ſe fit tant d'honneur. En effet il
écrivit aux Gouverneurs des Provinces, à
toutes les Nations alliées au Peuple Romain, & aux Rois étrangers, que le Senat étoit rentré dans la poſſeſſion de ſes
Droits. Que c'étoit lui qui éliroit à l'avenir les Empereurs, & qui venoit de revêtir de la Pourpre Imperiale, un de ſes
Membres ; que ce ne ſeroit plus que par
l'autorité du Senat, que le Peuple Romain déclareroit la guerre à ſes Ennemis,
ou feroit la paix avec eux ; qu'en un mot la
République remiſe dans ſes anciens privileges, auroit la principale part au Gouvernement. Les Senateurs ſe felicitoient
entr'eux de l'heureux retour de leur liber-

té , 2) & ils en firent même un essai qui sembloit les assurer que l'interêt & la volonté du Prince, ne gêneroient plus leurs suffrages ; car Tacite ayant demandé le Consulat pour son frere, le Senat le lui refusa ; 3) mais cette grande joie trouva bien-tôt son terme , car (*b* Tacite après avoir donné les plus beaux témoignages de moderation, de douceur, d'équité & de justice, mourut de fiévre, selon quelques-uns , ou fut tué par quelques Soldats séditieux, ainsi que d'autres l'assurent.

Florian son frere 4) se fit lui-même

b *Eutrop. Aurel. Vict.*

2. Nous avons la Lettre que le Senateur Claudius Capellianus écrivoit à Cerejus Mattianus son oncle.

Nous avons enfin obtenu , ce que nous avions toûjours desiré avec tant d'ardeur; le Senat a repris son ancienne forme & sa premiere autorité. Nous créons les Empereurs, & notre Ordre s'est remis dans ses Privileges. Nous devons cet heureux changement à l'Armée Romaine, qui n'a jamais paru plus Romaine que lorsqu'elle nous a rétabli dans la possession de nos droits & de l'autorité dont nous joüissions. Abandonnez maintenant vos retraites de Bajes & de Pouzol, revenez vîte à la Ville, revenez au Senat. Vous trouverez Rome florissante & toute la République dans la joye. Le Senat triomphe , il fait les Empereurs, & dispose des dignités de l'Empire.

3. Lorsqu'on eût dit à l'Empereur Tacite que le Senat avoit refusé le Consulat à Florian, il ne s'en offensa point, mais loüant au contraire la liberté du Senat, il se prit à dire, que le Senat sçavoit bien que l'Empereur avoit un frere.

4. Florian n'étoit que frere uterin de Tacite. Cependant Vopiscus dans sa vie dit d'abord qu'ils étoient frere de

Empereur, comme s'il eût eu droit de
succeder à Tacite; mais il avoit un dangereux concurrent dans Probe que la
plus grande partie des Troupes avoit élû.
Le mérite de ce contendant l'allarma ; il
sçut que Probe étoit extrêmement aimé &
estimé du Senat, des Legions & du Peuple, & qu'il lui seroit difficile de se maintenir dans une Dignité de laquelle un plus
digne que lui étoit en possession. La démarche précipitée qu'il avoit fait, le porta encore à une plus folle, ce fut de se faire ouvrir les veines, & de se procurer la
mort dans les douceurs de la défaillance.
Un Historien raconte autrement sa mort,
& prétend qu'il fut tué à Tharse par des
Soldats, qui ayant appris que l'Armée
d'Orient avoit élû Probe, massacrerent
Florian qu'ils crûrent devoir immoler à
un Empereur, que les Legions avoient
choisi.

Jamais elles n'avoient fait un choix si
généralement applaudi, les vertus de Probe effacerent toutes celles de ses Prédecesseurs, & l'on n'avoit encore vû tant

pere & de mere, & ensuite
il prétend qu'on assuroit
qu'ils n'étoient que freres
uterins. En racontant les
présages que Tacite eut de sa
mort, il dit que le tombeau
de son pere s'ouvrit de lui
même, & que l'ombre de sa
mere lui apparut en plein
jour, aussi bien qu'à Florian
qui avoit la même mere.

de belles qualités réünies dans une même perfonne à un degré fi éminent. La Puiſſance Souverane leur donna plus d'éclat, en les faiſant paroître dans un jour plus brillant; & ſi elles reçûrent quelque tort, ce fut la trop grande modeſtie du Prince.

L'on a long-tems ignoré que Probe eût eu une femme. Strada prétend qu'il avoit (c épouſé une Julia Procla, de laquelle la famille, la Patrie & les bonnes ou mauvaiſes qualités nous ſont inconnuës, & je ne ſçai ſur quel fondement Strada s'appuye, pour prouver qu'il y a eu une Imperatrice de ce nom. L'on trouve toutefois que Probe laiſſa une poſterité, qui s'alla établir du côté de Verone, mais l'on ne trouve point que ſa femme s'appellât Julia Procla. Il avoit au moins une ſœur qui s'appelloit Claudia, & qui lui rendit les devoirs de la ſepulture.

Le Regne de Probe ne fut qu'un glorieux tiſſu de victoires. Après qu'il eut puni les auteurs de la mort d'Aurelien, il alla ſoumettre les Gaules où il fit périr plus de ſept cens mille de ces Barbares. Il fit rentrer l'Illyrie dans l'obéïſſance, & dompta les Getes, qu'il obligea à reconnoître l'Empire Romain. L'Orient devint enſuite le Theatre de ſes Triomphes,

c *Triſtan. Comment. Hiſtoriq.*

il y prit plufieurs Villes , & défit les Perfes qui avoient fecoüé le joug de la dé-
pendance ; il méditoit même de les exterminer fans reffource , lorfqu'il fut maffacré par quelques Soldats à Sirmium.

Marcus Aurelius Carus fut élû à fa
place. Il étoit de Narbonne en Languedoc , & poffedoit les mêmes vertus qui
avoient fait tant d'honneur à Aurelien , à
Tacite & à Probe. J'ai parlé dans un autre Ouvrage 5) de cet Empereur , & de
ceux qui l'avoient précedé depuis Gallien ,
je ne rapporterai ici que ce qui peut avoir
rapport à l'Imperatrice fon Époufe.

Magnia Urbica n'eft connuë que par fes
Medailles ; on ne fçait ni de quelle famille
elle étoit , ni dans quel Pays elle avoit
pris naiffance. Si Carin & Numerien font
nés à Narbonne , elle pourroit être Lan-
guedocienne , fuppofé qu'elle ait été femme de Carus , ce qui n'eft pas trop certain. On ne contefte point qu'il n'y ait
eu une Imperatrice qui a porté le nom de
de Magnia Urbica , on a des Medailles où
elle eft traitée d'Augufte & de Déeffe , &
l'on fçait que la flaterie donnoit fouvent
aux Imperatrices le nom de quelque Divinité. L'on ne peut point non plus rai-

5. Les Hommes illuftres du Languedoc. Au Chapitre
de Carus.

sonnablement disconvenir qu'elle n'ait eu
plusieurs enfans. On l'infere avec beaucoup de fondement, d'une Medaille sur
la face de laquelle Magnia Urbica est re-
presentée avec deux enfans qui sont debout devant elle, & sur le revers on lit
cette Inscription.

PUDICITIA AUG.

On a encore d'autres Medailles de cette
Imperatrice, où elle est traitée de (*d* Venus feconde, de Venus cœleste, de Junon Reine. Toute la difficulté consiste
à sçavoir de quel Empereur elle a été femme.

Il y en a qui ont crû qu'elle avoit épousé Maxence fils d'Hercule, ou légitime,
ou supposé ; & parce que l'Histoire dit
formellement que ce Prince avoit épousé
la fille de la premiere femme de Maximien
Galere, ils donnent à Magnia Urbica
cette premiere femme de Galere pour mere. Un moderne (*e* combat ce sentiment
par des raisons qui me paroissent très-for-
tes ; car premierement on n'a aucun fondement pour soutenir que Magnia Urbica fut belle-fille de Galere ; & en second
lieu, dans l'exergue de quelques Medail-

<hr/>

d Triftan. Comment. Hiftoriq. e P. Bandouri.

les de cette Imperatrice, il y a des lettres qu'on ne trouve point, ni dans ces Medailles qui ont été fabriquées avant Aurelien, ni après les premieres années de Diocletien ; ce qui fuppofe que Magnia Urbica à été femme d'un des Empereurs qui ont regné entre Aurelien & Diocletien.

Il me paroît outre cela, que de la reprefentation de ces deux enfans qu'on voit debout devant Urbiça, dans la Medaille dont j'ai parlé ci-deffus, l'on peut conjecturer avec quelque fondement, que cette Imperatrice n'a pas été femme de Maxence ; car s'il eft vrai qu'elle eût deux enfans, comme on doit le conclure de cette reprefentation, on ne peut pas les attribuer à la femme de Maxence qui n'en avoit qu'un, ainfi qu'on l'infere d'un paffage du Panegyrifte anonime de Conftantin, qui dit, que Maxence deux jours avant la Bataille où il perdit la vie, avoit quitté fon Palais & s'étoit retiré dans une maifon particuliere avec fa femme & fon fils. Par ces paroles il paroît que Maxence n'avoit qu'un fils, or il faudroit lui en fuppofer deux, fi Urbica étoit fa femme. L'on peut répondre à cette raifon, que lorfque Maxence fe retira avec fa femme & fon fils dans cette maifon particuliere, l'autre

Tome III.   Y

fils étoit mort , je fçai que cela pouvoit être ; mais enfin cela eft tout-à-fait incertain , & le refte eft tout-à-fait vrai femblable.

Le Pere Hardoüin croit que Magnia Urbica a été femme de Carin ou de Numerien. Ce fentiment me paroît plus foutenable que celui de Triftan, qui la donne à Maxence, mais il n'eft pas fans difficulté. L'on fçait que Numerien époufa la fille d'Aper, & fi nous pouvons citer l'autorité d'Onuphre & de Strada , elle s'appelloit Arria du nom de fon pere Arrius Aper. Les anciens Auteurs de l'Hiftoire ne difent point que Numerien ait eu des enfans , il ny a que Suidas qui prétend fans alleguer aucune preuve, que ce jeune Empereur eut un fils appellé Bafilicus. On feroit fans doute plus porté à croire que Magnia Urbica étoit femme de Carin, fi l'on pouvoit fuppofer dans ce Prince une affection d'une affez longue durée, pour avoir eu deux enfans d'une même femme ; mais il eft difficile que cela ait pû être, parce que l'on trouve que Carin fit un jeu de fes mariages ; que durant le peu de tems qu'il regna , il eut neuf femmes, & que durant tout ce tems-là il fe livra à une débauche effrenée ; ainfi toutes ces raifons me détermine à croire que Magnia

Urbica a été femme de Carus, & que Carin & Numerien sont les deux enfans reprefentés dans la Medaille.

Numerien fut une parfaite image des vertus de son pere, & dans Carin se forma un monstrueux assemblage de toute sorte de vices. Auffi le premier fut l'amour & les délices de sa famille, des Armées & du Peuple, & l'autre par ses monstrueuses dissolutions, devint l'objet de l'execration de tout l'Empire, & fit dire à Carus que Carin n'étoit pas son fils. Ils périrent tous d'une mort funefte. Carus fut tué d'un coup de foudre, sur les bords du Tigre auprès de Ctefiphon. Numerien fut assassiné dans sa Litiere par Aper son beau-pere, qui meditoit le dessein d'envahir l'Empire, & Carin après avoir remporté de signalés avantages sur Diocletien, que l'Armée avoit fait Empereur, fut tué par un Officier, dont on dit qu'il avoit débauché la femme.

PRISCA,

Femme de Diocletien.

VALERIE,

Femme de Galere.

EUTROPIE,

Femme d'Hercule.

DE LA FEMME DE MAXIMIN.

IL n'est point de Grandeur, de Rang, de Dignité que la Fortune respecte. Le Trône le plus Auguste & le plus élevé n'est point un abri trop sûr contre ses revers, elle a souvent outragé ceux qu'elle avoit couronnés. Les Imperatrices Prisca & Valeria serviront de preuve à cette vérité : l'on vit ces deux Princesses, femmes des Maîtres du monde, errantes, fugitives, réduites à toutes les horreurs d'une malheureuse destinée, terminer enfin leur vie par une mort violente, triste & illustre exemple de la fragilité des Grandeurs de la terre, & des biens que la Fortune donne.

L'on ne peut rien dire de positif touchant la famille & la Patrie de l'Imperatrice Prisca. Les Historiens ne sont pas même d'accord sur le nom qu'elle portoit ; les uns l'appellent Alexandra, d'autres lui donnent le nom de Serena, & il s'en trouve qui la nomment Eleuthere. Elle pouvoit avoir sans doute tous ces noms, mais il est incontestable qu'elle s'appelloit aussi Prisca, & c'est sous ce nom qu'elle est connuë aujourd'hui.

L'Annaliste de l'Eglise n'appelle cette Imperatrice que du nom de Serena, & la fait Chrétienne. Il veut qu'elle soit decedée d'une mort sainte & paisible, & que l'Imperatrice Valerie sa fille, soit morte paisiblement, peu de tems après avoir épousé Galere Maximien, & il l'infere de ce qu'il n'est plus parlé d'elle dans les anciens Auteurs. Nous ne suivrons point Baronius, ni les Actes de Sainte Suzanne, sur lesquels il se fonde, parce qu'il ne paroît point que leur autorité doive être preferée à celle de Lactance, qui rapporte la persécution que Maximin & Licinius firent à la femme & à la fille de Diocletien, & qui ayant vêcu dans ce même tems & eû même de l'emploi à la Cour de Cons-

tantin a dû sçavoir l'Histoire de ces Princesses. 1)

1. Baronius fondé sur les Actes de Sainte Susanne & sur ceux de Saint Marcel, dit que la fille de Diocletien qui avoit été mariée avec Galere, étant morte d'abord après son mariage, Diocletien résolut de donner à Galere une seconde femme de son sang ou de son alliance, comme c'étoit la coûtume parmi les Empereurs. Il choisit pour cela Susanne fille de Gabinius, niece du Pape Gaïus, & petite fille de Maxime ou Maximin, proche parent de Diocletien. Susanne qui étoit Chrétienne & qui avoit voüé sa Virginité à Dieu, refusa constamment le mariage qu'on lui proposa, & ni les menaces qu'on lui fit, ni la prison où l'on l'enferma, ne purent lui faire changer de résolution. Diocletien qui souhaittoit ardemment ce mariage, fit agir l'Imperatrice Serene sa femme, pour porter Susanne à épouser Galere, mais Serene qui étoit secretement Chrétienne, au lieu de travailler dans les vûës de l'Empereur, confirma au contraire Susanne dans son pieux dessein, & l'anima à souffrir plûtôt le martyre que de manquer aux promesses qu'elle avoit fait au Seigneur. Serene pour dissuader Diocletien de ce

mariage, lui rapporta le dessein que Susanne avoit fait de ne se marier jamais, & ne lui donna aucune esperance de la faire changer de résolution. L'Empereur piqué contre cette fille, consentit que Galere tâchât de gré ou de force de faire breche à sa Virginité; mais Galere ayant voulu entreprendre sur l'honneur de Susanne, fut épouvanté par une brillante clarté qui enveloppa Susanne, ce qui lui fit connoître qu'elle étoit Chrétienne. Alors on voulut l'obliger d'adorer une Statuë de Jupiter, mais cette Sainte fille n'ayant pas voulu se soüiller de ce sacrilege, on lui fit couper la tête dans sa propre maison, où l'Impetatrice Serene étant allée de nuit, eut soin de faire embaumer son cops dont elle essuya le sang avec un voile qu'elle enferma dans un petit coffre d'argent, devant lequel elle alla faire ses prieres en secret durant le reste de sa vie, qu'elle finit tranquillement.

C'est en abregé l'Histoire du martyre de Sainte Susanne; mais sans toucher au fond de ce martyre, il est constant que les principales circonstances en sont fausses, Car s'il faut s'en rapporter aux Actes de Sainte-Susanne

Tristan dans ses Commentaires historiques, croit que la femme de Diocletien qu'il appelle Serena, pouvoit être fille de Serenus, à qui est adressée une loi (*a* de Diocletien, & qui exerçoit dans Rome une des plus importantes Charges de la Police. Quoiqu'il en soit, c'étoit une femme née avec d'heureuses inclinations pour le bien.

a *L. 2. Cod. rer. amot.*

& de Saint Marcel, il faut absolument rejetter Lactance, dont l'autorité est certainement d'un grand poids, puisque c'est un Historien contemporain, ce qui est d'abord une grande extremité. Je sçai qu'il y a des Modernes qui doutent que le Livre *De Mortibus persecutorum* attribué à Lactance soit de lui, mais leurs conjectures me paroissent trop foibles pour ôter à ce Livre l'autorité qu'il a, & pour lui donner un autre Auteur. D'ailleurs, indépendamment de l'autorité de Lactance ou de l'Auteur du Livre *De Mortibus persecutorum*, on a de très-bonnes raisons pour révoquer en doute plusieurs circonstances de l'Histoire de Susanne. Car par exemple s'il étoit vrai que Valerie fût morte peu de tems après son mariage avec Galere, quelle apparence qu'après que Galere eut dompté les Perses, on eût donné à une partie de la Pannonie

& à une Ville assise sur le bord du Danube, le nom de Valerie pour faire honneur à la fille de Diocletien, si cette Princesse étoit morte avant cette expedition comme on le suppose? cela est difficile à croire, car on n'accordoit gueres d'autres honneurs aux Imperatrices décedées, que l'immortalité & les honneurs divins, & nous trouvons dans Ammian Marcellin lib. 19. cap. 10. que ce fut à l'honneur de Valerie fille de Diocletien qu'on donna le nom de Valerie à une partie de la Pannonie : *Ad honorem Valeriæ Diocletiani filiæ.* Or si elle eût été morte pour lors, comme on doit l'inferer de ces Actes, ç'auroit été à l'honneur de Diocletien même qu'on auroit donné à une partie de la Pannonie, le nom de sa fille, & Marcellin n'auroit pas dit que ç'eut été à l'honneur de Valerie même.

Il est difficile de ne pas croire qu'elle n'eût quelque connoissance de la Religion chrétienne, & qu'elle ne la professât dans le secret de son cœur. La sagesse de sa conduite, l'austerité de ses mœurs, sa modération sur le Trône de l'Empire, sa patience durant les differentes persécutions qu'elle eut à essuyer, semblent rendre témoignages à sa Foi. 2)

2. Tout le monde ne convient point que Prisque & Valerie fussent Chrétiennes. Lactance, de l'autorité duquel je me sers pour prouver leur Christianisme, parle d'une maniere fort obscure. Un sçavant Moderne prétend inferer qu'elles n'étoient point Chrétiennes, de ces paroles même de Lactance, qui dit qu'elles furent mises à mort : *Non propter Religionem, sed conditionem & pudicitiam.* Mais il n'a pas fait réfléxion peut-être que Licinius qui les fit mourir favorisoit alors le Christianisme, puisqu'il n'avoit vaincu Maximin que par un secours particulier du Dieu des Chrétiens, & qu'il n'avoit garde d'ôter la vie à ces deux Imperatrices pour cause de Christianisme, puisqu'il avoit eu des preuves utiles de la verité de cette Religion, ainsi les paroles de Lactance ne peuvent point porter à croire que Prisque & sa fille ne fussent Chrétiennes. Il est d'ailleurs constant que Maximin ne persécuta Valerie qu'à cause du refus qu'elle fit de l'épouser, sous prétexte qu'elle étoit veuve de son Oncle, & qu'elle étoit dans l'année du deüil, & voilà pourquoi Lactance dit, *Non propter Religionem, sed conditionem & pudicitiam.* Rufin favorise fort le sentiment de ceux qui font Prisque & Valerie Chrétiennes, lorsqu'il dit que plusieurs Empereurs laissoient à leurs femmes & à leurs domestiques la liberté de croire en Jesus-Christ, & de vivre selon les maximes du Christianisme. Après tout, si elles n'étoient point Chrétiennes, d'où vient qu'on les força de sacrifier aux Dieux ! auroit il été necessaire d'employer la violence pour leur arracher des hommages qu'elles rendoient volontairement aux Idoles, cela est paradoxe.

Elle

Elle se maria avec Diocletien 3) qui remplissoit avec honneur les plus belles Charges de la Milice, & eut de ce mariage une fille appellée Valerie. Celle-ci naquit avec tous les appanages de la beauté, qu'elle honnora par la régularité de sa vie. Prisca fit de l'éducation de sa fille l'objet d'une attention très-appliquée, elle lui inspira ses sentimens & l'instruisit des maximes de la Religion Chrétienne qu'elle professoit secretement ; aussi l'on vit la jeune Princesse marcher toute sa vie sur les traces de sa mere, & rendre un précieux fruit aux leçons de sagesse que Prisca lui avoit donnée, & c'est ainsi qu'il ne dépend pour l'ordinaire que d'une mere de composer les mœurs de ses filles.

Après la mort de Numerien, l'Armée Romaine que l'Empereur Carus avoit menée en Perse, élut Diocletien qui passoit pour un des Généraux le plus experimenté, & qu'on regardoit comme le plus capable de gouverner & de défendre l'Empire. Il étoit né dans la Dalmatie, d'une famille non seulement obscure, mais même très-basse ; on a dit de lui qu'il avoit été (*b*

b *Eutropin. Dioclet.*

3. Diocletien s'appella Diocles jusqu'à ce qu'il fut Empereur. Sa mere se nommoit Dioclée & sa Patrie aussi. Les uns le font fils d'un Greffier, d'autres prétendent qu'il n'étoit qu'Affranchi du Senateur Anulin.

un très-grand & très-méchant Prince ; en
effet de grands vices accompagnerent en lui
de grands talens. Il étoit d'une taille avantageuse , d'un air grave & fier , mais d'un
visage rude & grossier ; mesuré dans ses
démarches , couvert & dissimulé , n'agis-
sant qu'avec réflexion , ne donnant rien au
hazard , ni formant que de grands desseins
& ne les exécutant qu'après avoir prévû
tout ce qui pouvoit en arrêter le succès. Il
fut presque toûjours victorieux où il porta ses Armes , & l'on ne put jamais l'accuser d'avoir manqué son coup par sa faute.
Il avoit un esprit fertile en expediens ; &
dans les affaires les plus désesperées , &
qui paroissoient sans ressource , quelque
remede s'offroit toûjours à la superiorité
de sa prudence. Il fut noblement jaloux de
la gloire de l'Empire , il fit fleurir la justice & les sciences , & il mérita la loüange
flateuse qu'on lui donna , d'avoir ramené
le siecle d'or. Avant qu'il fût Empereur , il
avoit accoutumé de dire , qu'il n'y avoit
rien de plus difficile que de bien regner ,
& il justifia dans la suite cette maxime par
sa conduite : car quoi qu'il eût résolu d'i-
miter Marc-Antonin , il resta infiniment
au dessous de ce modele , & n'eut presque
aucune des vertus de ce grand Empereur.
Maître de ses passions , il sçut à la vérité

leur donner un frein & les soumettre à ses réflexions ; mais c'étoit une victoire qu'il devoit à sa politique & non à sa vertu. Il voulut donner le change au Public & il réüssit, car on le crut éxempt des vices 4.) qu'il prenoit soin de cacher, & de là vient qu'il passa pour avoir de la douceur, quoi qu'il fût colere & même cruel. Il porta son orgüeil jusqu'à l'impieté ; il prit le ti-tre de Seigneur & se laissa rendre les mê-mes honneurs qu'on rendoit aux Dieux. Sa vanité se montra dans le luxe de ses ha-bits, il portoit des souliers ornés de pier-reries, étalant jusques sur ses pieds l'inso-lence de son faste ; il brûla encore d'un ava-rice sordide, qui pour amasser de l'argent, lui fit (c commettre les plus criantes in-justices, dont sa politique sçavoit rejetter la honte sur ceux qu'il chargeoit de l'éxé-cution de ses violences.

Lorsque Diocletien eut été proclamé Empereur, le Senat selon la coutume dé-cerna à Prisca le titre d'Auguste ; cette honneur au lieu de nuire à la modestie de la nouvelle Imperatrice, lui donna au con-traire un nouvel éclat. Prisca sur le plus brillant Trône du monde, conserva cette

c *Lactan. de mortib. persecut.*

4. *Morigeratus Callide fuit.*

modération, qui dans sa premiere condition la rendoit si estimable, & fit voir qu'il
y a des ames fortes qui ne se laissent point
éblouïr à l'éclat imposant d'une grande
fortune. L'on ne sçait pas si cette Princesse
accompagna son Epoux lorsqu'il alla à Rome pour y faire confirmer son Election;
mais on croit avec beaucoup de fondement
qu'elle étoit en Orient, lorsque Diocletien associa à l'Empire son ancien ami
Maximien, qui prit le surnom d'Hercule.

Celui-ci n'avoit d'autre mérite que d'a-
voir bien servi sous les Empereurs précedens: car outre qu'il étoit d'une extraction
trop obscure, il avoit tous les vices des
Tyrans les plus décriés. Il étoit brutal &
si emporté, que dans les momens orageux
de sa colere, rien n'étoit inviolable pour
elle; jamais le fisc ne fut si redoutable que
sous son regne. Avare, injuste, sans honneur & sans foi, il imposoit des crimes à
ceux, des biens desquels il vouloit s'emparer; il suscitoit des accusations calom-
nieuses aux Senateurs qui étoient riches;
il faisoit confisquer leurs biens à son profit, & leur faisoit reprocher d'avoir aspiré
à la Tyrannie, afin de donner un prétexte
à la sienne. Il avoit des mœurs extrêmement corrompuës. Il deshonora ses mariages par ses débauches; un amour de devoir

n'eût pour lui que des plaisirs insipides : il enlevoit les filles qui lui plaisoient, à la vuë même de leurs peres qu'il rendoit les tristes témoins de la perte de leur pudicité ; de maniere, dit un Historien, (*d* que si sa valeur rendoit ses voyages dangereux pour les ennemis, sa lubricité les rendoit redoutables aux femmes dans les lieux où il passoit, en tenant leur pudeur sans cesse en allarme. Son corps au reste n'étoit pas mieux fait que son ame, il en étoit au contraire un fidele miroir ; car Hercule étoit à la vérité grand , mais il avoit des traits grossiers & un air sauvage ; le tour de son visage étoit laid, son regard farouche, son teint noir, sa barbe très-épaisse , & tout le corps extrêmement chargé de poil, aussi il n'est pas surprenant si ce présentant par des endroits si rebutant à l'Imperatrice Eutropie son Epouse, il ne put défendre le cœur de cette belle Syrienne , contre les attentats d'un Amant tendre, passionné & bien fait, & dont le mérite rendoit les défauts d'Hercule plus sensibles.

Galeria-Valeria-Eutropia 5) étoit Syrienne & avoit les vices de sa Nation. Il

---

d *Lactan. de mortib. persecut. c. 8.*

5. Eutropie étoit son veritable nom. Elle porta les autres après son mariage , parce que les femmes prenoient souvent dans ce tems là les noms de leurs maris.

Z iij

y en a qui croyent qu'elle (*e* étoit parente
ou alliée d'Eutropius pere de l'Empereur
Conftance. Elle avoit une beauté piquante, une humeur enjoüée, beaucoup de
penchant pour les divertiffemens, une
complexion tendre, & une vertu d'affez facile compofition. Elle fe maria fort jeune
avec un Syrien dont on ignore le nom, &
la famille; de ce mariage naquit Theodora
6) que nous verrons fur le Trône, & peu
de tems après elle perdit fon mari.

Les charmes de cette belle Syrienne ne
perdirent rien de leur force & de leur vivacité fous les habits lugubres de fon deüil,
fa beauté fembla au contraire en recevoir
plus d'éclat, & il n'y a pas apparence que
la douleur d'Eutropie fût affez grande pour
affoiblir les appas de fon vifage. Il n'eft
point de cœur plus difpofé à recevoir de
la confolation, que celui d'une veuve jeune
& aimable, dont l'humeur folâtre réfifte
à la trifteffe & au férieux, & qui voit une
foule d'adorateurs empreffés à la dédom-
mager de fa perte. Un Amant plein de vie
efface bientôt l'image d'un mari mort, un
cœur fe laffe de foupirer vainement après

e *Julian. Cafar. or* I. *Victor. Epit.*

6. Elle eft fouvent nom-   Flaviana Maximiana Theo-
mée dans les Medailles,   dora.

une ombre, & d'user sa tendresse pour un
objet qui ne peut plus qu'amuser son imagination. Eutropie rendit à la mémoire
du Syrien, les devoirs que la bienséance
exigeoit d'elle, & songea à le remplacer
par quelque nouvelle conquête : elle en fit
une illustre en inspirant de l'amour à Hercule. Ce Prince qui sous un exterieur assez
brusque avoit un cœur sensible, fut épris
des charmes d'Eutropie & il l'en fit bien-
tôt appercevoir.

Hercule étoit d'une figure désagréable,
& n'avoit rien dans ses manieres qui ne fût
rebutant ; il n'étoit pas plus en état de plaire par son esprit que par sa personne, il
l'avoit inculte & grossier, & n'étoit point
capable d'exprimer galamment sa passion ;
mais sa fortune parloit pour lui, & l'éclat
de sa pourpre faisoit bien autant d'im-
pression sur l'esprit & sur le cœur d'Eutropie, que celui du merite le plus complet.
La puissance souveraine est un voile brillant qui rend imperceptible les défauts de
celui qui en est revêtu. Un Amant qui porte
une couronne est toûjours vû de bon œil,
& les regards d'une Maîtresse, arrêtés sur
cette marque de Dignité, n'ont pas le
tems de voir les imperfections de son
corps ; aussi quoi qu'Eutropie eût grand
nombre de soupirans, qui par leur mérite

Z iiij

personnel étoient plus digne de sa tendresse qu'Hercule, celui-ci fut écouté préférablement aux autres, parce qu'il étoit plus en état de satisfaire l'ambition d'Eutropie.

Des raisons d'Etat pourroient sans doute avoir été le motif du choix que cet Empereur fit d'Eutropie pour femme, s'il est vrai qu'elle fut parente d'Eutrope & par conséquent de Constance, son fils. Les Empereurs affectoient de prendre pour femme des Princesses de leur sang, ou de leur alliance, car nous verrons que lorsque Constance fut associé à la Dignité Imperiale : on l'obligea de répudier son Epouse Helene, pour prendre la belle-fille d'Hercule ; de maniere que Diocletien ayant formé le dessein d'élever Constance à l'Empire, qui avoit merité cette Dignité, & qui rendoit tous les jours d'importans services à l'Etat, il pourroit être qu'il eût engagé Hercule à épouser Eutropie afin de l'unir par avance aux Empereurs par cette alliance. Quoi qu'il en soit, ce fut pour la premiere fois que l'on vit deux Imperatrices regner à la fois, & partager les honneurs attachés à la suprême autorité.

Il est vrai que Faustine femme de Marc-Aurele, & Lucille femme de Lucius Verus possederent en même tems la même dignité, comme dans la suite, Julie femme de Severe & Plautille femme de Caracalla; mais nous avons vû que celle-ci ne fut pas regardée par son Epoux comme sa femme, parce que Severe son pere l'avoit forcée de l'épouser; elle vêcut à la Cour comme fille de Plautien seulement, plûtôt que comme femme du Prince, & qu'elle n'eut même aucun crédit. Pour Faustine & Lucille, outre que celle-là eut toûjours sur sa fille une superiorité d'autorité que sa qualité de mere lui donnoit; on pouvoit regarder la mere & la fille comme la même personne : en effet Lucille ne pouvoit pas être jalouse des honneurs qu'on accordoit à sa mere, & Faustine voyoit sans envie déferer à sa fille des hommages qu'elle lui avoit procuré. Mais lorsqu'après la mort de Faustine, Commode eut épousé Crispine, les choses allerent autrement. Cette Imperatrice prétendit joüir elle seule des honneurs, dont les femmes des Empereurs étoient en possession de joüir, & qu'elle disoit ne devoir être accordés qu'aux Imperatrices regnantes; elle ne voulut point les partager avec sa belle-sœur, qui se les arrogeoit comme veuve d'un Empereur, & nous avons vû les désordres que causa à la Cour la jalousie irritée de ces Princesses.

Prisca n'eut point cette chagrine délicatesse, elle vit sans aucune peine assise
avec elle sur le Trône l'Epouse d'Hercule,
avec qui son mari avoit bien voulu partager l'Empire, & reçut sans jalousie une
compagne dans sa dignité, Diocletien
ayant pris de si bonne grace un Collegue.
Mais il y eut bien à dire qu'Eutropie fit
autant d'honneur au Trône que Prisca.
Celle-ci conduite par les lumieres d'une
saine raison, & peut-être par les maximes
d'une Religion sainte, honora son rang &
son élévation par sa sagesse,& mena une vie
qui ne fut jamais sujette au moindre soupçon. Eutropie au contraire se permit des
indécences, qui rendirent sa réputation
assez équivoque. Il est vrai que d'abord
qu'elle fut sur le Trône, elle garda des
mesures ; mais le génie de sa nation & son
propre tempéramment la ramenerent bien-
tôt aux plaisirs ; & quelque rude & peu
complaisant que fût Hercule,dont la jalousie devoit être redoutable elle ne laissa pas
d'aimer un Syrien,qui par des manieres tendres & polies, sçut s'insinuer dans ses bonnes graces. Un Compatriote entre dans le
cœur d'une femme bien plus facilement
qu'un autre, qui est obligé à beaucoup de
bienséances c'est un privilege qu'il a sur
l'Etranger. Nous avons un secret penchant

pour ceux de notre Patrie, il y a dans le fond de notre cœur une certaine tendreſſe nationale qui parle pour eux. Eutropie la ſentoit pour le Syrien, qui d'ailleurs ſe montroit à elle par des endroits bien plus aimables que les manieres bruſques d'Hercule; & ſon ambition s'étant jointe à ſa paſſion, elle n'eut ni aſſez de vertu, ni aſſez de force pour s'oppoſer aux attentats de cet Amant.

Il y avoit déja quelques années qu'elle avoit épouſé Hercule, ſans qu'elle donnât aucune marque de fécondité, & Hercule en paroiſſoit extrêmement (f affligé, parce qu'il ſouhaittoit avec paſſion d'avoir des ſucceſſeurs de ſon ſang. L'Imperatrice connoiſſoit cette foibleſſe de ſon Epoux & cela ne contribua pas peu à l'engager dans les ſiennes. Le crime fut fécond, Eutropie devint enceinte, & l'Empereur fut dans le comble d'une joye exceſſive, de laquelle rien n'émouſſoit la vivacité, que la crainte qu'il avoit de voir naître une fille; mais ſes déſirs eurent leur accompliſſement; Eutropie mit au monde un fils qui fut appellé Maxence. Le crédule Empereur le reçut avec les plus vifs tranſports d'une allegreſſe d'autant plus ſenſible, qu'elle avoit été ardemment déſirée, & il fit élever cet-

f Vita Conſtantin. Autor. Anoni.

te honteuſe production du libertinage de
ſa femme avec autant de ſoin & de tendreſſe, que s'il eût été le fruit légitime de
ſon mariage.

Il y a des Auteurs qui font la fourbe-
moins criminelle. Ils racontent (**g**
qu'Hercule ſouhaitant de perpetuer l'Empire dans ſa famille , & ayant eu la ſatisfaction de voir Eutropie enceinte , attendoit avec une grande impatience qu'elle mît au monde un fils , & qu'Eutropie
n'étant accouchée que d'une fille , ſubſti-
tua adroitement à ſa place un enfant mâle , afin de ſe procurer les complaiſances
qu'auroit pour elle ſon Epoux , ſi elle
rempliſſoit ſes eſperances. Je dois dire
auſſi pour l'honneur de cette Imperatrice,
qu'il y a des Hiſtoriens qui font Maxence
veritable fils d'Hercule. Quoiqu'il en ſoit,
cet Empereur plus intereſſé que perſonne
dans la naiſſance de ce Prince, le regarda
comme ſon fils , & lui fit part de ſa Fortune, en l'élevant dans la ſuite à l'Empire.

Lorſqu'il y fut lui-même aſſocié par
Diocletien , celui-ci n'avoit pas moins
conſulté ſes propres interêts , que l'amitié qu'il avoit pour l'autre. Il voyoit les
Provinces expoſées aux incurſions des

g. *Eutrop.*

Barbares & aux ufurpations des Tyrans;
& comme il étoit difficile qu'un feul Empereur pût combattre tant d'ennemis à la fois, il fut bien aife de fe décharger fur un Collegue, d'une partie du poids du Gouvernement. Hercule lui fit voir qu'il étoit capable de remplir fes vûës; car ayant été envoyé contre Ælien & Amand, qui s'étoient mis à la tête de quelques Brigands dans les Gaules, il diffipa dans peu de tems cette dangereufe Faction; mais auffi il donna dans cette occafion une preuve de fa cruauté, en faifant inhumainement maffacrer l'entiere Legion Thebaine, qui étoit compofée de Chrétiens, & commandée par Maurice Général de mérite, qui fçavoit rendre à Cefar ce qu'il lui devoit, mais qui n'étoit pas homme à préferer Cefar à Dieu, & à ménager fa fortune au dépens de fa Religion. En effet, Hercule ayant voulu offrir des victimes à fes Dieux pour fe les rendre favorables, Maurice auffi bien que les Officiers & les Soldats de fa Troupe, ne voulant pas commettre cette idolatrie, fe retirerent à l'écart, afin de ne pas participer à l'impureté de ce Sacrifice. l'Empereur follicité par fa fuperftition à venger fes Dieux méprifés, ne crut point leur pouvoir offrir de plus agréable Victime que

Maurice qu'il fit mourir; & afin d'intimider la Legion par la punition de plufieurs Soldats, il la fit décimer. Ceux fur
qui le fort tomba, montrerent tant de
joye de pouvoir imiter leur Colonel, &
fouffrirent les fupplices aufquels ils furent condamnés avec tant d'intrepidité,
que le Tyran irrité de fe voir vaincu par
les Saints Martyrs, fit paffer au fil de l'é-
pée la Legion entiere.

Cette violence fut comme le fignal de
la perfecution qui s'alluma contre l'E-
glife, & qui fut une des plus terribles
& plus orageufes tempêtes qu'elle ait ef-
fuyée; car comme l'Oracle d'Appollon
que les Empereurs avoient confulté, eut
répondu que les Juftes de la terre l'empê-
choient de parler, on ne douta point que
les Chrétiens ne fuffent défignés par ces
termes, & ils réfolurent de les exterminer pour toûjours. Diocletien qui étoit
fuperftitieufement jaloux de l'honneur de
fes Dieux, commença par fa propre famille, & le premier acte de la perfecution
fe fit dans fon Palais même.

L'Imperatrice Prifca avoit pour la Religion Chrétienne, des fentimens de vénération qu'elle avoit eu foin d'infpirer à
la Princeffe Valerie fa fille, & fi elles ne
confeffoient point publiquement Jefus-

Chriſt devant les hommes, elles lui offroient le ſacrifice interieur de leur cœur.
Il eſt difficile de croire que Diocletien
ignorât l'inclination que ces deux Princeſſes avoient pour la Religion des Chrétiens. Leur négligence pour le culte des
Dieux de Rome, leur éloignement pour
tous les plaiſirs, leur compaſſion pour les
Fidelles perſécutés, devoient l'avoir averti qu'elles portoient leurs adorations à
quelque autre Divinité, & elles n'avoient
pû ſans doute ſi bien s'obſerver, qu'elles
n'euſſent laiſſé découvrir des ſentimens
favorables au Chrſtianiſme, que l'Empereur avoit en horreur. La tendreſſe que
Diocletien avoit pour ſon Epouſe & pour
ſa fille, avoit été ſouvent aux priſes dans
ſon cœur avec ſon zéle pour l'honneur de
ſes Dieux, & elle avoit ſouvent arrêté l'é-
xecution des conſeils que lui donnoient les
Miniſtres des faux Dieux, parce qu'il ne
vouloit pas contriſter deux perſonnes qu'il
aimoit tendrement ; mais d'abord que
l'Oracle eut reveillé ſa ſuperſtition, &
qu'il parut oppoſé aux Chrétiens, il forma
le deſſein d'abolir entierement le Chriſtianiſme, & de faire adorer ſes Dieux, &
ſur tout Jupiter & Hercule ; & afin de ne
pas les irriter par aucune exception qui
pût éxciter leur colere, il s'imagina qu'il

devoit commencer par leur offrir des Sacrifices par les plus auguſtes perſonnes de
l'Empire.

Il ſemble que dans cette conduite de
Diocletien, il y avoit une grande imprudence, & que cet Empereur, d'ailleurs ſi
éclairé & ſi meſuré dans ſes deſſeins, ne
s'accordoit pas trop avec lui-même ; car on
ne peut diſconvenir qu'il n'eût une extreme
tendreſſe pour Valerie ſa fille unique, &
qu'il n'aimât auſſi l'Imperatrice ſon Epouſe, dont la conduite & le mérite étoient
ſi dignes de ſon amour & de ſon eſtime ;
cependant en leur commandant de ſacrifier aux Dieux, il s'éxpoſoit à la triſte né-
ceſſité de les voir mépriſés, par le refus
qu'il devoit craindre qu'elles feroient,
d'offrir de l'encens à des Divinités qu'elles
regardoient comme fabuleuſes, ou d'être
forcé de leur ſacrifier ſes plus cheres victimes. Cependant cette facheuſe alternative n'arrêta point ſes réſolutions ; ſon ſu-
perſtitieux entêtement l'emporta ſur ſa
tendreſſe ; il crut qu'il ne devoit rien ménager lorſqu'il s'agiſſoit du culte de ſes
Idoles, & que ſa famille devoit à tout
l'Empire l'éxemple de ſa ſoumiſſion aux
ordres des Empereurs, & du zéle qui
étoit dû aux Dieux tutelaires de la République.

C'étoit

C'étoit pour ces Princesses une heureuse conjoncture, & elles avoient une belle
occasion d'illustrer saintement leur nom
& de faire honneur à leur foi, en refusant
de rendre à de faux Dieux, les hommages
qu'on exigeoit d'elles, & qu'elles sçavoient n'être dûs qu'au veritable. C'auroit été sans doute un glorieux triomphe
pour la Religion de Jesus-Christ, de vaincre dans le Palais même de son Persécu-
teur, & de vaincre le Tyran par l'intrepidité de ce qu'il avoit de plus cher ; mais
soit que Prisca & Valerie redoutassent la
colere de Diocletien, laquelle ne s'allu-
moit jamais avec plus de fureur, que lorsqu'il avoit à venger ses Dieux méprisés,
soit que leur Christianisme fût encore imparfait, & leur foi timide, ou qu'elles ne
fussent pas assez instruites des maximes
d'une Religion, qui ordonne de confesser le
nom de son divin Auteur au péril même de
la vie, devant les Puissances de la terre, &
de ne pas craindre ceux qui ne peuvent
tuer que le corps, elles eurent la foiblesse
de présenter des Sacrifices à de fausses Divinités, & de leur rendre des honneurs, qui
pour être désavoüés dans leur cœur, n'en
étoient pas moins sacrileges. Elles prefere-
rent à leur salut, une vie qu'il semble qu'elles ne conserverent que pour la passer dans

l'amertume & dans les chagrins ; car en croyant se racheter de la persécution de Diocletien, par l'impie complaisance qu'elles eurent pour ses volontés, elles en trouverent une autre, & aussi dure & plus longue. Le mauvais exemple de ces Princesses eut à la verité beaucoup d'imitateurs, mais il ne fit point de mauvaises impressions sur un grand nombre de Chrétiens, qui scelerent leur foi de leur sang. Le Palais même des Empereurs servit de Theatre au triomphe de quelques-uns de leurs Officiers, qui essuyerent toute leur rage avec un front serain, & un courage que ni leurs menaces ni leurs promesses, ne purent ébranler ; & l'on vit sur tout Sebastien Capitaine de la premiere Compagnie des Gardes Prétoriennes, Officier de mérite, aimé & estimé des Empereurs, faire une généreuse confession de Jesus-Christ, en présence de toute la Cour, confondre Diocletien par la force de son zéle, & souffrir deux fois le Martyre à la vûë de toute la Ville de Rome.

Cependant les Empereurs ne tirerent point de leur cruauté contre les Chrétiens, les avantages qu'ils s'en étoient promis. Ils ne pûrent obtenir la paix de l'Empire qu'ils s'étoient imaginés que leurs Dieux appaisés accorderoient aux

torrens de fang qui inonderent prefque
toutes les Provinces, où les Fidelles furent expofés à tous les tourmens que peut
inventer la malice des hommes animés
par celle de l'Enfer ; au contraire de nouvelles révoltes firent naître de nouvelles
guerres, & la Puiffance Souveraine ne fut
jamais en proye à tant d'ufurpateurs. Ca-
raufe fe fouleva en Angleterre, où il exerça une puiffance auffi abfoluë, que fi elle
eût été légitime. Les Perfes conduits par
Narfés leur Roy, firent des irruptions
dans tout l'Orient. L'Egypte s'étoit vû
forcée de recevoir un nouveau Maître
dans la perfonne d'Achillée, qui dans
Alexandrie s'étoit revêtu de la Pourpre :
& l'Italie même gemiffoit fous la tyrannie de Julien qui s'étoit fait lui-même
Augufte ; de forte qu'il fembloit que tous
ces Ennemis s'étoient foulevés comme de
concert, pour fe partager entr'eux les Provinces de l'Empire.

Diocletien & Hercule fe voyant fur les
bras tant de guerres, réfolurent de choifir
d'autres Collegues, qui fuffent intereffés
comme eux à défendre l'Empire. Ils donnerent la dignité de Cefar à Galere & à Conftance, Généraux très-capables de dompter les Rebelles, & de défendre les Provinces qui leur feroient confiées. Caïus

A a ij

Galerius Valerius Maximianus, étoit fils d'un Payfan d'Illyrie, & avoit pour mere Romula Payfanne, qui avoit contre les Chrétiens une haine implacable, qu'elle eut grand foin d'infpirer à fon fils; funefte levain qui ne fermenta que trop dans fon cœur. Il avoit employé fa jeuneffe à garder des troupeaux, d'où il eut le furnom d'Armentaire ; & enfuite il prit le parti des armes, où il devint très-habile, & où il fut très-heureux. Cependant l'air de l'Armée & le féjour qu'il fit à la Cour, ne purent point changer fes mœurs ; & dans les Emplois les plus élevés & les plus brillans, il eut des manieres rudes & groffieres, & fe fentit toûjours de la rufticité de fa naiffance. Il étoit à la verité bon homme de guerre, mais aux talens militaires près, il n'eut aucune bonne qualité. Il avoit dans la phifionomie quelque chofe de fombre, qui marquoit fon naturel âpre & rébarbaratif ; & fa voix rude, fon regard farouche, fon front prefque toujours ridé, infpiroient de l'averfioin pour fa perfonne. Il avoit les paffions des Empereurs les plus diffamés, & les affouviffoit avec une extrême brutalité. Dur & inflexible, il exerçoit une juftice fauvage & ne la temperoit jamais par la douceur, qui convient fi bien aux Princes. Sa vanité furpaffa celle des Empereurs aufquels l'on a le plus reproché ce vice, & malgré la baffeffe de fa naiffance, il porta fi loin fon orgüeil, que non content d'être au-deffus du refte des hommes par fon rang, il voulut encore les furpaffer par l'honneur & le privilege de fon origine, en fe difant fils du Dieu Mars, & en faifant croire que Romula fa mere, l'avoit conçû d'un Dragon, n'ayant pas honte de la deshonorer par l'horreur d'un fi monftrueux accouplement, afin de fe faire une naiffance fabuleufement illuftre. Il fut encore fordidement avare, & pour contenter fon infatiable cupidité, il faifoit gemir les Provinces fous le fleau de fes exactions. En un mot, il ne cedoit en aucun vice à fes Collegues, qui peut-être rechercherent en lui la reffemblance des mœurs, en l'affociant à leur puiffance.

Jule Flave Conftance, étoit fils d'Eutrope, un des plus grands Seigneurs de la Dardanie, & de Claudia fille de Crifpus, frere de l'Empereur Claude le Gothique, & il honora la nobleffe de fon extraction par l'éclat des plus rares vertus, & furtout par une grande douceur, une honnêteté généreufe, & une affabilité noble, & en même tems engageante. Il étoit né

avec des mœurs faciles , & une modération digne de la fortune à laquelle il fut
élevé. Il ne fit jamais entrer dans les coffres du Fifc , les richeffes des Provinces ;
& on lui entendit dire fouvent, qu'il aimoit mieux voir l'or courir dans les mains
des particuliers , que caché dans les tréfors du Prince. Du refte il s'étoit acquis
une fi grande réputation dans les Armées,
que Carus l'avoit jugé digne de l'Empire.
Avant qu'il fût élevé à la Dignité de Cefar , il avoit époufé Heleine , de laquelle
nous parlerons dans le Tome fuivant ;
mais il fut obligé de la répudier , pour fe
conformer aux volontés de Diocletien &
d'Hercule , qui lui firent prendre Theodora fille d'Eutropie.

Ce fut prefque dans ce même tems ,
que Maximien Galere époufa la Princeffe
Valerie. Il y a apparence que Diocletien
lorfqu'il la lui donna , ne confulta pas trop
l'inclination de fa fille ; car enfin Galere
n'avoit aucune belle qualité , qui lui méritât la tendreffe d'une Princeffe fi accom-
plie. Il menoit d'ailleurs une vie fort dif-
foluë , car fa premiere Epoufe n'avoit pû
fixer fon cœur. Auffi durant fon fecond
mariage , il donna aux féduifantes affe-
teries d'une Concubine , les empreffemens
qu'il devoit aux graces pudiques de Vale-

rie. Il est vrai que cette Princesse vit ces
infidelités sans émotion. Son ame épurée
par sa vertu, fut inaccessible aux tourmens de la jalousie ; non-seulement elle
vit sans se plaindre, Galere courir après
des plaisirs étrangers ; mais même elle lui
donna, malgré l'affront qu'il lui faisoit,
des marques d'une affection dont il n'é-
toit pas digne ; car voyant que son mariage étoit sterile, elle adopta Candidien,
qui étoit le fruit de la débauche de son
Epoux.

Par la création des nouveaux Cesars,
l'on vit quatre Imperatrices sur le Trône.
Il y a apparence que Prisca qui étoit la
plus ancienne, eut sur les autres une espece
de superiorité. C'étoit à Diocletien que les
autres Empereurs devoient leur fortune,
la reconnoissance exigeoit d'eux que leurs
femmes cedassent la préeminence du rang
à l'Epouse de leur Bienfaiteur ; mais elles ne furent point trop souvent exposées à la jalousie & aux disputes que fait
naître l'égalité des conditions & des
dignités. Les Empereurs ayant fait un
Partage des Provinces, afin que chacun
défendît contre les Barbares, & contre
les Tyrans, celles qui lui étoient confiées ; les Imperatrices suivirent le sort de
leurs Epoux, & chacune en particulier

joüit de tous les honneurs attachés à la suprême puiſſance.

On envoya Galere contre les Perſes, qui s'étoient déja rendus Maîtres de la Méſopotamie. Sa première Campagne ne fut pas heureuſe, car il fut défait par les Barbares. Diocletien apprit cette nouvelle avec un chagrin, dont il laiſſa voir l'amertume à ſon beau-fils, car il le reçut ſi froidement, (*h* qu'il permit que Galere ſuivît ſa Litiere à pied pendant demi heure, quoiqu'il fût revêtu de ſa Pourpre, dont l'éclat ne ſervoit qu'à augmenter ſa confuſion. Cette infortune n'abbattit point toutesfois le courage de Galere ; il mit ſur pied une puiſſante Armée, & marcha de nouveau contre les Perſes. L'Imperatrice Valerie le ſuivit dans cette Expedition, & elle en partagea avec lui les travaux & la gloire. On prétend même qu'elle (*i* facilita à ſon Epoux, les moyens de vaincre les Ennemis ; car comme Diocletien avoit pour ſa fille une grande tendreſſe, elle en obtint tous les ſecours, dont Galere avoit beſoin pour frapper un coup ſûr, & elle affectionna ſi fort les Legions au ſervice de ce Prince par les liberalités qu'elle ré-

h *Ammian. Marcel. lib.* 14. *Eutrop.* i *Triſtan. Comment. Hiſtor.*

pandit

pandit dans l'Armée, qu'il n'y eut point de Soldat qui ne fût prêt à expofer fa vie pour rétablir la réputation des Armes Romaines. Elles furent en effet victorieufes des Barbares, que Galere défit dans la haute Arménie. Narfés leur Roi contraint à prendre précipitamment la fuite, abandonna fon Camp aux vainqueurs, la Reine fa femme, les Princeffes fes fœurs, fes enfans, fon tréfor & tout fon équipage. Tout ce qui avoit été conquis fur les Romains l'année précedente, revint fous leur domination ; & fi Galere eut comme il l'avoit réfolu, pouffé plus loin fes conquêtes, il ruinoit abfolument l'Empire des Perfes. Mais la jaloufie de Diocletien fut une reffource pour ces Barbares : cet Empereur vit avec envie les Lauriers dont Galere fe couvroit, & le rappella fous prétexte de vouloir le faire délaffer de fes fatigues, & de le faire joüir de l'honneur du Triomphe.

Dans les Gaules, Conftance éprouva les mêmes viciffitudes du fort aufquelles Galere avoit été expofé en Orient, & après avoir été furpris par les Ennemis de l'Empire, il les défit près de Langres. Hercule foumit auffi les Affricains, & Diocletien ayant défait le Tyran Achillée, fe rendit Maître de toute l'Egypte;

Tome III. B b

de sorte que les quatre Empereurs eurent la gloire d'avoir rétabli les affaires de la République. Le Senat leur décerna l'honneur du Triomphe, & Diocletien accompagné d'Hercule, alla à Rome pour y joüir du fruit de ses victoires. L'Imperatrice Eutropie suivit son Epoux, quoiqu'elle fût dans une grossesse fort avancée. Elle n'avoit jamais été à Rome, & elle souhaitoit fort de voir cette Capitale de l'Empire. Elle y porta un sujet d'une nouvelle joie, en y accouchant d'une fille qui fut appellée Fausta. 7) La naissance de cette Princesse fut un surcroit d'allegresse pour les Romains, & elle contribua à rendre la cérémonie du Triomphe des Empereurs plus somptueuse. On la fit avec tout l'appareil qui pouvoit leur faire honneur & flater leur vanité ; on célébra leurs victoires avec des réjoüissances extraordinaires, & tous les Ordres de la Ville s'empressèrent de prendre part à cette Fête, pour mériter les bonnes graces de ce Prince.

L'Imperatrice Valerie eut la satisfaction de se voir associée à la gloire des Empereurs. Le Senat qui cherchoit à s'at-

---

7. Lactance dit que Fausta étoit fille cadette d'Hercule, parce qu'il regarde Theodora comme née du même Mariage, mais elle étoit du premier mari d'Eutropie.

tirer les bonnes graces de Diocletien, pour lequel les autres Cefars avoient de la déference, ne crut point pouvoir lui plaire par un endroit plus fenfible, qu'en accordant à Valerie fa fille unique, les honneurs qu'on avoit accordés aux précedentes Imperatrices, & il les lui donna avec d'autant plus de fatisfaction, qu'il fçavoit qu'elle les avoit mérités. Outre le titre fuperbe de Mere des Armées, dont on n'avoit honoré que les plus illuftres Imperatrices, on lui décerna une Couronne de Laurier, privilege glorieux & fingulier, dont aucune Imperatrice n'avoit joüi auparavant, & qui marquoit bien glorieufement la part qu'elle avoit aux travaux militaires de fon Epoux. On ne borna pas à cette prérogative flateufe les récompenfes dont on la jugea digne; car pour immortalifer fon nom & fa gloire, on appella Valerie, *k*) cette partie de la Pannonie qui eft entre le Drave & le Danube. C'eft ainfi que la Fortune prodiguoit à cette Princeffe, des careffes qui devoient être fuivies de revers fi triftes & fi contraires.

Diocletien, à l'exemple des précedens Empereurs, donna aux Romains le plaifir des Spectacles; mais il fit cette dépen-

k Ammian. lib. 19.

Bb ij

fe avec tant d'œconomie, qu'il rafina fur
la lézine même, & par-là, au lieu de s'attirer l'eftime du Peuple, il lui fournit au
contraire le fujet des plus fanglantes railleries. Cette liberté le piqua fi vivement,
qu'il quitta Rome, quoique ce fût dans
le cœur de l'hyver, & alla à Ravenne par
un tems fi rude, qu'il contracta une maladie, qui débilitant peu à peu fon corps &
fon efprit, le fit tomber dans une efpece
de démence, dont il ne revint que quelque
tems après. Depuis cet accident, fes Collegues n'eurent plus pour lui les déferences qu'ils avoient auparavant. Galere fon
beau-fils fut le premier à ceffer de ménager Diocletien. Il y avoit long-tems que
la foumiffion lui étoit à charge. La victoire qu'il avoit remportée fur les Perfes
avoit fi fort enflé fa vanité, qu'il fe crut
feul digne de l'Empire, & feul capable
de le gouverner. Diocletien & Hercule lui
paroiffoient des vieillards hors d'état, &
s'étant flaté que s'il pouvoit les réfoudre
à renoncer à l'Empire, il n'auroit pas de
peine enfuite à obliger Conftance, il
n'oublia rien pour les engager à cette démarche. Il ne trouva pas d'abord dans ces
Princes, toute la docilité qu'il leur fouhaitoit. On ne fe condamne pas fans effort à une vie privée, lorfqu'on a goûté les

douceurs attachées à la puiſſance Souveraine , & il n'eſt pas facile de ployer l'orgüeil humaine à l'obéïſſance , lors ſur tout
que l'on a été accoutumé de commander.
Diocletien & Hercule lutterent long-
tems contre les efforts de Galere ; mais
ils furent ſi épouventés des menaces qu'il
leur fit dans une Lettre qu'il leur écrivit ,
que pour éviter une Guerre civile , ils ſe
réſolurent à ſe dépoüiller de leur Dignité.

L'Empereur Diocletien le fit avec beaucoup d'appareil. Il aſſembla auprès de
Nicomedie les Officiers de ſon Armée, &
les Seigneurs qui compoſoient ſa Cour ,
& leur dit les larmes aux yeux : Que ſes
infirmités ne lui permettant plus de ſup-
porter les fatigues de la guerre , il avoit
réſolu de remettre le Gouvernement de
l'Empire à ſes Collegues , qui avoient
les talens néceſſaires pour en ſoûtenir le
poids , & qui étoient dans la force de
leur âge; qu'Hercule avoit formé le même
deſſein , & que pour donner à Galere & à
Conſtance des Ceſars capables de les ai-
der dans leurs fonctions militaires , il aſ-
ſocioit à l'Empire Maximin neveu de Galere , auquel Hercule donneroit un ad-
joint ; & après avoir fait à l'aſſemblée un
diſcours fort touchant , il quitta la Pour-

pre, en revêtit Maximin, & ayant enfuite pris l'équipage d'un Particulier, il se
retira à Salone Ville de Dalmatie. Hercule fit à Milan la même·cérémonie, &
sans doute avec le même regret ; & après
avoir déclaré Severe Cesar , il se retira à
Rome. Diocletien avoit voulu donner cette Dignité à Constantin fils de Constance,
& à Maxence qui passoit pour fils d'Hercule ; mais Galere qui méditoit de se rendre seul Maître de l'Empire, s'y étoit
opposé. Il fut néanmoins obligé de recevoir ces deux Princes pour Collegues ;
car Constance avant qu'il mourut à York ,
déclara Constantin son Successeur, & Maxence prit lui-même la Pourpre, & se fit
proclamer Empereur.

Par l'abdication que Diocletien &
Hercule firent de l'Empire , les Imperatrices Prisca & Eutropie se virent dé-
poüillées de leur Dignité. On ne sçait
point si elles en firent le sacrifice de bonne
grace , & si la démarche de leurs maris
ne leur coûta point quelques soupirs ;
mais sans craindre d'imposer à la moderation d'Eutropie , l'on peut conjecturer
qu'elle ne conseilla point à son Epoux, de
descendre du Trône. Quoiqu'il en soit ,
il parut qu'Hercule n'avoit pas été long-
tems à s'en repentir , car lassé bien-tôt

d'une vie privée, il reprit les marques de l'autorité Souveraine , & augmenta de nouveau le nombre des Cefars. Il ne tint pas même à lui que Diocletien ne l'imitât, car il lui dépêcha un Seigneur de fa Cour pour l'y folliciter ; mais Diocletien prenant confeil de fa vieilleffe & de fa prudence , fut fourd aux propofitions d'Hercule. Il déclara à fon Envoyé qu'il préferoit la tranquillité de fa retraite , à la vie tumultueufe & trop occupée de la Cour ; *je fouhaiterois* , lui dit-il, *que vous fuffiez à Salone , & que vous viffiez mon Jardin & les herbes que j'y ai plantées de mes propres mains , vous ne me propoferiez point de quitter ma campagne , & de reprendre le Gouvernement de l'Etat.*

De tous ces nouveaux concurrens qu'eut Galere, Maxence fut celui qui lui parut le plus redoutable. C'étoit un Prince plein d'ambition & de vûës , capable de former de vaftes projets , & qui fe croyant fils d'Hercule , fe faifoit de fa naiffance un droit légitime de prétendre à l'Empire. Comme il n'avoit reçu la Pourpre de perfonne , & qu'il s'étoit lui-même fait Empereur , Galere prit delà prétexte de le traiter d'ufurpateur , & il obligea Severe de lui faire la guerre , n'ofant pas lui-même commettre fa réputation & expo-

fer fa fortune ; mais le credule Severe apprit que ceux qui fervent les paffions d'au-
trui, en font pour l'ordinaire les victimes ; car ayant voulu attaquer Maxence,
il fut obligé de prendre la fuite, & de s'aller enfermer dans Ravenne où Hercule le
fit mourir, quoiqu'il lui eût promis de lui
fauver la vie.

Cette perfidie fournit à Galere un prétexte de déclarer la guerre à Hercule, &
pour la faire avec fuccès, il affocia Licinius à fa Dignité. Hercule effrayé par le
nombre de ces Ennemis, chercha de fon
côté à fe faire un appuy dans Conftantin,
en lui donnant Faufta fa fille pour Epoufe ; cependant malgré une alliance fi étroite, il forma bien-tôt de noirs deffeins
contre la vie de fon beau-fils. Mais il fut
la dupe de fes artifices, car Conftantin
ayant découvert la trahifon qu'il méditoit, il l'obligea à fe donner la mort. Galere ne lui furvêcut pas long-tems, il termina par une mort honteufe, une vie que fa
cruauté & fon incontinence avoient renduë déteftable. (*l* Il fut frappé d'une
maladie horrible dans les parties de fon
corps les plus fenfibles & les plus fecre-
tes, d'où il fortoit une quantité effroya-
ble de vers qui le dévoroient tout vivant,

_____
l *Lactan. de mortib. perfecut.*

& une puanteur qui se répandoit hors du Palais même.

Durant cette maladie, l'Imperatrice Valerie resta auprès de son Epoux, & lui rendit tous les devoirs qu'il auroit pû attendre de l'Epouse qu'il auroit le moins contristé. Elle employa tous les moyens qui pouvoient lui redonner la santé, & fit voir pour Galere des empressemens dont il n'étoit pas digne. Mais le mal ayant résisté à tous les remedes, ce Prince comprit enfin qu'il ne devoit point attendre de guérison. Ce fut alors que sa prévention contre la Religion Chrétienne lui parut injuste. Il fit un Edit pour faire cesser la persécution qu'il avoit fait aux Fidelles, dont il sembla être faché d'avoir fait répandre le sang. Témoignage bien sensible, que les plus grands Ennemis de la foi de Jesus-Christ, n'ont pas été sans remords & sans trouble en exerçant la cruauté avec laquelle ils ont persécuté l'Eglise. Enfin après avoir recommandé à Licinius l'Imperatrice son Epouse, & Candidien son fils naturel, il mourut sans être regretté.

Sur la nouvelle de cette mort, Maximin se rendit en diligence en Orient, pour se mettre en possession des Provinces qui étoient tombées dans le partage de son oncle. Licinius qui avoit recüeilli ses dernieres volontés, s'opposa aux prétentions de Maximin, & cette contestation leur ayant fait prendre les Armes, ils résolurent de la terminer par un combat ; mais lorsqu'ils furent à la veille de se le donner, ils se racommoderent & se jurerent une amitié éternelle. Comme la Succession de Galere avoit été le sujet de leur rupture, Valerie résolüe de vivre éloignée du tumulte de la Cour & du tracas des affaires, ceda à Maximin tout ce qu'elle avoit à prétendre sur les biens de son mari, afin qu'aucun sujet d'interêt ne la broüillât avec ce Prince ; mais Maximin s'opposa avec beaucoup de politesse aux desseins de cette Imperatrice. Il la pria de joüir des richesses que Galere lui avoit laissées, il lui donna les témoignages les plus généreux d'un sincere attachement, il tint à son égard une conduite pleine d'honnêteté, & affecta d'aller au-devant de tout ce qui pouvoit lui donner quelque satisfaction.

Après que Licinius & Maximin eurent reglé leurs differends ; chacun d'eux se retira dans les terres de son obéissance ; mais auparavant que de se séparer, ils offrirent l'un & l'autre à Valerie, un appanage digne de son rang. Cette Imperatrice fut long-tems combattuë sur le parti qu'elle devoit prendre. Elle voyoit que Diocletien son pere tiroit à sa fin, & qu'après sa mort elle ne seroit pas trop en sûreté à Salone ou à Nicomedie ; elle trouvoit qu'il lui étoit plus convenable de se retirer au près de Licinius ou de Maximin, lesquels étant redevables de leur fortune à Galere, auroient pour sa veuve les égards que la réconnoissance éxigeoit d'eux ; de maniere que toute la difficulté consistoit sur le choix du Prince, à la Cour duquel elle devoit vivre. D'un côté, elle sçavoit que c'étoit à Licinius que son mari l'avoit fortement recommandée, & il sembloit que cet Empereur avoit par-là déclaré ses intentions ; mais d'autre part, elle n'ignoroit point que Licinius avoit une mauvaise réputation, & elle craignoit même que n'étant pas marié ; il ne lui fit des propositions opposées à la résolution qu'elle avoit formé de finir sa vie dans la viduité. Ces raisons la déterminerent à suivre Maximin, qui étant d'ailleurs neveu de Galere, seroit toûjours fort éloigné de vouloir contrister la veuve de son oncle & de son Bienfaiteur.

L'Imperatrice Prisca avoit trop de tendresse pour sa fille, pour se résoudre à se séparer d'elle. Elle espera d'avoir plus de

liberté de pratiquer les maximes de la
Religion Chrétienne auprès de Maximin,
qu'en tout autre endroit ; & quoiqu'elle
fçût qu'il étoit ennemi de la Foi de Jefus-
Chrift, elle fe flata que ni fa fille ni elle
ne feroient point fujettes à la rigueur des
Edits. Diocletien au refte ne s'oppofa
point au départ des Princeffes. Accoutumé à la folitude, il ne prenoit prefque
plus d'interêt à ce qui fe paffoit dans
l'Empire ; fon Jardin de Salone l'occupoit
entierement, & les incommodités aufquelles il étoit fujet, ne lui laiffoient goûter d'autres plaifirs que ceux de l'Agriculture ; ainfi il confentit volontiers que fa
femme & fa fille allaffent à la Cour de Maximin. Elles y furent fuivies de Candidien fils naturel de Galere, & du Prince
Severien fils de l'Empereur Severe.

Ces deux Princeffes par leur vertu,
par leur beauté & par leur mérite, firent
l'ornement de la Cour. Prifca s'y faifoit
eftimer par la fageffe de fa conduite ; elle
n'entroit dans aucune affaire d'Etat, &
ne s'occupoit que des devoirs qu'elle s'impofoit à elle-même, & de la pratique fe-
crette des maximes Chrétiennes. Valerie
étoit encore dans tout l'éclat de fa beauté.
Sa fterilité avoit fervi à lui conferver toute
la fraîcheur de fa jeuneffe, fa modeftie

rendoit sa beauté plus aimable, & son
habit de deüil qu'elle ne quitta point,
contribuoit à en rendre les attraits plus
vifs & plus piquans.

Maximin se comporta d'abord auprès de
ces Imperatrices avec une grande honnêteté; il avoit pour Prisca toute la déférence qu'il devoit à son rang & à son âge,
& il traitoit Valerie avec le même respect
qu'il auroit pû avoir pour sa mere : & en
effet, il l'appelloit souvent de ce nom tendre. Les deux Princesses crurent que rien
ne manquoit à leur bonheur; elles se féli-
citoient de l'heureux choix qu'elles avoient
fait, en préferant Maximin à Licinius, &
ne portoient aucun regret à leur ancienne
condition. Maîtresses d'elles-mêmes, & en
possession de leur liberté, elles menoient
une vie dont elles s'imaginoient que rien
ne troubleroit la tranquillité. Les complaisances qu'avoit pour elles l'Empereur,
l'attention qu'il apportoit à tout ce qui
pouvoit leur faire quelque plaisir, mille
soins obligeans qu'il prenoit pour leur procurer toute sorte de satisfactions, leur faisoient oublier toutes les douceurs de leur
premiere fortune; mais elles ne sçavoient
point que ce calme devoit être bientôt sui-
vi d'une tempête, & que la paix dont elles
joüissoient alloit être suivie d'une rude

perſécution. Ce fut l'Imperatrice Valerie
même qui portoit le feu, qui l'alluma. Sa
beauté donnoit à la Cour de Maximin un
éclat que la modeſtie de ſes habits relevoit ; les ornemens funebres de ſa viduité,
relevoient des charmes auſquels le cœur
de l'Empereur ne put réſiſter ; c'eſt l'effet
ordinaire d'une beauté qui ne doit rien à
l'art de plaire malgré elle-même. Maximin
devint la proye de la plus vive paſſion, il
ne ſe regarda plus comme le Gardien de la
viduité de Valerie, mais comme ſon Eſ-
clave. Son cœur qui n'avoit jamais ſçû oppoſer aux ébauches de ſes paſſions, les
réflexions qui pouvoient les arrêter dans
leur naiſſance, ſe livra ſans réſerve à la violence d'un amour, qui moins il étoit légitime, plus il devenoit ardent ; & ſans mettre en balance contre ſes déſirs, ni l'alliance qu'il avoit contracté avec Valerie, ni
le reſpect qu'il devoit à la mémoire de ſon
oncle, ni la vertu de l'Imperatrice qui ne
lui permettoit point de ſe flatter d'aucune
eſpérance, il ſe plut dans ſa paſſion, & ne
chercha qu'à la ſatisfaire. C'eſt ainſi que la
puiſſance ſouveraine dans les Princes qui
ne ſe laiſſent conduire ni par la Religion,
ni par la raiſon, regarde comme permis,
tout ce qui lui paroît poſſible.

Il eſt certain que Valerie ne pouvoit pas

faire de conquête plus dangereuſe. Dans Maximin ſe ſignaloient les vices les plus crians : outre ſon averſion extrême pour le Chriſtianiſme, il avoit un fond de brutalité féroce qui le rendoit redoutable à tout le monde. Il s'adonnoit aux excès du vin, juſqu'à noyer ſa raiſon, & il paſſoit des jours entiers dans la crapule. Le vice qui eſt une ſuite ordinaire de l'Ivrognerie, fût encore en lui un vice d'éclat; il ſe livroit à tous les excès de l'incontinence la plus effrenée, & il n'y avoit rien qui fût à l'abri de ſa lubricité. Comme il étoit extrêmement ardent pour les plaiſirs, & qu'il n'étoit pas homme à faire long-tems languir ſes deſirs que les attraits de Valerie irritoient de plus en plus, il n'eut pas la patience d'attendre qu'elle eût fini ſon deüil, & ſe réſolut de lui apprendre ſa paſſion. Les empreſſemens les plus marqués, une complaiſance affectée, des ſoins aſſidus, furent les premieres avances de ſon amour; mais Valerie prenant pour ſimple politeſſe, ce qui étoit une ſecrete déclaration de tendreſſe, & étant fort éloignée de croire que Maximin portât ſes vûës au-delà de la civilité, garda toûjours une conduite qui fit connoître à l'Empereur qu'elle ne comprenoit point ce langage; & il fallut que cet Amant paſſionné s'expli-

quât plus clairement. Il n'ofa pourtant le
faire lui-même ; en amour, la premiere démarche eft fouvent la plus pénible, &
l'homme le plus fpirituel & le moins timide fe fent embarraffé, lorfqu'il veut dire
qu'il aime, & fur tout à une perfonne
qu'il ne lui eft pas permis d'aimer. Maximin qui fentoit cette peine, & qui connoiffoit d'ailleurs l'aufterité de la vertu de Valerie, ayant fait confidence de fa paffion à un
de fes favoris, le chargea d'apprendre à la
Princeffe l'effet que fa beauté avoit fait fur
fon cœur ; & pour que ce Négociateur fût
écouté plus favorablement, il eut ordre de
déclarer à la veuve de Galere que l'Empereur n'avoit d'autre vûë, que de l'élever fur
le Trône en l'époufant, & que dans ce deffein il avoit réfolu de répudier fa femme.

Les propofitions du confident frappe-
rent d'étonnement Valerie ; elle fe repréfenta d'abord toute l'horreur de fa deftinée, & ce qu'elle auroit à fouffrir de la part
d'un Empereur, dont elle craignoit plus
l'incontinence que la cruauté. Elle ne fçut
aucun bon gré à fa beauté, d'avoir fait cette
conquête ; fon inclination & fa foi, quoi
que peu affermie, fe révolterent contre
les offres de Maximin, & après que le négociateur de ce Prince lui eut éxageré la
violence de l'amour de l'Empereur, & les
avantages

avantages qu'elle devoit recevoir de ce mariage, elle lui répondit avec beaucoup de prudence, qu'elle étoit (*m* infiniment sensible aux bontés de l'Empereur & à l'honneur qu'il vouloit lui faire ; mais que dans l'état où elle se trouvoit, il ne lui convenoit point d'écouter des propositions de mariage ; que les cendres de Galere étoient encore récentes, 8) & que l'habit lugubre qu'elle portoit, la faisoit ressouvenir à tout moment qu'elle venoit de perdre son Epoux ; que d'ailleurs la bienséance & l'honnêteté, ne lui permettoient point de prêter l'oreille aux offres de l'Empereur, qu'elle devoit regarder comme le fils de Galere qui l'avoit adopté. Qu'elle ne se-

m Lactan. de mortib. persec.

8. Valerie ne voulant pas se marier avec Maximin, allegua premierement son deüil, parce que par les Loix Romaines, une Veuve ne pouvoit se remarier que dix mois après la mort de son mari, ou un an selon Ovide.

Quod satis est utero matris dum prodeat infans
Hoc anno statuit temporis esse satis
Per totidem menses à funere conjugis uxor
Sustinet in vidua tristia signa domo.

Cette Princesse allegua aussi que son second mariage seroit sans exemple. Il y a apparence qu'elle vouloit dire qu'il seroit sans exemple qu'une Imperatrice veuve fit répudier la femme d'un Empereur, pour devenir elle-même son épouse, car il y avoit eu beaucoup d'Imperatrices remariées. Nous avons même vû que Lucille veuve de Lucius - Verus, épousa Pompeïen qui n'étoit que simple Senateur.

Tome III.

C c

roit point pardonnable de faire à la femme
de Maximin un outrage auſſi injurieux
que de lui enlever le cœur de ſon mari, &
qu'il n'y avoit nulle raiſon qu'il répudiât
ſa femme qui étoit ſi digne de ſa tendreſſe,
& qui ne méritoit point un ſi injuſte traitement. Elle ajoûta que ce ſeroit une choſe ſans exemple & odieuſe, qu'une perſonne de ſon rang épouſàt un ſecond mari &
ternît ſa viduité par la tache des ſecondes
nôces.

　L'intriguant ne manqua point de combattre toutes ces raiſons, mais il parla ſans
ſuccès. La Princeſſe lui proteſta qu'elle
avoit réſolu de ne plus prendre d'engagement, & ne laiſſa entrevoir aucune eſpérance de changement, quelques brillantes
offres qu'on pût lui faire. Une réponſe ſi
peu favorable aux feux de Maximin, l'irrita étrangement; ſes empreſſemens mépriſés, ſes eſpérances trompées, ſes propoſitions rejettées, changerent ſon amour en
haine. Il réſolut de ſe faire craindre de celle dont il ne pouvoit ſe faire aimer, &
d'Amant de Valerie, il devint ſon cruel
perſécuteur. Il eſt aſſez ordinaire aux Tyrans de paſſer d'une extrêmité à l'autre.
Son premier deſſein fut de faire tomber
ſur la Princeſſe tout le poids de ſon reſſentiment; mais un reſte de bienſéance & de

confideration pour Diocletien, le rang de
Valerie, & le nom de veuve de Galere
qu'elle portoit, lui firent garder quelque
ménagement dans fa vangeance, & elle
n'en fut que plus cruelle, parce qu'elle fut
plus longue ; car s'il ne fit pas mourir Valerie, ce ne fut que pour la faire fouffrir
plus long-tems. Il la chaffa brufquement de
fon Palais, il s'empara de tous fes biens,
il lui ôta fes domeftiques, & lui donna toutes les mortifications que put lui infpirer
fa haine.

L'Imperatrice Prifca enveloppée dans
la même perfécution, eut part aux malheurs
& aux peines de fa fille, & fut traitée
avec la même indignité. Elles foutinrent
toutes fois ces traitemens inhumains avec
beaucoup de force & de réfolution ; & fi
quelque chofe les affligea, ce fut l'outrage
que fit le Tyran à plufieurs Dames qui
étoient à la fuite des Imperatrices, qui les
honoroient de leur eftime & de leur amitié. Maximin non content d'attaquer leur
vie, entreprit auffi de noircir leur vertu,
après avoir fait d'inutiles effors pour la corrompre. Ce monftre d'impureté, dont les
feux effrenés fe débordoient fur les femmes de toute forte de condition, ayant
trouvé dans quelques-unes de ces Dames
dont la beauté l'avoit frappé, une chafteté

qu'il ne leur fouhaittoit point , en conçut tant d'indignation , qu'il ne crut point pouvoir mieux fe venger d'elles , qu'en les faifant accufer du crime auquel il n'avoit pû les porter , perfuadé qu'une femme qui a de la vertu , eft plus fenfible à la perte de fon honneur qu'à celle de fa vie.

Un infâme Juif prêta fon miniftere à cette calomnie : c'étoit un fcelerat , chargé de noires actions qui demandoient fa mort ; mais Maximin lui en promit le pardon s'il vouloit fe rendre dénonciateur contre ces Dames devant Eratinée Prefet de Nicée , où la Cour étoit pour lors. L'Empereur qui fçavoit qu'il feroit fervi felon fon goût par ce Magiftrat , l'avoit établi Juge de cette caufe. Eratinée étoit un Officier qui exerçoit une juftice arbitraire , fevere contre ceux qu'il vouloit perdre quelque innocens qu'ils fuffent , indulgent pour ceux qu'il vouloit garantir du fupplice , fi coupable qu'il les trouvât. Il avoit une ame corrompuë , mercenaire , il cherchoit à plaire aux Grands & à s'agrandir au dépens de fon devoir , il fuivoit la fortune.

Le malheureux Juif ravi que pour fe racheter de la punition qu'il méritoit par tant de crimes qu'il avoit commis , il ne lui en coutât qu'un nouveau , ne refufa

point d'attaquer l'innocence de ces Dames : il se rendit leur accusateur, & les
chargea des plus horribles prostitutions.
Parmi ces illustres criminelles, il y avoit
les femmes de deux Senateurs; parentes
de l'Imperatrice Prisca, & une autre qui
avoit une fille vestale à Rome, & qui possedoit la confiance de Valerie. Elles étoient
doüées d'une excellente beauté qu'une aus-
tére vertu avoit défendu contre les ardentes poursuites de Maximin, & cela faisoit
précisément leur véritable crime.

Cependant l'accusation du Juif, que la
sceleratesse seule de son auteur rendoit suspecte, & qui n'étoit soutenue ni d'aucune
preuve, ni du moindre indice, parut grave
à Eratinée. L'imposture de ce perfide ca-
lomniateur tint lieu de crime averé à cet
inique Préfet ; il condamna ces innocentes prevenuës à la mort, pour faire sa cour
à l'Empereur. Un jugement si injuste fit
trembler l'innocence la plus hors d'atteinte ; personne ne se crut plus assuré de sa
vie, on cria à l'injustice, le Public dépo-
sa hautement pour la sagesse de ces prétenduës criminelles, & l'on entendit mille voix
confuses faire l'éloge de leur vertu : cependant le témoignage que l'on rendoit à
leur innocence ne put pas faire taire l'imposture qui la décrioit ; victimes de leur

chafteté, elles furent mife à mort comme impudiques; on la leur fit fouffrir hors la Ville, & l'inique Préfet n'eut pas honte d'aller fur le lieu du fupplice pour y repaî-tre fes yeux fanguinaires d'un fi trifte fpectacle. L'injuftice de fon jugement fut au refte bientôt manifeftée à fa honte & à celle de l'Empereur. Le Juif qui avoit prêté fon miniftere à leur mechanceté, ayant commis quelque nouveau crime qui le conduifit au gibet, révela toute la trame de fa calomnie, & en publiant l'innocence de celles dont il avoit voulu noircir l'hon-neur, il couvrit de confufion ceux qui lui avoient fait répandre cette impofture.

Ce fut peut-être un des motifs qui en-gagerent Maximin à éloigner de fa Cour les Imperatrices. Il les fit traduire de Ville en Ville par des gens d'un cœur dur & im-pitoyable, qui avoient ordre de les traiter avec la derniere inhumanité, & les relegua enfin dans les déferts de la Syrie, où elles furent réduites à la plus affreufe mifere. C'étoit fans doute quelque chofe de tou-chant, que de voir les deux plus Auguftes perfonnes de l'Univers, les femmes des Maîtres du monde, deux Imperatrices à qui toutes les Nations avoient rendu les hommages les plus refpectueux, traînées, d'exil en exil, comme des criminelles d'Etat, fervir de fpectacle à la pitié publique, & émouvoir la compaffion de ceux qui avoient porté envie à l'éclat de leur précedente fortune. Sur ces Princeffes infortunées, s'arrêtoient les regards d'une infinité de monde, qu'un fi étrange changement de deftinée frappoit d'étonnement, & qui dans la chute humiliante de Prifca & de Valerie, apprenoit que dans la profperité la plus riante, l'on doit craindre les viciffitudes du fort.

Le poids de cette perfécution fit gemir Valerie; elle réclama le crédit de fon pere, à qui elle envoya fecretement des gens qui l'informerent de toutes les calamités que les Princeffes fouffroient. Diocletien en étoit déja inftruit, le bruit public en avoit porté la nouvelle à Salone. Cet Empereur fentit toute la douleur que font capables de faire naître dans le cœur d'un pere & d'un époux, les malheurs d'une fille & d'une femme. Il dépêcha vers Maximin un Seigneur de fa Cour, qui redemanda en fon nom les deux Imperatrices; mais Maximin qui regardoit Diocletien comme un folitaire qui n'étoit plus redoutable qu'à fes Domeftiques, ne fit pas la moindre attention à fa priere.

Diocletien qui fe voyant fans autorté, n'avoit d'autre parti à prendre que celui

de la négociation , lui députa de nouveau
un de ses parens qui tenoit un rang confiderable dans les armées , pour tâcher d'obtenir le rappel des Princesses. Cet Ambassadeur lui representa que c'étoit de
Diocletien que Galere son oncle & lui
avoient reçu l'Empire ; que quoique cet
Empereur se fût dépoüillé par moderation
de sa Dignité , ses Collegues n'avoient
pas laissé d'avoir pour lui les égards qui
lui étoient dûs , & que tous les Cesars le
regardoient toûjours comme l'auteur de
leur fortune ; que ces motifs devoient l'engager à lui accorder la demande qu'il lui
faisoit , & qui étoit si juste : car enfin ,
*Seigneur , ajouta-t'il ; il est fort naturel
qu'un pere demande sa fille , & vous êtes
trop raisonnable pour refuser une grace
que Diocletien ne vous refuseroit point.*
Toutes ces raisons furent impuissantes sur
le cœur de Maximin , & ne servirent qu'à
le rendre encore plus cruel ; car au lieu
d'accorder la liberté aux Imperatrices , il
ajouta de nouvelles rigueurs à leur exil.
Cela mit au désespoir Diocletien. Sa solitude n'avoit pas encore assez dompté son
orgüeil pour le rendre insensible à un mépris si injurieux ; il en sentit l'outrage jusqu'au fond de l'ame; la vie lui devint odieuse , & un nouveau chagrin qui lui arriva.,
                                            le

le fit réſoudre à ſe l'ôter lui-même.

Licinius & Conſtantin pour établir entr'eux une ſolide paix, contraſterent une étroite alliance. Conſtantia ſœur de Conſtantin en fut le nœud. Elle fut donnée à Licinius, & la Ville de Milan fut choiſie pour la ſolemnité de ces nôces. Pour donner plus déclat à cette Fête & la rendre plus ſomptueuſe, ces deux Princes prierent Diocletien de s'y trouver. Comme cet Empereur depuis ſon abdication, avoit renoncé à toute ſorte de divertiſſement, & que dans les conjonctures préſentes, la douleur que lui cauſoient les malheurs de ſa famille, le rendoient inſenſible à tous les plaiſirs qui s'offroient à lui, il ne crut point qu'il lui convînt de ſe trouver à une cérémonie, dont les Jeux, les Spectacles & ſemblables réjoüiſſances, devoient faire la principale partie. (*n* Il remercia les deux Ceſars de l'honneur qu'ils lui faiſoient, & leur expoſa les raiſons pour leſquelles il les ſupplioit de le diſpenſer de ſe trouver à des nôces, où ſon âge & ſes incommodités lui feroient faire un mauvais perſonnage.

Ces excuſes furent mal reçûës de Conſtantin & de Licinius. Ils les regarderent

n Eutrop.

comme un mépris qu'il faifoit d'eux, &
lui écrivirent des Lettres menaçantes, qui
épouvanterent ſi fort ce viel Empereur,
qu'il ſe procura la mort. Maximin ne lui
furvêcut pas long-tems. Il ſe broüilla fort
mal-à-propos avec Licinius, & lui déclara la guerre. Leurs Armées ſe rencontrerent proche Andrinople. Maximin (o s'a-
dreſſa à ſes Dieux, & leur promit d'exterminer les Chrétiens, s'ils lui accor-
doient la victoire. Licinius voulut combattre fous de meilleures auſpices. Car
foit qu'un Ange lui eût apparu durant la
nuit, ou qu'il eût pris un fonge pour une
veritable viſion, il lui fembla voir un Ange qui lui promit une victoire infaillible,
ſi lui & fon armée invoquoient le Dieu
des Chrétiens, en lui adreſſant la priere
qu'il lui enſeigna. 9)

Licinius qui avoit fon imagination frappée de cette viſion, dès le grand matin fit
écrire cette priere dont il avoit retenu

o *Lactan. de mortib. perſecut.*

9. Cette priere étoit con-
çûë en ces termes : *Summe*
Deus te rogamus. Sancte
Deus te rogamus : Omnem
juſtitiam tibi Commendamus,
Salutem noſtram tibi Commen-
damus : Imperium noſtrum
tibi Commendamus : Per te
vivimus, Per te victores &
felices exiſtimus. Summe,
Sancte Deus, preces noſtras
exaudi : Brachia noſtra ad te
tendimus, exaudi Sancte
Summe Deus. Lactan. de
mort. per.

toutes les paroles , & la fit apprendre aux
Soldats , qui l'adresserent à Dieu. Elle
fut suivie de son effet. Maximin fut battu,
& contraint de chercher son salut dans une
fuite si précipitée, que dans vingt-quatre
heures , il fit plus de soixante lieuës. Il
s'arrêta enfin en Cappadoce; mais sçachant
qu'on le poursuivoit, il prit du poison &
se donna la mort. Elle fut suivie de celle
de ses enfans & de sa femme. Celle-ci fut
jettée dans l'Oronte, la Justice divine lui
ayant reservé la même peine que cette
cruelle Imperatrice avoit fait souffrir à
beaucoup de Dames, à qui leur chasteté
avoit servi de crime.

Il y avoit lieu de croire que la mort de
Maximin seroit le terme de la persécution que souffroient Prisca & Valerie.
Licinius en effet n'avoit rien à apprehender de deux Imperatrices qui n'étoient
plus que la vaine ombre d'un grand nom,
& en qui il ne restoit aucune trace de leur
ancienne Dignité ; leur grandeur passée
aneantie dans l'obscurité de leur misere,
ne pouvoit point être un objet de jalousie
aux Imperatrices regnantes. Elles n'é-
toient d'ailleurs ni assez ambitieuses pour
faire une brigue , ni assez puissantes pour
la soûtenir. Elles ne cherchoient qu'à passer dans le repos , les restes d'une vie que

Maximin avoit abreuvée d'amertume. La
Fortune leur laiſſa luire un rayon d'eſpe-
rance d'une meilleure deſtinée ; car d'a-
bord après la mort de Maximin, Candidien
fils naturel & adoptif de Galere, étant
allé ſaluer Licinius à Nicomedie , en fut
reçu avec beaucoup de politeſſe , & par
ordre de cet Empereur, on lui rendit à la
Cour des honneurs pleins de diſtinction.
10.) Valerie qui prenoit tant de part aux
interêts de Candidien , apprit avec une
joie extrême l'accüeil gracieux que Licinius lui avoit fait. Elle regarda ces flat-
teuſes careſſes comme une marque de la
bonne volonté qu'avoit pour lui cet Empereur , & oſa eſperer de voir un jour ſa
fortune rétablie. Pleine de ces idées, elle
forma le deſſein d'aller ſecretement à Nicomedie , afin de voir de ſes propres yeux
la figure que Candidien faiſoit à la Cour :
elle ſe traveſtit , & à la faveur de ce dé-
guiſement elle alla à Nicomedie. Elle eut
la ſatisfaction de voir Candidien dans la
bienveillance de l'Empereur, & admis à
tous les honneurs qu'on croyoit dûs à ſa
naiſſance. Severien ſur le pompeux rapport qu'on lui fit des agrémens que Candidien avoit à la Cour , voulut tenter la

___

10. Licinius fiança Can-   ximin qui n'avoit que ſept
didien avec une fille de Ma-   ans.

même fortune. Il alla à Nicomedie, & il reçut de Licinius des témoignages d'amitié
qui lui donnerent de hautes esperances.
En effet Licinius regardant Severien comme le fils de son ancien Collegue, eut pour
lui des égards qui lui attirerent les respects de tous les Seigneurs de la Cour ;
mais la même raison pour laquelle on lui
rendoit ces honneurs , furent la cause de
sa ruine. Ceux à qui son bonheur fut un
sujet d'envie , le rendirent suspect à l'Empereur , en lui faisant craindre les pratiques d'un Prince qui croyoit avoir droit
à l'Empire. Ils lui dirent que la consideration qui étoit attachée au nom qu'il portoit , le rendoit assez redoutable ; que le
fils d'un Auguste se croyoit toûjours
en droit de prétendre au Trône , qu'il regardoit comme un bien hereditaire. Que
Severien ne manquoit point d'ambition ,
mais d'une occasion pour se mettre à la tête
d'un Parti.

Licinius prêta l'oreille à ces discours ma-
lins & artificieux, il regarda dès-lors Severien comme un homme qui pouvoit lui donner de l'exercice. Sa jalousie devint inquie-
te, & ensuite cruelle; car craignant d'avoir
un jour un concurrent dans ce Prince, il résolut de s'assurer son repos , & d'éteindre
dans le sang de Severien tout sujet de révol-

re. Ce Prince infortuné fut la victime de cette précaution inhumaine, & entraîna dans son malheur Candidien que Licinius fit aussi mourir, lorsqu'il s'attendoit le moins à une fin si funeste. Valerie & sa mere Prisca furent aussi proscrites, mais leur déguisement favorisa leur fuite : un habit de paysanne leur servit d'abri contre la cruauté de l'Empereur, & à la faveur de cet équipage de pauvreté, elles errerent durant quinze mois de Province en Province.

Leur évasion rendit Licinius plus alteré de leur sang. Il y avoit long-tems qu'il étoit piqué contre Valerie, qui lui avoit refusé de lui ceder les droits qu'elle avoit sur les biens de Galere. D'ailleurs Valerie fille d'un Empereur & veuve d'un autre, lui paroissoit à craindre, & si elle n'étoit pas en état de faire un Parti, elle pouvoit fournir à un Tyran le prétexte d'une guerre. L'Empereur pesa ces raisons, & les trouva assez fortes pour demander la vie de ces Princesses fugitives. Il fit courir après elles, & ceux qu'il chargea de ses ordres prirent de si justes mesures, qu'ils les surprirent à Thessalonique, & il leur fit faire le procès comme à des criminelles d'Etat. Il étoit bien difficile sans doute de les convaincre de quelque crime; mais on est assez

coupable lorsqu'on eſt mal voulu du Prince. Des Juges corrompus , aſſortis de maximes favorables à l'inclination de l'Empereur, les condamnerent à la mort. Elles
furent conduites au lieu du ſupplice ac-
compagnées d'un monde infini, que la nouveauté du Spectacle avoit attiré , & qui
vit , non ſans étonnement , la main d'un
Bourreau faire tomber la tête de deux
Imperatrices , que le Senat avoit couron-
nées. L'on jetta leurs corps dans la mer ,
& l'on priva des honneurs de la Sepulture
ces Princeſſes à qui la flaterie en avoit auparavant décerné de ſi pompeux. Tel fut
le (p triſte ſort de Priſca & de Valerie ,
qui trouverent la ſource de leurs malheurs,
dans leur naiſſance , & dans leur amour
pour la chaſteté.

L'Imperatrice Eutropie eut une plus
heureuſe deſtinée. Après que Maximin-
Hercule ſon mari fut mort , elle ſe retira
auprès de Fauſta ſa fille , à la Cour de
Conſtantin. Comme elle avoit paſſé alors
l'âge des plaiſirs , elle ne ſongea qu'à joüir
des douceurs d'une vie unie & éloignée
du tumulte des affaires. Elle vit cet heureux changement qui arriva dans l'Empire , où après que Conſtantin ſon beau-fils
eut embraſſé le Chriſtianiſme , qu'Hercu-

p Lactan. lib. 51.

D d iiij

le & Diocletien avoient inutilement tâché
d'éteindre, cette Religion prit le deſſus
ſur le culte des Idoles, & devint la Religion dominante à la Cour & dans les Provinces, parce que l'exemple du Prince eſt
toûjours imité. En effet la Croix de Jeſus-
Chriſt fit dès-lors le plus magnifique ornement des Enſeignes Romaines & de la
Couronne des Empereurs. Conſtantin
prit de grands ſoins pour étendre la Foi
Chrétienne, & la faire fleurir, les plus
grands Seigneurs de la Cour renoncerent
à l'idolatrie. La Famille Imperiale ſur
tout, crut en Jeſus-Chriſt, & Eutropie
fut des premieres à embraſſer une Religion qu'elle avoit vû ſe ſoûtenir contre
toute la puiſſance des Empereurs, qui
avoient épuiſé toutes les reſſources &
tous les artifices de leur malice pour l'exterminer, ſans que les Chrétiens pour le
ſoûtien de leur foi, employaſſent d'autres
armes que leur patience.

Après que cette Princeſſe eut été inſtruite des maximes de l'Evangile, elle
les pratiqua avec un zéle édifiant, qui fit
oublier les indiſcretions de ſa vie paſſée;
& autant qu'Hercule ſon Epoux avoit été
brutalement acharné contre le Chriſtianiſme, autant elle fut pieuſement atten-
tive à en procurer l'accroiſſement. Non-

seulement elle en observa les loix avec fidelité, mais encore elle employa son crédit pour faire abolir les impietés payennes, & même certaines superstitions que les Chrétiens pratiquoient, & qui ternissoient la sainteté de leur Religion, en quoi elle donna un témoignage sûr de la solidité de sa pieté. Cela parut dans les soins empressés qu'elle se donna pour faire supprimer la célébre Fête qui se faisoit tous les ans, sous le fameux Chêne de Mambrée, si renommé dans l'Ecriture par le séjour que le Patriarche Abraham y fit, & par l'apparition des Anges que Dieu envoya pour ruiner Sodome.

Cette Fête se faisoit en Eté, & elle étoit célébrée par les Juifs, par les Chrétiens, & par les Payens même. Les premiers (*q* y alloient pour honorer la memoire de leur Patriarche Abraham, les seconds pour solemniser l'apparition du Fils de Dieu, qu'ils s'imaginoient s'être montré à Abraham avec les Anges ; & les Payens y reveroient les Anges comme des Dieux qu'ils tâchoient de se rendre favorables, par des Sacrifices & des Libations qu'ils offroient sur des Autels, sur lesquels ils avoient élevé des Idoles. Les uns & les autres satisfaisoient à leur pieté

q *Sozom.*

felon leur Religion , & l'on y voyoit un mélange bizarre de cérémonies Payennes, de superstitions Judaïques , & de pratiques de devotion Chrétienne. Comme dans ce lieu l'on tenoit une Foire , il s'y rendoit un monde infini de toute la Phenicie, de la Palestine & de l'Arabie.

Eutropie allant dans la Palestine pour accomplir quelque vœu qu'elle avoit fait, passa dans la Vallée de Mambrée , dans le tems qu'on y célébroit cette Fête , & fut la spectatrice des Sacrifices impies que les Payens y offroient à leurs Idoles , & des superstitieuses pratiques par lesquelles les Chrétiens qui y étoient venus, croyoient honorer Dieu. Elle eut horreur de voir que dans un même lieu , Dieu & le Demon partageassent les hommages des hommes , & que cette Vallée sanctifiée par les promesses solemnelles que Dieu y avoit faites à Abraham, de faire naître dans sa race , celui en qui toutes les Nations devoient être benies , fût un Theatre d'impieté & de sacrilege , & résolut de ne rien négliger , pour priver le Demon du culte qu'il y recevoit. Elle ne pouvoit prendre un moyen plus sûr qu'en interessant le zéle de son beau-fils. Elle lui écrivit sur ce sujet , & lui donna avis de tout ce qu'elle avoit vû faire aux

Payens, aux Juifs , & aux Fideles même ,
qui alloient tous dans ce lieu respectable
deshonorer Dieu , les uns par l'impieté de
leurs Libations , les autres par la superstition de leurs offrandes , & les autres enfin par les indiscretes pratiques d'une devotion mal entenduë.

Constantin qui embrassoit avec beaucoup de zéle & de joie , les occasions où
il pouvoit signaler la ferveur de sa pieté ,
& élever la Religion de Jesus-Christ , sur
les ruines de l'Idolatrie, ordonna au Com-
te Acace de se transporter sur les lieux ,
de faire brûler les Idoles qu'il y trouveroit, de renverser les Autels , & d'y ruiner tout ce qui sentiroit le Paganisme
& la superstition. Il défendit toutes les
cérémonies contraires à la pieté chrétienne , il fit bâtir une Eglise dans ce lieu-là
même , afin que Dieu fût glorifié là où il
avoit été insulté par les cultes impies , &
qu'il reçût des hommages saints qui effa-
çassent les traces des honneurs sacrileges
que Satan s'y étoit arrogé , & il établit
de rudes peines contre ceux qui oseroient
à l'avenir prophaner ces Lieux.

L'Histoire ne nous apprend plus rien
d'Eutropie, & nous avons lieu de croire
qu'elle finit pieusement sa vie dans l'exercice de la Foi Chrétienne qu'elle avoit em-
brassée.

LE Seigneur ayant appellé à foi l'Auteur de cet Ouvrage , dans le tems
qu'il travailloit à finir l'Hiſtoire de Conſtantia femme de Licinius , on a trouvé parmi les Papiers de cet Hiſtorien , l'ébauche
qu'il en avoit faite. On a tâché de donner
quelque forme à ce qui étoit contenu dans
les Fragmens que l'Auteur a laiſſé ſur
l'Hiſtoire de cette Imperatrice , pour l'a-
joûter à celles qui ſont contenuës dans ce
Volume. Si le Puplic ne la trouve pas auſſi
châtiée que les autres , il n'en ſera pas ſur-
pris , lorſqu'il ſera prévenu que l'Ecrivain
n'a pû y mettre la derniere main.

CONSTANTIA,

Femme de Licinius.

IL n'eſt rien de plus dangereux pour une femme en matiere de Religion, que de vouloir rafiner & ſe diſtinguer des autres. Comme le défaut d'étude & d'érudition ne permet pas aux femmes d'avoir aſſez de lumieres pour entrer dans la profondeur des Myſteres que la Religion propoſe, il leur eſt aiſé de donner dans le faux. L'entêtement que l'on remarque ſouvent dans la plûpart des perſonnes du ſexe, pour ſoûtenir avec opiniâtreté les jugemens qu'elles ont une fois formé ſans dicernement, leur fait fermer les yeux à tout ce qui ſeroit capable de les déſabuſer. La puiſſance la plus légitime ſe trouve trop foible pour les réduire ; & ſi leur préoccupation eſt ſoûtenuë de quelque autorité, combien de violences, combien d'excès ſont le fruit d'une paſſion qu'elles s'imaginent être un veritable zéle pour l'Egliſe ? L'erreur ne ſçauroit trouver de plus fort rempart, ni la verité d'ennemi plus redoutable. Nous en avons un triſte éxemple dans l'Imperatrice Conſtantia.

Elle étoit fille de Constance Chlore, & de Theodora seconde femme de cet Empereur. Il y a apparence qu'elle naquit en Angleterre, où son pere fit son plus grand séjour depuis qu'il fut fait Cesar. Constantia avoit un mérite au-dessus du commun, c'étoit une Princesse qui n'avoit presque aucune des foiblesses de son sexe, & qui relevoit les avantages de sa beauté par le mérite & les qualités de son esprit. Elle avoit un courage mâle, une prudence sage, une politique fine, une vertu solide. L'on admiroit en elle beaucoup de force de genie, une grande pénétration pour les affaires, une vive éloquence, & une fermeté qui ne se rebutoit pas facilement, & sur tout cet esprit de médiation qui sçavoit ramener les esprits les plus divisés ; au reste opiniâtrement attachée à ses sentimens, n'abandonnant presque jamais ses premieres idées, & n'en concevant que d'extraordinaires & de celles qui la distinguoient du commun, aimant à rafiner sur toutes choses, même sur les matieres de Religion, ce qui fut d'un grand préjudice aux interêts de l'Eglise.

Constantia étoit encore dans sa premiere jeunesse, lorsque l'Empereur son pere mourut à York en Angleterre. L'on croit avec beaucoup de fondement qu'elle ne quitta point Conftantin fon frere, qui quelque tems après, fut proclamé Empereur, d'un confentement unanime des Troupes, & qu'elle fuivit la Cour avec Theodore fa mere, & l'Imperatrice Eutropie fa grand-mere.

D'abord que Conftantin eut été élû, fon Portrait fut expofé publiquement à Rome; mais les Prétoriens piqués alors de ce que l'Armée d'Angleterre avoit élû fans leur participation un Empereur, aux largeffes de qui ils n'avoient pas eu part, proclamerent pour leur Empereur Maxence, fils veritable ou fuppofé d'Hercule, qui avoit déja quitté la Pourpre; & Licinius quelque tems après élû, augmenta le nombre des Cefars.

Il eft difficile que la paix foit de longue durée entre quatre Princes qui partagent la Puiffance Souveraine. L'égalité du rang eft la fource de la jaloufie, & la moderation eft une vertu inconnuë aux Grands. Hercule qui s'étoit dépoüillé de la fuprême autorité, voulut remonter fur le Trône, & pour avoir un appui, il s'allia avec Conftantin; mais il s'oublia enfuite fi fort, qu'il ofa confpirer contre fon beau-fils. Sa trahifon porta bien-tôt fa peine. Hercule voyant fa confpiration découverte, prit la fuite, & s'étant retiré à Marseille, il y fut mis à mort.

Constantin trouva bien-tôt un autre Ennemi dans Maxence, il l'alla combattre, & eut même un célébre présage de sa victoire, dans la vision d'une Croix miraculeuse qui lui apparut, avec les circonstances que personne n'ignore. Cette vision le fit résoudre à embrasser la Foi Chrétienne. Constantia suivit l'éxemple de son frere, elle renonça à l'Idolatrie, & devint très-zélée pour la Religion de Jesus-Christ, dont elle suivit les maximes avec beaucoup de ferveur. Son zéle pour l'Evangile donna un nouvel éclat à ses vertus qu'il sanctifia.

Constantin ayant vaincu & défait Maxence, fit son entrée dans Rome sur un Char de Triomphe. Il regla ensuite les affaires de l'Empire avec Licinius son Collegue; & pour cimenter entr'eux une paix solide, il lui donna en mariage sa sœur Constantia qui étoit alors dans le plus vif éclat de sa jeunesse.

Ces nôces furent célébrées à Milan avec une pompe & une magnificence extraordinaire. Constantin qui avoit pour la Princesse sa sœur une grande tendresse, & qui estimoit infiniment sa sagesse & sa vertu, n'oublia rien de ce qui pouvoit contribuer

contribuer à la somptuosité de cette Fête.
Pour lui faire plus d'honneur, il invita
Diocletien de venir prendre part aux ré-
jouïssances de cette nôce, & de l'honorer de sa présence ; mais ce Prince s'ex-
cusa, & allegua des raisons qui piquerent grandement Constantin.

Licinius n'étoit pas digne d'une si haute
alliance. Il n'avoit pour tout mérite que sa
fortune, sa naissance étoit obscure ; &
quoi qu'il prétendît sortir de la race de
l'Empereur Philippe, il ne pouvoit point
se glorifier d'une extraction fort noble. Il
étoit à la vérité, d'un air & d'une taille
militaire, bon homme de guerre, ennemi
des flatteurs, mais aussi il nourrissoit les
vices les plus honteux ; son air altier &
sevère marquoit assez cette cruauté féroce
qui entroit dans toutes ses actions. Il étoit
fâcheux, injuste, fourbe, avare, incapable d'aucune politesse. Il fut l'ennemi le
plus redoutable qu'eurent les personnes de
sçavoir, qu'il disoit être les pestes de la République ; & comme il étoit très-ignorant
lui-même, il fuyoit, il persécutoit les
gens de Lettres, & sur tout les Orateurs
& les Avocats qu'on devoit, disoit-il,
exterminer, parce qu'ils sont la ruine des
Empires. Il fut brutalement acharné contre les Chrétiens, sur lesquels il se porta

avec une fureur également inhumaine &
ingrate. On le vit encore sujet au plus honteux de tous les vices, & sa lubricité se dé-
bordoit sur toute sorte de conditions. Tel
fut le mari, que des raisons d'Etat engage-
rent Constantin à donner à sa sœur. Cette
Princesse fut comme le lien qui unit les
deux Empereurs.

Après la solemnité de ce mariage, les
deux Empereurs se séparerent. Une des
conditions de ce mariage fut que Licinius
ne feroit rien contre le Christianisme.
Constantin qui avoit embrassé de bonne
foi la Religion Chrétienne, exigea de son
Collegue qu'il laisseroit les fideles pratiquer leur Religion sans les inquiéter. Licinius, quoique superstitieusement attaché au culte des Idoles, garda néanmoins
de grands ménagemens à l'égard des Chrétiens. La profession que faisoit l'Imperatrice sa femme de cette Religion, la crainte qu'il avoit de déplaire à Constantin, qu'il
sçavoit s'interesser vivement pour les
Chrétiens, étoient des digues qui arrêtoient les impétueuses saillies de sa cruauté; cependant le sang des Chrétiens étoit
souvent répandu, Licinius le voyoit cou-
ler avec joye; & quoi qu'il rejettât sur les
Gouverneurs des Provinces, la persécution qu'on faisoit aux Fideles, on ne

laiſſoit pas de voir que par l'impunité de ces entrepriſes & par la tolerance avec laquelle il voyoit faire ces éxécutions, il n'étoit pas fâché que les miniſtres de ſa fureur fiſſent des Martyrs.

L'Imperatrice ſe ſervoit de tout le pouvoir qu'elle avoit ſur l'eſprit de Licinius, pour arrêter les violens deſſeins que lui inſpiroient les Ennemis de la Foi Chrétienne ; elle avertiſſoit ſecretement ſon frere de tout ce qui ſe paſſoit à la Cour de Licinius de contraire aux interêts de Conſtantin & à la tranquillité des Fideles, & l'Egliſe dut à ſes ſoins, le calme dont elle joüit durant quelque tems. Il étoit ſans doute difficile que Licinius pût rien refuſer aux graces & aux empreſſemens d'une Princeſſe, qu'un ſi rare mérite rendoit ſi digne des complaiſances de ſon Epoux. Mais ce ne fut pas par ſes ſollicitations ſeulement que Conſtantia ſervit les Chrétiens ; ils reſſentirent en mille occaſions l'effet de ſes liberalités, que cette Princeſſe répandoit avec une pieuſe profuſion ſur les Fideles qu'elle croyoit avoir beſoin de ſes largeſſes.

Conſtantia eut de ſon mariage un fils qui fut appellé Licinius-Licinianus.

Les heureux ſuccès que Conſtantin avoit eu dans ſes Guerres & qu'il rapportoit

E e ij

avec reconnoiffance à la protection du
Dieu des Chrétiens, le foin jaloux qu'il
prenoit des interêts de l'Eglife, la profeffion publique que lui, fa famille & tous
les Grands de la Cour faifoient de la Foi
en Jefus-Chrift, avoient porté Licinius à
faire auffi, du moins en apparence, profeffion du Chriftianifme; mais d'abord qu'il
fe vit éloigné de Conftantin, il oublia les
promeffes qu'il avoit fait à fon beau-frere; il chaffa les Chrétiens de fa maifon,
il rétablit le culte des faux Dieux, & s'a-
bandonna à tous les crimes abominables,
qui font le fruit honteux de l'Idolâtrie:
fon penchant pour les plaifirs reprit fon
cours, il fe livra à tous les excès de la débauche; & fans que rien pût fervir de digue à fes defirs effrenés, il violoit même
publiquement les Dames de la plus haute
qualité.

Conftantia gémiffoit dans le fecret de
fon cœur, fur les défordres de fon mari;
mais elle ne pouvoit les arrêter, fes remontrances, les prieres, les graces même
de fa perfonne qui parloient avec tant de
force, étoient impuiffantes contre les feux
impudiques de ce Prince, que fon penchant pour le crime entraînoit aux plus
affreufes lubricités, & qui ne ménageoit
rien, lorfqu'il vouloit les fatisfaire. En

effet, non content d'être devenu redoutable aux plus illustres familles, il osa pen-
ser à corrompre une des filles de l'Imperatrice sa femme, que sa vertu rendoit plus
chère à Constantia que sa beauté.

La Cour étoit pour lors à Nicomedie,
qui étoit sans contestation la plus agréable
Ville qu'il y eût dans la Bithinie. Dioclé-
tien y avoit fait bâtir un très-magnifique
Palais, & les Empereurs y faisoient pour
l'ordinaire leur séjour. Ce fut dans ce tems-
là que le fameux Eusebe fut connu de
l'Imperatrice, de l'esprit de laquelle il eut
l'adresse de se rendre maître avec tant
d'empire. Elle l'introduisit à la Cour &
lui fit donner l'Evêché de Nicomedie qu'il
prit, en quittant celui de Berite, sans fort
se soucier de l'atteinte qu'il donnoit aux
Canons.

Constantia entre ses filles, aimoit sur
tout Glaphire qui étoit une jeune personne doüée d'une excellente beauté & d'une
sagesse qui en honoroit les charmes ; ils devinrent par malheur victorieux du cœur
de l'Empereur ; & comme Licinius n'étoit
pas homme à se faire violence, & à opposer
à ses passions les réflexions qui pouvoient
en arrêter les progrès, il devint amoureux
de Glaphire, & ne songea plus qu'aux
moyens de la séduire ; mais comme il sça-

voit que des empreſſemens trop marqués découvriroient ſes feux & ſes deſſeins , & allarmeroient la ſageſſe de l'Imperatrice, qui tenoit l'œil ouvert ſur la conduite de ſes filles , il fit agir Benigne , Capitaine de ſes Gardes , qu'il fit dépoſitaire de ſa paſ-ſion.

C'eſt un malheur pour les Princes , que de ne trouver que trop de gens diſpoſés à ſacrifier leur honneur & leur conſcience pour ſatisfaire aux paſſions , & qui achet-tent leur élévation , & leur fortune en ſer-vant les inclinations perverſes des Princes, Benigne annonça à Glaphire l'impreſſion que ſa beauté avoit fait ſur le cœur de Li-cinius , & la ſatisfaction que l'Empereur attendoit d'elle. Il ne manqua pas de lui exagerer le bonheur qu'elle devoit atten-dre de la reconnoiſſance du Prince, le cré-dit qu'elle auroit à la Cour , les reſpects que lui prodigueroit tout l'Empire , d'a-bord qu'on la verroit maîtreſſe du cœur de Licinius , & mit enfin en œuvre toutes les ruſes que ſçavent employer ceux qui ſe chargent d'un ſi infâme miniſtere.

Glaphire qui étoit non ſeulement Chré-tienne ; mais encore très-ſage , fut ſurpriſe du diſcours de Benigne ; & bien loin de ſe féliciter de la conquête qu'elle avoit faite contre ſes vûës , elle en fut affligée. Elle

prévit au premier coup d'œil, tout ce
qu'elle auroit à souffrir d'un Prince ardent
pour les plaisirs, & pour les attentats duquel il n'y avoit rien d'inviolable. Elle
rougit au discours de Benigne, & montra
l'embarras où la mit une déclaration à laquelle elle ne s'attendoit point, & une
conquête qu'elle n'avoit pas eu envie de
faire ; elle fit au Capitaine des Gardes une
réponse digne de sa sagesse, & alla ensuite
répandre son cœur dans le sein de l'Imperatrice & lui confier ses allarmes. Constantia connoissoit Licinius pour un homme
qui ne se rebuteroit pas facilement, &
dont la passion s'irriteroit par les obsta-
cles ; & comme elle faisoit toutes choses
avec une grande prudence, elle ne voulut
pas laisser la vertu & la pudeur de Glaphire
exposées aux entreprises & à l'autorité de
Licinius. Elle ne trouva pas à propos d'irriter ce Prince par des reproches, qui bien
souvent augmentent le mal qu'ils veulent
guérir ; mais prenant un parti fort judicieux, elle fit travestir Glaphire en homme, lui donna des habits magnifiques, un
train superbe & beaucoup d'argent, & la
fit partir secretement de Nicomedie ac-
compagnée de personnes de la vertu des-
quelles l'Imperatrice étoit très sûre, & qui
avoient ordre de la conduire en un lieu de
sûreté.

A la faveur de ce déguisement, Glaphire qui passoit par tout pour un jeune Tribun militaire, chargé de quelques ordres secrets de la Cour, s'éloigna de Nicomedie, & arriva à Amasie Ville Capitale de Pont en Asie. Quintius qui étoit un des plus considerables de la Ville, regardant Glaphire comme quelque Seigneur de la Cour, que l'Empereur honoroit de sa confiance, lui rendit visite & lui offrit même sa maison. Le faux Tribun se rendit aux empressemens de Quintius, prit chez lui un Appartement & s'étant informé de l'état où étoit la Religion Chrétienne dans Amasie, il eut la satisfaction d'apprendre que les Fideles y étoient conduits par un Evêque, que son zele, sa pieté, son éloquence rendoit comparable aux Apôtres.

Il étoit difficile que Glaphire pût se dispenser de confier à quelqu'un le secret & le motif de son déguisement. Elle prévoyoit qu'un Etranger, qui arrivoit avec les apparences d'un homme de condition, & qui avoit une suite nombreuse, seroit assez considerable dans une petite Ville pour être observé, & qu'étant Chrétienne & voulant en faire profession, le Saint Prélat veilleroit sur sa conduite; d'ailleurs il lui tardoit d'ouvrir son cœur à quelque personne, qui lui donnât de la consolation

&

& les fecours neceffaires pour garantir fa virginité des pourfuites de l'Empereur, elle ne crut pas pouvoir faire un plus digne choix que du Saint Evêque d'Amafie pour révéler le myftere de fon voyage.

Celui-ci fe nommoit Bafile, Prélat d'une vie exemplaire & rempli de la fcience des Saints. Glaphire lui communique le fecret de fa fuite & le danger auquel fa pureté auroit été expofée à la Cour, fi elle n'eut cherché fon falut dans ce déguifement. Bafile loüa le pieux artifice qu'elle avoit employé pour mettre fa pudicité en fûreté; il lui dit tout ce qui pouvoit la confoler & la confirmer dans le généreux deffein où elle étoit de mourir, plûtôt que de fe rendre aux infâmes defirs de Licinius. Il lui donna les avis qu'il jugea neceffaires pour fa conduite, durant le féjour qu'elle feroit obligée de faire dans Amafie, & lui recommanda fur tout de ne point trop fe communiquer, & de faire en forte que le Gouverneur de la Ville n'eût aucune connoiffance de ce myftere. La fainte fille fuivit fidelement les confeils de Bafile. Elle donna avis à l'Imperatrice de tout ce qui fe paffoit, & lui apprit le charitable foin que l'Evêque d'Amafie prenoit d'elle, & le deffein qu'elle avoit formé de fe fixer dans cette Ville & fous les yeux

Tome III. F f

d'un Prélat, dans les conversations duquel elle trouvoit & sa consolation & la regle de sa conduite.

Constantia eut une extrême joye de la sçavoir en lieu de sûreté. Elle lui envoyoit souvent des sommes considerables d'argent, dont Glaphire faisoit un pieux usage ; car elle en donnoit la plus grande partie à son Evêque Basile, qui profitant de la paix dont Constantin faisoit joüir l'Eglise, avoit entrepris la construction d'une Basilique, pour l'Edifice de laquelle son zele seul ne suffisoit pas ; mais les liberalités que l'Imperatrice faisoit à Glaphire, furent une ressource qui arriva fort à propos ; elles devinrent même plus grandes par les largesses de l'Imperatrice, qui ayant été informée par Glaphire, que Basile, avoit besoin d'argent, pour achever l'Edifice qu'il avoit entrepris, en envoya secretement.

L'évasion de Glaphire avoit cependant fait un grand éclat à la Cour. Licinius, qui voyoit avec un dépit chagrin cette proye enlevée à sa passion, fit faire des perquisitions dans tous les lieux où il pouvoit soupçonner qu'elle s'étoit retirée ; mais ses recherches furent inutiles, Glaphire dans Amasie étoit à l'abri de la colere & des poursuittes du Tyran.

L'Imperatrice recevoit fort souvent des nouvelles de sa favorite : mais par malheur Benigne qui avoit été le confident des amours de Licinius, ayant intercepté une lettre que Glaphire écrivoit à Constantia, découvrit tout le secret, & en donna avis à l'Empereur. Celui-ci laissa prendre l'essor à toute sa fureur, & il ne lui promit pas moins que de lui sacrifier Glaphire & Basile : en effet il envoya ordre au Gouverneur d'Amasie, qui étoit Payen, de lui envoyer Glaphire & le Saint Evêque les fers aux pieds.

Licinius n'eut pas la satisfaction de se venger de Glaphire. Dieu qui avoit voulu récompenser sa vertu, se hâta de la tirer de ce monde ; de sorte que quand les ordres de l'Empereur arriverent à Amasie, on y avoit déja vû mourir la Sainte fille. Mais Basile fut conduit à Nicomedie, où il reçut la Couronne du Martyre, pour avoir été le Protecteur de la chasteté d'une Vierge.

La cruauté avec laquelle Licinius poursuivit les Chrétiens, indisposa Constantin contre lui. Ce pieux Empereur qui étoit autant zélé pour l'Eglise, que son Collegue étoit attaché aux superstitions Payennes, ne put voir tranquillement que Licinius violât avec si peu de ménagement la condi-

F fij

tion la plus essentielle de leur Traité, qui étoit la promesse qu'il avoit fait, de laisser les Chrétiens de l'Orient professer librement leur Religion. Constantia qui étoit Chrétienne de bonne foi & qui aimoit la Religion, avertissoit secretement son frere, de tout ce qui se passoit à la Cour de Licinius de préjudiciable aux interêts de l'Eglise & à ceux de Constantin; sa foi lui tenant plus à cœur que les avantages même de sa famille. Il est vrai que quand par ses remonfrances elle croyoit avoir inspiré à son Epoux des sentimens plus raisonnables, elle s'interessoit pour lui auprès de son frere, & l'Empereur Constantin qui aimoit tendrement sa sœur, dissimula les raisons qu'il avoit de se plaindre de Licinius, & lui pardonna même ses révoltes; mais Licinius n'en devint que plus ingrat, cet esprit fourbe & dissimulé tramoit sourdement des trahisons contre Constantin, lors même qu'il ne joüissoit de l'Empire, que parce que Constantin n'avoit pas voulu l'en dépoüiller.

Une si monstrueuse ingratitude parut à Constantia indigne de pardon, & elle n'osa plus demander grace à son frere pour son mari, que ni les bienfaits, ni les menaces ne pouvoient empêcher de cabaler contre son bienfaicteur. Constantin voyant

qu'il auroit toûjours Licinius ſur les bras,
s'il ne le mettoit hors d'état de faire des
partis contre lui, ſe détermina à lui déclarer la guerre, & le défit entierement.
Conſtantia apprit avec joye la Victoire de
Conſtantin; elle regardoit Licinius comme l'ennemi de la Foi de Jeſus-Chriſt.
Elle crut que les interêts de ſa famille ne
devoient pas balancer dans ſon cœur ceux
de ſa Religion; que ſon mari n'étoit pas
capable de revenir de ſon entêtement pour
les Idoles, après les motifs de converſion
qu'elle lui avoit ſi ſouvent allegués, mais
toûjours ſans fruit. Elle craignoit que la
Fortune, laſſe d'être favorable à Conſtantin, ne ſe déclarât pour Licinius, & qu'elle-même ne fût la victime des avantages
que ſon Epoux pouvoit remporter ſur
Conſtantin; qu'après s'être ſi ſouvent in-
tereſſée pour Licinius & avoir uſé, pour ainſi dire, ſon credit auprès de ſon frere, afin
d'obtenir grace pour un Collegue, ſi ſouvent rébelle & toûjours ingrat, il ne lui
étoit plus permis de témoigner tant d'empreſſement pour un Epoux qui s'en étoit
rendu indigne. Elle craignoit d'ailleurs de
ſe rendre ſuſpecte à ſon frere : auſſi d'a-
bord qu'elle eut appris que Conſtantin
avoit défait l'Armée de Licinius, elle apporta à ſon frere la Pourpre Imperiale de

son mari, pour faire entendre qu'elle ne demandoit plus grace pour lui.

Constantin eut encore pour sa sœur cette complaisance, que de donner la vie à Licinius, en lui assignant un revenu qui répondît à son Rang ; mais cet esprit inquiet ne pouvant s'empêcher de renoüer des liaisons avec les Ennemis de Constantin, celui-ci le fit mourir.

Après la mort de Licinius, Constantia resta à la Cour de Constantin, & y appella son fils le jeune Licinius. C'étoit un Prince bien fait, d'un visage aimable & qui montroit beaucoup de vivacité. On remarquoit en lui certains traits échappés d'une fierté noble, qui faisoit voir qu'il sçavoit fort bien quel Rang son pere avoit occupé. Il avoit été élevé dans le Paganisme, & quoique sa mere l'eût engagé à embrasser la Religion Chrétienne, il n'étoit pas difficile de connoître qu'il étoit Idolâtre dans le fond du cœur. Constantia avoit pour lui beaucoup de tendresse, c'étoit un fils d'une grande esperance. Constantin qui cherchoit à consoler sa sœur, de la perte de son mari, & qui vouloit faire voir à tout l'Empire que Licinius par ses trahisons réïterées l'avoit forcé à le faire mourir, fit déclarer le jeune Licinius, Consul. Ce Prince exerça cette Charge avec beaucoup de hauteur, & montra par sa conduite qu'il avoit assez d'ambition pour aspirer à une plus grande. Fausta en prit de l'ombrage. Elle craignit que dans Licinius, ses enfans ne trouvassent un jour un concurrent dangereux & un ennemi redoutable, & qu'il se vengeât sur eux, de la mort de l'Empereur son pere. Constantin qui prévoyoit les choses de loin, fit sans doute les mêmes réflexions & elles ne contribuerent pas peu à le déterminer à asseurer la fortune de sa famille, par la mort du jeune Licinius.

Constantia sentit jusqu'au fond de l'ame la mort de son fils ; cependant elle fit un Sacrifice forcé de ses regrets, au desir qu'elle avoit de ne point contrister son frere, pour lequel elle gardoit de grands ménagemens. Constantin à son tour en avoit pour elle d'extraordinaires, & ses complaisances pour sa sœur, furent des preuves convainquantes de la tendresse qu'il avoit pour elle, & du pouvoir qu'il lui avoit donné sur son esprit & sur son cœur. Ce crédit & cette autorité reçurent un nouvel accroissement, par la mort de l'Imperatrice Sainte Helene, pour laquelle Constantin avoit toûjours eu beaucoup de respect & de déférence. Constantia qui étoit veuve d'un Empereur & sœur d'un

F f iiij

autre, succeda au crédit qu'avoit eu Helene. Elle devint la source de toutes les
graces de la Cour. Les témoignages d'a-
mitié que lui donnoit son frere lui attirerent les honneurs, les hommages & le
respect de tout l'Empire.

Eusebe que cette Princesse avoit fait élever sur le Trône Episcopal de Nicomedie,
cultivoit avec beaucoup de soin sa Protectrice. C'étoit un Prélat d'un esprit adroit,
souple, complaisant, qui possedoit toutes
les qualités d'un habile Courtisan, & qui
excelloit dans l'art de faire sa Cour. Avec
toutes ces manieres polies, insinuantes &
& artificieuses que sçavent mettre en œuvre ceux que l'ambition & un ardent desir
de s'élever possedent, il avoit eu l'adresse
de se faire connoître à Constantia & il
avoit si bien sçû s'insinuer dans ses bonnes
graces qu'il n'y avoit point de Courtisan
qui fût vû de meilleur œil de cette Imperatrice que l'Evêque de Nicomedie. Cette
faveur d'une si grande distinction, l'avoit
rendu considerable à la Cour, où Constantia l'avoit introduit; & comme il sçavoit
mettre à profit tout ce qui pouvoit contribuer à sa fortune, il avoit gagné les
bonnes graces de Constantin, auprès duquel il devint très-puissant; quoi qu'il eût
favorisé secretement le parti de Licinius,

contre cet Empereur, & même contre les
Chrétiens, pour se ménager en Courtisan
politique, l'entrée dans l'une & l'autre
Cour, suivant que le sort des Armes auroit décidé, ou pour Licinius, ou pour
Constantin. Au reste il n'étoit nullement
scrupuleux & il ne faisoit point difficulté
de faire plier les interêts de sa Religion,
sous ceux de son ambition; on prétend
même que ses sentimens sur la Divinité de
Jesus-Christ, s'éloignoient fort de la vérité Catholique, & que s'il ne les manifestoit point, c'étoit de crainte de nuire à sa
fortune & de se rendre suspect à Constantin, qui étoit fort attaché à la foi de l'E-
glise; mais d'abord qu'Arius eut répandu
ses blasphêmes & se fut attiré l'excommu-
nication dont le Saint Patriarche Alexandre, Archevêque d'Alexandrie le frappa,
Eusebe, qui d'un côté étoit infecté des
mêmes erreurs que cet Hérésiarque, &
qui d'autre part étoit bien-aise d'élever
un parti contre le Saint Patriarche d'Alexandrie, entreprit la défense d'Arius, il le
mit en crédit à la Cour, & pour donner
cours à la doctrine qu'il débitoit, il em-
poisonna l'esprit de l'Imperatrice Constantia; il lui fit avaler le funeste venin de
l'hérésie, il lui présenta Arius, dont l'exterieur composé, l'air dévot & severe, le

difcours poli & infinuant, & une certaine
phifionomie d'homme de vertu qu'il avoit,
furprirent l'Imperatrice, qui le regarda
dès-lors comme un homme rare qui parloit des Myfteres de la Religion & des
chofes divines, bien plus fçavamment que
le refte du monde. Ce fut ainfi, dit Saint
Jerôme, qu'Arius ayant réfolu de perdre
l'Univers par fon héréfie, commença par
féduire la fœur de l'Empereur ; & telle a
été toûjours la conduite des Héréfiarques,
de commencer de répandre leurs erreurs
dans l'efprit des femmes, à peu près comme le Serpent commença par féduire Eve.

    L'Arianifme ne pouvoit fans doute
trouver un plus grand appui que la faveur
& la protection de Conftantia. Auffi dans
peu cette Héréfie fe répandit, & caufa
dans l'Eglife un terrible défordre. Pour
en arrêter les fuites Conftantin fit céle-
brer le fameux Concile de Nicée, dans
lequel les erreurs d'Arius & de fes principaux fauteurs, furent condamnés. On
dépofa Eufebe, & l'Empereur l'alloit
envoyer en éxil, fi ce Prélat à qui il en
coûtoit fort de quitter la Cour, n'eût fait
femblant de renoncer à l'Arianifme ; &
s'il n'eût foufcrit à la condamnation de
l'Héréfie, contre laquelle le Concile venoit de lancer fes foudres. Après cette

démarche, il n'eut pas de peine à se remettre dans les bonnes graces de Constantin par le crédit de ses amis, & sur tout par la faveur de l'Imperatrice Constantia, qui s'interessa vivement pour lui. Comme il étoit toûjours Arien dans le fond du cœur, il ne cessa de prendre des mesures pour rétablir l'Hérésie que le Concile avoit condamnée, & de semer des calomnies contre Saint Athanase, qui avoit été élû Patriarche d'Alexandrie, & qui étoit le plus redoutable adversaire qu'eussent les Ariens. Les artifices d'Eusebe eurent d'abord un heureux succès, il fit accuser Athanase de mille crimes, dans lesquels il comprenoit celui de leze-Majesté, afin d'irriter Constantin contre ce Patriarche : Il avoit en effet si bien couvert ses impostures d'une apparence de verité, que l'Empereur regardoit Athanase comme un esprit inquiet, entêté & séditieux. Mais le Saint Patriarche qui avoit été cité devant Constantin, fit voir d'une maniere si convaincante la fausseté de toutes ces calomnies, dont on avoit voulu le noircir, que l'Empereur persuadé de son innocence, conçut pour son mérite plus d'estime que jamais, & voulut même punir la témerité de ses accusateurs, en les envoyans en éxil.

Ce fut un coup de foudre pour Eusebe, qui ne s'étoit pas attendu à ce revers. Constantia fut affligée de sa disgrace ; mais comme elle sçavoit que son frere étoit indigné contre lui, & qu'elle craignoit d'ailleurs de rendre sa créance suspecte, si elle s'employoit pour Eusebe, qui passoit dans l'esprit de l'Empereur pour un des plus zélés partisans de l'Arianisme, elle attendit une occasion favorable pour demander le rappel de ce Prélat.

Il ne pouvoit s'en trouver une plus à propos que la conjoncture de la Dédicace de la Ville de Constantinople qui venoit d'être achevée, & en laquelle l'Empereur transporta le Siége de l'Empire. Une circonstance rendit cette Fête plus solemnelle, ce furent les réjoüissances que l'on devoit faire dans ce même tems à l'honneur de l'Empereur, qui entroit dans la vingt-cinquiéme année de son Regne, & de son fils Constantius qui commençoit la cinquiéme année de sa Dignité de Cesar. Constantia saisit adroitement cette occasion pour demander le rétablissement de l'Evêque Eusebe, dont l'éloignement lui étoit insupportable. Elle se servit de tout le pouvoir qu'elle avoit sur l'esprit de son frere pour obtenir cette grace. Elle fit encore agir son neveu Constantius, qui demanda à Constantin, conjointement avec Constantia, le rappel d'Eusebe; de sorte que l'Empereur vaincu par leurs importunes sollicitations, consentit que ce Prélat retournât dans son Eglise.

Constantia ne pouvoit rendre un plus mauvais service à la Foi Catholique, ni lui faire plus de tort. Eusebe étoit plus à craindre qu'Arius même ; car enfin cet Heresiarque n'auroit pû répandre & soûtenir ses erreurs, s'il n'avoit trouvé des partisans dans plusieurs Evêques. Il faut cependant rendre justice à l'Imperatrice, qu'elle ne croyoit point qu'Eusebe fût Hérétique, & qu'elle s'étoit laissée persuader qu'Arius n'étoit persecuté, que parce que ceux qui l'accusoient d'Hérésie étoient jaloux du mérite & du profond sçavoir de cet Ecclesiastique qui leur faisoit ombrage ; que le terme de Consubstantiel, étoit une nouveauté dans l'Eglise, qui ne s'en étoit jamais servie en parlant de Jesus-Christ; & comme cette Princesse qui avoit donné dans la devotion vouloit se distinguer du commun, même dans la pratique, & entrer dans la connoissance des Mysteres de la Foi, comme si elle avoit des lumieres superieures à celles de son sexe, elle but le funeste poison de l'Arianisme, & se rendit la protectrice des plus ardens partisans de cette Hérésie,

en croyant proteger les plus zélés défen-
feurs de la Foi Catholique ; & ce qu'il y
eut de fatal pour la Religion , c'eft que
Conftantia refta dans cette erreur jufqu'à
fa mort ; car elle employa les derniers momens de fa vie à introduire dans l'amitié
& dans la confiance de Conftantin , le
plus dangereux Ennemi qu'eût l'Eglife.
C'étoit un certain Prêtre totalement dé-
voüé aux Ariens , & plus zélé partifan
de leur Héréfie , qu'Arius même qui en
êtoit l'Auteur. Il cachoit fon venin fous
la trompeufe apparence d'une pieté fublime , qui impofoit aux yeux de ceux qui
ne connoiffoient point le fond corrompu
de fon ame. Eufebe de Nicomedie avoit
une entiere créance dans cet hipocrite , &
lui confioit fes deffeins les plus cahcés. Il
l'avoit introduit chez l'Imperatrice Conftantia , à laquelle il l'avoit propofé comme un homme d'une vertu confommée,
& à qui Dieu réveloit les plus profonds
Myfteres. Ce Prêtre par fon air dévot &
mortifié , par fes difcours féduifans , &
par fon exterieur impofant , foûtint l'i-
dée qu'on avoit donné de lui à l'Imperatrice ; il s'infinua dans fon efprit & s'en
rendit le Maître. Conftantia ne régla plus
fa conduite que fur les Oracles de fon Directeur ; & comme elle aimoit à pratiquer
une devotion particuliere , differente de

celle du commun , elle n'écouta plus que
ce fourbe , qui fous prétexte de la conduire à la perfection & à la connoiſſance
des Myſteres de la Religion par des rou-
tes fublimes, qui n'étoient ouvertes qu'aux
eſprits fuperieurs , lui fit avaler le poiſon
de l'Héréſie , toûjours préparé avec art.

Lorſque ce fourbe vit que l'Imperatrice
avoit pris en lui une entiere confiance, il
concerta avec ſon Patron Euſebe de Nicomedie , les moyens de faire rétablir
Arius , en intereſſant la Princeſſe qui avoit
à la Cour un crédit que rien ne balançoit;
ils ne doutoient point qu'il ne fût difficile
de parvenir à faire rappeller cet Héréſiar-
que , s'ils ne gardoient de grands ménagemens , Conſtantin s'étant déclaré hautement pour la Foi de Nicée , & contre
ceux qui étoient accuſés de ne pas recevoir la Doctrine du Saint Concile ; de
forte qu'il falloit éloigner d'Arius le ſoup-
çon qu'on avoit qu'il ne crût dans le fond
du cœur , une Doctrine contraire. C'eſt
ce que ce Prêtre fit adroitement un jour
qu'il eut une converſation particuliere
avec l'Imperatrice : car après avoir jetté
quelques ſoupirs , en parlant d'Arius , &
voyant la Princeſſe empreſſée à lui demander le ſujet de ſes ſoupirs , ce ſcelerat lui
dit avec un air triſte & affligé , que ſon
cœur ne pouvoit ſe refuſer à la plus vive

douleur, lorfqu'il penfoit au trifte fort
d'un des plus grands Serviteurs de Dieu,
qui étoit opprimé cruellement par ceux
qui portoient envie aux dons fublimes,
& aux lumieres extraordinaires dont
Dieu l'avoit favorifé. « Oüi, Madame,
» continua ce fourbe en foupirant, Arius
» n'eft malheureux, que parce qu'il eft le
» plus habile Ecclefiaftique qu'il y ait
» dans l'Eglife de Dieu. Son mérite, fes
» vertus, fes grandes lumieres, ont fait
» fon crime. Cet homme divin faifoit
» ombrage au Patriarche Alexandre, &
» il eft devenu l'objet de la perfécution
» de ce Prélat, qui ne pouvant fouffrir
» un Ecclefiaftique, dont tout le monde
» admire la profonde Doctrine, & qui
» poffede fur les Myfteres les plus fubli-
» mes, des connoiffances où perfonne en-
» core n'avoit atteint, a employé les
» plus noires impoftures & une violence
» outrée, pour éloigner d'Alexandrie cet
» homme rare qui l'obfcurciffoit, & il le
» fit condamner dans le Concile, en lui
» imputant une Doctrine qu'Arius n'a-
» voit jamais foûtenuë, & qu'il avoit au
» contraire condamnée après le Concile.
» Toute la Ville d'Alexandrie peut ren-
» dre témoignage à l'innocence de ce
» grand homme, puifque durant un fi long-

tems

tems; on l'a entendu prêcher avec une «
satisfaction générale, & dire de si bel- «
les choses sur la nature incomprehensi- «
ble de Dieu , & sur l'excellence infinie «
de son Verbe, que tout le monde tombe «
d'accord , que personne jusqu'alors n'a- «
voit eu de si beaux sentimens sur les «
choses divines. Cependant, Madame, «
poursuivit-il , cet homme si favorisé du «
Ciel, cet Ecclesiastique si saint , si éclai- «
ré , & qui mérite les premieres Digni- «
tés de l'Eglise , est la triste victime d'u- «
ne jalousie maligne & ingenieuse ; il est «
banni de sa Patrie , chassé honteusement «
de l'Eglise,& traité avec plus d'indigni- «
té que les Ennemis les plus déclarés de la «
Religion.   «

Constantia écouta attentivement son
Directeur, qu'elle croyoit fort éloigné de
vouloir la tromper. Elle ne douta point
que tout ce qu'il lui dit d'Arius , & des
prétenduës persécutions qu'on lui faisoit,
ne fût veritable. Dès-lors cette Princesse
regarda Arius comme le plus grand homme de bien qu'il y eut dans l'Eglise , parce qu'elle étoit prévenuë que celui qui venoit d'en faire l'apologie , étoit la personne la plus capable de juger du vrai
mérite ; mais cependant elle n'osa jamais
parler en sa faveur à son frere , dont elle

Tome III.   G g

connoissoit les dispositions au sujet d'Arius. Ce fut toutefois pour les Ariens un grand avantage, que d'avoir rétabli l'Auteur de leur Hérésie dans l'esprit de l'Imperatrice, qui avoit eu autrefois pour lui des sentimens d'estime & d'amitié avant qu'il fût condamné par le Concile. En effet ils sçurent si bien profiter des dispositions où étoit l'Imperatrice en faveur d'Arius, qu'ils obtinrent bien-tôt de cette Princesse le rétablissement de cet Hérésiarque.

Les choses étoient dans cet état, lorsque Constantia fut atteinte d'une dangereuse maladie, durant laquelle Constantin la visita tous les jours, & lui donna les plus tendres marques de son amitié par la part qu'il prenoit à son mal, & par le desir ardent qu'il témoignoit de pouvoir contribuer à sa guérison. Il n'oublia rien pour redonner la santé à cette Imperatrice; mais son mal resista à tous les remedes, & la Princesse connut qu'elle étoit arrivée à la fin de sa vie. Constantin fut extrêmement affligé de se voir à la veille de perdre une sœur qu'il aimoit avec une tendresse extrême. Il n'y eut pas d'expression dont il ne se servit pour marquer à Constantia, & son affection, & sa douleur. L'Imperatrice se sentant enfin mourir, & voyant son frere au chevet de son lit

pénétré de la douleur la plus profonde,
elle lui prît la main en le regardant avec
des yeux mourans. *Seigneur*, lui dit-elle
d'une voix foible, j'ai reçû de vous une «
infinité de graces que vous m'avez ac- «
cordées avec une bonté & une généro- «
sité, qui me font garants de celle que «
j'ai encore à vous demander, la derniere «
à la verité, mais la plus précieuse de «
celles que j'ai obtenuës. C'est de rece- «
voir en reconnoissance de tout ce que «
je vous suis redevable, un présent que «
je veux vous faire, & qui sera le gage «
le plus précieux que je puisse vous don- «
ner de ma tendresse. Les Princes ne «
manquent point de Courtisans zélés «
pour leur gloire & pour leur grandeur «
temporelle; mais ils trouvent rarement «
un ami fidelle qui ait à cœur leur salut «
éternel. Voici un homme dont je con- «
nois les vertus, le mérite & la fidelité, «
continua-t'elle en lui presentant son «
Directeur, il vous inspirera ces hauts «
sentimens qu'il a de Dieu, qu'il a reçû «
du Ciel, & qu'il m'a suggeré. Il sera «
inviolablement attaché à vos interests «
spirituels, il vous conduira à la perfec- «
tion par des voyes que Dieu n'a encore »
révelé à d'autres qu'à lui; votre salut «
sera en sûreté entre ses mains, & je «
puis dire que je vous donne un trésor. «

» Je vous supplie de prendre confiance en
» lui, & de vous souvenir que c'est un
» présent que vous fait une sœur qui n'a
» plus rien à souhaiter dans ce monde que
» votre salut éternel. Je ne vous dissimu-
» lerai point que j'ai vû avec une extrême
» douleur votre Majesté, se laisser sur-
» prendre aux artifices de ceux qui ont
» abusé de la créance que vous avez eu
» en eux, pour persécuter injustement
» de très-bons Ecclesiastiques, grands
» Serviteurs de Dieu, qui ont été bannis
» & chassés de l'Eglise. Prenez garde
» qu'une si injuste sévérité, n'attire sur
» vous quelque punition. C'est toute la
» crainte que ressent une sœur qui ne
» prend plus part qu'à ce qui vous inte-
» resse, & qui va dans peu quitter la vie.

Elle eut de la peine à proferer ces paroles. Les foiblesses de l'agonie la surprirent, & elle expira en présence de son
frere, qui fut touché de sa mort, & de ce
qu'elle lui avoit dit.

Ce fut ainsi que Constantia employa
les derniers momens de sa vie à rétablir
dans l'esprit de Constantin Arius & ses
fauteurs, qui ne sçurent que trop bien tirer parti des impressions que la recommandation de Constantia avoit faites sur l'esprit de ce Prince, en faveur des Hérétiques.

Fin du Tome Troisiéme.

TABLE
ALPHABETIQUE
DES MATIERES.

Nota. *La Lettre* N. *se trouvant devant le chiffre, désigne que c'est dans la Note qu'il faut chercher; & la Lettre* T. *renvoye au Tome désigné par le chiffre. On a jugé à propos de le marquer Romain, afin de le differencier de celui des Pages; & pour en éviter la multiplication, on ne l'a marqué qu'à chaque mutation de Tome, en sorte que le chiffre marqué désignera que la suite a rapport au même Tome.*

A

ACTE' est aimée de Neron. 364. Tome I. Aspire au Trône, 366. Neron forme le dessein de l'épouser, 369. Fait faire une Généalogie fabuleuse, 370. Il se dégoûte d'elle, 375.

Adrianopolis est la même Ville que Palmyre, N. 192. T. III.

ADRIEN, son Extraction, 103. T. II. Son portrait, 134. Son érudition, 135. Ses vertus & ses vices, *ibid.* Son ambition, 136. Epouse Sabine, 107. Est fait Consul, 108. Son affection pour Plotine, 108. 109. Va avec Trajan

Tome III.   Hh

contre les Daces, 111. Reçoit le Commandement de l'Armée contre les Daces, & le Gouvernement de la Syrie, 126. Son peu d'affection
pour Sabine, 138. Se fait declarer Empereur,
140. Viole ses sermens, *ibid*. Le Senat lui décerne l'honneur du Triomphe, & lui donne le
Titre de Pere de la Patrie, 141. Son peu d'estime pour Sabine, 142. Ses raisons à ce sujet,
143. Sensibilité de son Epouse, *ibid*. Ses débauches outrées, 144. 149. Ses voyages lui sont re-
prochés par un Poëte, 145. Sa réponse, 146.
Fait perir l'auteur de ses débauches, 149. Lui
fait élever des Temples & Statuës, *ibid*. La
cause de ses infirmités, 150. Adopte Tite-Antonin, à quelle condition, 151. Cruauté qu'il
exerce. Fait perir Sabine son épouse, 152. Il
lui procure l'Apothéose, *ibid. & suiv*. Sa mort,
153. Ses sollicitudes exprimées dans ses Vers,
153 & 154. Son corps est brûlé à Puzol. 153.

AGRIPPA, son Extraction, 117. T. I. Son
Portrait, 118. Ses belles qualités, 165. Est envoyé par Auguste pour assister aux nôces de Marcellus, 149. Sa magnificence, *ibid*. Fait bâtir
un Temple, N. 149. Reçoit l'Anneau d'or
d'Auguste; sujet de mésintelligence avec Marcellus, 153. Il répudie Marcelle, & épouse Julie, 166. En a Caïus-Cesar, Lucius-Cesar, &
Agrippa, *ibid* Est adopté par Auguste, 117.
Livie rend celui-ci suspect à l'Empereur, 118.
Est exilé dans l'île de Planasie, *ibid*. Visité par
Auguste, 119. Sa mort, 124.

AGRIPPINE, *Femme de Claude*.) Lieu de sa
naissance, 272. T. I. Son portrait, *ibid. & suiv*.
Epouse Domitius Ænobarbus, 275. Accouche
de Neron à Antium, *ibid*. Ses intrigues sont découvertes, 276. *& suiv*. Est exilée dans l'Isle

de Pontia, 278. Rappellée par Claude, *ibid*. Elle tâche de s'en faire aimer *ibid*. Sa passion de regner, lui fait jetter les yeux sur Galba pour être son mari, 279. qui ne répond pas à ses empressemens, *ibid*. En est fort raillée : Scene divertissante, 6. 7. & *suiv*. T. II Elle épouse Crispus & s'en défait, 280. T. I. Ses grandes dépenses allarment Messaline, *ibid*. Est proposée à Claude pour Femme, par Pallas, 284. Difficulté levée par le Senat, 286 Epouse Claude, *ibid*. Commence son Regne par une belle action, *ibid*. Son autorité & indépendance, 287. Difference de son caractere, & de celui de Messaline, 298. Pronostic sur la destinée de Neron, *ibid*. Satisfait sa vengeance & son avarice, 299. Sa faveur envers Vitellius, 302 Forme le dessein de faire adopter son fils par Claude, au préjudice de Britannicus, *ibid*. Est honorée du Titre d'Auguste, 303. Son ambition démesurée, 305. Son pouvoir absolu, 306. Présens magnifiques & rares, 307. Fait donner à son fils plusieurs dignités avant les tems prescripts, 308. Eloigne toutes les personnes qui peuvent nuire à ses entreprises, *ibid*. Son animosité contre Narcisse, 310. Occasion favorable, 312. L'accuse d'avarice, &c. 313 & 314. Forme le dessein de faire mourir Claude, 316. Sacrifie à sa vengeance la Tente de Neron, *ibid*, Fait mourir Claude, 318. Tient cette mort cachée, & prend ses mesures pour élever Neron sur le Trone, *ibid*. Elle se venge, 319. Fait arrêter Narcisse, 320. Est arrêtée dans ses violens desseins, 322. Elle est mortifiée par son fils en toutes occasions, 323. Reproche à Neron, avec emportement, sa passion pour Acté, 325. Leur reconciliation, 326.

Leur méfintelligence fe renouvelle, 327. Ses emportemens fuivis de menaces , *ibid* Sa furprife
à la mort de Britannicus , 330. Elle veut fe faire
un parti, *ibid.* Eft privée de tous les honneurs
qu'on lui rendoit, *ibid.* & renvoyée hors de la
Ville, 331. Infultée dans fa retraite , *ibid.* Eft
accufée de trahifon, 333. Sa juftification, 335.
Condamnation de fes accufateurs, 337. Moyens
dont elle fe fert pour regagner Neron, *ibid.*
Jufte méfiance, *ibid.* Se reconcilie avec fon fils,
341. Partie de plaifir qui doit finir fes jours ,
342. Eft avertie de confpiration, 343. Se laiffe
furprendre à de fauffes démonftrations d'amitié,
ibid. & fe confie à fon affaffin, 344. mais elle
eft fauvée par une efpece de miracle, 345. Ses
réflexions à ce fujet, 346. Dépêche un Affranchi vers Neron , 347. à qui l'on jette un Poignard entre les jambes, 349. Cruelles agitations, 350. Ses dernieres paroles & fa fin, 351.
AGRIPPINE (*Femme de Germanicus.*) Son
Extraction, 131. T. I. Ses vertus & rares qualités , 132. Epoufe Germanicus, 131. Eft haïe
de Livie, *ibid.* Apporte à Rome les cendres de
fon Epoux , 134. Demande au Senat la vengeance de fa mort , 135.
AGRIPPINUS, Commande dans la Syrie,
31. T. III. Héliogabale le fait mourir, *ibid.*
ALBINUS *Decimus Clodius.*) Son Extraction , 325. T. II. Son portrait & fon caractere ,
326. Ses vertus & fes vices, 327. Se revolte
ccontre Julien, lui troifiéme , 325 Accepte un
accommodement avec Severe, 339. qui lui
déclare la guerre : Pourquoi, 364. Eft défait :
fa mort , 366.
ALEXIEN, fils de Mamée, 59. T III. Eft
adopté par Héliogabale, 61. Reçoit le nom

d'Alexandre, N. 73. Est élevé par les soins de
sa mere, 64. Aimé des Troupes, 66. Est proclamé Empereur, 73. Son portrait, 74. Epouse
la fille de Marcien, 83. Sa conduite, 86. Eloigne les flateurs de la Cour, 87. Punit Turin,
qui faisoit trafic de sa faveur, 88. Défend le
luxe, 92. Bat les Perses, 106. Est tué, 110.

A L S A W A D, Resiste au Roi de Perse, 173. T. III.
Est trahi par sa fille, 104.

An Milliém., celebré à Rome par Philippe, 156.
T. III.

A N N I A F A U S T I N A, 29. T. III. Son portrait, 39. Recherchée en mariage par Heliogabale, 44. Repudiée par ce Prince, 45.

A N T I O C H I E N Prefet du Prétoire, Sauve la
vie à Heliogabale, 66. T. III.

Anium. Histoire de cette Ville, 275. T. I.

A N T O N I E, son Extraction, 114. T. I. Ses
vertus & son union étroite avec Drusus, 115.
Sa retraite après la mort de son mari, & son
plaisir innocent, *ibid.* Remarque extraordinaire, *ibid.*

A P O L L O D O R E. Où il naquit, & son éloge,
N. 136. T. II.

Aquilée. Femmes d'Aquilée donnent leurs cheveux pour faire des cordes, 133. T. III.

A R I U S. Son portrait, 345 & 346. T. III. Ses
erreurs sont condamnées 346.

Arrêts secrets du Senat, comment ils étoient rendus, N. 129. T. III.

A R T A B A N E Roi des Parthes, trahi par Caracalla, 432. T. II. Fait la paix avec les Romains,
11. T. III.

A R T A X E R X E S Roi des Perses, 101. T. III.
Ses differens noms, N. 101. Son Extraction,
102. Son Histoire, *ibid.* Attaque la Forteresse

d'Alſawad, 103. La prend par la trahiſon de la
fille de ce Prince, 104. Epouſe la fille d'Alſawad, *ibid.* La fait mourir, 105.

A T T A L E fait ſemblant de refuſer ſa fille à Gallien, 185. T. III. Fait acheter ſon alliance à ce
Prince, 186.

U D E N T I U S Prefet du Prétoire, refuſe
l'Empire, 11. T. III.

A U G U S T E. Son portrait & ſes perfections,
75 & ſuiv. T. I. Ses éloges, 123. 141. Il veut
venger la mort de Jules-Ceſar, 49. Par ſa ſolli-
citation il fait avoir à Marc-Antoine le Gouvernement de la Gaule Ciſalpine, 50. Marc-
Antoine l'accuſe au Senat de pluſieurs crimes,
51. Il rompt tout commerce avec lui, & ſe réſout à ruiner ſon parti, 52. Se lie d'amitié avec
Brutus, & lui fait dire de ne point quitter ſon
Gouvernement, *ibid.* Lui envoye des ſecours à
Modêne, *ibid.* Combat Marc-Antoine devant
Modêne, 55. Eſt ſoupçonné d'avoir fait mourir
les Conſuls Hirtius & Panſa, N. 55. Les Parti-
ſans de Pompée lui enleve l'honneur du Triomphe, 55. Outré de cette injuſtice, il ſe réſout à
ſe venger du Senat, 57. On lui refuſe le Conſulat, & Ciceron lui fait obtenir, 56. Lepidus le
porte à s'accommoder avec Marc-Antoine, &
à s'unir tous les trois, 57. Ils s'abouchent tous
trois, & forment ce fameux Triumvirat, 58.
& ſuiv. (*Voyez Triumvirat.* Epouſe Clodia,
belle-fille d'Antoine, 59. Eſt forcé d'accorder
Ciceron au reſſentiment de Marc-Antoine, 62.
Ils ſe rendent à Rome, 65. Sujet de leur rupture, 66. Eſt recherché d'amour par Fulvie,
femme de Marc-Antoine, 67. Son mépris envers elle, 68. Il répudie Clodia pour épouſer
Scribonie, 69. En a une fille nommée Julie, 143.

Son attention à son éducation , 144 Chagrin
causé par ses déreglemens , 176. Il punit les
Adulteres de Julie , 178. & elle même , qu'il relegue dans l'Isle de Pandaterie , 180. Fait serment de ne la rappeller jamais , 183. La fait
transporter à Rhegio , *ibid*. Mépris qu'il fait de
Clodia , 69. Distribuë aux Légions leurs récompenses , sujet de la guerre , 70. Leve des Troupes , & jette l'épouvante dans toute l'Italie , 71.
Après la mort de Fulvie , fait sa paix avec Marc-
Antoine , 73. N. 73. Devient sensible aux charmes de Livie , 74. En est écouté , 75. Répudie
Scribonie , 77 Fait prier Neron de lui ceder
Livie , *ibid*. Difficulté pour ce mariage , *ibid*.
Epouse Livie , 78 Fait la guerre contre Pompée , 80. Son armée navale périt , *ibid*. Divers
accidens dans cette guerre , 80. Sa victoire
complette sur Pompée , & les belles actions
d'Agrippa , 82 & *suiv*. Son ressentiment contre
le Parti de Pompée , 84. Désinteressement des
honneurs que lui offre le Senat , *ibid*. Combat
Marc-Antoine , qu'il défait , 85 Honneurs qui
lui sont déferés après cette Bataille , 86. Son
pouvoir absolu , 87. Donne des témoignages de
son estime & de sa tendresse à Livie , 83 Sa vengeance contre Pollion , N. 94. Son affliction ,
causée par la mort de Marcellus , 102. La conspiration de Cinna est découverte par un des
Conjurés , *ibid*. Veut punir les Conjurés , 103.
En est détourné par Livie , 104 Pardonne à
Cinna , & le désigne Consul , 110. Cette moderation lui attire le cœur des Romains , *ibid*.
Est sensible à la mort de Drusus , 114. Son aveuglement pour Livie , 116. Adopte Caïus & Li-
cius , & ensuite Agrippa & Tibere , 117. Exile
Agrippa dans l'Isle de Planasie , 118. Son remord

364 TABLE

& fes réflexions, 119. Va voir Agrippa dans fon Ifle : fa tendreffe, 120. Plainte de Livie à ce fujet, 121. Son reffentiment contre Maximus, *ibid.* On l'empoifonne, 122. Ses dernieres paroles, *ibid.* Livie lui fait accorder tous les honneurs poffibles, 123.

AURELIEN, Empereur, fon portrait, 237. T. III. Epoufe Severine, 238. Soumet l'Orient, 239 Son Triomphe, 240. Défend l'ufage des Etoffes de foye, 242, Sa mort, 246,

B

BABILAS, Evêque d'Antioche, défend l'entrée de fon Eglife à l'Empereur Philippe, 153. T. III. Le met à la Penitence, 154.

Bains froids. Origine, N. 152. T. I.

BALBINUS eft créé Empereur, 130. T. III. Le peuple fe fouleve contre lui & contre fon Collegue, 131. Il offre aux Dieux un Hecatombe, 136 Eft maffacré, 137.

Barbe. Ceremonie qui fe pratiquoit chez les Romains, lorfqu'ils fe faifoient rafer la premiere fois, N. 75. T. I.

Bayes. Defcription de cette Ville, N. 342. T. I.

BERENICE, fon Extraction, 57. T. II. Eft aimée de Tite, *ibid.* Son amour caufe du trouble dans Rome, 59. Eft renvoyée par Tite, 60. Leur féparation, *ibid. & fuiv.*

Bon mot de Ciceron, au fujet d'un Conful Romain dont la Charge ne dura que quelques heures, N. 212. T. III.

Bonne Déeffe, Pourquoi ainfi appellée, N. 13. T. I. Son veritable nom, *ibid.* On lui fait un Sacrifice tous les ans, *ibid.*

BRITANNICUS, fa naiffance, 226. T. I.

La préference de Neron, & le mépris de Britannicus, fait aimer ce dernier des Officiers, 308. Feintes caresses d'Agrippine, 319. Occasion qui fait prendre à Neron le dessein de le faire mourir, 328. Sa mort, 330.

BRUTUS, sa naissance, N. 40. T. I. Lui & Cassius conspirent contre Jules-Cesar, 35. Est en veneration dans la République, 50. Son amour pour la Patrie, & son inhumanité envers ses fils, N 87. Il reçoit l'honneur du Triomphe, 56. Est attaqué par les Triumvirs, 64. Sa défaite & sa mort, *ibid.*

BRUTUS, *Decimus.* Détermine Cesar à aller au Senat, 37. T. I. Retient Marc-Antoine à la porte, 39. Son Gouvernement de la Gaule Cisalpine est donné à Marc-Antoine, 50. Auguste lui fait dire de ne point quitter son Gouvernement, & lui envoye des secours à Modène, 52.

C

CAIUS (*Caligula*) sa Naissance, 110. T. I. Son Extraction, 185. Pourquoi appellé Caligula, *ibid.* Est adopté par Auguste, 117. Est nommé Prince de la Jeunesse Romaine, *ibid.* Son Caractere, 185. Epouse Junie Claudine : sa mort, 187. Fait une fausse confidence à Ennia, qui lui fait part de ses faveurs, *ibid.* Il la sacrifie elle & son Epoux, à sa fureur, 191. Monte sur le Trône avec applaudissement, *ibid.* & *suiv.* Le Senat lui décerne l'Empire 192. Heureux commencement de son Regne, 190. Les suites en sont horribles, 194. Enleve Orestille, se marie avec elle, la répudie & la relegue dans des Isles, 197. & *suiv.* Epouse Lollie Pauline & la répudie, 204. Pour épouser Cesonie, 213.

366　　　T A B L E

Ses emportemens caufés par l'amour , 213. &
fuiv. Fait bâtir un Temple , 218. Sa cruauté ,
219. Confpiration dans laquelle il perd la vie ,
222.

CALIDIANUS (*Livius Drufus*) fa Famille
ou Origine , 44. T. I. Raifons qui l'obligent de
fe jetter dans le parti de Brutus & Caffius , 45.
Sa fin , *ibid.*

CALISTE (*Affranchi*) fon Emploi auprès de
Claude , 282. T. I. Son Portrait & Extraction ,
ibid. Propofe Lollie à Claude pour fa femme ,
284. Raifons alleguées à cet effet , 207.

CALPURNIE (*Femme de Jules Cefar*) fon
Extraction , 29. T. I. Son Portrait & fes rares
qualités , *ibid.* Epoufe Jules Cefar , 28. Reçoit
les honneurs du Senat , 33. Preffentiment de
quelque malheur , 36. Prie fon Epoux de ne
point aller au Senat , *ibid.* Sa trifteffe caufée par
la mort de fon Epoux , 40. Ses témoignages
éclatans de l'eftime qu'elle en faifoit , *ibid.* Se
bannit de tous les plaifirs & fe retire dans la
Maifon de Marc-Antoine , 41. A qui elle remet
les papiers & l'argent de Cefar, N. 42. Sa mort,
299.

CALPURNIE (*Femme de Quatrinus*) 112.
T. III. N'a pas été Femme de Maximin , *ibid.*
Son Caractere , 122.

Caprées (*Ifle*) Defcription , N. 137. T. I.

CARACALLA , fon Caractere , 374. T. II.
Epoufe Plautille , 377. Haït fon Epoufe. Pourquoi , 384. Découvre la Confpiration de Plautien , 398. Le furprend cotte-maillé , & lui
donne un foufflet , 400. Ses diffolutions , 403.
Suit fon Pere en Angleterre , 406. Tire l'épée
pour tuer fon Pere , 410. Sa haine contre Geta ,
413. Le tuë , 422. Ne veut pas que fa Mere

pleure la mort de son frere , *ibid* Papinien ne voulant pas justifier son fratricide est mis à mort , 425. Fait une réponse de Tyran aux Remontrances de sa Mere , 430. Sa cruauté , 431. Fait massacrer les Habitans d'Alexandrie en vengeance d'une raillerie, 432. Trompe le Roy des Parthes , *ibid. & suiv*. On conspire contre lui , 437 Evoque des Enfers l'ombre de Commode & celui de son Pere. Présage de sa mort , 438. Est tué , 440.

C A R I N Fils de l'Empereur Carus, 258. T. III. Son Caractere, 259. Sa mort, *ibid.*

C A R U S Est élu Empereur, 255. T. III.

C A S S I U S. Son Extraction , 220. T. II. Son Caractere, 220. 221. Est fait Gouverneur de Syrie , 221. Sa conduite donne lieu à des soupçons desavantageux , 244. Sa Révolte, 220. Comment il y est sollicité, 222. 223. Est déclaré ennemi de la République, 225 Sa mort, 226.

C E S O N I E. Son Extraction , 112. T. I. Son Caractere, 213. Epouse Caligula , *ibid*. Accouche d'une fille ; On lui defere le titre d'Auguste, 214. Soupçon que l'on a d'elle , 213. *& suiv*. Est sacrée Prêtresse , 218. Sa douleur causée par la mort de son Epoux, 222. Sa mort, 223.

C I C E R O N. Pourquoi ainsi appellé. N. 21. T I. Découvre la conjuration de Catilina. Son merite est respecté N. 21. Sa timidité & vanité. N. *ibid*. Dépose contre Claudius , 21. Raison qui l'y oblige , 23. Vengeance de Clodius , N. 23. Se retire à Dyrrachium . N. *ibid* Milon le rappelle . N *ibid*. Défend la cause de Milon , N. 24 Déclame contre Marc-Antoine dans le Senat , 53. Fait avoir le Consulat à Auguste , 57. Est proscrit par Marc-Antoine. Contestation à ce sujet , N. 63. Augufte l'abandonne pour avoir l'Oncle de Marc-Antoine, N. 64. Il fuit & s'embarque fur mer , N. *ibid.* Eft obligé de prendre terre, N. 65. Se fait porter à fa Maifon, N. *ibid.* Les Envoyés de Marc-Antoine y viennent. Fidelité de fes Domeftiques , N. 66. Eft atteint par ces fatellites. Sa mort ; N. *ibid.* Joye de Marc-Antoine à cette nouvelle , N. *ibid.* Cruauté de Marc-Antoine , 63. Action barbare de Fulvie, N. *ibid.* Sa tête & fa main droite font expofés fur une Tribune , N. 62.

CLAUDE. Eft fait Empereur, 227. T. I Sa Stupidité , *ibid.* La liberté dans les repas , N. 228. Fait tuer Silanus fur un faux rapport, 237. Confpiration pour le détrôner , 238. Laquelle fe diffipe par miracle , 239. La recherche des Confpirateurs autorife les reffentimens de Meffaline , & l'avidité de Narciffe , 240. Signe le Contrat de Mariage de fa femme , 257. Eft averti de fes défordres , 258. Sa furprife & fon apprehenfion , 261 Vient punir fa femme & fes Corrupteurs , 263. Fait mourir Silius & plufieurs autres , 266. Apprend avec indifference la mort de Meffaline , 270. Epoufe Agrippine par préference , 286. Adopte Neron , 302. Une menace hors de propos fait confpirer contre fa vie, 316. La conduite d'Agrippine lui fait prendre le parti d'aller à Sinueffe , 317. Il y meurt & de quelle maniere , 318. Sa mort eft tenu cachée , *ibid.* Eft mis au nombre des Dieux , 319.

CLAUDE. Eft élu Empereur, 218. T. III. Fait de fages Reglemens , 220. Amufe Zenobie, *ibid.* Défait les Goths , 221. Sa mort , *ibid.*

Clazomene , Ville d'Ionie, N. 178. T. III.

CLEOPATRE, Son Portrait & fes qualités , N. 66. T. I. Ses amours avec Marc-Antoine, N. 67. Sa mort, 85.

CLODIA, son Extraction, 59. T. I. Epouse Auguste, *ibid* Sa répudiation, 69.

CLODIUS, raillé par Ciceron sur son Adoption, N. 62. T. III.

COMMODE, son Portrait, 269. T. II. Son Caractere, 268. Est créé par Marc-Aurele son Pere Collegue au Tribunal, 232. Va combatre les Rebelles, 234. Ses feux incestueux sont assouvis, 260. Une Conspiration mal concertée fait découvrir & mettre à mort les Conspirateurs, 263. & *suiv.* Sujet de sa haine contre le Senat, 272. & *suiv.* Qui remplit Rome de meurtres, 273. Exile Crispine & la fait mourir dans l'Isle de Caprées, 275. Sa colere contre celle-ci donne lieu à quantité d'executions, *ibid.* Se laisse conduire par des favoris qui abusent de sa facilité, 277. & *suiv.* Rendent les Charges venales, 279. Quelles étoient ses occupations, 280. Son attachement pour Martia, 281. Se fait appeller Amazonien. Pourquoi, 282. Sujet d'une nouvelle révolte, 283. L'Auteur est mis à mort, 285. Et enveloppe quantité de Gens illustres, 286. Ses laches occupations, *ibid.* Ses Titres ridicules, 287 Fait une liste de Proscrits, 290. Par quel hazard elle tombe entre leurs mains, *ibid.* Ce qui lui cause la mort, 292. & *suiv.*

CONSTANCE, est associé à l'Empire, 283. T. III. Son Extraction, 285. Son Caractere, *ibid.* Répudie Helene sa femme, 286. Epouse Theodora, *ibid.* Bat les Gaulois près de Langres, 289. Meurt à Yorck, 294.

CONSTANTIA, son Extraction, 326. T. III. Son Portrait, *ibid.* Embrasse la Religion Chrétienne, 328. Epouse Licinius, *ibid.* Sa Posterité, 331. Protege Glaphire contre Licinius son

Epoux, 333. & *suiv.* Apporte à Constantin la Pourpre Imperiale, 341. Se retire à la Cour de Constantin, 342. S'attache à Eusebe Evêque de Nicomedie, 344. Devient Arienne par ses leçons, 345. Favorise le parti d'Arius, 346. Sollicite & obtient le rappel d'Eusebe, 349. Tombe malade, 354. Sa mort, 356

CONSTANTIN, est déclaré Cesar par son Pere, 294. T. III. Epouse Fausta, 296. Invite Diocletien aux Nôces de sa sœur Constantia, 313. Force Hercule à se donner la mort, 296. Abolit les superstitions de la Fête de Mambrée, 321. & *suiv.* Combat Licinius & le défait, 341. Le fait mourir, 342. Fait celebrer le Concile de Nicée, 346.

Consulat, Honneurs attachées, N. 28. T. I.

CORNELIE, épouse Jules Cesar, 5. T. I. Sa mort, 9. Son éloge, 10.

Corse, La situation de cette Isle, N. 231. T. I.

COSSUTIE (*Femme de Jules-Cesar*) son Extraction, &c. 5. T. I.

Couronnes. De combien de sortes & pourquoi on les donnoit, N. 448. T. I.

CRISPILLE, Femme de Pupien, 130. T. III. Son Caractere, *ibid.*

CRISPINE, Son Extraction, 270. T. II. Son Caractere, 271. Epouse Commode, 270. Sa jalousie causée par les honneurs accordés à Lucile, 272. Ses galanteries vont jusqu'à la débauche, 274. Qui la font exiler & mettre à mort dans l'Isle de Caprées, 275.

CRISPINUS. Sujet de Sa mort, N. 393. T. I.

D.

DE'CE est envoyé dans la Mæsie pour punir des.

Rebelles & y est proclamé Empereur, 159. T.
III. Son Caractere 163. Persecute les Chrétiens,
164. Défait les Scythes, *ibid.* Est trahi, 165.
Sa mort, 166. Fable sur les circonstances de sa
mort, 167.

Dépéches envoyées de l'Armée au Senat ou à
l'Empereur, avec quelles ceremonies portées,
N. 134. T. III. A quoi l'on connoissoit si elles
contenoient bonnes ou mauvaises nouvelles, N.
235.

D I A D U M E N E fils de Macrin, 9. T. III. On
tire son horoscope, 10. Passe pour fils de Severe
ou de Caracalla, *ibid.* Particularité touchant sa
naissance, N. 10. Reçoit le nom d'Antonin,
14. Donne des marques de cruauté, 16. & 17.
Est tué, 26.

D I D O N, son avanture, N. 38. T. III.

Dioclée, Patrie de Diocletien, N. 265. T.
III.

D I O C L E'E, Mere de Diocletien, N. 265. T.
III.

D I O C L E T I E N, son Portrait, 265. & 266. T.
III. Associe Maximin Hercule à l'Empire, 268.
Allume une horrible persecution contre l'Eglise, 278. Oblige sa femme & sa fille de sacrifier
aux Dieux, 281. Fait mourir Saint Sebastien,
282. Associe à l'Empire Constance & Galere,
283. Donne en Mariage sa fille à Galere, 286.
Reception qu'il fait à Galere après la perte d'une
Bataille, 288. Se rend Maistre de l'Egypte, 289.
Va triompher à Rome, 290. On fait sur son
compte des railleries qui lui font quitter Rome
dans le cœur de l'hyver, 292. Il va à Ravenne
durant un mauvais tems, *ibid.* Contracte une
maladie qui lui débilite l'esprit, *ibid.* Galere le
force à renoncer à l'Empire, 293. Il abdique

l'Empire, *ibid.* Il déclare Cefar Maximin Neveu
de Galere, *ibid.* Il fe retire à Salone, 294. Il
s'adonne à l'Agriculture, 300. Il refufe de remonter fur le Thrône, 295. Eft invité aux Nôces de Licinius & s'en difpenfe, 313. On lui
fait des menaces qui l'épouvantent, 314. Demande à Maximin la liberté de fa femme & de
fa fille & on lui refufe, 311. Ses chagrins, *ibid.*
Sa mort, 314.

DOMITIA, fon Extraction, 64. T. II. Son
Portrait, 65. Epoufe Lamia, 66. Eft fenfible
aux feux de Domitien, 67. L'enleve à Lamia &
l'époufe, *ibid.* En a une fille, 68. L'infidelité
de Domitien l'occafione à s'abandonner, 71.
74. & 75. Et caufe fa répudiation, 71. Eft rappellée par Domitien, 74. Continuë fes débauches, 76. & 77. Domitien confpire contre elle,
78. Comment elle découvre cette confpiration,
78. & 79. Et s'en venge, 79.

DOMITIEN, devient amoureux de Domitia,
67. T. II. Meprife Julie que Tite lui offre pour
Epoufe, 68. Enleve & époufe Domitia, 67. Se
prend de tendreffe pour Julie, 70. Répudie Domitia, 71. Fait mourir Sabinus Epoux de Julie,
72. Devient enceinte, *ibid.* Un remede violent
lui donne la mort, 73. Rappelle Domitia, 74.
Les railleries de Lamia lui caufent la mort, 75.
Ses cruautés à ce fujet, *ibid.* Confpire contre
Domitia, 77 & *fuiv.* Comment cette confpiration lui coûte la vie, 78 & *fuiv.*

DOMITILLE, fon Extraction, 37. T. II.
Epoufe Vefpafien, *ibid.* Accouche de Tite, 38.
Eft obligée de fe fauver avec fon mari, 40. Accouche de Domitien & d'une Fille, *ibid.* Revient à Rome, & eft obligée de quitter une feconde fois, *ibid.* Mais de retour elle y meurt,

43. Honneurs après sa mort , 46.

Droit Honoraire. Son origine , N. 14. Tom. I.

D R U S U S , ses vertus & rares qualités, 100. T.
I. Est revêtu de differens Emplois , 98. Orné du
Consulat, 111. Dompte les Cattes , &c. Se
rend redoutable à l'Allemagne , 113. Surprenantes prédictions de sa mort , *ibid.*

E

E *Diles.* Quels étoient leurs fonctions , N.
154. T. I.

Elagabal. Divinité payenne. Figure de ce
Dieu , N. 37. T. III. Heliogabale la porte à
Rome , 37. Heliogabale veut marier Elagabal
avec Uranie , 38. Il sacrifie des Enfans à cet
Idole , 39.

E U S E B E est introduit à la Cour , 333. T. III. Est
fait Evêque de Nicomedie , 344. Est déposé par
le Concile de Nicée, 346. Accuse Saint Athanase
& sa calomnie le fait exiler , 347. Est rappellé ,
349.

E U T I C H I E N Affranchi de Mœsa, 10. T. III.
Rend de grands services à Heliogabale, *ibid.*

E U T R O P I E Femme d'Hercule : son caractere,
269. T. III. Ses galanteries , 274. Accouche de
Fausta , 290. Embrasse la Religion Chétienne ,
320. Fait abolir la Fête de Mambrée , 321 &
suiv.

F

F A V O R I N , sa condition , & son éloge , N.
137. T, II.

F A U S T A naît à Rome , 290 T. III. Se marie
avec Constantin , 286.

F A U S T I N E *(la Mere.)* Son Extraction, 155.

374 TABLE

T. II. Son portrait, 156. Son caractere, 157.
Epouse Tite, 159. Sa conduite pendant ce mariage, 161 & suiv. Celle pour l'éducation de
ses enfans, 163. Quelle fut sa Posterité, N. 164.
Fait mauvais usage de la bonté de son Epoux,
168 & suiv. Est honorée du titre d'Auguste,
174. Sa mort, 179. On lui accorde tous les
honneurs accoûtumés, ibid.

FAUSTINE la Jeune.) Son Extraction,
185. T. II. Son éducation 183. Sa conduite,
195. 196. Son portrait, 185. 186. Epouse
Marc-Aurele, 190 Accouche d'une fille, ibid.
Sa posterité, 196. 207. Se livre sans reserve à
la dissolution, 196 & suiv. Raillerie à ce sujet,
199. Devient enceinte. Présage sinistre, 206.
Est honorée du titre de Mere des Armées, 219.
Est soupçonnée d'avoir sollicité Cassius à la revolte : pourquoi, 222. Ses lettres la lavent de
ce soupçon, ibid. 226. 227. Sa mort, 230. Outre l'Apothéose on lui décerne des honneurs extraordinaires, 231 & suiv.

FLORIAN Frere de Tacite, se fait lui-même
Empereur, 252. T. III. Sa mort, 253.

Force extraordinaire de Marius, N. 212. T. III.
De Maximin, 113.

FULVIE (Femme de Marc-Antoine.) Sa cruauté après la mort de Ciceron, 62. T. I. Sa jalousie & son ressentiment, 66. Fait choix d'Auguste pour se venger, 67. Mépris & raillerie
qu'il en fait, 68. Sa colere à ce sujet, 69. Sa
vengeance, 70. Meurt en Orient, 72.

FURNILLE épouse Tite, 55. T. II. Est repudiée, 59.

G

GALBA. Sa Naiſſance, N. 1. T. II. Sa condition, 2. Préſages heureux, 3. Epouſe Lepida, *ibid*. Eſt recherché par Agrippine pour Epoux, 4. Il ne répond point à ſes empreſſemens, 5. Se revolte contre Neron, 10. Quel titre il prend, *ibid*. Eſt proclamé Empereur & adopte Piſon, 11. Son avarice éloigne de lui le cœur des Soldats, & occaſionne à la revolte, *ibid*. Sa mort, 12.

GALERIA FUNDANA. Sa condition & ſon portrait, 19. T. II. Epouſe Vitellius, *ibid*. Son accouchement, 20. Sa moderation à la nouvelle de ſon élevation, 26. A quoi elle ſe ſert de ſon crédit, 29 & 30. Sa retraite après ſa diſgrâce, 36.

GALLIEN, ſon portrait, 175. T. III. Ses débauches, 179. Eſt inſenſible aux malheurs de ſon pere, 182. Réponſe dénaturée à ceux qui lui apprennent la captivité de ſon pere, 183. aime Pipara, Princeſſe Barbare, *ibid*. Prétexte qu'il cherche pour l'épouſer, 184. Aſſocie Odenat à l'Empire, 198. Sa mort, 219.

GANNYS a ſoin de l'éducation d'Heliogabale, 30. T. III. Commande à la Bataille d'Antioche, ſans avoir jamais ſervi, 24. Remporte la victoire, 25. Hegliogabale en récompenſe, lui veut faire épouſer ſa mere, 30. Sa Mort, 31.

Garde Prétorienne. Son origine, N. 15. T. I. Son progrès, N. 187.

GERMANICUS, ſon Extraction & ſes vertus, 130. T. I. Refuſe l'Empire, 131. Eſt haï de Tibere, 133. Sa mort : ſes cendres apportées a Rome, 134. Honneur à ce ſujet, *ibid*.

376 TABLE

GETA, son caractere, 375. T. II. Ses dissolutions, 403. Suit son pere en Angleterre, 406. Hait Caracalla & en est haï, 413. Veut partager l'Empire avec son frere, *ibid.* Est poignardé, 421 On lui accorde les honneurs divins, 423

GORDIEN (*le Vieux, ou l'Affricain.*) 125. T. III. Avoit une Robe Consulaire pour son usage particulier, N 126. Son portrait, 127. Est élû Empereur, 128. S'étrangle lui-même, 130.

GORDIEN (*le Fils.*) Est associé à l'Empire par son pere, 128. T. III. A vingt-deux Concubines, 145. Est tué dans un combat, 130.

GORDIEN III. est proclamé Empereur, 138. Son portrait, 139. Epouse la fille de Misithée, *ibid.* Va combattre les Perses, 142. Sa mort, 144.

H

HEcatombe. Comment se faisoit ce Sacrifice, N. 136. T. III.

HELIOGABALE. Son portrait, 29. T. III. Combat l'Armée de Macrin, 24 *& suiv.* Veut qu'on le croye fils de Caracalla, 29. Fait mourir Gannys son Précepteur, & lui donne le premier coup, 31. Méprise les avis de sa Grand-Mere, 32. Va à Rome, & s'y livre aux plus horribles débauches, 34. Il établit un Senat de Femmes, 35. Enleve Faustine, Femme de Pomponius, & l'épouse, 39. Il la répudie pour épouser Cornelie, 46 Il répudie celle-ci, 47. Plaisant prétexte qu'il allegue, 48. Epouse une Religieuse Vestale, 50. Plaisanterie qu'il dit sur ce mariage, 52. Ses débordemens, 53 *& suiv.* Se fait épouser par Hierocles, 55. Veut imiter les Femmes & se met à filer, *ibid.* Forme le dessein de declarer Hierocles son Successeur, 57. Adopté Alexien son Cousin, 61. Se repent de l'avoir adopté, 65. Veut l'empoisonner, *ibid.* Conspire contre lui, 66. 68. L'Armée se révolte contre lui, 70. Il est poignardé, 71. Pourquoi il est appellé Varius, N. 28.

HERACLAMON, introduit les Romains dans Thyane sa Ville, qu'il trahit, N. 239. T. III. Est tué, *ibid.*

HERCULE, Empereur, 268. T. III. Son portrait, 271. Epouse Eutropie, 272. Se croit Pere de Maxence, 275. Abdique l'Empire à Milan, 294. Reprend la Pourpre, 295. Donne sa Fille en mariage à Constantin, 296. Se donne la mort, *ibid.*

HERODE (*Roi de Judée.*) Sa franchise. 89. T. I. Est confirmé dans son Royaume, 92. Sa reconnoissance, *ibid.*

HERODE, Fils d'Odenat, 202. T. III. Son caractere, *ibid.* Reconcilie Meone avec Odenat, 205. Est tué, 206 & 207.

HIEROCLES, (*Esclave.*) 55. T. III. Epouse Heliogabale, *ibid.*

Hommes Illustres Sous Auguste, 156. T. I. Sous Trajan, 103. *& suiv.* T. II.

HORMISDAS, Roi de Perse, envoye à Aurelien un Manteau de Pourpre, 232. T. III.

HOSTILIA SEVERA, Femme de Gallus, 170. T. III.

I

JOTAPIEN, déclaré Empereur, est massacré, 158. T. III.

JULES-CESAR, Epouse Cossutie & la repu

378   T A B L E

die, 5. T. I. Epouſe Cornelie, ſuite de ce mariage, *ibid*. Cylla veut le ſacrifier, 6. Sa douleur à la mort de Cornelie, 10. Epouſe Pompeïa, 11. La répudie, pourquoi, 19. & ſuiv. Sa réponſe à ce ſujet, 28. A un fils de Cleopatre, N. 67. Epouſe Calpurnie, 28. La deſtination de ſon Beau-Pere au Conſulat fait grand bruit. *ibid*. Honneurs décernés à Ceſar par le Senat, 31. Fait Auguſte ſon heritier, 51. Conſpiration contre Ceſar, 34. Quels ſont les Conſpirateurs, 35. Eſt averti de la Conſpiration, 36. Perſuadé d'aller au Senat, 37. Avis de differens particuliers ſur cette trahiſon, 38. Son Entrée dans le Senat, *ibid*. Il y reçoit un coup de poignard, 39. Sa défenſe, *ibid*. ſes dernieres paroles, 40.

JULIANUS, *Didius* ſon extraction, 315. T. II. Eſt ſollicité à encherir pour l'Empire, 317. Eſt élû comme le plus offrant, 318. On lui donne le ſurnom de Commode, & eſt conduit au Senat, 319. Comment il l'y fait confirmer, ſon Election, *ibid*. Se rend au Palais, ce qui s'y paſſe, 321 Eſt honoré du Titre de Pere de la Patrie, 322. Eſt maltraité du Peuple, *ibid*. Sa conduite attire la Revolte de trois Généraux, 323. L'approche de Severe le ſurprend, 340. & 342. Se diſpoſe à combattre & à fortifier le Palais, 341. Propoſe à Severe l'aſſociation à l'Empire, 343. Il la refuſe, *ibid*. A recours aux malefices, 344. Veut remettre l'Empire à Pompeïen, *ibid*. Il le refuſe, 345. Se retire dans le Palais, *ibid*. Il eſt tué, 346.

JULIE, (*Femme de Severe*) ſon extraction, 349. T. II. Son Portrait, 350. ſon caractere, *ibid*. Ses vertus & ſes vices 351. Vient à Rome, 352. Epouſe Severe, 355. Sa poſterité,

356. Est honorée des Titres d'honneurs , 361. Sa conduite dans son élevation *ibid*. Ses déreglemens , 367. Entre dans une conspiration contre Severe, dont elle se tire , *ibid*. Suit Severe en Angleterre , 406. Repartie mortifiante d'une Dame Ecossoise à une de ses railleries piquantes , 407. & suiv. Porte à Rome les cendres de Severe , 413. La division d'entre ses enfans l'afflige , 414. Elle empêche ses enfans de partager l'Empire , 417. Les reconcilie , 419. Voit assassiner Geta son fils entre ses bras , 421. N'ose pleurer sa mort , 422. Les larmes qu'elle donne à Geta l'expose à la mort , 423. Caracalla lui donne une grande autorité , 426. Découvre une conspiration formée contre lui , 437. Ses emportemens contre Macrin , 441. Est traitée avec honneur par Macrin , 442. A ordre de sortir d'Antioche , 443. Sa mort , *ibid*.

J U L I E (*Femme de Tibere.* Son Pottrait & ses belles qualités , 145. T. I. Epouse Marcellus, 149. son devoir à ses obseques , 155. Epouse Agrippa & en a des enfans , 166. Et après sa mort Agrippa posthume , 169. Nature de son deüil , *ibid*. Epouse Tibere , 170. Sa magnificence dans la célébration de son Triomphe , 111. Le méprise , 117. Force Tibere à quitter Rome , 172. La cause de sa perte , 174. Excès dans ses débanches , 175. Qui sont connus du Senat , 177. Est releguée dans une Isle, 180. Le Peuple demande son retour , 182. Est transportée dans une autre Isle. Rupture de son mariage , 183. Sa fin , 184.

J U L I E N Prefet du Pretoire , est massacré, 22. T. III.

J U V E N A L, où il naquit & son Eloge, N. 105. T. II.

L

LEPIDA, épouse Galba, 3. T. II. Sa conftance, *ibid. & suiv.*

LICINIUS, Son Extraction & son Portrait,
329. T. III Affocié à l'Empire, 296. Difpute
à Maximin la Succeffion de Galere, 298. A une
vifion d'un Ange qui lui prédit la victoire, 314.
Epoufe la fœur de Conftantin, 313. Fait mourir Severien & Candidien, 318. Perfecute Prifca & Valerie, *ibid.* Les fait mourir, 319. S'a-
bandonne au crime, 332. & fuiv. Confpire contre Conftantin, 340. Qui le défait dans un
Combat, 341. Sa mort, 342.

LIVIE DRUSILLE, Son Extraction, 43. T.
I. Son Portrait & fes belles qualités, 43. 45.
Epoufe Tibere Claude Neron, 46. Moyen dont
elle fe fert pour découvrir fi elle aura un garçon, 47. Danger qu'elle évite en fe fauvant elle
& fon mari, 71. Reviennent à Rome, 73. Augufte en devient épris, & elle de lui, 74. Epoufe
Augufte, 78. Accouche d'un garçon, 79. Prodige qui la raffure contre des prefages effrayans,
81. Le Senat la rend facrée, &c. 85. Sa magnificence pour la gloire d'Augufte, 92. Le Senat décerne à Livie, des honneurs immortels,
93. Témoignage d'eftime & de tendreffe d'Augufte, *ibid.* Sa complaifance & fon refpect pour
Augufte, 94. Sauve la vie à de jeunes gens que
leur imprudence conduifoit à la mort, 96. Son
pouvoir fur Augufte, 97. Son ambition, 98.
136. Oblige Tibere de fe retirer, 137. Son abfence lui donne un pouvoir abfolu, 138. Fait
donner à Tibere & à Drufus les Emplois les
plus importans, 141. Empêche la mort des
                                    Conjurés

Conjurés contre Auguste , 104. Fait mourir Marcel : Pourquoi , 110 Fait bâtir un Temple sur le Capitole , 112. Présent dont elle l'orne , *ibid.* Privileges que le Senat lui accorde , 113. Son autorité dans Rome , lui fait entreprendre l'élevation de Tibere , 115. On lui attribuë la mort de Caïus & de Lucius Cesar , 116. Rend Agrippa suspect à Auguste , & le fait exiler , 117. Se plaint hautement de la visite qu'Auguste lui a rendu , 120. Est soupçonnée de la mort d'Auguste , 122. Son affliction , 123 Fait décerner l'immortalité à Auguste , *ibid.* Prend le nom de Julie : Pourquoi , 124. Est consacrée Prêtresse dans le Temple d'Auguste , *ibid* Fait mourir Agrippa , *ibid.* Prend la resolution de perdre Germanicus & Agrippine son épouse , 130. Sa jalousie contre Agrippine , 132. Presens qu'elle fait dans les Temples , 136. Favorise Urgulanie , 126. Paye une dette avant le jugement , 129. Prend la défense de Plancine , 135. Sorte de Vin & de Confiture qu'elle croit lui allonger ses jours , 138. Tombe malade , *ibid.* Honneurs décernés par le Senat après sa mort , *ibid.*

LOCUSTA. Quelle elle étoit, N 362. T. I.

LOLLIE-PAULINE , son Extraction. 200. T. I. Epouse Memmius , 203. qui est obligé de la ceder à Caligula , 204. Est repudiée sans sujet, *ibid.* Aspire au mariage de Claude , 206. Calliste parle en sa faveur , 207. Est accusée de superstition , 209. Bannie de toute l'Italie , 211. Est fait mourir dans le lieu de son exil, *ibid.*

LONGIN , Philosophe , 194. T. III. Est condamné à mort par Aurelien , 231. Est accusé d'être l'auteur de la lettre que Zenobie avoit écrit à Aurlien , *ibid.*

LUCILLE, son Extraction, 238. T. II. Son caractere, 237. Eſt élevée par Marc-Aurele, 241. Une maladie extraordinaire differe ſon mariage, 247. En eſt guérie par un Evéque, 248. à qui on accorde une penſion conſiderable pour les Pauvres de ſon Egliſe, *ibid.* Va en Syrie, & y épouſe Verus, 249 *& ſuiv.* Il la regarde de mauvais œil, & comme ſon eſpion, 251. 252. Epouſe Pompeïan en ſecondes noces, 258. Joüit toûjours des mêmes honneurs & prérogatives, 259. Sa Poſterité 258. Ses galanteries, 259. Sont ſuivies de débauches, 260. Sa jalouſie la conduit au crime, 262. Fait entrer ſon Amant dans ſa vengeance. 263. La choſe mal executée découvre les Conſpirateurs, 264. qui ſont mis à mort 265. Lutille eſt bannie dans l'Iſle de Caprées, *ibid.* où elle reçoit la mort, 266.

LUCIUS-CESAR, ſon Extraction, 110. T. I. Sa mort, 116.

M.

MACRIN, ſa naiſſance, 6. T. III. Son portrait, *ibid.* Eſt élevé aux Emplois par le crédit de ſa femme, 8. Eſt fait Prefet du Prétoire, 11. Proclamé Empereur, *ibid.* Fait la paix avec les Parthes, 12. Aſſocie ſon fils à l'Empire, 13. Fait des Reglemens, 16. Sa défaite, 25. Sa mort, 26.

MAESA, mene ſon petit-fils à Antioche, 28. T. III. Reçoit le titre d'Auguſte, 29. Prend ſéance au Senat, 35. Fait la revûë des Troupes, 36. Travaille à la fortune d'Alexien, 59. Sa mort, 79.

MAGNIA URBICA, Femme de Carus, 255. T. III.

Mambrée (Chêne de) Fête qui s'y faiſoit eſt abolie, 321 *& ſuiv.* T. III.

MAME'E, son éloge, 63. T. III. Prend soin de la jeunesse de son fils, 64. Est instruit dans la Religion Chrétienne, 76. Persecute sa Belle-fille, 96. Son avarice, 94. Est jalouse de l'autorité d'Ulpien, 81. Sa mort, 110.

MARC-ANTOINE, n'entre point dans la Conspiration formée contre Jules-Cesar, N. 39. T. I. Retire Calpurnie dans sa maison après la mort de son Epoux, 41. Il en reçoit les papiers & l'argent de Cesar, N. 42 Pourquoi il veut venger la mort de Cesar, 49. Demande le Gouvernement de la Gaule Cisalpine, ibid. Il rend Auguste odieux au Senat, 51. mais il s'en venge, 52. Ciceron déclame dans le Senat contre Marc Antoine, 53. Il est déclaré ennemi de la République, & quitte Rome, 54. Combat contre Auguste, qui l'oblige à fuir, 55. Fait sa paix, & forme ce fameux Triumvirat, 59. (Voyez Triumvirat.) Sacrifie son Oncle pour perdre Ciceron, 62. Sa joye à la mort de Ciceron, N. 66. Sa cruauté, 62. Se rend à Rome avec Auguste, 65. Sujet pour lequel il va en Asie, ibid. pour lequel il se brouille avec Auguste, 66. Devient épris de Cleopâtre 66. N. 66. En a un fils & une fille, N. 67. Ses Partisans prennent les Armes, 70. Fait sa paix avec Auguste, 73. Epouse Octavie, ibid. Son attachement à Cleopâtre, 81. Son entiere défaite & sa mort, 85.

MARC-AURELE, son Extraction, 187. T. II. Son mérite, 188. Son portrait, ibid. Est adopté par Tite-Antonin : pourquoi, 189. Est élevé aux honneurs & aux dignités, 190. Epouse Faustine, ibid. En a une fille, ce qui donne lieu de l'augmenter d'honneurs & de dignité, ibid. On veut le mettre mal dans l'esprit d'Antonin,

191. Eſt declaré ſeul Empereur, 193. Aſſocie à l'Empire Lucius Verus, 194. Sa poſterité, 196. 207. Son attention à l'étude de la Philoſophie, donne lieu à la diſſolution de ſon épouſe, 196. En eſt averti par raillerie piquante, 199. Il va à Cayette avec ſon épouſe, 204. Sa conſtance, 209. 210. Revolte des Marcomans : ſa ſuperſtition pour rendre ſes Dieux favorables, 211. Va contre les Rebelles, 212. Revient à Rome, 213. Fait accorder l'honneur de l'Apothéoſe à Lucius Verus, 214. Retourne contre les Rebelles, *ibid.* Réduit les ennemis par la priere des Chrétiens, 214. Cette Cohorte eſt recompenſée par le ſurnom de *Fulminante*, 217. Cette défaite le rend redoutable aux Barbares, & lui fait décerner le Titre de Germanique, 218. Revolte de Caſſius, 220. Declare cette Rebellion aux Legions, & leur parle en conſequence, 223. *& ſuiv.* Eſt finie par la mort de Caſſius : ſa grandeur d'ame à ce ſujet, 226 *& ſuiv.* Retourne en Aſie pour réduire le reſte des Rebelles. Mort de Fauſtine, 230. Sa douleur. Prononce ſon Oraiſon funebre, & lui fait accorder l'Apothéoſe & autres honneurs, 231. 232. Son retour à Rome rend la joye à tout le peuple, 232 Nomme Commode ſon fils ſon Collegue au Tribunal, *ibid.* Prend une Concubine, & met toutes choſes en bon ordre, 233. Les Barbares ſe rebellent, & ſont ſoumis. 234. Tombe malade, *ibid.* Aſſemble ſes amis, Sa mort, 235. Vives douleurs qu'elle répand, *ibid.* Honneurs qui lui ſont rendus, 236.

MARCELLUS, ſon Extraction, 101. T. I. Son portrait, 147. Epouſe Julie, 148. Reçoit des honneurs éclatans, 151. Sujet d'inimitié contre Agrippa, 153. Eſt revêtu du Pontificat,

& de la qualité d'Edile, 154. Sa fin, 155.

MARCIEN, Beau-pere d'Alexandre, 83. T. III. Conspire contre Mamée, 98. Se refugie au Camp des Prétoriens, 99. Est tué, 100.

MARINIANA (*Femme de Valerien*) 175. T. III. Est prise par les Perses, 182. Sa mort, *ib.*

MARINUS est élû Empereur, 158. T. III. Est massacré, *ibid.*

MARSIAS, étoit une Statuë, N. 1-9. T. I.

MARTIA, son Extraction, 281, T. II. Son portrait & son caractere, *ibid.* Son attachement pour Commode, *ibid.* Ses bonnes qualités *ibid* Sous quel habit elle lui plaisoit le plus, 282. Découvre une Liste de Proscrits, dans laquelle elle se trouve, 290. Prend le parti d'empoisonner Commode, 291. Est fait mourir par Julien, 342.

MARTIAL. Quelle étoit sa nation. Son éloge, N. 104. T. II.

MAURICE (*Saint*) Souffre le martyre, 277 T. III.

MAXENCE est proclamé Empereur, 327. T. III. Combat Constantin, & est défait, 328.

MAXIMIN I. Son portrait, 113. T. III. Effets de sa cruauté, 118. 122. Est massacré, 134.

MAXIMIN II. est associé à l'Empire 283 T. III. Ses contestations avec Licinius, 298. Devient amoureux de Valerie, 302. Ne peut s'en faire aimer, 303. Persecute Valerie, 307. Sa mort, 315.

MAXIMUS (*Fabius, Senateur.*) Est le Confident d'Auguste, 119. T. I. Révéle le secret à sa femme, 120. Action héroïque de sa femme & de lui, 121.

MEMMIE, Femme d'Alexandre Severe, 100 T. III.

386   TABLE

M ESA, son Extraction, 370. T. II. Son caractere, *ibid.* Sa politique, 371. Suit Severe en
Angleterre, 406.

M ESSALA, son portrait, 42 *& suiv.* T. III.
Est tuée, 44.

M ESSALINE, son Extraction, 443. T. I. Sa
conduite, *ibid.* Epouse Neron, 445 Ses chagrins, *ibi.* Ses esperances pour remonter sur
le Trône, 453. sont évanoüies : pourquoi, 454.
S'adonne à l'étude de l'Eloquence, *ibid.*

M ESSALINE *(Valerie.)* Son Extraction, 225.
T. I. Son caractere, 226. Ses violences, meurtres & cruautés, 229. Aime Silanus, 234. Le
fait périr, 236 & 237. Offre ses faveurs à Vi-
nicius, 243. Elle le fait empoisonner, 245. Son
infame dé ordre, 246. Se venge de Poppée, 250.
Recherche d'amour Silius, & forme le dessein
de l'épouser, 255. Accorde aux Femmes la liberté de prendre plusieurs Maris, *ibid.* Fait si-
gner Claude à son Contrat de mariage, 257.
Pompe de ses Noces, *ibid* Les Affranchis se
liguent contre elle, 258. Son mariage est declaré a son mari, 260. Sa subtilité lui devient
inutile, 264. Sa mort, 269.

M NESTER. Trait fort extraordinaire, 248.
& suiv. T. I.

Mont-Vesuve. N. 390. T. II.

N

N ARCISSE *(Affranchi.)* Son emploi auprès de Claude, 282. T. I. Entre dans la
passion de Messaline, 235. Sa trahison contre
Silanus, 236. Fait servir tout à son avidité 240.
Se ligue contre Messaline, 258. Avertit Claude
de ses dissolutions, 260. La fait mourir, 268.

Propofe Petine à Claude pour fa femme , 284.
Raifons alleguées à cet effet , 307. Animofité
contre Agrippine , 310. L'accufe d'ambition ,
314. Prend le parti de la Tante de Neron, 316.
Eft arrêté. Sa mort, 320 & 321.

N E R O N. Sa naiffance , 275. T. I. Son premier
nom, 276. Eft fiancé à Octavie, 359. Eft adopté
par Claude , 302. Prodige étonnant , 361. Obtient plufieurs Dignités avant les tems prefcrits,
308. Fait plufieurs largeffes aux Soldats , *ibid.*
Occafion favorable pour le faire cherir du peuple , 309. Epoufe Octavie , 361. Eft proclamé
Empereur , 319. Veut gouverner par lui même,
322. Imite Augufte 437. Donne des mortifications à Agrippine , 322. Sa paffion pour Acté ,
324. qui lui attire des reproches , 325. Feint de
vouloir quitter l'Empire , *ibid.* Sa réconciliation , 326. Leur méfintelligence fe renouvelle ,
ibid. Eft allarmé des menaces de fa mere, 328.
Sa jaloufie contre Britannicus , 329 Il le fait
mourir , 330. Deftituë Agrippine de tous les
honneurs , & la renvoye hors la Ville , 330.
Veut la faire tuer fur un faux rapport , 334. Lui
permet de fe juftifier , 336. Condamne fes accufateurs , 337. Rejette les hommages d'Agrippine , 338. Prend la réfolution de la faire mourir , 339. Moyen & trahifon dont il fe fert, *ibid.*
Feinte réconciliation , 342. Fauffes démonftrations d'amitié , 343. Sa crainte , à la nouvelle
que fa mere eft hors de peril , 348. Dépêche
Anicet pour la faire mourir , 349. Son horrible
brutalité , 351. Son remord , 353. Infidelité
envers fon Epoufe , 363. Sa réponfe à fes Cen-
feurs , 365. Sa focieté , 366. Forme le deffein
d'époufer Acté , 369. Raifons qui l'en détour-
nent, *ibid.* Ordonne à Othon de lui préparer

K k iiij

le cœur de Sabine Poppée, 401. Se dégoûte
d'Acté, 409. Devient amoureux de Sabine,
403. Envoye Othon en Lusitanie, 408. Promet
à Sabine de l'épouser, 410. Conspire contre
Octavie, 376. Se détermine à la repudier, *ibid.*
Son éxil, 381. Epouse Sabine Poppée, 415. Fait
revenir Octavie, à la sollicitation du Peuple,
416. Conspire encore contre sa vie, 384. Se détermine à un second éxil. Moyens dont il se sert,
ibid. L'y fait mourir, 391. Entre en courroux
contre Saint Paul, 429. Le fait emprisonner,
ibid. Ses vœux pour l'accouchement de Poppée,
432. Sa tristesse à la mort de sa fille, 433. Ses
basses occupations, 434. En est raillé par Poppée,
435. Sa raillerie lui coûte la vie, *ibid.* Son amour
pour elle-même après sa mort, 436. Sa fureur,
440. Rejette sa fureur sur les Chrétiens, 441.
Recherche Antonie, 442. La fait mourir, 443.
Jette les yeux sur Messaline, *ibid.* Sa cruauté
sur Atticus Vestinus, 444. Epouse Messaline,
445. Sous le faux prétexte de punir des Conspirateurs, il remplit Rome de deüil, 446. Fait
parade d'occupations indignes d'un Empereur,
447. Ses cruautés lui attirent la haîne de ses
Sujets, & le font déclarer Ennemi de l'Etat,
449. Ses dernières paroles, & sa mort, 452.

NESTOR. Prefet du Prétoire est tué, 31. T. III.

NIGER (*Pescennius.*) Son Extraction, 327.
T. II. Son Portrait & son caractere, 328. Ses
vertus & ses vices, 329. Est appellé par le Peuple pour venger la mort de Pertinax, 334. Est
estimé des Romains, 333. Assemble les Officiers de son Armée, 334. Est proclamé Empereur, 335. S'arrête à Antioche 336. Est combattu par les Gens de Severe, 362. Sa mort,
363.

NONIA CELSA, 4. T. III. Ses galanteries, 5.
Déclarée Auguste, 14.

NUMERIEN. Est assassiné par son beau-pere, 259, T. III.

O

OCTAVIE. (*Veuve de Marcellus.*) Epouse Marc-Antoine, 73 T. I. Est enceinte quand elle l'épouse. 80. Decret du Senat en sa faveur, 84. Mort de Marc-Antoine son mari, 85.

OCTAVIE. (*Femme de Neron.*) Sa naissance, 226. T. I. Son Portrait, 354. Feintes caresses d'Agrippine, 319. Est fiancée à Silanus, 355. Agrippine rompt ce mariage, 357. Est fiancée à Neron, 359. Son mariage, 361. Sa dissimulation & politique, 363. Son chagrin à la mort de Britannicus, 374. Méle ses larmes avec celles d'Agrippine, *ibid* Est répudiée par Neron, 378. Accusée d'adultere, 379 En est justifiée 380. Est exilée, 381. Le Peuple la redemande, *ibid*. Son retour & la joie qu'on en témoigne, 382. Est accusée & exilée une seconde fois, 384. Cruauté exercée pendant sa route, 390. On lui annonce la fin de sa vie, 391. Ses Larmes n'empéchent point sa mort, 392. Regrets de sa mort, *ibid*.

ODENAT, 191. T. III. Son caractere, *ibid*. Maltraité par Sapor, 192 Embrasse le parti des Romains, 196. Est associé à l'Empire, 198. Se brouille avec Mœone pour une querelle de chasse, 204. Attaque Cteziphon, 206. Bat les Goths, *ibid*. Est assassiné a table, 207.

ORBIANA, Femme d'Hostilien, 171. T. III.

ORIGENE, Instruit Mamée, 76 T. III.

OTACILIA, Femme de Philippe, 146. T.

III. Etoit Chrétienne , *ibid.* Est mise à la penitence par S. Babylas , 153.

O T H O N, Devient amoureux de Sabine , 399.
T. I. L'épouse , 401. Raisons qui l'y déterminent , *ibid.* Ses Eloges , 402. Son chagrin dans
le partage , 403. Neron l'envoye en Lusitanie ,
408. Sa conduite , 409. Se joint à plusieurs autres pour chasser Neron. 450. Temoigne une
grande consideration à Statilie Messaline , 453.
Fait assassiner Galba , *ibid.* Est proclamé Empereur , 454. Vitellius lui dispute l'Empire , 23.
T. II. Messaline & Othon s'écrivent recipro-
quement, 453. T. I. Il est défait & se tuë , 454.
La durée de son Regne , 13. T. II.

P

P O E T U S , Trait courageux & magnanime ,
N. 241 T. I.

P A L L A S , Son Emploi auprès de Claude , 282.
T. I Propose Agrippine à Claude pour femme ,
284. Raisons alleguées à cet effet , 208 Em-
ploye son crédit pour l'adoption de Neron ,
302. Recompense outrée , 303. Est ruiné dans
l'esprit de Neron , 322. Et dépouillé de son
Employ , 327.

Palmyre , Capitale d'un Royaume , 192. T. III.
Pourquoi ainsi appellée , N 192. Assiegée par
Aurelien , 224. Prise par les Romains , 230.

Pantheon , Description de ce Temple , N. 149.
T. I.

P A P I N I E N , Est fait Prefet du Prétoire , 404.
T. II. Belles paroles qu'il dit à Caracalla , N.
425. Sa mort ; 425.

P A S S I E N U S , Son Portait , N. 279. T. I.

Patriciens , N. 44. T. I.

PAULINE, (*Femme de Maximin.*) 113. T. III. Son caractere, *ibid.* Sa mort, 123.

PERTINAX, Son extraction, 296. T. II. Son Portrait, 298. Son caractere, *ibid.* Ses belles qualités le font élever aux plus importantes Charges, 297. Epouse Titiana, 299. Est fait Proconsul, ensuite Prefet de la Ville, 301. Sa posterité, 313. Comment il parvient à l'Empire 301. & *suiv.* Qu'elles étoient ses inquietudes, 305. Sa reception dans le Senat, 306. Il refuse.les Titres glorieux & accoûtumés, 307. Fait élever ses enfans hors du Palais & sans distinction, 308. Sa conduite dans le Gouvernement, *ibid.* Lætus fomente une Revolte, 309. Presages de malheurs, 313. Deux cens des plus mutins vont au Palais, 310. Il leur parle, 311. Nonobstant le secours d'Electus, il est assassiné, 312. Inhumanité après sa mort, 313

PETRONIE, Sa condition, 18. T. II. Epouse Vitellius, & en a un fils qu'elle fait émanciper, *ibid* Divorce avec celui-ci, & épouse Cornelius Dolabella, 19.

PHILIPPE, Sa naissance, 142. T. III. Son Portrait, 147. Sa Religion, 148. Fait mourir Gordien 144. Est proclamé Empereur, 152. Va à l'Eglise d'Antioche, & arrété par l'Evêque, 153. Sa penitence, 154. Celebre l'an millieme à Rome, 156. Envoye Déce contre des Rebelles 159. Est tué, 160.

PHILIPE le Fils, ne rit jamais, 151. T. III.

PICCA, Est mis à mort, 31. T. III.

PIPARA Fille d'Attale, est aimée de Gallien, 183. T. III.

PLAUTIEN, Son Extraction, 377. T. II. Comment il s'introduit dans les bonnes gragraces de Severe, *ibid.* Est élevé aux Charges, *ibid* Quelle fut alors fa conduite, 378. Son ambition & fa fierté, 379. Marcie fa fille épouse Caracalla, 385. Veut renverfer Severe du Trône, 389 Sa Confpiration eft mal digerée, 394. Et découverte, 395. *& fuiv.* Eft tué, 400.

P L A U T I L L E , Son Extraction, 384. T. II. Son Portrait , *ibid.* Eft haï de fon Epoux , *ibid.* Eft releguée dans l'Ifle de Lipare , 402. Y eft fait mourir, 415.

P L O T I N , Philofophe , 178. T. III. Infpire à Gallien de bâtir une Ville , N. 178.

P L O T I N E , Son Extraction , fon Portait & fon Mariage avec Trajan , 94. T. II. Son inclination pour Adrien , équivoque fa fageffe, 96. Sa moderation & fa modeftie lui attire les cœurs du Peuple, 97. & 98. Fait connoître à Trajan les abus de la Province , & y fait remedier, 100. 101. Le Senat lui décerne le Titre d'Augufte , 101. Elle le refufe , 102. Ses déferences pour Sabine , 106. Engage Trajan à donner Sabine pour Epoufe à Adrien , 107. Raifons qui l'y engage , *ibid.* Lui fait donner le Confulat , 108. Sa conduite dans fes amours , 109. Sa fageffe dans fa conduite , 114. 115 Fait faire une adoption fimulée de Trajan en faveur d'Adrien , 129. Ecrit au Senat *ibid.* Ses témoignages de douleur à la mort de Trajan . & fon retour à Rome , 130. Honneurs qui lui font rendus par Adrien après fa mort , 130. 131.

P O M P E E Fait la guerre contre Augufte , 80. T. I. Ses Armes font heureufes . *ibid.* Ne profite pas de fa victoire , *ibid.* Entiere défaite de fon Armée , & les belles actions de Demochares , 82 Sa fin malheureufe , 84

P O M P E I A , Son Extraction , 11 T. I. Son Portrait , *ibid.* Epoufe Jules Cefar , 10. Son atta

chement à Clodius, 11. Ses intrigues avec celui-ci, 13. Sont découvertes, 18. Est répudiée par Cesar, 19.

POMPEIAN Son Extraction, 257. T. II.
Epouse Lucille, 258. Sa Postérité, ibid.

POMPONIUS, Mari de Faustine, 40 T. III.
Accusé injustement, 41. Sa mort, 44.

Pontificat. N. 46. T. I.

POPPE'E, (*Sabin.*) Son Extraction, 393. T.
I. Pourquoi ce nom, 394 Son Portrait, *ibid.*
Sa beauté & les moyens dont elle se sert pour la
conserver, 422. Son Education, 395. Epouse
Rufus Crispinus, 397. Sa conduite pendant ce
mariage, 398. Devient sensible pour Othon, 399.
Son mariage, 402. Reçoit les hommages de Ne-
ron, *ibid.* Son ambition, 404. Son amour pour
Othon, *ibid.* Affectation pour Neron, 405.
Promet de l'épouser, 410. Entretient des De-
vins chez elle, *ibid.* Irrite Neron contre sa
mere, 411 Lui fait répudier Octavie, 415.
La lui fait exiler, 381. Epouse Neron 415.
Mépris de sa personne par le Peuple, 417.
Conspire contre la vie d'Octavie: Moyens dont
elle se sert, 383. & 384. Se fait apporter sa tête, 392. Son ambition, son luxe, & quel étoit
son desir, 423. Son autorité, *ibid.* Est instruite
par Saint Paul, 426 Revient à ses premieres
inclinations, 431. Et enceinte, 432. Accouche d'une fille, *ibid.* Est honorée du Titre d'Auguste, *ibid.* Sa tristesse à la mort de sa fille,
434. Devient enceinte pour une seconde fois,
ibid. Raillerie faite à Neron lui coute la vie,
435. Ses funerailles & son Apotheose, *ibid.*

Préfet du Prétoire, N. 368. T. I.

Préteur, N. 14. T. I.

Pretexte, N. 398. T. I.

394   TABLE

Prétoire , N. 15. T. I.

Prétoriens , Mettent l'Empire à l'encan, 316. T. II.

Priere , Enseignée à Licinius par un Ange, N. 314. T. III.

PRISCA, 260. T. III. Ses divers noms , 261. Aime la Religion Chrétienne, 264. Epouse Diocletien, 265. Offre de l'Encens aux Dieux, 281. Suit sa fille à la Cour de Maximin , 300. Est persécutée par Licinius , 318. Sa mort, 319.

Prison , de S. Pierre & de S. Paul , N. 429. T. I.

PROBE, 220. Ses vertus , 253. T. III. Défait les Goths , 254. Sa mort, 255.

PROCLA , , (*Femme de Probe.*) 254. T. III.

Proconsul , Dignité , N. 201. T. I. N 156. T. II.

PUBLIUS-CLODIUS, Son Extraction , 11. N. 11. T. I. Son Portrait, 11. Son attachement à Ppompeïa, 12. Deguisé en femme , il se trouve à un Sacrifice , 16. Est reçu par Abra , & conduit dans sa chambre , 17. En sort & s'égare dans la maison , 18. Est découvert par une servante, *ibid.* Reconnu par Aurelie , & chassé de la maison , 19. Est cité pour être oüi , 20. Offre de prouver son *aliby*, *ibid.* Plusieurs témoins déposent contre lui , & même Ciceron , 21. Sujet de leur haine , 23. Est renvoyé absous, 27. Est élû Tribun , N. 23. Sa vengeance contre Ciceron , *ibid.* Milon se déclare pour Ciceron , *ibid.* Vengeance de Clodius , *ibid.* La querelle des Domestiques Passe aux Maîtres , & Clodius y perd la vie , N. 14. Débauche de Clodius , N. 26.

Q

QUATRINUS, Se revolte contre Maximin, 120. T. III. Est tué 121.

Questeur, Quelle en est la Charge, N. 9. T. I.

QUINTILLE, Frere de Probe, 221. T. III.
Prend la Pourpre, & est tué, *ibid.*

R

RECANUS, Gouverneur d'Arabie est mis
à mort, 31. T. III,

Republique Romaine, Son Etablissement, N.
50. & *suiv.* T. I. Sa fin, 87.

Rhodes, Description de cette Isle, N 182 T. I.

ROMULUS, Comment le Peuple crut qu'il
étoit monté au Ciel, N. 124. T. I. Fait bâtir un
Temple dans Rome, N. 147.

S

SABINE, Son Extraction, 132. T. II. Son
Portrait, 134. Est estimée de Plotine, 106.
Epouse Adrien, 107. Est déclarée Auguste,
141. Le Senat l'honore du Titre de nouvelle
Cerés, 142. Est mésestimée d'Adrien, *ibid.*
Pourquoi, 143. Se lave des injures de son
Epoux, *ibid.* Suite de cette justification, *ibid.*
& *suiv.* Jusqu'à quel point elle porte sa vengeance, 144 & 145. L'indignation d'Adrien
attire sur elle le mépris de quelques Officiers,
147. Sa mort, 152. On lui accorde l'Apotheose,
ibid. & *suiv.*

SABINUS, son Histoire & la fidelité de sa femme, N. 49. T. II.

SAINT PAUL, exhorte Sabine Poppée, 426.
T. I. Est mis en prison, 429. Description d'i-
celle, N. 429. Ses miracles, 430. Son martyre,
431.

SALONINE, Femme de Gallien, 178. T. III.

396   TABLE

Aime les Sçavans, *ibid.* Trompée par un Joüaillier, 188. Son Caractere, 187. Court un grand danger, 217 Est tuée, 219

SCANTILLA (*Manlia*) son Caractere, 215, T. II. Engage Julien à faire son Enchere pour parvenir à l'Empire, 317. Est honorée du Titre d'Auguste, 320. Sa réflexion, *ibid.* Demande la vie qui lui est accordée, 347.

SCRIBONIE, épouse Auguste, 69. T. I. En a une fille nommée Julie, 143. Est répudiée par Auguste, 77.

SEBASTIEN (*Saint*) souffre le martyr, 282, T. III.

SEJAN, son Portrait & sa perfidie, N. 139. T. I.

Senat de Femme institué, 35. T. III. On y traite des causes des Dames, 36.

SEVERE (*Septime*) son Extraction, 329. T. II. Son Portrait, 331. Son Caractere, 329. Est fait Senateur & élevé aux Charges & Honneurs, 331. Epouse Martia 353. Sa posterité, 354. Trait de severité, 331. Son intelligence, 333. Se révolte contre Julien lui troisiéme, 325 Se fait élire Empereur, 336. Prend des précautions & se résout d'aller à Rome, 337. Fait un accommodement avec Albin, 338. Son approche de Rome surprend Julien, 340. Le fait déclarer ennemi de l'Etat, 341. Se rend Maître d'une partie des Villes d'Italie, 342. Julien lui propose l'association à l'Empire qu'il refuse, 343. Le Senat lui décerne l'Empire, 346. Epouse Julie, 355. Sa posterité, 356. Venge la mort de Pertinax, 357. Punit les Prétoriens, *ibid. & suiv.* Sa Réception dans Rome, 359. Fait accorder à Pertinax l'honneur de l'Apotheose, 362. Va combattre Niger, *ibid.* Comment il use de sa Victoire, 363. Déclare la guerre à Albin, 364.

Le

Le défait & le fait mourir, 366 Fait nommer
Antonin Baffien fon fils. Pourquoi, 368. Et
enfuite. Geta fon fecond fils, 369. Combat les
Barbares, 372. Son aveuglement pour Plautien,
379. Sa foibleffe pour le même, 383. Eft averti
de la trame de Plautien, 391 Qu'il abbaiffe,
392. Le plaint de fa confpiration, 400. Réforme
plufieurs abus, 404 Va en Angleterre & bat les
Barbares, 406. Caracalla veut le tuer, 410·
Difcours qu'il fait à fon fils fur fon deffein, 411.
Sa vie lui devient odieufe Paroles celebres avant
fa mort, 412. Sa mort, 413.

SEVERE eft déclaré Cefar, 294. T. III. Eft tué,
296.

SEVERINE, fon Caractere, 238. T. III. Suit
fon mary dans les Armées, 239 Sa liberalité
envers les Troupes. 240 Ne peut obtenir de fon
mary la permiffion de porter un habit de joye,
243·

SILANUS (*Appius*) fon alliance, 234. T. I.
Eft aimé de Meffaline & réfifte à fes pourfuites,
ibid. Eft trahi par Narciffe & tué par ordre de
Claude, 237.

SILIUS, fon Extraction, 255 T. I Eft défigné Conful, & recherché par Meffaline, *ibid*. Reçoit
chez lui les Meubles de Claude, 256. Solemnité
de fon mariage avec Meffaline, 257. Narciffe
en avertit Claude, 260. Silius eft mis à mort,
266.

SOEMIAS, 28. T. III. Son Caractere, 33. Ses
défordres, 56. Sa mort, 71.

Soye. Quand connuë en France, N. 243. T. III.
Soye d'Araignée. Par qui inventée *ibid*.

SUETONE. Où commença fa difgrace. Pourquoi,
148 T. II.

SYLLA, fon pouvoir dans Rome, 5. T. I. Veut

obliger Cefar à répudier Cornelie, *ibid*. La réfiftance de Cefar, lui attire fa vengeance, 6. Raifons pour lefquelles il veut facrifier Cefar, 7. Il lui pardonne, 9.

T

TA C I T E élû Empereur par le Senat, 248. T. III. fon Caractere, 250. Sa mort, 252.

Tapifferie. Son origine, N. 370. T. I.

TE T R I C U S, créé Empereur par Victoire, 214. T. III. Prend la Pourpre à Bordeaux, 215. Son Caractere, 233. Fait fa paix avec Aurelien, *ibid*. Sert au Triomphe d'Aurelien, 235. Eft traité avec honneur par Aurelien, 236.

TH E O C L I E, fille de Mamée, 84. T. III. Deftinée pour Maximin le fils, *ibid*. Raifons qui empêchent ce Mariage, 85.

Thiane réfifte à Aurelien, 239. T. III. Ce Prince jure de la détruire, N. 239. Il élude fon ferment & fauve cette Ville, *ibid*.

TI B E R E C L A U D E, fon Extraction, 46. T. I. Epoufe Livie & eft comblé d'honneur, *ibid*. Prend le parti de Marc-Antoine, 71. Eft cherché par les Troupes d'Augufte, mais il les évite, *ibid*. Danger de lui, fa femme & fon fils. Eft prié par Augufte de lui ceder Livie, 77. Eft obligé de la lui ceder & de lui fervir de Pere, 78.

TI B E R E C L A U D E N E R O N, fon Extraction, 46. T. I. Sa Naiffance, 48. Ses belles qualités, 98. Honneurs dont il eft revêtu, *ibid*. Eft fait Tribun, 111. Honoré du Triomphe, *ibid*. Adopté par Augufte, 117. Succede à l'Empire, 123. Commence fon Regne par le meurtre d'Agrippa, 124. Défaprouve l'ambition de fa mere, 125. Sa jaloufie & fa haine contre

Germanicus, 133. Le force à quitter Rome, 137. Prend la résolution de faire perir Germanicus & sa femme, 130. Donne des ordres secrets pour les faire empoisonner, 134. Sa feinte affliction à la nouvelle de cette mort, *ibid*. En est soupçonné, *ibid*. Abandonne le sang de son Neveu, 135. Se charge de la fortune de ses enfans, 274. La nouvelle de la maladie de sa mere lui est portée, 138. Empêche les honneurs décernés à sa mere par le Senat, 140. Récudie Agrippine & épouse Julie, 170. Sujet de mécontentement, 171. L'oblige à quitter Rome, 172. Sa fausse compassion causée par l'exil de sa femme, 182.

TITE, son Extraction, 38. T. II. Son éducation à la Cour & presage de son élévation, 54. Son Portrait & son Caractere, *ibid & suiv* Epouse Arricie & Tertulle, 55. En seconde Nôce Furnille, *ibid*. Ses belles actions, 56. Prend la Ville de Jerusalem. Son inclination pour Berenice, *ibid*. Revient à Rome & y reçoit les honneurs qui lui sont déferés, 57. Son attachement à Berenice le fait méprifer, 58. Fait affassiner Cinna, 59. Est élevé sur le Thrône. Changement de conduite, *ibid. & suiv*. Renvoye Berenice. Leur féparation 60. Ses grands Sentimens, 61. Sa mort, 63.

TITE ANTONIN, son Extraction, 159. T. II. Son Portrait, *ibid*. Son Caractere, 160. Est élevé aux Dignités, *ibid*. Epouse Fauftine. 161. Sa Posterité, N 164. Dans son Voyage d'Asie, il y a des présages de souveraineté, 164. 165. Trait de Debonaireté 165. & suiv. Sa conduite dans l'Orient, 168. Est rappellé à Rome, *ibid*. Sa trop grande bonté cause à son Epouse une parfaite diffolution, 168. & suiv. Est adopté par Adrien A quelle condition , 172. Il lui fait décerner l'Apothéose , mais avec peine. Pourquoi , *ibid* Raisons alléguées , 173. Acco de la grace à tous les Proscrits, *ibid*. Le Senat lui décerne le surnom de Debonnaire , &c. 174. Paye les Troupes & fait de belles actions , 175. Reglemens utiles , 176. Ses plus belles qualités, 177. Trait de bonté *ibid. & suiv.* 181. Honneurs qu'il fait rendre à Faustine après sa mort, 179. 180. Sa conduite le fit chérir de ses voisins , 181. Signale la fin de sa vie par un Edit loüé de Saint Augustin , 183 Sa mort , *ibid.*

TITIANA , son Extraction , 299. T. II Epouse Pertinax , *ibid*. Donne dans une galanterie infamante , 300. Dans quel tems elle mangeoit avec Pertinax , 309. Elle avertit Pertinax de la Rebellion , 310.

TRAJAN , son Extraction , 88. T. II. Son Portrait & ses belles qualités , 89. *& suiv.* Trait de ses belles actions , N. 91. Ses défauts , 92. Epouse Plotine , 94. Est adopté par Nerva & associé à l'Empire , 97. Vient à Rome & y est reçû avec joye , *ibid*. Son application au Gouvernement, 98. Réforme les abus de la Province , 100. & 101. Reçoit le Titre de la Patrie avec distinction , 102. Arme contre les Daces , 110. Leur livre la Bataille. Belle action , 112. Fait la paix à des conditions très-honorables , 113. De retou à Rome il reçoit l'honneur du Triomphe, 114. Sa sage conduite lui attire le cœur des Peuples , 117. Apprend la révolte des Daces, 117. 118. Dompte ces Ennemis & les réduit en Province , 119. Belle action d'un Cavalier, *ibid*. Cette conquête le rend respectable aux Nations mêmes inconnuës , 120 Il embellit Rome par de superbes Monumens & l'exacte

observation des Loix, 120. 122. Son aveugle
paſſion contre les Chrétiens, 124. Exemple
d'une grande modération & d'une extréme
confiance, 124. & ſuiv. Donne à Adrien le
Commandement de l'Armée contre les Parthes,
126 Sa derniere expedition, 127 Tombe malade, ibid. Sa mort, 128 Son Urne eſt placée
ſur la Colonne Trajanne, 130.

TRANQUILLINE, Femme de Gordien,
139. T. III. Son Caractere, ibid & ſuiv.

TREBONIUS, Gouverneur de Mœſie, 165.
T III. Trahi Déce, ibid. Eſt élû Empereur &
eſt maſſacré, 171

Tribun, N 20. 211. T. I.

Tribune aux harangues, N 10. 276. T. I.

TRIPHONIE, (Sainte) ſon Màrtyre, 166.
& ſuiv. T III.

Triumvirat. Deſcription de l'Iſle où ſe tint cette
Aſſemblée, N. 58 T. I. Réſultat de cette
Aſſemblée, ibid.

TURIN, Favori d'Alexandre, 87. T. III. Fait
trafic de ſon crédit, 88. Hiſtoire de ſa ruine,
88. & ſuiv.

TURMUS, ſoutient le parti de Zenobie, 233.
Sa mort, ibid.

V.

VALERIE fille de Diocletien, 265. T. III.
Son Caractere, ibid. Epouſe Galere, 286.
Adopte un bâtard de ſon mari, 287. Suit Galere
dans ſes expeditions, 288. Eſt déclarée Mere
des Armées, 291. Va à la Cour de Maximin,
304. En eſt chaſſée, 307. Se traveſti à la Cour
de Licinius, 316. Prend la fuite, 318. Sa mort,
319.

VALERIEN, eſt élu Empereur, 174. T. III.

Son Caractere, *ibid*. Eſt pris par **Sapor**, 181. Eſt traité avec indignité, *ibid*. Ses malheurs, 191.

Varus Quintilius. Abregé de ſa vie, N. 143. T. I.

Verus Ælius, ſon Extraction, 155. T. II. Son Caractere, 159. Ses voluptés diſſoluës, *ibid*. Les reproches de Fadille ſon Epouſe, lui donne lieu à un reproche outré, 170. Eſt adopté par Adrien, & élevé aux dignités, 171. Sa mort, *ibid*.

Verus Lucius, ſon Extraction, 238. T. II. Son Portrait, 239. Son Caractere, *ibid*. Epouſe Lucille, *ibid*. Eſt adopté par Antonin, Pourquoi, 182. Qui a ſoin de ſon éducation, *ibid*. Eſt aſſocié à l'Empire par Marc-Aurele, 194. Comment il regarde Marc-Aurele, 240. Part pour la Syrie, 241. Quelle fut ſa conduite, 242. Suite de cette conduite, 243. Donne des Rois aux Nations. Réduit les Parthes & nomme des Gouverneurs, 244. Nomme Caſſius à celui de Syrie, *ibid*. Ses ſoupçons. Grandeur d'ame de Marc-Aurele, 244. *& ſuiv*. Revient à Rome & y reçoit l'honneur du Triomphe, 251. Son incontinence outrée, 252. Révolte des Marcomans, 254. Va contre les Rebelles, *ibid*. Part pour Rôme, 213. Eſt attaqué d'Apoplexie, 255. Sa mort, *ibid*. On lui rend les honneurs de l'Apotheoſe, 214.

Vespasien, ſon Extraction & comment il fut élevé, 38. T. II. Epouſe Domitille, 37. Ses belles qualités, 38. Sa crainte dans la perte de Narciſſe, 39 Eſt obligé de ſe ſauver avec ſa femme, 40. Son retour à Rome. Nouvelle diſgrace, *ibid* Neron le fait General de ſes Legions, 42. Ses belles actions, 43. Eſt proclamé Empereur, *ibid*. Fait deux miracles, 44. Gagne deux Batailles fur Vitellius , 33. Son arrivée dans Rome & la conduite qu'il y tient, 46. Prend près de lui l'Affranchi Cenis, 47. Rend toutes les Charges venales, 48 Charge le Peuple d'impôts, *ibid*. Fait mourir Sabinus, 49. Sa mort, *ibid*.

Veftales. Pourquoi ainfi appellées : Quelles étoient leurs fonctions & privileges, N. 6. T. I. Loix de leurs inftituts, 50. T. III.

VICTOIRE, fon Portrait, 201. T. III Prend le titre d'Augufte, *ibid*. Fait & défait les Empereurs, 207. Sa mort, 215.

Village aux Poulles. Pourquoi ainfi appellé , 82. T. I.

VITELLIUS. Précaution pour empêcher fon élevation , 16. T. II. Son Portrait, 22. Son Caractere, 25. Sa compagnie & fes crimes, 16. Ses dignités & fa conduite, 17. Epoufe Petronie & en a un fils, 18. Ses cruautés à l'égard de fon fils; *ibid*. Fait divorce avec Petronie, 19. Epoufe Galeria Fundana, *ibid*. En a un fils & une fille, 20. Son indigence, *ibid*. Il combat & défait Othon , 24. Eft proclamé Empereur, 25. Paroles qui fentent le Tyran, 25. & 26. Réponfe de fa mere à la fignature de fa lettre, 27. Défere des honneurs à fon fils, *ibid*. Trait d'inhumanité, 30. De gourmandife & de profufion, 31. Perd deux Batailles, 33. Sa lâcheté en quittant l'Empire, *ibid*. & *fuiv*. Sa gourmandife lui coûte la vie, celle de fon fils & celle de fon frere, 35. & 36.

ULPIEN, Confeiller d'Alexandre, 81. T. III.

ULPIUS CRINITUS, adopte Aurelien, 238. T. III.

VOLUSIEN, eft affocié à l'Empire, 171. T. III.

404 TABLE DES MATIERES.

URANIE est réverée en Affrique, N. 38. T. III.

URGULANIE, sa fierté causée par la faveur de Livie, 127. T. I. Est citée par Pison, *ibid.* Son mépris, 128. Livie paye sa dette avant le jugement, 129.

WABALLATH, fils de Zenobie, 203 T. III.

Z

ZABA, General des Armées de Zenobie, 222. T. III.

ZENOBIE, Reine de Palmyre, 193. T. III. Son Portrait, 194. Prend le Titre de Reine de l'Orient, 207 Sa jalousie, 204. Conspire contre son mari, 205 Déclare ses enfans Augustes, 207. Bat les Troupes de Gallien, 209. Défait les Egyptiens, 220. Est vaincuë par Aurelien, 223. Est assiegée dans Palmyre, 224 Ecrit fierement à Aurelien, 227. Sort secretement de Palmyre, 229. Est prise par les Soldats d'Aurelien, *ibid.*

Fin de la Table.

A PARIS,

De l'Imprimerie de PIERRE PRAULT, Quay de Gévres, au Paradis, 1728,

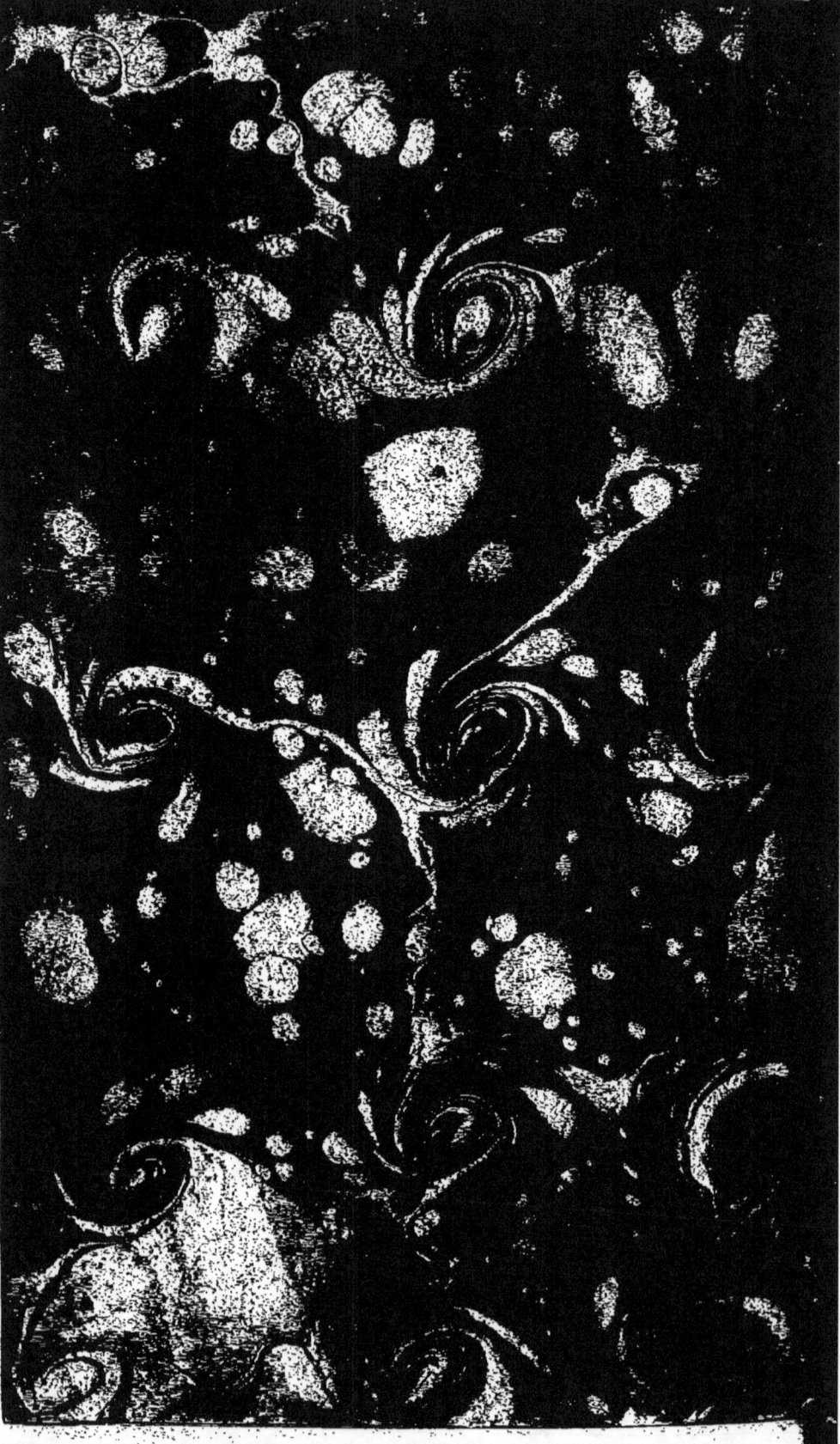